教育部人才培养模式改革和开放教育试点教材

《中国现当代文学专题研究》自学指导

李　平　主编

北京大学出版社
北　京

图书在版编目(CIP)数据

《中国现当代文学专题研究》自学指导(修订版)/李平主编.—北京:北京大学出版社,2005.7
(教育部人才培养模式改革和开放教育试点教材)
ISBN 978-7-301-06387-3

Ⅰ.中… Ⅱ.李… Ⅲ.①现代文学-文学研究-中国-电视大学-自学参考资料②当代文学-文学研究-中国-电视大学-自学参考资料 Ⅳ.I206.6

中国版本图书馆 CIP 数据核字(2003)第061007号

书　　名:《中国现当代文学专题研究》自学指导(修订版)
著作责任者:李　平　主编
责 任 编 辑:高秀芹　徐文宁
标 准 书 号:ISBN 978-7-301-06387-3/I·0638
出 版 发 行:北京大学出版社
地　　址:北京市海淀区成府路205号　100871
网　　址:http://www.pup.cn　电子邮箱:pup@pup.pku.edu.cn
电　　话:邮购部62752015　发行部62750672　出版部62756962　编辑部62752022
印 刷 者:世界知识印刷厂
经 销 者:新华书店
787mm×1092mm　16开本　18.25印张　475千字
2003年8月第1版
2005年7月第2版　2009年12月第12次印刷
定　　价:31.00元

目　　录

编写说明

《〈中国现当代文学专题研究〉自学指导》是主教材《中国现当代文学专题研究》(温儒敏、赵祖谟主编)的两本配套教材之一,另一本是《〈中国现当代文学专题研究〉作品讲评》。

通过"学习指导书"的方式突出和展示主教材的自学特点,使之成为学生自学的导师和助手,在这方面,电大在二十多年的教学过程中积累了相当丰富的实践经验。但是,在做好教学重点阐述工作的同时,怎样尽快适应现在学生情况的变化,特别是要加强学习思路和方法的指导,这是近年来电大教师共同的努力方向。

《〈中国现当代文学专题研究〉自学指导》的设计目标是:帮助学生掌握教学大纲规定的知识内容,以指导他们运用主教材和作品选,顺利地通过考试;帮助他们"学会学习"。

全书按《中国现当代文学专题研究》的16个专题及顺序设置,从总体上分为两个单元:即"自学指导"和"学习提示"。在每一页中,"学习提示"居右,主要起一个"画龙点睛"或"指点迷津"的作用,是学生进入辅导内容的一个便于识别的"路标",以帮助他们尽快地找到所需要的内容;"自学指导"居左,是本书的主体,共分四个部分:

一、"学习重点与方法"。主要采用"阐述学习目标"的方法,对该专题的所有学习重点(包括难点)的学习思路和方法进行有针对性的指导。

二、"学习难点与分析"。主要采用"解答"的方法,对学生学习中可能遇到的疑难问题(特别是带有综合性的作家作品和文学现象的比较问题)进行具体指导和示范。

二、"作家与文学现象大事年表"。主要采用"年表"的方法,对该专题讨论的作家和与该作家相关的文学现象的常识作补充介绍,为学生全面了解该作家的创作道路和他在文学发展中的坐标位置提供方便。

四、"练习与讨论"。主要采用"练习题"的方法,帮助学生在学习中不断地进行自我评估。练习题的题型与期末考试一致,但题目数量则应根据本专题的教学内容和要求等具体情况来确定。讨论题(按题目的难易程度分为"简答题"和"分析题")以启发学生思路、开阔学生视野为主。

本书是在《〈中国现当代文学专题研究〉作品讲评》基础上,全国各电大教师合作的结果,也是他们在教学第一线多年实践经验的总结。全书由李平提出编选设想和体例要求,并负责全书的修改和统稿。各专题的负责人分别为:

1. 鲁　迅专题(江苏电大钱旭初)
2. 郭沫若专题(辽宁本溪电大肖丽芳)
3. 茅　盾专题(山西太原电大郭学英)
4. 老　舍专题(宁夏电大冯凌云)
5. 曹　禺专题(四川电大罗兰秋)
6. 沈从文专题(湖南电大唐旭君)
7. 张爱玲专题(安徽电大车晓勤)
8. 穆　旦专题(江苏南京电大李跃)
9. 散文五家专题(广东电大朱慧玲)
10. 赵树理专题(北京电大王宁宁)

11．“样板戏”专题(陕西电大韩鲁华)

12．朦胧诗专题(重庆电大张万仪)

13．汪曾祺专题(上海电大陈林群)

14．王安忆专题(福建电大陈婕)

15．王　朔专题(辽宁电大张波)

16．余　华专题(中央电大李平)

以“自学指导”和“学习提示”的形式编写“学习指导书”,是我们的一次尝试。由于时间仓促和水平有限,肯定有许多不尽如人意之处,希望电大的教师和学生们在教学使用过程中,记录下存在的问题和有待改进的意见,并不留情面地全部告诉我们,我们将根据大家的意见进行修改。

李　平

2003年6月11日于中央电大

代序:“中国现当代文学专题”的学习方法

李　平

我想,如果我是一名学生,在开始一门课程的学习之前,肯定想早一点弄清楚,我在这门课程里将要学习些什么内容?哪些是重点?特别是对于一门采用“全国统一考试”的课程来说,更为重要的还有老师的教学意图是什么?将采用什么样的考试方式?有些什么具体的或特殊的要求等等,这些问题的尽早明确或解决,对于我们尽快进入学习状态是至关重要的。因此,我认为,我们的同学在刚一接触到这门课的内容时,首先对这门课的教学设计、学习方法与考试等有关问题有一个大致的或比较充分的了解,是一件很重要的事。

一、“中国现当代文学专题”的教学设计

1. 关于课程设计

我们这门课的正式名称叫“中国现当代文学专题”,教材名称叫《中国现当代文学专题研究》,顾名思义,这是一门带有“研究性质”的课程。也就是说,这门课是专门为那些学习过“中国现代文学”和“中国当代文学”两门文学史课程的专科毕业生设计的。这是一个很重要的前提,下面我们在“关于学习者设计”中还会专门讨论。

在这里,我要着重谈谈“大专”与“大本”的区别。在电大未办“本科”之前的很长一段时间里,我们都一直在为“大专”的标准争吵不休。记得在我刚到电大的1982年,就有人对黄修己为电大开设的《中国现代文学》课程教材《中国现代文学简史》(修订本改名为《中国现代文学发展史》)提出批评,认为太深太难,是普通高校的水平,不适于电大学生学习。黄修己老师也认为,他的这部文学史教材既可以作为电大的教材,也可以给本科学生甚至于研究生使用。事实上正是如此。我知道许多报考“中国现代文学”的研究生,都是以这本教材作为主要参考书的。同时,我们的电大学生也一直是以它作为教材的,而且学习成绩不错,及格率和优秀率都很高。

这说明了一个什么问题呢?我认为,这就说明:对于汉语言文学专业的学生来说,一门专业基础课的教材,在专科和本科阶段是没有本质区别的。

在电大与北大合作开办本科课程后,我们更充分地认识到,专科阶段的文学史课程实际上就是普通高校一二年级开设的基础课,主要学习有相对稳定性的知识;而我们在本科阶段的“专题课”,实际上也就是普通高校三四年级开设的研究性质的课程,是就一些比较集中的课题进行重点分析,学习和了解本学科前沿现有的研究成果和研究趋向,包括一些有争议的问题,从而拓展我们进行文学批评和文学鉴赏的眼界。同时,也是为了引起同学们对一些研究课题的兴趣,为以后的毕业论文做准备。

于是,我们得出结论:大专的课程主要介绍的是“文学史常识”,而大本的课程主要是在大专学

习的基础上进行“专题研究”。

2. 关于教材设计

任何教材设计都是以课程设计的思想为指导的。我们这门课的教材分为现代文学与当代文学两大部分，现代部分9讲，当代部分7讲，共16讲。总的原则是：通过对重点作家作品的分析，以点带面。

我认为，我们这门课有一个最大的特点，就是“各具个性”。这是在其他学校和其他课程中很少见的，有人戏称为“北大特色”。用我们的主讲老师温儒敏教授的话来说，就是仿照北大“现当代文学作品赏析”课的办法，由七八位老师来“抬课”；每位老师讲一两个作家作品，由于各个老师治学和讲课的风格不同，研究和鉴赏的角度方法也有差别。除此之外，教材的两个部分也由于自身的情况不同，其讲授方式也呈现出一定区别。现代文学由于产生的时间长，研究成果多，教材也偏重于研究成果的综述与讨论；而当代文学由于产生的时间相对较短，而且多数作家也正处于变化中，教材也就偏重于文学现象的考察与介绍。

由于我们的编写原则是“以点带面”，教学内容也就不仅仅局限于16个作家，在学习中必将涉及与这些作家有关的许多文学史知识。虽然这些知识是以前学习过的，但是，如何才能将这些知识充分运用到本课程的学习之中，如何才能从文学潮流发展变化的历史联系和特定的历史氛围中去讨论某一文学现象产生的原由，以及评判作家作品的得失等等，都具有一定的难度。因此，我们在教材设计中有意识地对教材的总体容量有所限制。有的老师刚一拿到教材时，曾担心这本教材太“薄”，讲不了两个学期。其实，要担心的不是教材的字数，而是它所涉及的深度和广度，这正是讲授和学习我们这门课的师生需要共同努力的。

3. 关于学习者设计

前面我们已经说过，我们的学习对象已经定位为学习过“文学史”的专科毕业生。在这里，我还要重新提出来讨论，其目的就在于要再一次提醒大家注意，学习我们这门课（或我们这个专业）的学生并不都是“汉语言文学”专业毕业的，即使是“汉语言文学”专业毕业的，也是毕业了许多年的，因此，所有的学生都有一个“补课”的问题。对于非“汉语言文学”专业毕业的学生，最起码必须补上“中国现代文学”和“ 中国当代文学”这两门课；对于“汉语言文学”专业毕业的学生，也有重新学习的必要，“温故”才能“知新”。

补课的主要内容是有关中国现当代文学史的“常识”，特别是与本课程16个重点作家与文学现象有关的内容。补课的教材最好是电大专科本专业现在正在使用的教材。

现代文学部分有三种：

《中国现代文学发展史》（黄修己著，中国青年出版社）

《中国现代文学学习指导书》（李平编著，中央电大出版社）

《中国现代文学作品选》（两册，黄修己、方谦、李平选编，北京十月文艺出版社）

当代文学部分有三种：

《中国当代文学》（陈思和、李平主编，中央电大出版社）

《中国当代文学自学指导》（李平等编著，中央电大出版社）

《中国当代文学作品选》（修订本，陈思和、李平主编，上海学林出版社）

二、“中国现当代文学专题”的学习方法

1. 关于自学

我们都知道，“自学”是电大学习的最主要的学习方法，这已没有必要再展开讨论。在这里，只针对我们这门课的三个基本的学习要求（即，读作品、读教材、读参考资料），来谈谈我们应采取的学习方法。

第一，关于读作品。

读作品，特别是读在教学中要求“必读”的重要作品，是学习文学史课程最重要的方法。甚至可以说，“学好”文学史课程惟一有效的“捷径”就是——读作品。这是我们从大专学习一开始就反复强调的。在这里，我只想再谈谈作品的“读法”。

读作品有多种读法。我们提倡一种有情感投入的“主体性的阅读”，反对“一主题二分段三写作特点”式的中学教学式的机械式的冷漠阅读法。正如钱理群教授在《中国现当代文学名著导读》这门课的教学要求中所说的，阅读本质上是一种“感受”。也就是说，要通过阅读、欣赏，将外在的作品中的文学因素化为阅读者自己的主体感受，激发和培养起自己的想像力、感知力和创造力，把阅读看做是一种个人的创造性活动。在学习我们这门课时，要求主要采用两种读法，即“泛读”和“精读”。所以，一部作品至少要读两遍以上。

泛读，我又把它称为“欣赏性阅读”。也就是说，阅读时要在一种完全放松的心态下，把自己当作一个普通的读者，而不是一个“学生”，欣赏和体味作品的艺术魅力。用钱理群老师的话来说，阅读文学作品，其实就是与作者的“对话”，就是打破时空的界限，与作者进行精神的对话、心灵的交流和撞击。但这种阅读也有“要求”，或者说是我们的 种“希望”，那就是： 要读出兴趣、乐趣；二要对所读的作品有一个总体的感悟和把握。

精读，我又把它称为“分析性阅读”。也就是说，要在泛读的基础上，带着问题再重新读。阅读时不仅要注意作者“写什么”，还要着重体味作者“怎么写”。这个时候，就不能只把自己当作一个普通的读者，而要作为一个“学生”。一方面，通过对作品语言、结构、风格的反复揣摩，提高自己对文学语言的感悟力；另一方面，还要依据教学要求对照着读教材，并借助对其他有关作品和参考资料的阅读以及同学间或师生间的讨论，解决在泛读中或学习中遇到的问题，最终达到提高自己分析力的目的。

第二，关于读教材。

教材，也就是“课本”。一门课的“一课之本”，其重要性不言而喻。作品重要，教材也重要，读作品和读教材的读法也大体相同。读作品有“泛读”和“精读”之分，读教材也有“课前预习”和“课后复习”之别。

课前预习，可以采用“欣赏性阅读”的泛读方式，看看教材上都说了些什么，什么是自己知道的，什么是自己不知道的；再看看教材上是怎么说的，哪些是自己能理解的，哪些是自己不能理解的。在预习时，就要开始在教材上作“记号”，不要对教材太“客气”；不但要在教材多作记号，而且还要随时记下自己在学习中出现的疑问和许多一闪而过的感想。

课后复习，则应该采用“分析性阅读”的精读方式，结合读作品时的感想和体会，用挑剔的眼光找自己的毛病，同时也用叛逆性的思考方式努力地试图寻找教材的漏洞和毛病。有交流的机会，就与同学和老师辩论，没有机会就自己跟自己较劲儿。

第三,关于读参考资料。

学习一门课程,阅读一些重要的参考资料是必要的,肯定是对自己开阔眼界、打开思路、提高学习效果和理解能力等等都是有帮助的。但是,对目前的电大学生来说,要找到对自己学习有直接帮助的资料也是有困难的。因此,我们并没有作具体的要求,只是在另一本配套教材《〈中国现当代文学专题研究〉作品讲评》中提供了一些资料和资料的出处,以供大家参考。此外,我们还提出两点希望:一是随时留意自己身边可能出现的资料,如报刊、书籍,甚至电视等。比如,前些时候我在电视上就看到中央电视台播放的一个名叫"记忆"的大型知识性节目,正好讲的是沈从文的事,对于不太了解沈从文的同学来说,这就是一个很好的图像资料。二是有空就上图书馆,特别是要多上网。现在的文学作品专集和选集都很多,除了自己特别喜欢的,不用买,买的书都不看,全成了书架的装饰了,应该多上网查或上图书馆借。读参考资料如此,读作品也可以如此,但考试时要求带的作品则必须要做到人手一份。

2. 关于常识与重点

在一次全国电大的教学研讨会上,我们曾就这门课的"文学常识"问题进行了专门讨论。虽然也有的老师认为,对于文学常识可以减少一些要求,但大多数老师仍然认为,就目前我们同学的基础状况看,在学习内容中加强对文学常识的要求还是有必要的。现在,我们的同学几乎有一半以前的专科学习都是非中文专业的,即使是中文专业的同学,也已经毕业了两年以上,在文学史知识方面也需要温故知新。

我们这门课的文学常识,主要以《中国现当代文学专题研究》这本教材的专题内容为主,同时包括与这些专题相关的常识性内容,而这部分内容主要是在专科阶段讲授的。因此,无论是在平时作业还是在期末考试中,文学常识的部分都包括专科和本科两个阶段的学习内容。大家在学习过程中,可以采用一边学习本科内容,一边补习专科内容的方法,不要急躁,想一口气把专科阶段的内容全补完,但也不要拖拉,把补习的内容集中到期末再来突击。最好能够在学习本科专题前,先补充一些背景性的知识,而在学习了本科专题后,再有针对性地全面补习与之有关的文学史常识。

这里所说的"重点教学内容",主要指我们在本科阶段的教学内容。这些内容以本科的主教材为主,其要求的重点一般不超过主教材的范围。但是,为了很好地理解这些重点内容,仍然有一个补课问题,因为有许多内容仍然与我们在专科阶段学习的知识有关。比如,我们在一次考试中就有一道关于张爱玲与丁玲笔下的女性形象比较的题目,虽然我们在本科的教材中对这个内容也有所涉及,但只有简单地一句话:"张爱玲写的女性,与二三十年代作家塑造'时代新女性'不同,她反而在写'旧女性',尤其是'新女性'表象下的旧女性。"这些二三十年代的"时代新女性"究竟是什么模样,她们都有哪些代表,塑造这些新生女性的作家是谁,在我们本科的教材中都没有再具体地深入一步地讲解,因为对于已经学习过文学史的同学来说,这些都是"文学常识"。

因此,"文学常识"与"重点教学内容"是不能截然分开的,它们是有内在的联系的。就考试而言,文学常识的内容可以是知识性的题目,也可作分析题的内容;而重点教学内容既是分析题主要内容,也可以仅仅是知识性的题目。

3. 关于平时作业

平时作业(或者说"形成性考核")是每一个学习者进行自我评估的一种重要手段。作业对于一般的普通高校学生来说,也是必不可少的,而对于以自学为主的电大学生来说,则更是不可或缺。因此,在我们这个专业的本科学习中,每门课都设计了四次作业,并要求将成绩按 20% 计入总成绩。因此,我建议,我们从一开始就用“考试”的方法来完成作业。我们这门课的考试方法,是“两规+开卷”。也就是说,是在“规定的时间”(150分钟)和“规定的地点”(考场),以“开卷”(可以带教材和参考资料)的方式来完成。

我们这门课的作业与考试采用相同的形式。也就是说,在题型上,作业与考试是完全一样的。即,填空题20分,每题(空)1分;单项选择题10分,每题1分;多项选择题10分,每题2分;简答题20分,每题5分;分析题40分,二题选一。在四次作业中,可以根据自己的实际情况,安排一次作业(第二次或第四次)在课堂上完成,其余三次可以在任何地方完成,但时间都应该控制在两个半小时之内。

第一次作业带有一种“尝试”的性质,大家可以在一种宽松的环境里自己找找感觉,但是,不要一边看书一边做作业,而应该先对作业的内容和要求有所了解后,再去重新看书,在自己觉得已经有把握后,集中时间一次性地完成所有题目。完成作业后,自己可以再对照各种相关材料进行修改。第二次作业带有“检查”的性质,可以安排在课堂上进行。这并不是对大家的“学习自觉性”不放心,而主要是希望大家能尽快适应考试的气氛,同时也让老师尽快了解大家的学习状态和效果,以便尽快调整教学辅导方式,采取相应方法进行有针对性的辅导。第三次作业带有“复查”的性质,也是每个同学检查自己的学习效果,进一步调整自己学习方法和学习状态的宝贵机会,同时也为老师下一步进行期末总复习提供比较全面的资料。第四次作业则带有“总结”的性质,也可以安排在课堂上进行,作为一次“模拟考试”,以真正感受考试的氛围。这样做,一是因为这时已经临近考试,二是因为这份作业从形式到内容都完全与试卷相似。

在这门课创建的一开始,我们就强调,要把平时作业作为学习过程中进行自我评估的一种重要手段,但真正做到这一点的同学并不多。产生这一误解的主要原因,在于许多同学仅仅把完成作业当作一个任务。有的同学是在临近交作业的时候才如梦初醒,紧赶慢赶,交差了事;也有的同学虽然早早地就完成了作业,但并没有真正掌握作业中要求的内容,作业得了高分,知识却还给了老师;还有的同学并没有把完成作业看做自己的事情,而仅仅为了得到一个分数,或取得参加考试的资格。这些做法都是错误的,或者说是对自己的学习有百害而无一益的,必须自觉地加以纠正。

我们在每个学期安排四次作业,每次都是在完成了一定学习量之后对学习内容的一次复习。所以,我们在学习中应该根据学习进度来安排作业的完成时间。各教学班在安排作业时,也应根据自己班上的教学进度来进行,不要提前,也不应延后。有的教学班有意无意地拖延,其本意仅仅是为了满足个别同学的要求,想等待网上公布的作业答案。这不是帮同学,而是在害同学。有不少同学学习很认真,特别是一进入期末复习阶段,就四处找材料,以为复习资料越多越好。这种学习方法虽然也是一种方法,但对于许多同学来说并不一定适用。在复习时,最有用的资料还是教材和自己已经完成过的作业。

我们说平时作业是期末复习的重要资料,主要是指大家在复习中,要充分利用作业这一资料来检验自己的学习能力和学习成绩。主要可进行以下两个方面的训练:首先,应对照作业中出现的问题,找出自己学习时的弱点,进行有针对性的复习。特别是那些对某些内容没有真正掌握,而是借助教材或同学的帮助完成的作业,这时应该自己揭出自己的短处,不能再蒙混过关,千万不能自己欺骗自己;其次,是应该根据一次作业的分量,训练自己适应考试的能力。我们知道,作业的题型与考试的题型是一样的,但大家平时完成作业的时间实际上是没有限制的,而考试的时间则是有限的。根据以往考试的经验,大家感觉最突出的问题几乎都是时间问题。

4. 关于提问与参与

我们都知道,爱提问题的学生常常是最好的学生。但我们的电大学生什么都好,就是不爱提问题,甚至可以说是无问可提。其实,这不是我们什么都会了,没有问题了;也不是我们笨,提不出问题。我认为,主要的原因是“怕露怯”。这一是因为大家平时没有生活在一起,学习时彼此的交流也不多,都很生分,提问时就常常因为碍于情面而无法放松心态;二是因为学习不够扎实,许多基本的问题还没能很好地掌握,不知自己所提的问题是否能成为一个“问题”。解决前一个问题的基本方法,很简单,就是多组织多参加课堂讨论等教学活动,以增强彼此间的了解和交流;而解决后一个问题的基本方法,也很简单,那就是先了解常识,再找出问题。对常识的了解,不要机械地一遍又一遍地重复学习,而是结合自己的实际情况,有针对性地学习,基础扎实了,问题也就出来了。

问题出来了,敢不敢提出来?我不知道是不是有同学怕自己的问题太尖锐,伤了老师的面子,但是,我肯定知道有的同学是心里没底,怕自己丢了面子。其实,大可不必。对于学生来说,提任何问题,包括最低级最愚蠢的问题,都是无可厚非的,任何人都没有取笑的权利。正因为不会不懂我们才来学习,什么都知道还要我们老师干什么?

我们应该把提问看做是一种重要的有效的学习方法,是参与到学习集体中的一种重要形式。提问,可以看做是自己向大家寻求帮助的一种表示,也可以看做是自己帮助大家更深入地学习的一种诱导。讨论是很好的一种交流方式,而提问正是讨论的开始。

辅导教师与所在班组的同学交流是辅导教师的基本职责,本不用在这里多说。但我想强调的是,我们需要通过与学生的接触来了解学生的情况,修改我们的教材以及作品选和学习指导书,调整我们的教学计划等。因此,我希望每位辅导教师都能了解到以下有关内容,并反过来对提供情况的这届学生的学习有所帮助。

一是通过“花名册”了解班上同学的姓名、年龄、男女比例、学历情况和以前学习的专业。虽然拥有本科学历再来学习者极少,但如果出现则应特别重视。而了解学生以前的专业则是必不可少的,这对于在辅导中如何“补课”直接相关。

二是通过与同学的课堂对话、个别交谈或其他形式,了解班上同学的职业、专长、业余爱好以及他们对这门课的看法。同学们对这门课的任何看法,还可以通过网上的“在线讨论”与大家交流。

三是通过课堂提问、平时作业和各种讨论,了解班上同学对这门课程知识性内容的掌握程度和优势所在。辅导教师应该通过所了解的情况,对每一位同学提出自己的学习建议,并根据大家的学习状态,及时调整自己的辅导教学方案。

四是通过几次接触,了解学生的“学力”情况,帮助学生正确地认识自己的学力,帮助或指导学生制订及修订“学习设计方案”,并进行个人的学习评估。在学生人数较多(15人以上)的教学班或学习小组,可以有选择地进行。

5. 关于课堂讨论

课堂讨论和平时作业是我们这门课进行辅导教学的主要形式。现在,一些电大已经实行了“不组班学习”,一些电大仍然实行“组班学习”,但无论是组班还是不组班学习,“讨论”都是大家相互交流的重要机会。不受拘束,既是自学的最大好处,也是自学的最大难处。我们怎样才能在自由地安排学习时间,自由地发挥自己学习所长的同时,不至于自由地放纵自己的学习习惯呢?我认为,除了作业之外,那就是讨论。也就是说,通过大家的交流,发现他人的长处,找到自己的弱点,从而激励自己再接再厉,就是我们开展讨论的主要目的。

讨论的内容主要有两项,一是讨论教材,即主要围绕教材中的主要内容,特别是教学大纲要求掌握的重点和大家在学习中遇到难点展开讨论;二是讨论作业,主要讨论作业的形式、内容和要求以及各自做作业的方法和体会。

讨论的形式,既可以由同学们自发组织,即通过学习小组自由组合、自由参加,也可以是由辅导老师出面组织,即作为一项教学活动要求大家都参加。每次讨论前,可向全体同学自由征集讨论题目,然后再经过筛选,确定一至两三个题目,让每位参加讨论同学都有足够的准备时间。课堂讨论也可以与作业讲评的形式结合起来,或直接采用作业讲评的形式,或在讨论结束后再进行讨论讲评等。由于种种原因无法满足辅导课安排的教学班,也可以用讨论讲评或作业讲评的形式作为辅导课的主要形式。讲评主要有两种形式,一是自我讲评,主要由同学们讲自己在学习、讨论和作业过程中产生的感想、遇到的问题以及想提出的其他问题;二是由辅导老师讲评,主要讲辅导老师参加讨论或批阅作业过程中的感受和发现的问题,既包括带有普遍性的问题,也包括班上个别的但却是突出的问题。

6. 关于自我评估

我们常说,"不比不知道,一比吓一跳"。一个人在自学过程中,常常会感到一种不知自己身在何处的茫然。这时,如果有意识地吓一吓自己,比在茫然中多读几天的书更为有效。比较,在学习过程中实际上也就是一种评估,是自己对自己学习情况进行评估。我们进行自我评估的简单方法可以有两种,一是横向比较,一是纵向比较。

所谓横向比较,实际上就是通过讲评和讨论与班上的同学进行比较,找出自己的所长和所短,从而确定在班上的位置。

所谓纵向比较,也就是将"现在的自己"与"以前的自己"进行比较。我们现在还没有正式开始教材内容的学习,可以先给自己画一个定位点,看看自己处于一个什么样的情况;等到我们完成了每 次作业后,再回过头对照一下,看自己在哪些方面有了进步,在哪些方面仍止步不前。

学习的方法还有许多,比如,听课的方法,做笔记的方法,复习的方法等等,这都要靠自己在学习实践中去摸索总结,然后最好能与大家交流。

7. 关于自信

要想在自学中取得好的成绩,必须先有自信。特别是对于电大的成人学生,这一点尤为重要。与普通高校的学生相比,电大学生的心理状况更为复杂些。有的电大学生很是自尊,也有的学生很是狂妄,但大多数学生都有一种自卑情结,总认为自己是没能考上普通高校才不得不上电大的。但是,对于现在学习本专业的学生来说,应该有意识地暗示自己,你现在不仅是一个电大学生,同时还是一位北大的学生;电大学生与北大学生也许有许多不同,但有一点是相同的,那就是我们的老师都是一样的。

此外,我们还应该相信自己所拥有的人生经验,是其他普通高校的高中应届毕业生所不能具有的最大优势。因此,在电大的学习过程中,特别是在自学的过程中,必须随时鼓励自己,充分认识和发挥成人学生的长处。

就我与电大学生的接触情况看,我们的同学在学习过程中的最大难题是不会做分析题。填空题、选择题以及简答题等等,都不在话下,分析题的内容讲起来也是头头是道,但真的要落在纸上,就只剩下干巴巴的几句话了。因此,不少同学曾向我讨教过做分析题的"诀窍"。其实,大家也都知道,什么事都是熟能生巧,多做就会了。但是,什么事也都要讲究方法,才能事半功倍。而做分析题的方法,也可以归纳为这样一句话,先要会"想",还要会"讲",才能会"写"。很多问题,看上去很难,但反复地琢磨琢磨，多想一想，也就明白了。然而，想起来容易，写出来难。这也不要紧，找个机会，在讨论的时候或者在自己家里，向别人或者自己讲一讲，不通的地方也就通了，还能在讲的过程中产生灵感，撞出火花，发现平时自己也不知道的才华。这时，你再来写，也就只是一个整理与加工，也就容易了。

三、"中国现当代文学专题"的考试

1. 关于开卷考试

我们这门课的考试与其他课程的考试相比，有两大特点：一是开卷考试，二是文学课考试。一般人都认为，开卷考试比闭卷考试容易。这也许有道理，特别是对于记忆力减退的成人学生来说可能更是如此。但是，如果谁一听说这门课是开卷考试，就因此而刀枪入库，放马南山，那就大错特错了。不是在这里耸人听闻，我自己觉得，开卷考试一点不比闭卷轻松。下面我们就从四个方面来谈谈"开卷考试"的特点，也是难处。

第一，涉及面大。我们这门课考试的范围并不只限于我们这本教材中讲到的内容，也包括我们在专科阶段学习的文学史内容。这样要求，一方面是因为专题研究本来就是以文学史知识为基础的。我们认为，没有扎实的文学史知识，就没有也不能学好专题研究的内容。另一方面也是采用考试的手段强制性地要求大家重温文学史的知识。此外，由于是开卷，可以查看教材和有关资料，所以，也有一部分题目(主要是填空题和选择题)考得很细小很琐碎，甚至教材中的"注释"内容也在考试的范围内。

第二，时间紧迫。我们这门课的考试时间虽然比一般的考试增加了半小时，即由 120 分钟(两个小时)增加到 150 分钟(两个半小时)，但从以前考试和试题试作的情况看，仍然会觉得时间很紧张甚至不够用。根据我们试作的情况看，我提醒大家，一定要注意考试时间的合理分配。这可以在平时做作业时进行实验和调整，最好能做到：前 60 分的常识性题目，一般应该在 30—60 分钟之内完成(最多只能用一小时)，最后一道分析题，必须保证有一个半小时的时间。开卷考试可以带专题课的《中国现当代文学专题研究》、《〈中国现当代文学专题研究〉作品讲评》和《〈中国现当代文学专题研究〉自学指导》，选修课的《中国现当代文学名著导读》，也可以带专科教材《中国现代文学发展史》、《中国当代文学》以及相应的作品选和指导书，还可以带其他的参考资料。然而，带的书越多，负担就越重，耗去的时间就越多，如果不熟悉教材，不熟悉你所带的资料，完全靠临场翻书，肯定无法完成。

第三，分析题灵活。这门课的分析题仅限于六个大重点(即上学期为鲁迅、沈从文、张爱玲，下学期为样板戏、王安忆、余华)之内，但要求却很高(如立意新颖独特、举例具体恰当、文字优美流畅、逻辑清楚明了等等)，要在规定的时间内完成一篇 1000 字以上的"小论文"，应该说难度相当大。而且，评分标准不是你答对了什么就给多少分，而是你没有达到什么要求就扣多少分，如果你只是照抄教材上的几句话，是有可能一分不得的。这个要求虽高，但作为一个"北大"的学习文学的学生，这是应该的也是必须的。分析题一道题就占 40 分，虽然在分数上也有些大，但我们认为，这也正是为那些学习好的同学提供的一个展示的机会。

第四，水涨船高。除了分析题要求高以外，整个考试的总体要求也比较高。如以前专科阶段考试时要求的不能有错别字，现在也同样要求。简答题虽然一题只有 6—8 分，但要求的内容并不少，而且其中特别要求"文字通顺，语气流畅，逻辑清晰"，不能只是照抄教材，必须要有自己的文字组织,要看得出你的文字功底。由于前60分的题目都可以在指定携带的几本教材中找到正确答案,所以,对于“60分万岁”者来说,大致是可以满足的。虽然“60分万岁”有消极之嫌,但我认为这并不算错,是可以允许的。然而,如果我们从一开始就把目标定位在60分上面,很可能会功亏一篑。取乎其上,才能得乎其中。而且,会的大家都会,你错一点就会掉下一大截。

2. 关于考试技巧

我认为,我们这门课的每一位教师与参加我们这门课学习的每一位同学一样,都肩负着两个任务:一是学习知识(包括增强学习能力和产生学习兴趣),二是通过考试。因此,不管电大目前采用的考试方式是否是最为合理的方式,顺利地通过考试都是我们最重要的两个目的之一。如果此说成立,那么,我们在平时学习中(我再一次强调,特别是在完成平时作业中)就应该注意培养自己的“应试”能力和技巧。

从以前考试的情况看,我们的许多同学不是不会学习,而是不会考试。我们平时一般只强调“要注意学习方法”,但并不敢强调或并不特别强调“要注意考试技巧”,好像强调学习方法是理直气壮的,而强调考试技巧就有些亏理似的。其实这也是一个误解。强调学习方法是为更好更轻松地获得知识,强调考试技巧则是为了更好更真实地显示自己已经获得的知识。这有什么不对呢?因此,大家在平时学习过程中,不但应该大张旗鼓地讨论考试技巧,而且也应该把考试技巧作为一个专门知识来学习。

考试技巧不是那些“弄虚作假”的歪门邪道,而是指正确应对考试的科学方法,主要包括考前的知识准备、心理调节、考试时的答题步骤、时间分配等。下面我就着重谈一谈考试时的答题步骤和时间分配这两个问题。

3. 关于考试心态

对于缺乏考试经验的同学来说,在第一次考试中出现盲目答题的情况是很正常的,也可能是不可避免的。我们这门课的考试虽然不是大家所经历的第一次考试,但很可能是大家所经历的第一次“开卷考试”或“第一次文学课程考试”。虽然大家都已经完成了四次作业,虽然这些作业的题型和主要内容都与考试一样,但作业毕竟只是作业,不同于考试。

能在考试时保持良好的心态,就要做到胸有成竹。这主要指两个方面,一是大局观,也就是说对整个考试而言,你应该清楚自己的实力和情况,知道在哪些方面你是在行的,在哪些方面你是存在不足的,在哪些方面你多花时间是可以提高成绩的,而在哪些方面即使你用完两个半小时也是无济于事的。当然,这个工作不是你在拿到试卷时去完成的,而是在平时的学习中就应该心中有数的。二是计划性,也就是说你在应对某一个题目时,应该清楚如何去完成这个题目,应该先做什么后做什么,完成之后应该有一个什么样的结果。

综合这两个方面,在拿到试卷后,你应该清楚先做什么题目,哪些题目应花多少时间,哪些题目是不能放弃的,咬牙也要坚持,哪些题目在时间不够的情况下是可以放弃的。我们很多同学几乎是没有计划的,完成按试卷上题目的顺序,看似很潇洒,边走边唱,走到哪山就唱哪山的歌。我在前面已经说过,最后一道分析题,要留足一个半小时的时间。也就是说,前面所有的题目必须在一个小时内完成,而后面的一个半小时,还必须留有5—10分钟的思考时间,在这个时间里,除了仔细“审题”外,还要有一个构思的过程,并在构思中拟定一个答题的“提纲”。当然,这个提纲,只是你答题的初步思路,在具体的答题过程中,你还可以根据你新的思路进行修改。但是,整个答题的过程都是有条不紊地有计划有步骤地进行的。

4. 关于考试时间

在前面,实际上我们一再地谈到考试的时间问题,现在再一次强调,只能说明这一问题的重要性和目前这一问题的严重性。时间问题的重要性,与我们这门课的考试特点有关;而目前时间问题的严重性,则与大家缺乏考试经验和普遍重视不够有关。

我们曾说过,这门课的考试与其他课程的考试相比,有两大特点:一是开卷考试,二是文学课考试。文学课考试主要是考查大家的文学知识和文学素养。文学知识具有广而活的特点,很难通过"死记硬背"的方法来准备,而文学素养则更是摸不着看不见的,有货都在肚子里,你吐出来大家才知道是什么样,而吐出来什么则又与你当时的情绪和状态有关。所以,文学课的考试不同于其他课程的考试,它的准备是长期的,所谓"冰冻三尺非一日之寒"讲的就是这个道理。从另一个角度讲,文学课考试其实是从你学习这门课的第一天就开始的。但许多同学对这一点并不清楚,平时学习不在意,还像应付其他课程一样,平时不烧香,急来抱佛脚,以为有两个半小时,绰绰有余。而我们这门课采用的"开卷考试"的形式,则更加深了这一误解,以为连复习都是多余的了,到时候在考场上有什么不能抄的?也许,从这个意义上可以说,开卷考试是一个陷阱。虽然我们一再为此提出警告,但仍然没有引起大家足够的重视。

本来,大家对文学课的开卷考试不应该感到这么陌生的,因为我们曾要求,将第二次或第四次作业作为一次"摹拟考试",在课堂上用两个半小时完成。但真正做到这一点的教学班很少很少。因此,才造成大家"经验的缺乏"。而大家的重视不够,我以为,这与各地电大的教师也是第一次遇到这类考试有关。也正因为如此,他们都没有硬性要求大家一定要有一次"摹拟"的机会,没有反复强调要给分析题留出充足的时间。

在考试中,特别是在比一般考试多出半小时的开卷考试中,时间的合理分配是十分重要的。首先,应该想清楚,这个考试为什么要比其他考试多出半小时?类似的考试我们大概只在"写作课考试"中经历过,那么,与写作课考试相比,除了同样要写一篇"作文"外,还有相当内容的知识性题目,时间显然是很紧张的。其次,还应该很清楚地知道,时间分配的标准是什么?其实我们在平时作业中已经知道,哪些题目是费时费力的,哪些题目是可以节省时间的。虽然我们是开卷考试,允许你查阅资料,但查阅资料是需要时间的。在这里,时间也就等于分数,1 分的题目也许你真的就只能用 1 分钟的时间;你想用更多的时间查一个题目,就必须在其他的题目上节省时间,道理就这么简单。因此,有些你根本不会的小题目,要么就先放弃,在完成所有你会的题目后再决定是否去查阅资料,要么你就必须在考前有所准备,对所带的资料有所熟悉。

“鲁迅研究四题”自学指导

一、学习重点与方法

1. 鲁迅的人文精神

鲁迅是中国现代文学的灵魂。这可以从两个层面上来理解：一是指鲁迅的精神成为我们民族在走向现代化过程中最重要的精神财富，从最具体、最普遍的社会感应和现实考察中激发出的主体意识，表现出人道主义和强烈的社会责任感，表现为对现实实行文明启蒙和现代化改造的意志，这种主体性的社会意识在美学倾向上侧重于现实主义。鲁迅的人文精神成为中国知识分子重要的精神支柱和我们文学精神的重要构成；二是指鲁迅的创作成就，奠定了现代文学的基础。鲁迅是我国现代小说和现代散文(杂文)形式最重要的开拓者。

鲁迅是中国文化革命的主将，他不但是伟大的文学家，而且是伟大的思想家和伟大的革命家……鲁迅是在文化战线上，代表全民族的大多数，向着敌人冲锋陷阵的最正确、最勇敢、最坚决、最忠实、最热忱的空前的民族英雄。鲁迅的方向，就是中华民族新文化的方向。
——《新民主主义论》(毛泽东)

“绝望—否定”是鲁迅内心精神与情感的关键组合点。这种使鲁迅心灵负载与压抑的绝望，首先来自家庭。因此，他便从否定个人环境开始，而指向整个精神文化。“走”与“逃”是否定，但其中还有一定成分的放弃：对策性的避开。以后，角色的寻找、转换与重新确定是否定，把自己关在会馆里抄古碑是否定；呐喊与“听将令”的助威更是否定，但其中也还带有埋没：对策性的依从。而“五四”以后长期不懈的战斗，更表明了鲁迅经历了从“自救”到达“他救”的层面，即从自己的寻路而到民族文化劣根性的整体否定的层面。对于精神文化系统的异在存在，鲁迅都一概地加以否定与批判，在否定中体现出他自由意志的顽强，在否定中体现他绝望的关怀。这显然是以扩张对策性的攻击来完成他的理想自我的。

鲁迅绝望的姿态，则又是逐步由被动、被动和主动并行、而到了主动地“寻找绝望”的。“寻找绝望”实际上是鲁迅清醒的绝望，是他无所不在的否定的行为根据，是鲁迅把否定作为一种人生方式的基本前提，也是鲁迅的否定之所以深刻、尖锐、有力的根本原因。鲁迅的“寻找绝望”则使他主动地把自己“悬置”于文化氛围之外，以智者与哲人的眼光，以战士的勇气与精神来进行“绝望中抗战”，并表现出理性与韧性的风貌来。而作为对这种“焦虑”与“敌意”的移植和宣泄，鲁迅首先表现在屈原式的上下求索方面，同时也在顽强的寻路过程中，得到了深刻的绝望这样的回报。于是，在他的人文精神系统中，构置了“绝望—寻找”这样一组主题与内涵，并表现出了深刻的“否定”。

2. 鲁迅的文学意义

自《新青年》1918 年开辟“随感录”专栏后，鲁迅的杂文就显示出尖锐而深刻、巧妙而生动的独特个性，杂文就与鲁迅的名字紧密地联系在一起了。有人认为，中国的现代杂文基本上是由“随感录作家群”和“语丝派”这两个前后承接的散文流派开辟的，而鲁迅既是“随感录作家群”的主将，又是“语丝派”的坛主。也有人曾经将散文分出两条不同的“语体线索”，即“闲话散文”和“独语散文”，而鲁迅在这两种散文创作中都取得了开创性的成果。在新文学初期，散文被公认为最有成就的文体，而鲁迅正是这时期散文创作最高成就的代表。

前者如《朝花夕拾》，后者如《野草》

而鲁迅的小说在新文学初期的小说创作中，以其启蒙主义的态度、直面人生的现实主义精神、忧愤深广的创作基调以及题材的开阔、人物的塑造和形式的创造……显示出了新文学的“实绩”，标志着中国现代小说的诞生。

农民题材和知识分子题材，“几乎一篇有一篇的形式”真正做到了“格式的特别”

此外，中国现代文学乃至当代文学史上多次出现的文学论争、政治风暴，几乎都与鲁迅有关。在这个意义上，我们可以说，掌握了鲁迅，也就基本上掌握了半部现代文学史。

鲁迅已成为我们这个时代的最宝贵的资源，尽管有人反对、批评鲁迅，但谁都始终无法绕开鲁迅。鲁迅已经成为一个巨大的背景投影在我们这个时代的天幕上。

3. 鲁迅的文学观念

在上世纪初，鲁迅从事文艺运动开始时，就提出了三个互为关联的问题：一、怎样才是最理想的人性？二、中国国民性中最缺乏的是什么？三、它的病根何在？这里提出了中国现代文学的价值观的基本内涵。在“五四”文学革命中，以鲁迅为代表的“五四”作家首先强调的是文学革命与思想革命的密切联系，注重的是文学的思想启蒙作用，而文学启蒙的对象集中在下层社会“不幸的人们”。他们以首先唤起作为民族基础的大多数——下层人民的觉醒作为文学的基本任务，使“重造国民灵魂”的文学观获得了更为坚实的社会基础。

鲁迅的文学观念是以促进人的精神健全、人的全面发展为最高理想的。他用对传统文化和旧文学的否定、批判的形式来表现他的文学理想，通过对愚弱国民灵魂的揭示，旨在重建新的理想的人性，使人得到全面的发展。他将文学的审美超越意义和精神价值的追求，与人的现实价值的实现结合了起来，强化了文学观念中的批判性、真实性、历史感和超越性。

4.《狂人日记》是怎样表现鲁迅对传统文化的态度的

《狂人日记》是鲁迅发表的第一篇白话小说，它奠定了现代小说的基础，成为中国新文学的奠基之作。小说借鉴了俄国作家果戈理同名小说的日记体结构和病态心理描写的表现方法，冲破了传统的思想和手法，运用现实主义和象征主义的创作方法，“意在暴露家族制度和礼教的弊害”——即对“吃人”（包括“被吃”）这个循环的食物链的发现，第一次直接点明了中国历史的吃人本质，把中国的历史和中国的文明比喻为“吃人的筵席”，而传统中国也就成了“安排人肉筵席的厨房”。

在专门为本课配备的《〈中国现当代文学专题研究〉作品讲评》中，对《狂人日记》、《阿Q正传》、《示众》、《肥皂》和《影的告别》5篇进行了分析和评点，可以参考

同时，作品开端部分的“识”作为全文的真正结尾，表明了狂人此时病愈——也就是已经清醒，回到“大众”的队伍中“到某地候补”去了。这个结尾意味着狂人的叛逆和反抗失败后的倒退，意味着日记里所有的反对者正拍手夹道欢迎着这样的人回归到传统的队伍中，与日记的结尾处“救救孩子”的希望的呐喊

构成了一种消解。这表明了鲁迅对传统文化强大"力量"的认识，也表现了对广大民众进行启蒙的深刻意义，表现出了对传统文化进行否定的决绝态度。

5.《阿Q正传》在批判国民性方面的代表性

对于阿Q的研究，在20世纪二三十年代，主要将他作为"反省国民性弱点"的一面镜子，侧重于精神胜利法；在50到70年代，则以阶级分析立场，强调阿Q落后农民的特点，注意总结其革命性，总结辛亥革命的教训；到了80年代，则侧重中国反封建思想革命的一面镜子，强调辛亥革命脱离思想启蒙运动，忽略国民改造的失败教训，阿Q再一次成为国民性弱点的典型；近年来，则主要侧重对阿Q人类学角度的探讨，侧重他基本生存的不能满足，无家可归的惶惑、死亡的恐惧等等一系列的绝望的特征，从而成为现实环境的奴隶，而做出"精神胜利"的选择。鲁迅正是由对这一生存状态的正视，揭示了人类精神现象的侧面，从而使自己具有了超越性。

阿Q这样一个失去了内心自我、依靠本能在生活着的形象，甚至到死，还在想着如何去扮演看客们所要求的角色，他的精神胜利的病态，在中国国民中具有十分典型的意义。包括在作品最后一幕中，城里人和未庄人围观阿Q临刑前的反应，都是鲁迅特意强调的国民性的集体表演。其目的就在于"揭出病苦，引起疗救的注意"，通过揭露和批判我们的劣根，而找出医治民族衰败的药方，为中国文化的转型寻找出路。而鲁迅批判国民性的主要特色，则在于在批判的同时又总是深沉地思考着民族的处境和命运。

这就是鲁迅对中国人所谓的"丑化"

6.《示众》对于看客形象的描写

《示众》写了一个十一二岁的胖孩子——馒头店的小伙计，还有陆续出场的18个人物——他们都没有姓名、没有性格特征，只有外貌和行动举止。这群萍聚云散的陌路人成为首善之区西城马路上来去匆匆的"过客"，他们汇集到一起看"示众"，可他们也被鲁迅"示众"于大庭广众之中。其实在鲁迅几乎所有的作品中都塑造了这样一类麻木、愚昧的庸众的形象系列，如《狂人日记》中的赵贵翁、路人、青年人包括孩子以及那狗；《阿Q正传》中的阿Q、王胡、小D以及未庄和城里的闪动着狼一般眼神的看客；《药》中的看客和茶客们等等。

看/被看

这篇小说是鲁迅小说中比较特殊的一篇，它没有完整的故事，人物的性格也不是分明的，甚至连人物姓名也故意隐去；作者就是在塑造一组群像，就是在故意消解一切可能分散读者注意的动因，因此看客们的举动就带有了一种普遍的意义：纯粹是在无聊中寻找刺激。这样一来，就使这个"示众"的场面本身带有了典型性，使得全体中国人的国民劣根性得到了充分的展示。通过这次"集体示众"，鲁迅为我们揭示了国民麻木的劣根性，集中表现了鲁迅关注的"国民性"问题。

疗救和启蒙的意义

7.《肥皂》的讽刺意味

鲁迅的《肥皂》是一篇非常精彩的讽刺小说。作者讲述了一个叫"四铭"的封建卫道者，因为在街上遇到了一个十八九岁的女乞丐，认为这是"孝女"；但听到

整篇小说采用白描的手法细写四铭的行状，“无一贬词，而情伪毕露”，暴露出了他龌龊的灵魂

有人说“买两块肥皂来”，“咯支咯支遍身一洗”后，他忍不住买一块肥皂回家，想让自己的太太也“咯支咯支”搓一搓；恰巧在药房里买肥皂时，遭到店员和洋学生的讪笑，骂了他一句“恶毒妇”；回到家逼着儿子查字典，吃饭时看准一块菜心想去伸筷，却被儿子夹去了，于是就教训儿子不孝……

四铭是“昌明国粹”、力挽颓风的伪道学，是新思潮冲击下的封建怪胎。在阅读中可以从两个层面上来理解四铭：一是作为封建卫道者的四铭，曾经也“奉旨维新”，提倡过学堂。现在，一方面他与何道统、卜薇园一类的封建遗老结成同党同流合污，反对新文化、咒骂新学堂，成立“移风文社”，上文“吁请贵大总统特颁明令专重圣经崇祀孟母以挽颓风而存国粹”……表现出强烈的反动性；另一方面，他又将自己的儿子送进学堂，家里也有金边的英汉词典，还责怪儿子读英语不能“口耳并重”……奇怪的组合，使这个怪胎的形象分外鲜明，而作者的讽刺也由此表现得分外深刻；二是作品并没有正面渲染四铭的反动行为，只是用讽刺的放大镜来展示他灵魂深处的丑陋。作品的主要成分是写四铭买肥皂回来后，在家里的一系列表演，写他的虚伪和肮脏的内心。两个层面由肥皂——孝女而关联起来，把道貌岸然的四铭和男盗女娼的四铭并排放在一起来展览，起到了强烈的漫画效果，突出了讽刺意味。

8.《呐喊·自序》分析

《呐喊·自序》对于理解鲁迅的创作动机和文化态度有着十分重要的价值

在这篇序文中，鲁迅说，他的“呐喊”是为了“聊以慰藉那在寂寞里奔驰的猛士，使他不惮于前驱”；而此时的鲁迅其实正经历着辛亥革命之后的失望，正在寂寞中思考着中国的历史与现实。和“五四”前后许多“前驱者”不同，鲁迅对现实对未来不乐观，不激进，甚至有些消沉，但却是更冷静，更清醒，更有深入的体察和思考。因此他的写作，既是“听将令”的，从本质上讲更是对未来的许诺。他的绝望心态决定了他不可能以浪漫的乐观的激情去从事创作，相反只是自身对于“铁屋子”中的人依然抱有内在的不信任，即便是在《药》中设置了一个不致使前驱者寂寞的“花环”，但整个作品的格调依然是阴冷的。这就形成了他作品中特有的“忧愤深广”的底色。

所谓“哀其不幸，怒其不争”，也是这个意思

鲁迅是精神界的战士，但读他的小说，会发现鲁迅并非简单地“听将令”，冲锋陷阵，也没有正面去表现新文化运动，或者诠析革命。他更关注和极力要表现的是社会变动和文化转型时期人的精神困扰和出路等问题。他的“忧”、他的“愤”，都与深受封建礼教和制度所毒害所束缚的国民性有关，与对民族命运的思考和焦虑有关。有人说，鲁迅作品的蕴藉深邃并不大能适合青年，而更适合有生活历练的中年人。这一特点明显区别于五四当年浪漫感伤或暴躁凌厉的文坛空气。所以现在我们年轻的读者要领会鲁迅的小说，的确也要调整一下阅读心态，多少知道一些鲁迅当年创作的背景，并努力顺着作品“忧愤深广”的格调，去理解其独特的艺术世界。

9. 鲁迅《呐喊》、《彷徨》的主要内容及其思想价值

《呐喊》、《彷徨》从三个方面体现了“五四”思想革命的要求，一是对封建制度和礼教的彻底揭露和批判；二是关于对辛亥革命经验教训的总结，对改造国

民性问题的关注；三是关于变革时期几代知识分子道路和命运的探讨。这三个方面，揭示了《呐喊》、《彷徨》的主要内容，又充分体现了鲁迅启蒙主义、现实主义的思想风采。

参见教材第18页一：如《狂人日记》和《长明灯》；二：如《药》、《风波》和《阿Q正传》；三：如《孔乙己》、《肥皂》、《在酒楼上》

10. 鲁迅小说现代现实主义风格的奠基

这主要体现在四个方面：第一，题材的变革。从传统小说的帝王将相、才子佳人、神仙鬼怪，到鲁迅笔下的普通人、平凡事；第二，独特的艺术想像和构思。不再是传统小说简单的说教，而是从普通平凡的人事中发现和体悟到人性、人生等带哲理性、超越性的命题；第三，灵魂的揭示。传统小说大多比较讲究情节性和传奇性，不善于刻画人物心理，而鲁迅则在刻画国人的灵魂，深掘精神上和心理上的病苦方面有所突破；第四，格局和语言的创新。在格局上，基本上不再采用传统的格式，而热衷于各种体式的创造，根据每篇作品的不同内容，几乎一篇一种新形式，其结构方式和叙述角度都与传统小说有了很大区别，更多地吸收了西方小说的优点。在语言上也成功地完成了中国小说从文言向白话的过渡。

鲁迅以清醒而严酷的现实主义，直面人生，揭示病苦，刻画灵魂，这和传统文学中常见的“大团圆”、“十景病”等自觉不自觉地粉饰人生的做法，划清了界限。

《狂人日记》中现实主义是骨骼，而象征主义是血脉。《药》、《长明灯》、《白光》等等，或写印象，写心理，写变态，都有多种艺术方法的使用

鲁迅创建了一种开放型的现实主义创作方法。鲁迅小说的现实主义是开放的，可以容纳其他多种艺术手段的。鲁迅广泛吸取外国现代小说的经验，大胆融会试验和创新，以现实主义作为基本风格，又容纳了包括象征派、印象派等多种手法。正因为这样，鲁迅为后来的现代小说开创了多种艺术试验的源头，这也是对传统的重大突破。

11. 鲁迅小说艺术形式方面的突破与创新

我国传统小说在史传文学的母体中孕育，在勾栏瓦舍民间艺术中发展，因而比较注重全过程的叙述，讲求故事性、情节性，相对比较单一，叙述通常不能直接切入人物的心理进行刻画。

鲁迅在继承传统小说精华的同时，借鉴西方小说的优点，即把西方小说结构灵活、注重人物心理描写和我国传统小说善于借助人物言行进行描写的长处结合起来，显得十分精练、含蓄，创造了既是现代化的，又是中国化的小说新形式，对中国现代小说的创作和发展产生了深远的影响，被称为“现代小说之父”。《呐喊》、《彷徨》中的小说，大多采用截取横断面的写法，场面比较集中，情节比较单纯，故事性并不很强，打破了时空的顺序，按内容表现的需要去剪接场景和细节。像《孔乙己》（三个生活场面的片段）、《祝福》（倒叙、插叙）、《在酒楼上》（一个生活场景）、《离婚》、《药》（从中途起笔）等等，场面虽然集中，时间的跨度却很长，注意了生活纵、横面的结合。即使像《风波》这样的仅写生活中的一个片段的作品，也注意到了首尾照应交代，照顾到了我国民族的欣赏习惯。这样，这些小说虽然“取法外国”，却融合了民族形式的神韵。

从结构上看，既有截取生活的横断面（《一件小事》《孔乙己》），也有截取生

活的纵剖面(《阿Q正传》、《祝福》);既有单线发展的故事(《孔乙己》、《祝福》《离婚》、《伤逝》),也有双线交错展开情节(《药》);既有顺序式反讽结构(《狂人日记》),也有倒叙式抒情独白体(《伤逝》);既有在顺序中加入插叙(《祝福》),也有类独幕剧体(如《风波》)……真正做到了"格式的特别"。

从文体写法上看,《呐喊》、《彷徨》中的小说,"几乎一篇有一篇的新形式",有的是日记体(《狂人日记》)、有的是手记(《伤逝》)、有的是第一人称回顾(《故乡》、《伤逝》)、有的是第一人称和第三人称交错使用(《祝福》、《孔乙己》)……

鲁迅小说有诗一样单纯的韵味,却又精粹、凝练、含蓄、警拔,善于采用白描的手法,重视气氛的渲染、环境的烘托,把色彩朴素与气氛沉重结合在一起,从而风格冷峻而情感炽热,形成了独特的风格。

12. 鲁迅小说在题材上的突破

鲁迅小说的题材往往十分平凡。他所选取的材料都是现实中常见的事,普通的人,是人们司空见惯的再平凡不过的生活,从而改变了传统小说追求奇特、曲折的情节,讲求传奇性和故事性以及人物上描写帝王将相,才子佳人,或者神仙鬼怪的传统。正是从鲁迅这里开始,中国小说从那种过分追求传奇性和非凡人事的偏向中,转为描写普通人事和社会真相,"奇特的悲剧"让位于"无事的悲剧"。

这种转型是现代化的变革

另一方面,鲁迅小说又发掘得很深。他借鉴了西方现代小说的体式,采用的虽然也是现实主义的手法,但对传统写法却是非常自觉的、大胆的突破。他善于从普通平凡的人事中,发现和体悟那"一切的永久的悲哀",让读者重新打量自己所熟悉的、甚至是因为司空见惯而已经有些麻木的生活,获得某种新的体验和想像和令人震惊的发现。

由于鲁迅的发现太透彻,往往带着悲悯与同情,从现实的人事中感悟到人性、人生等带哲理性、超越性的命题,作品总弥漫着现实的可能又是永久的悲哀,当然也就让阅读变得不再轻松。

13. 必读作品(5篇)

《狂人日记》

《阿Q正传》

《示众》

《肥皂》

《影的告别》

二、学习难点与分析

1. 20世纪90年代的"反鲁"问题

在世纪之交,《芙蓉》、《收获》("走进鲁迅"专栏)等刊物先后刊发文章,对鲁迅以及鲁迅研究提出了全面的质疑,认为鲁迅的思想、人格、作品均存在着明显的缺陷，鲁迅研究也存在着很大的弊端。这引起了鲁迅研究界以至整个文坛的关注，鲁迅及鲁迅研究再度成为学术界的热门话题。

主要有葛红兵的《为二十世纪中国文学写一份悼词》、王朔的《我看鲁迅》、冯骥才的《鲁迅的功与"过"》、张闳的《走不近的鲁迅》、裴毅然的《鲁迅问题》等

之所以出现对鲁迅"全盘否定传统"的指责，其原因主要可以从这几个方面去分析。首先是因为鲁迅在"五四"时期对传统确实采取了全面而彻底的否定态度，说其是"全盘否定"，从表面上看不无根据；其次，今天出现这些对鲁迅的指责，关键是指责者没有历史地看待鲁迅，并没有真正理解鲁迅在否定传统时的"语境"和真正用意，也没有真正认识鲁迅，只看到了鲁迅对传统进行的批判，而没看到鲁迅对传统的"价值重估"；其三，随着改革开放，人们的主体意识加强了，对过去"神化"鲁迅的倾向进行反拨，结果出现了矫枉过正的现象；其四，出于寻根的需要，人们向传统寻找现实的答案，结果发现"五四"造成了与传统的"断裂"，因而片面地归罪于鲁迅。

2. 研究鲁迅思想和精神的重要思维方法——回到语境

在这里我们必须引入一个重要的思维观念和评价方式，就是——回到语境。

回到语境，就是首先将研究的对象和材料放置在当时特定的背景中，去深入了解和体会当时特定情况下的鲁迅与现实之间的关系，用历史的观点来分析这种否定和批判，了解鲁迅精神特点的历史理由。

在教材第二讲中有"回到历史现场"，第三讲中有关于经典阅读的"历史感"等，都是同一个思维向度的问题

在近代中国快速变迁的情境中，传统文化模式、法则、标准不再适用，鲁迅对传统文化的批判的确从整体上予以了全面的批判，甚至表现出了某种偏激，实际上是一种向传统文化模式告别的姿态和宣言。"反传统"实际上就是对过去文化的一种否定性的理解方式。但理解这种态度，必须回到语境，从现实背景、鲁迅的思维方式、斗争策略以及操作层面上来理解。

3. 怎样理解鲁迅对传统文化的态度

鲁迅对中国文化进行了整体性的批判和否定。他在这个文明中看到的不是个别的诱人之处，而是"吃人"的整体功能。中国传统的政治、军事、文化、制度……已经形成了一个不可分割的整体，而这个整体性的传统文化正严重地牵绊着中国社会的进步，导致了中国的落后。鲁迅毕生从事着对国民性批判的工作，这正是他对传统文化的批判的一个重要内容，是鲁迅从人的精神领域进行文化否定的典型事例。

在思维方式上，鲁迅显示出对传统文化的整体感悟和整体批判的姿态。这并不否认鲁迅对传统文化是在批判前提下继承的科学态度

同时，鲁迅对传统文化和国民性的批判并不仅仅是他的个人行为，而是"五四"新文化运动时期时代要求下孕育出的所有的启蒙主义者共同的追求和行动。

在教材这一讲的前两个单元中，有不同角度的分析说明。

我们必须看到，对于传统文化，鲁迅并不是采取虚无主义的态度，而是努力地去寻找民族文化新生的出路。鲁迅对传统文化的传承拓展所作的工作，包含了三个层面，即：批判、继承和转化。

鲁迅的工作首先是梳理，这成为继承和分析的基础与前提。他整理古籍，收集碑帖、拓片，讲授中国小说史、汉文学史纲要等课程。可以说，鲁迅对传统文化的研究开拓了现代古典文学研究的范畴。他所确立的方法和命题，都是古典文

由此认识到为什么说鲁迅对传统确实是“全盘否定”的，但又不应当简单地断言鲁迅就是“全盘否定传统”的

学研究的经典性成果。其次，是继承和分析。鲁迅对传统文化是整体的否定和局部的继承，是在接受传统文化丰富养分的同时对传统文化进行否定的。

4. 怎样看待鲁迅在传统批判中的偏激

鲁迅作为现代知识分子，对传统文化批判的态度是严厉的、决绝的、甚至是偏激的。这里面当然有“五四”时期那种建立在进化论基点上的“革命”的、浪漫的、姿态的影响，那种社会的时代进化方式所带来的否决性整体意识，但更重要的是鲁迅自身的人文意识和思维方式。

现实处境

要评价鲁迅的这种偏激，就要“回到语境”，即必须进入到当时的特定的环境中，深入思考鲁迅观点产生的历史和现实原因，才能准确地理解鲁迅的这种态度和方式。

其一，传统文化根深蒂固，如果不采用全盘否定的彻底的态度，只是一味强调“因时制宜”，结果往往只会被调和和折衷的社会惰性所裹挟，任何改革就只能流于空谈。只有偏激才能打破旧的营垒，才能唤起国人改革的欲望。而特定的环境是，封建文化依然在顽固地束缚着人们的头脑，我们民族又面临外敌侵入的亡国危险，在启蒙和救亡的双重变奏中，救亡图存始终是一个命定的因素在起着潜在的决定性作用。这显然影响着启蒙话语的实行，因此，一种决断的方式，就有了存在的必要性和现实性的价值。

逆反思维的方式

其二，鲁迅总是有意识地采用一种逆反思维和评判方式来不停地提醒人们，促使人们努力挣脱传统习惯所造成的思维定势。而这种逆反思维和评判，又是源自于鲁迅的怀疑精神和绝望态度。其根本目的就是让人们能够从中惊醒过来。这种思维方式本身就是对传统思维定势的否定。

历史的中间物

其三，鲁迅同样也认识到自身的历史性。他在反传统的过程中同时洞察了自身的历史性，即自己是站在传统之中“反传统”。因此，对传统的否定的价值判断导致了对自我的否定性的价值判断，这也是鲁迅反传统的基本前提。这表明了鲁迅把反传统的社会活动纳入了自身的精神历程，并使之具有了“赎罪”的意义：传统的罪恶也是我们自己的罪恶，对传统的批判和否定也是对“我”的批判和否定。

引文见陈思和《三论鲁迅的骂人》

其四，在鲁迅“骂人”与“被骂”的一生中，受伤害最深的，恰恰是鲁迅本人。只是事过境迁，那些争论的背景与环境都已经被人遗忘，惟留下了鲁迅的独战无物之阵的身影，事情就朦胧起来。就像两个人打架，你一拳我一脚旁观者看得清清楚楚，但忽然将其中一个作隐身处理，虽然拳脚依然，但人们看见的，只剩下另一个人单方面地舞动拳脚，判断就容易出错。“试想一下，一个知识分子整天处于特务的监控盯梢之中，过着半地下的幽闭生活，他的书被查禁和销毁，他的文章即使用了笔名发表仍然受到粗暴删改和攻击……他的朋友（甚至年纪比他轻的朋友）一个个莫名其妙地失踪或者公开被枪杀，还有关于他的谣言不停地流传……对于一个生着重病、又需要用笔写了文字去换钱来养家糊口的老人，能不陷入疑神疑鬼、孤独易怒的精神状态么？”

其五，回到语境，意味着要理解作家作为一个独立的个体，在进行着独立的战斗，鲁迅的战斗方式就是作为文学家/学者的战斗方式。

鲁迅对传统文化的整体否定，采用文学的方式，也就是采用情感、精神的表述方式，是用杂文式的笔法来表现一种强烈的否定性情绪。这不是一种判断，不是一种彻底的理性，而是融进理性的感觉式的评判姿态，因此，态度往往就表现得非常决绝，所谓“揭出病苦，引起疗救的注意”。

作为文学家的鲁迅

同时鲁迅又具有严谨风格和冷静的一面。作为一个传统文化的“轨道的破坏者”，就要“将碍脚的旧轨道不论整条或碎片，一扫而空”。为了战斗的功利性需要，在他的笔下出现偏激的声音显然是一种战术性的有效攻击，而不是战略性的宏观统筹。

作为学者的鲁迅

5. 鲁迅、胡适、周作人等文化先驱对传统文化的不同态度

鲁迅、胡适、周作人都对传统文化表现出了批判和革新的意识。可以说“批判”是“五四”时期很多知识分子的共同的选择。简单地说，鲁迅的批判表现出“决绝”和“偏激”，对传统文化的批判是最深刻、最猛烈的。胡适主要是从建设新文学的角度对传统文化进行批判，因而态度比较温和，富有建设性。周作人则是从批判开始，但很快就又转向与传统文学的“和谐”。

6. 鲁迅对于中国文化转型的思考

鲁迅为中国文化转型和中国现代化所作的思考和一些重要观点，包括“拿来主义”、物质文明与精神文明关系、科学主义等。

“拿来主义”原则参见教材14、17页

一方面鲁迅主张对传统进行批判，主张对外来文化的吸收，甚至主张少看或不看中国书，多看外国书。但是，鲁迅并没有丝毫的崇洋媚外思想。

另一方面，在对于物质文明与精神文明关系以及科学主义的态度上，鲁迅承认西方的物质文明代表着社会进步的趋势，肯定了科学的力量，但同时更也指出了对盲目崇拜西方物质文明、“科学万能”的现代文明病。从本质上讲他是重视人性健全，因而表现出了前瞻性特点。

7. 鲁迅小说中的人物关系模式

(1)“看/被看”的模式。这类作品主要有:《示众》、《药》、《狂人日记》、《孔乙己》、《明天》、《头发的故事》、《阿Q正传》、《祝福》、《长明灯》、《铸剑》、《理水》、《采薇》等。“看 / 被看”模式就是作品中的人物都有一个动作，就是“看”，都有一种人物关系，就是“看别人”和“被别人看”。在“好奇”的看客们“看和被看”的背后，作者鲁迅作为一个潜在的视角，高屋建瓴地用悲悯的眼光，愤激地嘲讽着看客的麻木和残酷，从而造成一种反讽的距离。“看/被看”的对立还发生在先驱者和群众之间，也就是“启蒙/被启蒙”之间，进而发展为“吃/被吃”的模式，也就具有了一种象征。

(2)“离去——归来——再离去”模式，也称为“归乡”模式。在这一模式的小说中，有《祝福》、《故乡》、《在酒楼上》、《孤独者》等，叙述者在讲述他人的故事(祥林嫂的故事，闰土的故事，吕纬甫、魏连殳的故事)的同时，也在讲述自己的故事，两者互相渗透、影响，形成了一个复调。

三、"鲁迅小说创作"大事年表

"鲁迅"是他发表《狂人日记》时用的笔名 "五四" 时期与周作人以 "周氏兄弟" 闻名

1881 年

9 月 25 日，鲁迅生于浙江绍兴会稽县东昌坊口一个破落的封建士大夫家庭，原名樟寿，字豫山，后改名周树人，字豫才。

1885 年

其胞弟周作人出生。

1893 年

因祖父周福清科场案入狱。周家变卖产业营救。鲁迅避难于亲戚家，感受到世态炎凉。

1894 年

冬天，父亲周凤仪病重。为了救命，鲁迅常常出入于当铺和药店。但父亲依然于 1896 年 10 月病逝。

1898 年

5 月，到南京江南水师学堂求学。

10 月因不满江南水师学堂的守旧和腐败，改考入江南陆师学堂附设的矿务铁路学堂。

1902 年

这期间读到严复译述的赫胥黎的《天演论》，受到达尔文"进化论" 思想的影响，形成了早期的世界观

1 月 27 日，从矿路学堂毕业。

3 月 24 日到日本留学。

4 月下旬入东京弘文学院普通科江南班学习，与许寿裳等人组成浙江同乡会，决定出版《浙江潮》月刊。

1903 年

6 月，在《浙江潮》第 5 期发表《斯巴达之魂》及所译法国雨果的随笔《哀尘》。

1904 年

4 月，从弘文学院毕业。

9 月，入仙台医学专门学校学医。

1906 年

1 月，受到"幻灯片"事件的影响，决心"弃医从文"，以文艺来改造国民的精神，致力于批判国民性。

3 月，从仙台医学专门学校退学，至东京与许寿裳、周作人等筹办《新生》杂志，后因经费等原因而失败。一方面翻译外国小说，与周作人合译有《域外小说集》(1、2)，一方面介绍西方的哲学、文学思想，著有《文化偏至论》、《摩罗诗力说》等论文。

1909 年

8 月，回国，在浙江两级师范学堂任生物学和化学教员。

1911 年

开始小说创作，最早的作品是以辛亥革命为背景的"文言小说"《怀旧》。

1912 年

2 月，应中国民国临时政府教育总长蔡元培的邀请，赴南京任教育部部员，后随部赴北京，任教育部社会教育司第一科科长。袁世凯复辟后，陷入幻灭，埋头于古籍整理。

核心在于号召打破封建传统束缚，争取思想解放和个性解放；号召"超人"，赞美摩罗诗人们"立意在反抗，指归在行动"的斗争精神，希望中国有自己的精神界的战士出现

1917 年

7 月 3 日，因张勋复辟，愤而离去教育部。乱平后，16 日回部工作，应邀开始了白话小说、白话诗和白话散文的创作。

1918 年

4 月写成第一篇白话小说《狂人日记》，发表于 5 月出版的《新青年》杂志第四卷第五号，开始用"鲁迅"的笔名。在同期的《新青年》上还发表了新诗《梦》、《爱之神》、《桃花》。

现代文学史上第一篇用现代体式创作的白话小说

9 月，开始在《新青年》杂志第五卷第三号"随感录"栏发表杂感。另创作小说《孔乙己》。

从"二十五"起

1919 年

创作小说《药》、《明天》、《一件小事》，总题为《自言自语》的散文七篇以及论文《我们现在怎样做父亲》等。

1920 年

创作小说《风波》、《头发的故事》。

8 月被聘为北京大学、北京高等师范学校讲师。

1921 年

创作小说《故乡》，12 月 4 日开始在北京《晨报副刊》连载小说《阿 Q 正传》，到 1922 年 2 月 2 日载毕。

1922 年

创作小说《端午节》、《白光》、《兔和猫》、《鸭的喜剧》、《社戏》以及历史小说《不周山》。

《不周山》：后改题为《补天》

1923 年

7 月与周作人关系破裂，被聘为北京女子高等师范学校讲师，讲授中国小说史及文艺理论，出版《中国小说史略》(上册)。8 月小说集《呐喊》出版。

1924 年

创作小说《祝福》、《在酒楼上》、《幸福的家庭》、《肥皂》。

9 月开始写散文诗《秋夜》等，后集为散文诗集《野草》；翻译日本橱川白村的文艺论文集《苦闷的象征》，出版《中国小说史略》下册，并成为《语丝》周刊的重要撰稿人。

《语丝》：1924 年 11 月 17 日在北京创刊

1925 年

创作小说《长明灯》、《示众》、《高老夫子》、《孤独者》、《伤逝》、《兄弟》、《离婚》；开始创作总题为《忽然想到》的杂文。

5 月出席女师大学生自治会召开的师生反对校长杨荫榆的联席会议。

《伤逝》：惟一以爱情生活为题材的小说；《离婚》：最后一篇以现实生活为题材的小说

依托又背离，这种"矛盾"时时浮现在他的创作中，使他的作品的确留下了某些拼贴的痕迹，从而形成了现阶段茅盾研究中一些人对其批评的原因。

以上就表现而言，下面看看意义：

"矛盾"在茅盾文学主张中的意义主要在两个方面。一方面用事实证明像茅盾这样的具有强烈历史使命感的作家，在社会政治思潮急剧动荡的时代，其政治热情常常远远高出于艺术冲动；另一方面也为我们在认识那些出于"思想家兼艺术家"之手的作品提供了一个鲜活的实例，使我们可以更清楚地看到，这些作品首先是思想性的作品，它的主要价值就在于可以用来充实读者的那些新的思想。

"矛盾"在茅盾文学创作中的意义，正如教材在第44页上所说，矛盾是《蚀》三部曲贯穿始终的基调，通过这个基调的创作，茅盾不但完成了他文艺理论家和批评家到作家的身份的转移，而且，他用"矛盾"作为自身形象的和处女作的主题的定位，以此折射被抛入历史文化过渡时代的知识分子的尴尬处境和复杂心理，既是极富内省精神的自况，也是对社会现实进行精确观察所得出的结论。

"矛盾"在茅盾研究中的意义在于，一方面扩大了茅盾研究的领域，打破了研究中的单一政治视野或政治与艺术二元的思维模式，改变了以前研究的狭小格局；另一方面也可以让我们直接接触到学术前沿的各种不同的方法、角度和观点，包括一些争议，可以帮助我们拓宽视野，学会在"矛盾"中思考和判断。

5. 必读作品（3部）

《蚀·幻灭》

《春蚕》

《子夜》

二、学习难点与分析

1. 为什么说茅盾的小说是20世纪30年代都市文学最早的代表？

这里的"都市文学"是与"乡土文学"相对应的一个现代文学概念

现代都市是伴随着中国社会殖民地、半殖民地化程度日益加剧而畸形发展起来的。它既是帝国主义势力、封建主义势力和官僚买办势力的反革命政治、经济统治的中心，又是新兴的社会力量——工业无产阶级的集结地。它最集中、最迅速地反映着中国社会百年来的风云变幻。正是这种社会历史背景使反映都市人生成为新文学的必然要求。"五四"新文学有关青年知识分子题材的创作，多少带有都市生活的色彩，他们在现实中的进退拮据和内心的彷徨苦闷，无不与都市文明的畸形发展有着或多或少的联系。郭沫若《女神》中就有不少篇章以"五四"的狂飚精神反映了现代的都市人生。这些我们不妨把它们视为都市文学的先声。而真正给都市文学以理论发现并在创作中鲜明地显示都市文学特征的则是茅盾。

早在20世纪20年代末，茅盾就把"都市人生"的反映视为他文学主张的具体内容之一，并强调从"弹奏着'五四'基调的动态人生的充分展示中反映'五四'以来的社会现实。而弹奏着'五四"基调的，不能不首先在于都市"。基于这种认识，他高度评价了《倪焕之》的出世在新文学史上的意义。但在当时他主要表现的也还只是都市小资产阶级知识青年。后来随着他的马克思主义文艺观的进一步成熟，特别是参加左联后，他从建立无产阶级革命文学的高度对"都市文学"进行了新的阐释，并第一次提出了"都市文学"的概念。因此，可以说茅盾是我国在无产阶级革命文学的范畴内给"都市文学"以理论发现的第一人。在创作上，这一时期他的作品多取材于都市人生，而且最为成功的作品多是"偏重于都市生活的描写"的。如从《蚀》到《子夜》，再到《腐蚀》……都是选取上海、武汉、重庆等都市作为事件展开的环境，即使是像《动摇》中那样小县城生活的描写也充分地感应着大都市政治风云的变幻，且所描写的冲突都是都市性的，其中的主要人物或是民族资产阶级，买办资产阶级和他们的政治、文化代表，或是完全都市化了的小资产阶级知识分子，或是城市的产业工人。而在《子夜》、《第一阶段的故事》、《锻炼》等作品中，茅盾则从更广阔的社会背景和历史背景上反映着20世纪三四十年代的都市人生。即使是这一时期的以乡村生活为题材的作品，我们也可以从中感受到浓重的都市气息，表现了都市生活对农村生活的巨大影响。另外，我们还注意到他作品中的农村大多是都市附近的村镇，如被作者自称为"描写乡村生活的第一次尝试"的《林家铺子》，其故事发生的地点就在距离上海并不太远的一个小市镇。这种地理上的联系显然是都市影响的基本条件，也体现了作者观察农村生活的独特视角。且不说《子夜》中的双桥镇本来就是吴荪甫梦想中的双桥王国的一部分，就是以农村为直接描写对象的作品，如《农村三部曲》，他也从不把它们描绘成独立于都市的"桃源式"的社会。

鲁迅第一个提出了"乡土文学"的概念

《林家铺子》可与马拉默德的《伙计》相比，两者同以20世纪30年代为背景，题材结构大致相同

因此，从都市文学理论主张的提出到像《子夜》等一系列以都市为题材作品的产生，都足以说明茅盾是20世纪30年代都市文学的发轫者与杰出的代表。

2. 都市文学与市民文学的区别

市民文学在传统文学中已十分发达，最著名的如宋以来的话本和拟话本，然而，它不是都市文学，这是十分显然的。"五四"以来的新文学中，城市市民生活始终是引起人们关注的题材。无论是当时的京派作家，还是左翼的一些青年作家，都曾在这块领域内挖掘过人生的悲剧和喜剧，以引起疗救的注意。以老舍为例，他以擅长描写北方市民社会著称，描风俗、写人物，都具有非凡的功力，堪称为"市民文学"的大师。然而，他的创作之所以不能称为"都市文学"，在于他所描写的生活主要是都市中的停滞部分，是传统的市民社会的沉积层。他笔下的小商贩、小房产所有者、城市贫民、无业游民、暗娼、穷公务员……所构成的是一个五光十色的下层市民社会，他们不代表任何新的生产关系；他们是散漫的，保守的，没有独立力量的。现代社会的急剧变化很难在他们身上得到积极的反应，他们往往只是消极地、迟缓地去适应这种变化。"静态"正是老舍笔下市民生活的主要特征。

京派：参见第六讲"沈从文与'京派'文学"

市民文学的传统性特征

而都市文学首先是以自己鲜明的"现代"性格显示独异的色彩和气度的。所谓"现代"性格，用闻一多的话说，首先是"二十世纪是个动的世纪"，在紧张的动

都市文学的现代性特征

态之充分描写中，反映的是现代生活的变革和发展。如果说新文学中以市民生活为题材的创作，其"现代"属性主要在于其中渗透着作家对灰色人生的强烈批判精神，由此而传递出了"五四"的声息，那么，茅盾都市题材的创作则由于他在新民主主义革命要求下深刻地反映了都市以至全社会生活的动态、节奏和发展方向，而更具有完整的、鲜明的"现代"意义。他的创作迅速地传达着现代都市社会的每一律动，尤其是都市社会各阶级、各阶层在政治、经济的急剧变动冲击下的心理、思想上的每一律动。与动态人生相对应的是，他认为"力"和"速度"应该"成为现代文艺的主要色调"。事实上，他的创作比他的理论提倡更为充分地体现了这一原则。如《子夜》中吴老太爷之死反衬的正是现代都市生活的疯狂节奏，是"力"与"速度"。因此，"动态"特征，使茅盾的创作是充分"现代"的，因而也是"都市"的，这正是都市文学与市民文学的鲜明区别。

3. 茅盾为什么被誉为"二十世纪的巴尔扎克"和"二十世纪的别林斯基"？

巴尔扎克的《人间喜剧》是一部生动、形象的"法国社会，特别是巴黎上流社会的卓越的现实主义历史"。在作品中巴尔扎克"用编年史的方式，几乎逐年地把上升的资产阶级在1816年至1848年这一时期对贵族社会日甚一日的冲击描写出来"。在资产阶级的逼攻下，封建贵族阶级逐渐衰亡，金钱成为支配社会惟一的力量。在这样一幅"中心图画"的四周，他汇集了法国社会的全部历史。他的名言是："从来小说家就是自己同时代人们的秘书。""法国社会将要做历史家，我只能当他的书记。"而我们知道，茅盾是自觉充当中国现代革命史的书记和传记作者，他的许多不朽作品可以说是中国现代革命的编年史。20世纪前半世纪的民族资产阶级是他塑造的主要形象之一。

巴尔扎克：19世纪上半叶法国和欧洲批判现实主义文学的伟大代表

别林斯基是俄国现实主义文学理论的奠基者。他的文学活动，特别是他的文学理论和批评，与当时方兴未艾的农民解放运动和政治斗争紧密结合在一起。而茅盾作为我国早期的共产党员，马克思主义理论的实践者，他的文学创作始终与政治相联系，坚持革命现实主义的文艺应与中国的革命取统一步骤。在文艺批评方面他也是中国现代批评的开创者之一。他用历史唯物主义的观点进行了作家评论和文学史研究的最初成功尝试，为中国马克思主义文艺批评的建立以及扩大马克思主义批评的影响，做出了杰出的贡献。

别林斯基：19世纪俄国伟大的革命民主主义者，卓越的文学批评家

因此，我们可以看出，茅盾与巴尔扎克、别林斯基虽属不同国家不同年代的人，但在文学创作与文艺批评方面有着很多相似之处，并且茅盾在继承前辈的基础上还有所发展。

4. 研究者对"革命家茅盾"和"文学家茅盾"的不同态度

1986年，张光年提出茅盾体现了"文学家与革命家的完美结合"的观点，认为他是并不多见的"把两种素质集于一身的人"。这引起了争议，也是对新时期茅盾研究改变狭小格局的一次大规模突破。20世纪80年代末和90年代初人们对茅盾小说的理性化产生了非议，分歧集中反映在对以《子夜》为标志的"社会剖析小说"模式的评价上。其中，蓝棣之、王晓明等持批评意见，而严家炎、孙中田等多数研究者持肯定意见。

20世纪80年代中期，关于"革命家茅盾"和"文学家茅盾"的关系，成为一个引人瞩目的话题。可参见教材第46—48页

三、"茅盾与'人生派'、'社会剖析派'小说"大事年表

1896年

7月4日，茅盾生于浙江省桐乡县乌镇，原名沈德鸿，字雁冰。

1913年

夏，中学毕业后考入北京大学预科第一类。

1916年

8月，北大预科毕业后到上海商务印书馆编译所工作。

1920年

1月，主持《小说月报》的《小说新潮》栏。

1921年

1月，参与发起组织"文学研究会"，接编并改革《小说月报》。

7月，中国共产党成立，他由上海共产主义小组成员转为正式党员。

"人生派"小说

1月，王统照《沉思》发表于《小说月报》第12卷第1号。许地山《命命鸟》发表于《小说月报》第12卷第1号。4月，冰心《超人》发表于《小说月报》第12卷第4号。许地山《商人妇》发表于《小说月报》第12卷第4号。6月，王统照《春雨之夜》发表于《小说月报》第12卷第6号。庐隐《一封信》发表于《小说月报》第12卷第6号。

1923年

1月，调离《小说月报》，至商务印书馆国文部。

1月，王统照《黄昏》(中篇)连载于《小说月报》第14卷1号至5号。叶圣陶《火灾》发表于《小说月报》第14卷第1号。5月，冰心《超人》集由商务印书馆出版。6月，庐隐《丽石的日记》发表于《小说月报》第14卷第6期。10月，庐隐《海滨故人》连载于《小说月报》第14卷10—12号。叶圣陶《校长》发表于《小说月报》第14卷第10号。11月，叶圣陶《火灾》、《稻草人》两集由商务印书馆出版。

1925年

12月，被选为出席广州国民党第二次全国代表大会代表。

1月，叶圣陶《潘先生在难中》发表于《小说月报》第16卷第1号。

7月，庐隐《海滨故人》集由商务印书馆出版。10月，叶圣陶《线下》集由商务印书馆出版。

1926年

1月，离沪去粤，后任国民党中央宣传部秘书。

7月，叶圣陶《城中》集由文学周报社出版。

1927年

1月，赴武汉，在中央军事政治学校任教官。约4月，任汉口《民国日报》主编。

从这年起，开始小说创作

9月始《幻灭》连载于《小说月报》第18卷第9—10号，署名茅盾，收入

1930年5月开明书店版《蚀》。

11月，王统照《沉船》发表于《小说月报》第18卷第11号。

1928年

1月始《动摇》连载于《小说月报》第19卷第1—3号，收入《蚀》。

6月始，《追求》连载于《小说月报》第19卷第6—9号，收入《蚀》。

10月，论文《从牯岭到东京》发表于《小说月报》第19卷第10号。

1月，叶圣陶《倪焕之》（长篇）连载于《教育杂志》第20卷第1—12号。

1929年

5月，论文《读〈倪焕之〉》发表于《文学周报》第8卷第20号。

7月《野蔷薇》集由大江书铺出版。

1930年

加入中国左翼作家联盟。

1月，丁玲《韦护》连载于《小说月报》第21卷第1—5号。

1931年

2月，《虹》由开明书店出版。

3月，张天翼《二十一个》发表于《文学生活》第1卷第1号。9月始，丁玲《水》连载于《北斗》第1卷第1—3期。

1932年

7月，《林家铺子》发表于《申报月刊》第1卷第1期，收入1933年5月开明书店版《春蚕》。11月，《春蚕》发表于《现代》第2卷第1期，收入《春蚕》。

10月，沙汀《法律外的航线》集由辛垦书局出版。12月，艾芜《人生哲学的一课》发表于《文学月报》第1卷第5、6期。

1933年

1月《子夜》由开明书店出版。

4月《秋冬》发表于《申报月刊》第2卷第4、5期，后收入《春蚕》。

7月《残冬》发表于《文学》第1卷第1号，收入1939年8月开明书店版《茅盾短篇小说集》第2集。

6月，叶紫《丰收》发表于《无名杂志》创刊号。7月，叶圣陶《多收了三五斗》发表于《文学》创刊号。

1935年

5月，论文《中国新文学大系·小说一集·导言》收入良友图书印刷公司版《中国新文学大系·小说一集》。

3月，叶紫《丰收》集由容光书局出版，为“奴隶丛书”之一。

1937年

8月，参与编辑的《救亡日报》、《呐喊》分别在上海创刊。

9月，与巴金主编的《烽火》在上海创刊。

1938年

3月，中华全国文艺界抗敌协会在汉口成立，被选为理事。

4月，主编的《文艺阵地》在广州创刊，同时编香港《立报·言林》。

7月，《炮火的洗礼》集由桂林文化生活社出版。

“幻灭小说”主要还有柔石的《二月》，巴金的《灭亡》等

《倪焕之》被茅盾誉为“扛鼎的工作”的作品

“社会剖析派”小说《韦护》标志着创作倾向的转变，开始转向革命知识分子题材。

《水》努力表现工农生活的新起点

艾芜小说开创流浪汉题材

《丰收》塑造了受剥削、压迫的云普叔形象。《多收了三五斗》反映“丰收成灾”的畸形社会现象，是“丰收成灾”题材中的名篇

1939 年

3 月，抵新疆，在新疆学院任教。后任新疆文化协会委员长，中苏文化协会新疆分会理事。

1940 年

1 月，被选为陕甘宁边区文协代表大会名誉主席。5 月，抵延安，后曾在边区“文协”与“鲁艺”讲演、讲学。

1941 年

1 月，散文《风景谈》发表于《文艺阵地》第 6 卷第 1 期，收入良友复兴图书馆印刷公司 1945 年 7 月版《时间的记录》。

5 月始，《腐蚀》连载于《大众生活》5 月 17 日至 9 月底，同年 10 月华夏书店出版。

6 月，散文《白杨礼赞》发表于《文艺阵地》第 6 卷第 3 期，收入柔草社 1943 年 2 月版《白杨礼赞》。

9 月，主编的《笔谈》在香港创刊。

1942 年

8 月，《霜叶红似二月花》连载于《文艺阵地》第 7 卷第 1—4 期，桂林华华书店 1943 年 10 月出版。

1945 年

4 月，剧本《清明前后》连载于重庆《大公晚报》，同年 10 月重庆开明书店出版。

6 月，参加纪念茅盾五十寿辰和创作活动二十五周年活动。

1946 年

12 月，应苏联对外文化协会邀请访苏。

1948 年

9 月，《锻炼》连载于香港《文汇报》9 月 9 日至 12 月 29 日。

1949 年

7 月出席全国文代会，当选为全国文联副主席和全国文协(作协前身)主席。

9 月任“政协”常务委员。

10 月任中央政府文化部部长。

《人民文学》创刊，任主编。

1951 年

1 月，被选为世界和平理事会理事。

1958 年

8 月，《夜读偶记——关于社会主义现实主义及其他》由百花文艺出版社出版。

3 月始，《茅盾文集》(第 1 卷)由人民文学出版社出版，至 1961 年 11 月出齐 10 卷本。

1964 年

被选为“政协”全国委员会副主席。

1965 年

1 月，辞去文化部部长职务。

1978 年

9 月始，回忆录《我走过的道路》连载于《新文学史料》第 1 期至 1986 年第 4 期止。

1981 年

3 月 27 日逝世，31 日中共中央决定恢复他的党籍，党龄从 1921 年算起。

《茅盾全集》（第 1 卷）由人民文学出版社 1984 年出版，至 1997 年出至第 38 卷

四、练习与讨论

（一）填空题

1. “茅盾”这个笔名是沈雁冰在 1927 年发表第一篇小说《幻灭》时开始使用的，原为“矛盾”，后被______改为“茅盾”。

2. 1933 年，茅盾的《______》的出版，被看做是左翼文学发展中的一件大事。

3. 泰纳认为，文化艺术的发展取决于______、环境和时代三个要素。

4. “社会剖析小说”是在______的“人生派”小说基础上开展起来的。

5. 茅盾主要创造了民族资本家与______两个形象系列。

6. 《虹》按女主人公______“成都—泸州—上海”三大段生活，以时间、空间的转移为发展线索。

7. 茅盾笔下的______形象系列比之______形象系列较少理念化的痕迹，取得了更大的成功。

8. 《______》以“五四”至“五卅”期间的历史事变为背景表现了一个知识女性由个性解放走向集体主义的人生历程。

9. 《蚀》三部曲中，真实性和艺术性结合得最好的，应当属《______》。

10. 《林家铺子》和马拉默德的《______》（曾获美国全国文艺学院颁发的罗森塔尔奖）同以 20 世纪 30 年代为背景，选取了相同的题材和相似的结构。

（二）单项选择题

1. “文学研究会”的机关刊物是（　　）。

A.《文学旬刊》　　B.《小说月报》

C.《文学周报》　　D.《诗》

2. 属于“幻灭小说”且被茅盾誉为“扛鼎的工作”的作品是（　　）。

A.《蚀》　　B.《二月》

C.《灭亡》　　D.《倪焕之》

3. 孙舞阳是茅盾（　　）中的人物。

A.《幻灭》　　B.《追求》

C.《动摇》　　D.《虹》

4. 在《幻灭》中，作者最喜爱的人物是（　　）。

A. 抱素　　B. 慧女士

C. 李克　　D. 静女士

5. 茅盾被誉为“二十世纪的(　　)”。

A. 托尔斯泰　　B. 巴尔扎克

C. 左拉　　D. 莫泊桑

(三)多项选择题

1. 具有社会剖析小说特点的作品主要有(　　)。

A.《蚀》　　B.《子夜》

C.《林家铺子》　　D.《春蚕》

2. 30年代初期,继茅盾的《春蚕》、《秋收》后,反映了“丰收成灾”的畸形社会现象的作品还有(　　)。

A. 叶圣陶的《多收了三五斗》　　B. 巴金的《灭亡》

C. 洪深的《香稻米》　　D. 叶紫的《丰收》

3. 茅盾未按计划完成的作品有(　　)等。

A.《虹》　　B.《走上岗位》

C.《多角关系》　　D.《锻炼》

4. 茅盾为追求功利目的硬写的失败之作有(　　)等。

A.《虹》　　B.《第一阶段的故事》

C.《三人行》　　D.《清明前后》

5. 茅盾抗战后的“急就章”有(　　)等。

A.《路》　　B.《腐蚀》

C.《霜叶红似二月花》　　D.《走上岗位》

(四)简答题

1. 茅盾多部作品未能完成的原因是什么?

2. 茅盾的创作心理及作品的得失表现在哪儿?

3. 以《子夜》为例,谈谈茅盾小说的结构特点。

4. 作者以“矛盾“为笔名有何特殊意义?

5. 为什么说《子夜》及《林家铺子》等具有社会剖析小说特点的作品,代表着这一派小说的最高成就?

6. 茅盾小说的“史诗性”特征表现在哪儿?

7. 茅盾小说的结构对于中国现代长篇小说的发展有何重要意义?

8.《子夜》在茅盾创作历程中有何重要地位?

9.《子夜》的创作受到了哪些外国作家的影响,表现在哪儿?

(郭学英)

“老舍创作的视点与‘京味’”自学指导

一、学习重点与方法

1. 老舍的创作特色和贡献

这个问题要求学会如何历史地、全面地考察一个作家，同时，对老舍独特而崇高的文学史地位有更明确的认识。

老舍对文化批判与国民性问题有着深切的关注。他的作品对转型期中国文化尤其是俗文化的冷静审视，既有深刻地批判，又有深深地眷恋，而这一切都是通过对北京市民日常生活全景式的描写来实现的；他把“乡土中国”社会变革过程中的小市民阶层的命运、思想、心理用文学形式表现，并获得巨大成功。毫无疑问，老舍是中国市民阶层的表现者和批判者。

结合老舍的创作实践，具体理解老舍的创作视点，丰富的文学世界，“京味”小说的形成，以及艺术上的得失

老舍作品关注文化，描摹世态，真实的反映了市民生活，表现形式适应并提高了市民阶层的欣赏情味，为现代文学赢得了众多读者。北京文化孕育了老舍创作，而他笔下的市民世界又真实而生动地体现了北京文化的人文景观，甚至成为北京文化的象征。

老舍创作在中国现代小说艺术发展史上有着十分突出的地位，与茅盾、巴金的长篇小说一起，构成了现代长篇小说三大高峰。其独特贡献不仅在于长篇小说的结构方面，而在于独特的文体风格。他的作品浓郁的“北京味儿”、幽默的风格，以北京话为基础的俗白、凝练、纯净的语言，在现代文学史上是独树一帜的。老舍创作的成功，标志着我国现代小说在民族化、艺术化的追求上取得了巨大突破。

2. 老舍创作的艺术视点

这一内容要求掌握三点：一是老舍小说在当时的地位和影响；二是老舍作品的显著特点；三是对中国传统文化的批判态度。

老舍从什么角度观察和表现市民社会呢？这是解读老舍创作最重要的一点。老舍始终关注的“文化”问题，即作为文化意义上的“城”的生活方式与精神因素的蜕变。对老舍来说，市民社会中阶级的划分并不是重要的，重要的是“文化”对于人性以及人伦关系的影响，这就是老舍基本的创作视点。这一视点既决定着老舍小说在当时的地位和影响，也决定着老舍作品的独有的特点。对于前者，从老舍研究的历史状况可以看出，由于老舍习惯于用文化来分割不同阶层的人，描写的是特定文化背景下的人的命运和在文化制约中的世态人情，走的是“俗文化”的路子，不同于20世纪二三十年代主流文学通常采用的对现实社会进行阶级分析的方法。因此，虽然拥有大量的读者，但并不能得到当时主流派

重点思考老舍在文化批判视野中所描写的市民生活的图景有什么独创性？他是怎么对传统文化进行反思的？对国民性又是怎样批判的？对现代文明又是如何探讨病源的

文学阅读时尚的欢迎，评论界也自然不会对他给予应有的评价和地位。对于后者，由于他作品的浓厚的“北京味儿”幽默风以及以北京话为基础的语言，使其在现代作家中独具一格。同时，也正因为他重视文化对人性与人伦关系的影响，决定了他对中国传统文化的批判态度，也决定了他的批判不同别人的批判。比如，他通过对自己最擅长的人物——骨子里仍然是农民的老派市民的批判，来实现自己对北京文化乃至整个中国传统文化的消极成分的批判。

与鲁迅等人比较

3.《骆驼祥子》对于病态城市文明与人性关系的探讨

《骆驼祥子》将老舍的创作推向了一座高峰

对于这部作品，要求理解其不同层面的主题意蕴。重点是把握作品对城市文明病和人性关系的艺术思考。

这篇作品所描写的是一个纯朴的农民与现代城市文明相对立所产生的道德堕落与心灵腐蚀的故事。通过“骆驼祥子”的故事，对于病态城市文明与人性关系进行了深入的探讨。

换一种阅读方式

首先，老舍在下层城市贫民身上所发现的不正视现实、自欺欺人的幻想，还有人与人之间的冷漠，个人奋斗理想破灭以后的苟且忍让等“老中国儿女”的弱点，是落后的经济文化的产物。这样，《骆驼祥子》对于病态城市贫民性格弱点的批判，就纳入了老舍小说“批判国民性弱点”这一总的主题之中。

文化对人性与人伦的关系的影响

其次，在批判现实的同时，老舍深刻地揭示了“城与人”的关系，既城市文明病与人性的“冲突”，对现代文明病源进行了探索。祥子为什么会堕落？是腐败的环境、恶劣的社会，毁灭了他全部人性。祥子的悲剧在于病态的城市文明对人性的伤害。围绕祥子悲剧的命运，作品展示了地狱般的非人的环境。老舍“由车夫的内心状态观察地狱是什么样子”。在城市化过程中产生的道德沦丧的社会，也是被金钱所腐蚀的畸形的人伦关系。虎妞的变态情欲，二强子逼迫女儿卖淫，小福子自杀悲剧等等，都是锁住祥子的“心狱”。祥子被物欲横流的城市所吞噬，自己也成为这城市丑恶风景的一部分。小说通过对构成环境的各类市民的心灵解剖，揭示了文明的失范如何引发“人心所藏的污浊与兽性”。由此可以看到，《骆驼祥子》的深层意蕴是，他试图从“道德审视”的角度对现代文明病的病源进行探讨。对城市中的“欲”（情欲、物欲等）的嫌恶，对城市中丑恶关系的反感，从祥子的悲剧中，读者感受到老舍对病态城市文明给人性带来伤害的深深忧虑。

4. 老舍“京味”小说的艺术风格

“风格评析”是艺术分析中比较难以掌握的一种方法，教材第三节就是对老舍小说的“京味风格”进行评析的一个范例

对于这个问题，要从老舍作品的风俗描写、社会文化心理结构的揭示、幽默的手法以及语言的运用等几个方面，把握“京味”的风格，并掌握风格评析的一般方法。

首先，老舍小说的“京味”表现在取材上的特色。老舍长期生活在北京，凭着丰厚的生活积累，在大部分作品中描写了人们所熟悉的北京大小杂院、四合院和胡同，表现了北京各类市民凡俗生活中所呈现的场景风致；写了北京已经斑驳破败但仍不失雍容气度的文化情趣，还有构成古城景观的各种职业活动、寻常世相，为读者提供了丰富多彩的北京画卷，充溢着的北京味儿带有浓郁的地

域文化特色，具有很高的民俗学价值。

其次，老舍小说的“京味”还表现在对北京社会文化心理结构的揭示。北京长期作为故都、皇城，形成了其特有的传统生活方式和文化心理习惯以及与之相适应的生活情趣和审美追求。老舍用“官样”一语概括北京文化特征，这里包含讲究体面、排场、气派，追求精巧的生活艺术；讲究礼仪，固守传统，生活态度懒散、苟安、中庸、温厚等。这些北京文化的精髓渗透在老舍作品的人物刻画、风俗描写、气氛的渲染中。

在对北京文化的描写中，渗透了老舍复杂的感情，既充满了对其所蕴涵的高雅、舒展、含蓄、精致的美的欣赏、陶醉，还有对这种美的毁灭、丧失油然而生的伤感、悲哀、惆怅；又不时为这种“文化过熟”导致的柔弱、衰败而感到惊叹不已。对北京文化的沉痛批判和由其现代命运引发的挽歌情调交织在一起，使老舍作品呈现出独特的审美特征。

再次，老舍作品追求的幽默，明显有来自英国文学的影响，但也有北京市民文化的烙印，形成了更具内蕴的“京味”。老舍的幽默具有北京市民特有的“打哈哈”性质，既是对现实不满的一种以“笑”代“愤”的宣泄，又是对自身不满的一种自我解嘲，用笑声使艰难人生变得轻松一些。他的幽默具有两重性：当过分迎合市民的情趣时，就流入了为幽默而幽默的“油滑”，这主要表现在早期作品中；自《离婚》始，他追求更加生活化，在平常的人性矛盾中领略喜剧意味，使幽默“出自事实本身的可笑，可不是从文字里硬挤出来的”。他追求更高的视点，更深厚的思想底蕴，使幽默成为含有温情的自我批判，而又追求艺术表现上的节制和适度。

最后，老舍的语言艺术也得力于他对北京市民语言及民间文艺的热爱与熟悉。他大量加工运用北京市民俗白浅易的口语，同时，有在俗白中追求精致的美。他成功地把语言的通俗性与文学性统一起来，形成了干净利落、鲜活纯熟，平易而不粗俗，精致而不雕琢的语言风格。

5. 必读作品（4 篇）

在《中国现当代文学专题作品讲评》中，对这四篇小说进行了分析和讲评，可以参考

《离婚》
《断魂枪》
《骆驼祥子》
《四世同堂》

二、学习难点与分析

1. 关于老舍的创作轨迹

老舍是一位多产作家，一生共创作了一千多部（篇）作品，特别在长篇小说艺术上取得了巨大成功。老舍的创作大致经历了以下几个阶段：

A. 1926—1929 年：在英国期间对“国民的劣根性”的探索，初步形成自己的独特风格。《老张的哲学》写中国的政治腐败，《赵子曰》写一位阿 Q 式的北京新

式大学生，《二马》写“老马”马则仁、“小马”马威父子两代在伦敦经商和求学的故事。

B. 1931—1932年：回国初的新尝试，均遭失败。《小坡的生日》写新加坡华侨儿童小坡的生活，是一部带有童话色彩的小说。《猫城记》则是一部具有政治色彩的寓言式作品。

C. 1933—1934年：“求救于北平”的幽默回归。《离婚》是老舍重返京味小说的重要作品，《牛天赐传》在艺术手法上与《离婚》相似，但艺术成就稍差。

D. 1936年以后：走向成熟。《骆驼祥子》写人力车夫的痛苦和不幸。《月牙儿》写社会底层的一个少女因生活所迫沦为暗娼的故事。《我这一辈子》写一个“臭脚巡”一辈子不断走下坡路的人生经历。《四世同堂》以北平沦陷为背景，描写了祁家四代人在国难当头时期的生活和精神状态。

2. 老舍与京味小说的关系

老舍作品中最引人注目的是“京味”。“京味”作为一种艺术风格，包括作家对北京特有风韵、独特的人文景观的描写以及由此所表现出的文化趣味。

从老舍的创作经历看，最初的《老张的哲学》、《二马》和《赵子曰》就以北京的生活和北京人在海外的生活为题材，到后来重新回到北京市民生活题材的《离婚》、《牛天赐传》，尤其是代表作《骆驼祥子》、《四世同堂》，还有《我这一辈子》和《月牙儿》、《柳家大院》等中短篇小说，他最有特色和艺术成就的作品都与北京这座城市有关。因此，可以这样说，老舍小说“京味”小说的源头，是北京文化。它孕育了老舍的创作，而老舍笔下的市民世界又最能体现北京文化的人文景观，甚至成为一种文化史象征。一说到北京文化，就不能不联想到老舍的文学世界。

3. 老舍笔下的市民世界和人文景观

理解这一问题的最佳的切入口是“城与人”的关系

老舍用他的大部分小说构筑了几乎可以包罗现代市民阶层生活所有方面的广阔的“市民世界”，生动地展示了“城与人”关系。构筑起这个市民世界的支柱是作者用“文化”分割出来的市民形象。与此同时，老舍始终在做着“挖根”的工作。早期的《二马》和《离婚》，后来的《骆驼祥子》和《四世同堂》，他都一直关注着与国民性问题有关的文化反思和批判，而这又都是通过其作品中的独特的“人文景观”，即对北京市民日常生活的全景式的风俗描写来实现的。老舍笔下的“市民世界”体现了北京文化的“人文景观”，而“人文景观”又极大地丰富了老舍作品的“市民世界”。

4. 老舍笔下市民人物形象系列及内涵

在老舍构筑的“市民世界”中，他主要关注并成功的塑造了以下几类市民形象，并赋予了他们深刻的思想内涵。

重点掌握“老派市民”和“城市贫民”

(1)“老派市民”形象系列：主要有《二马》中的老马，《离婚》中的张大哥，《牛天赐传》中的牛老四，《四世同堂》中祁老太爷、祁天佑、祁瑞宣等。老舍笔下的“老派市民”给人印象最深，也是最成功的。他们虽是城里人，但骨子里是农民，是乡土中国的儿女，他们身上负载着沉重的封建宗法思想包袱，人生态度和生活方式都很旧派，很保守、闭塞。老舍一方面通过喜剧性的夸张，剖析和展示了他们的精神惰性和病态，从而实现了对北京文化乃至整个中国传统文化中消极成分的批判；另一方面，又掩饰不住对这些"老派市民"赖以生存的古朴、宁静的封建宗法社会的崩溃所感到惋惜、眷恋之情。

(2)"新派市民"形象系列：主要有张天真(《离婚》)、兰小山、丁约翰、祁瑞丰、冠招娣(《四世同堂》)等。老舍用极度的夸张描写"新派市民"，不惜将他们丑化，并称之为"洋派青年"，这表现了作者对外来的思潮包括西方资本主义文明持一种非常谨慎甚至排斥的态度。批判传统文明时的失落感和对"新潮"的愤激之情交织在一起，表明老舍作品中的思想是比较复杂的。

(3)"正派市民"(理想市民)形象系列：主要有《老张的哲学》中的赵四，《赵子曰》中的李景纯，《二马》中的李子荣，《离婚》中的丁二爷等。老舍笔下正派市民形象的内涵在于他们寄托着老舍的一种理想，是老舍在描绘城市资本主义化过程中所产生的文化变迁与分裂的图景时，在对老派市民和新派市民都失望之后，仍然不放弃对理想的追求的结果。他希望这些"侠客兼实干家"的正派市民能为社会除害，从而使他的作品能有一个"大团圆"的结局，也使作品具有更深刻的思想启发意义。

(4)"城市贫民"形象系列：主要有《骆驼祥子》中的洋车夫祥子、老马、妓女小福子，《我这一辈子》中的老巡警，《断魂枪》中的拳师沙子龙，《四世同堂》中的洋车夫小崔、剃头匠孙七，《鼓书艺人》中的艺人方宝庆等。城市贫民形象的内涵，一方面贯穿着作者批判和排斥西方文明，甚至包括"五四"以来时兴的西方资产阶级个性解放思潮的主题；另一方面更是从城市文明病与人性的关系这一角度，体现了作者对20世纪二三十年代中国城市社会的认识，对下层劳动人民的关注和同情。

"城市贫民"形象系列在老舍"市民世界"中占有特别显著的位置，集中体现了老舍与下层人民深刻的精神联系

5. 老舍在批判传统文明时所表现出来的失落感与对"新潮"的愤激之情

从创作初期，老舍就开始对传统文明持有批判性态度。与鲁迅的猛烈甚至偏激完全不同，老舍不仅是温和的，而且在批判时常常表现出一种"失落感"。早期作品《二马》中的老马、《离婚》中的张大哥，到后来的《四世同堂》中的祁老太爷、祁天佑、祁瑞宣祖孙三代，这些老派市民虽然可笑，但大多值得同情，在批判中注入了作者自己的情感，因而其批判缺乏一定的力量，只是一种幽默。然而，他对于笔下的新派市民则完全不同，无论是《离婚》中的张天真，还是后来的《四世同堂》中的祁瑞丰，几乎都是采用十分刻薄的嘲讽手法；虽然其批判也常常是无力的，但作者宁可作"漫画式"的处理，其鄙夷之情毫不保留地溢于言表。老舍之所以在批判传统文明时，常常表现出失落感和对"新潮"愤激之情交织的复杂感情，究其原因，在于他对传统文明和西方文明的不同态度。老舍对代表着"乡土中国"精神的老派市民的态度，表明他对传统文明的惋惜之情；而对一味追逐新式生活的新派市民的态度，则表明了他对西方文明的反感。老舍是旗人的后代，对传统文明的衰落自然有自己深刻的体会和理解，但他也有在英国的生活经历，对西方文明的弊病也有清醒的认识。

在相当长的时间里，老舍的创作拥有大量读者，但评论界一直没有给予应有的评价。其原因是老舍关注的是“文化”问题，与二三十年代主流文学对现实社会作“阶级剖析”的方法是不同的

6. 老舍研究中有代表性的观点

20世纪三四十年代，老舍的创作并没有赢得普遍好评，也没有得到评论界足够的重视，其原因是多方面的。其中，也与老舍在1938年之前一直远离于文学主潮之外有关。最早对老舍创作进行评论的是朱自清，之后，李长之对老舍作品的讽刺、幽默给予了中肯地评价。《骆驼祥子》发表后，巴人、许杰等人的评论较多地停留在批评其“社会意义”、“教育意义”不足，而对老舍创作的价值没有给予充分地肯定，更没有真正认识到他的作品与北京文化的血缘关系。

20世纪五六十年代，老舍因《龙须沟》和《茶馆》等戏剧作品名声大振，这方面的评论多，评价也高。但总的来说，对老舍小说及其在文学史上的地位的系统研究不够。

“文革”以后，樊骏和赵园等对老舍的研究则对于我们认识老舍富有启发性。樊骏的《论〈骆驼祥子〉的现实主义》以现实主义作为研究视点，认为“祥子被剥夺的，不仅是车子、积蓄，还有作为劳动者的美德，还有奋发向上的生活意志和人生目的”。最重要的是小说写出了祥子的毁灭。“阶级对阶级的压迫，不是表现为政治上的迫害或者经济上剥削，而是表现为深入人物身心的摧残和折磨。”

20世纪80年代，宋永毅的《老舍与中国文化观念》从文化心理角度切入，比较细致地评析了老舍作品的地域性特色。值得一提的是，赵园的《北京：城与人》，作者对作为“京味”所依托的北京文化及其创作中的表现有非常独到的发现，指出老舍对“对北京市民社会的发掘，达到了对于时代本质的揭示”。认为以老舍为代表的“京味”作家“敏感于极琐碎的生活矛盾、人性矛盾，由其中领略生活与人生现象中的喜剧意味，以这种发现丰富着关于人生、人性的理解，和因深切理解而来的宽容体谅并造成文字上的暖意、柔和、温煦的人间气息。作者进一步指出，老舍小说与当时主流文学不同，并不注重以阶级特征和阶级关系作为艺术结构的参照，而是以人物命运为线索，或者以呈现世相、人生相进行结构，着眼于人物个性和文化差异。

三、“老舍小说创作”大事年表

1899年

2月3日老舍生于北京，原名舒庆春，字舍予，满族正红旗人。

1913年

夏，考入北京师范学校。在校期间，受到了良好的古典文学和各种新学科的教益，并初步展示了他的文学才华。

1918年

毕业后被派任方家胡同小学校长。

1922年

在南开中学教国文。

1923年

1月，第一篇短篇小说《小铃儿》发表于《南开季刊》第2、3合期，署名舍予。

1924 年

夏,经推荐赴英任教。

1926 年

7 月始,《老张的哲学》连载于《小说月报》第 17 卷第 7 号至 12 号,自 8 号起改用笔名“老舍”,直至晚年。

1927 年

3 月始,《赵子曰》连载于《小说月报》第 18 卷第 3 号至 8 号,10、11 号。

1928 年

4 月,《赵子曰》由商务印书馆出版。

1929 年

5 月始,《二马》连载于《小说月报》第 20 卷第 5 号至 12 号。

夏,离英回国,途中在新加坡滞留半年。

1930 年

春,离新加坡回国,在山东齐鲁大学文学院任副教授。

1931 年

1 月始,《小坡的生日》连载于《小说月报》第 22 卷第 1 号至 4 号。

4 月,《二马》由商务印书馆出版。

1932 年

8 月始,《猫城记》连载于《现代》第 1 卷第 4 期至第 2 卷第 6 期。

1933 年

8 月,《离婚》由良友图书印刷公司出版。

1934 年

9 月,到青岛山东大学任中国文学系教授。

7 月,《小坡的生日》由生活书店出版。

同月,《赶集》由良友图书印刷公司出版。

1935 年

8 月,《樱海集》由人间书屋出版。

1936 年

辞去山东大学教职, 开始专业写作。

9 月,《骆驼祥子》连载于《宇宙风》第 25 期至第 48 期。

11 月,《哈藻集》由开明书店出版。

1937 年

8 月,由青岛返回济南齐鲁大学任教。

11 月,济南失陷前夕赴武汉。

1938 年

3 月,老舍被选为中华全国文艺界抗敌协会常务理事兼总务部主任。

7 月,随“文协”迁往重庆。

8 月,《猫城记》由现代书局出版。

1939 年

3 月,《骆驼祥子》由人间书屋出版。

6月,随慰劳总会北路慰问团去西北,曾到陕甘宁解放区,并在延安受到毛主席与朱总司令接见。

1944年

4月,“文协”为老舍创作二十周年举行了纪念会,新华日报发表短评:《作家的创作生命——贺老舍先生创作二十周年》。

11月,《惶惑》连载于《扫荡报》11月10日至1945年9月2日。

3月,接受美国国务院邀请,与曹禺赴美讲学一年,期满继续留美。

11月,《偷生》由晨光出版公司出版。

1946年

1月,《惶惑》由良友复兴1946年。

1947年

1月,《我这一辈子》由惠群出版社出版。

4月,《微神集》由晨光出版公司出版。

1949年

12月,老舍回国。

1950年

3月,中国民间文学研究会成立,当选为副理事长。

5月,北京市文联成立,当选为市文联主席。《饥荒》连载于《小说》第4卷第1期至第6期。

9月,《龙须沟》连载于《北京文艺》第1卷第1期至第3期。

1951年

1月,《龙须沟》由北京大众书店出版。

北京市人民政府授予老舍“人民艺术家”的称号。

1953年

10月,当选为全国文联副主席和中国作家协会副主席。

创作长篇报告体小说《无名高地有了名》。

1957年

7月,《茶馆》发表于《收获》第1期。

1958年

6月,《茶馆》由中国戏剧出版社出版。

1966年

8月24日,老舍在北京西北郊太平湖投湖自沉。

1978年

6月3日,在北京八宝山革命公墓举行老舍先生骨灰安放仪式。

1979年

3月,《正红旗下》连载于《人民文学》第3至第5期,1980年6月由人民文学出版社出版。

四、练习与讨论

(一)填空题

1.《______》是最初显示出老舍幽默讽刺才能的作品。

2. 老舍在1929年离英返国途中在新加坡逗留时开始创作的一部长篇小说是《______》。

3. 标志着老舍幽默风格成熟的小说是《______》。

4. 老舍作品中惟一的爱情小说是《______》。

5. 在老舍早期作品的理想市民形象中,李景纯出自作品《______》。

6. 虎妞的变态情欲, ______逼女卖淫的病态行为以及小福子自杀的悲剧,对祥子来说,都是锁住他的“心狱”。

7.《骆驼祥子》正式出版于______年。

8.《四世同堂》主要描写了祁、钱、冠三家人。其中,冠家中的两个主要人物是______和______。

9.《______》是老舍表现北平人民被征服的痛史、恨史、愤史的长篇小说。

10. 老舍在科幻小说的外表下寄寓着明显的政治讽刺意旨的作品是《______》。

11. 老舍写于1939年的长篇小说《______》,在“文革”中曾受到严厉批判,直接导致了老舍的厄运。

12. 牛天赐是老舍以______为题材的长篇小说《牛天赐传》中的人物。

13. 沙子龙是《______》中的人物。

14. 老舍小说的处女作是《______》。

15. 在老舍的“市民世界”中,活跃着三种类型的市民,即:老派市民、新派市民、正派市民,其中,给人印象最深、写得最成功的是______。

16. 20世纪五六十年代以后,老舍是最具活力的现代作家,这时期最成功的作品是话剧《茶馆》和未完成的长篇小说《______》。

17. 在老舍塑造的老派市民形象系列中,有《二马》中的______,《牛天赐传》中的______,《四世同堂》中的______和______,但最引人注目的还是《离婚》中的______。

18. 在老舍的创作中,被看做是《骆驼祥子》的姊妹篇的作品是《______》。

19. 从《______》开始,老舍署用笔名,直至晚年。

20. ______的《北京:城与人》虽不是老舍的专论,但对于作为“京派”所依托的北京文化及其在创作中的表现,有非常独到的发现。

(二)单项选择题

1.《骆驼祥子》的结构主线是( )。

A. 祥子与虎妞婚姻纠纷　　B. 祥子与刘四的矛盾

C. 祥子买车三起三落　　D. 祥子与小福子的爱情悲剧

2. 被老舍看做“作职业写家的第一炮”,“是我的重头戏”的作品是( )。

A.《离婚》 B.《二马》

C.《骆驼祥子》 D.《小铃儿》

3.《断魂枪》的故事发生在什么时代( )。

A. 晚清时代 B. 民国初年

C. 抗日战争 D. 解放战争

4. 下列哪部作品是童话体形式的( )。

A.《猫城记》 B.《小坡的生日》

C.《小铃儿》 D.《微神》

5. 老舍曾为自己的幽默流入"油滑"而苦恼,以致一度"故意的停止幽默"。经过反复思考、总结，终于为他的得之于北京市民趣味的幽默找到了健康的发展方向。这种变化开始于小说( )。

A.《二马》 B.《骆驼祥子 》

C.《离婚》 D.《四世同堂》

(三) 多项选择题

1. 属老舍 1926 年至 1929 年在英国完成的作品有( )。

A.《小铃儿》 B.《老张的哲学》

C.《赵子曰》 D.《二马》

2.《四世同堂》分三部分,这三部分是( )。

A.《惶惑》 B.《幻灭》

C.《偷生》 D.《饥荒》

3. 下列哪些人物是《骆驼祥子》中的形象( )。

A. 二强子 B. 刘四

C. 小福子 D. 曹先生

4. 下列哪些人物是《四世同堂》中的形象( )。

A. 钱默吟 B. 祁瑞宣

C. 冠晓荷 D. 方宝庆

5. 下列哪些是老舍的短篇小说( )。

A.《鼓书艺人》 B.《微神》

C.《我这一辈子》 D.《断魂枪》

(四) 简答题

1. 简答老舍的创作特色和贡献。

2. 简答老舍的创作轨迹。

3. 简述老舍创作的艺术视点。

4. 简答老舍与京味小说的关系

5. 简答老舍笔下的市民世界和人文景观。

6. 简答老舍笔下市民人物形象系列及内涵。

7. 简述老舍在批判传统文明时所表现出来的失落感与对"新潮"愤激之情交织的复杂感情。

8. 简述老舍研究中有代表性的观点。

（五）论述题

1. 与鲁迅的解剖“国民性”相比，老舍小说的文化反思有什么样的开拓？
2. 试述《骆驼祥子》对于病态城市文明与人性关系的探讨。
3. 试述老舍“京味”小说的艺术风格。

（王学亮　冯凌云）

“曹禺与现代话剧艺术的成熟”自学指导

一、学习重点与方法

1. 戏剧常识介绍

联系曹禺作品理解这些戏剧知识

戏剧：由演员扮演角色，在舞台上当众表演故事情节的一种艺术。在西方，戏剧(drama)即指话剧。在中国，戏剧是戏曲、话剧、歌剧等的总称，也常专指话剧。世界各民族的戏剧都是在社会生产劳动和阶级斗争的基础上，由古代的歌舞、曲艺演变而来，后逐渐发展为由文学、导演、表演、音乐、美术等多种艺术成分组成的综合艺术。

戏剧的基本要素：矛盾冲突。通过具体的舞台形象再现社会的斗争生活，能激起观众强烈的情感反映，从而达到社会教育的目的。

戏剧的种类：分类标准不同，分法也各有不同。按艺术形式的不同，可分成话剧、歌剧、舞剧等；按剧情繁简和结构的不同，可分为独幕剧和多幕剧；按题材反映的时代不同又可分为历史剧和现代剧；按矛盾冲突的性质和表现手法的不同，还可分为悲剧和喜剧等。

剧本：文学作品的一种体裁，是戏剧艺术创作的基础，主要由人物对话（或唱词）和舞台指示组成。经过导演处理，用于演出的剧本，通称脚本或演出本（台本）。

戏剧冲突：矛盾斗争的一种表现形式。主要通过人与人之间的冲突表现阶级之间和阶级思想的矛盾冲突，有些冲突也表现为先进与落后、进步与保守的矛盾冲突。戏剧冲突应比生活矛盾更强烈，更典型，更集中，更富于戏剧性。

台词：剧中人物的语言。它是性格化的，是富有动作性的，即人物的语言是同他的行动联系在一起的。台词的表现形式有对话、独白、旁白（登场人物离开其他人物而向观众说话）、内白（在后台说话）、潜台词（登场人物没说出来的语言，而是用表情表现出来的言外之意）等等。

幕和场：幕，即拉开舞台大幕一次，一幕就是戏剧一个较完整的段落。场，即拉开舞台二道幕一次，它是戏剧中较小的段落。

舞台说明：帮助导演和演员掌握剧情，为演出提示一些注意之点的有关说明的叙述和描写的语言。说明的内容有关于时间、地点、人物、布景的，有关于登场人物的动作、表情的，有关于登场人物上场、下场的，有关于“效果”的，有关于开幕、闭幕的等等。

剧本的特征：

也有例外。如老舍的《茶馆》出场人物竟有七十多位

第一，剧本必须适合舞台演出，篇幅不能太长，人物不宜过多，场景不能过多地变换。故事情节发生的时间和地点往往很集中，登场人物也有一定数量的

限制。故事情节的发展往往分幕分场。

第二,更典型、更集中地表现社会生活的冲突和斗争。因为戏剧要在有限的空间、时间里,通过人物的语言和动作来表现社会生活的矛盾,所以必须高度集中,突出主要事件和主要人物。戏剧冲突发展变化的过程构成了剧本的情节结构。情节结构一般可分为开端、发展、高潮和结局四个部分。开端起着介绍人物关系和揭示矛盾冲突的作用。发展是指矛盾冲突向前发展。高潮是矛盾冲突发展到了顶点,并出现急剧转化的局面,主要人物的性格和剧本的中心思想都得到充分的表现。结局是情节发展的必然结果,也是矛盾冲突的解决。

第三,人物性格和故事情节主要是通过登场人物的语言来表现。故人物的语言和动作必须符合各自的身份和性格特征。剧本里还有一些说明性的文字,叫舞台说明(或舞台提示),写在每一幕(或场)的开端、结尾和对话中间,内容包括人物表、时间、地点、服装、道具、布景以及人物的表情、动作、上下场等。这些说明对刻画人物性格和展开故事情节有一定的作用。

2. 曹禺戏剧在中国现代戏剧史上的地位

中国现代文学史上所说的"戏剧",多指话剧。话剧是一种"舶来品",在现代文学诞生之前就已引入中国。但由于传统戏曲的影响深广,话剧的发展并不顺利,最初被人们称为"文明戏"或"新剧"。后来由于话剧逐渐被资本家所操纵,走上了商品化的道路,"文明戏"一词竟成了一种讽刺。

话剧是一种外来的戏剧形式,与我国的传统戏曲在表现手法上有较大差异

在"五四"时期的各文学领域中,杂文、新诗和白话小说都在创作中很快取得了突出的成就,成为广大读者的宠儿,惟独话剧还在咿呀学语。当时,戏剧界的主要工作是批判传统旧戏和介绍外国话剧,最著名的话剧作品竟然只是胡适模仿挪威戏剧家易卜生名剧《玩偶之家》(又译《娜拉》)而创作的独幕剧《终身大事》。

从1921年开始,民众戏剧社、戏剧协社、辛酉剧社以及南国社相继成立后,话剧创作开始有了起色。其主要原因,一是民众戏剧社在介绍西洋话剧理论的同时,努力提倡"爱美剧"(即"业余演剧"),阻止了话剧的继续商品化;二是戏剧协社学习西洋剧的运作方式,改变了以前"文明戏"完全由演员临时即兴发挥的"幕表剧"模式,建立了严格的导演和演出体系,提高了话剧表演的艺术水平;三是产生了田汉、洪深、欧阳予倩、丁西林、郭沫若以及陈大悲等著名话剧作家。但由于他们的作品都没能完全改变"舶来品"的特点,其成就仍然无法与当时的小说、诗歌、散文相提并论。

注意曹禺话剧产生的历史背景

曹禺在话剧创作中之所以能取得巨大的成就,正是他不断学习和汲取前人的经验教训的结果。《雷雨》在艺术上还广泛地吸收了西方戏剧的特点,明显地受到古希腊戏剧"命运悲剧"、莎士比亚戏剧"性格悲剧"和易卜生戏剧"社会悲剧"等西方戏剧观和创作方法的影响,并将它们有机地结合在一起,成功地表现了20年代中国封建性的资产阶级家庭中各种人物的生活、思想和性格,成为中国现代第一出真正的悲剧,从而使话剧这种外来的形式中国化,成为我国新文学中一种独特的艺术样式。

曹禺是文明戏的观众,爱美剧的业余演员,左翼戏剧运动影响下的剧作家

《雷雨》的成功除了能够将欧洲的"命运悲剧"、"性格悲剧"和"社会悲剧"等

各种悲剧观有机地统一在一起，深刻地表现了当时中国的社会生活，塑造出一批具有典型意义的人物形象等主要因素外，还表现在大型化的戏剧结构、激烈的戏剧冲突、富有潜台词的戏剧语言等多方面的创造上，并且都达到了相当高的艺术水平，不仅远远超过了以前的中国现代剧作，而且完全可以与世界名剧相媲美。《雷雨》的出现，标志着中国话剧艺术的成熟。

3. 曹禺的创作简况

曹禺一生共创作了14个话剧剧本（包括合著）：《雷雨》（四幕剧）、《日出》（四幕剧）、《原野》（三幕剧）、《全民总动员》（四幕剧，与宋之的合著，又名《黑字二十八》）、《蜕变》（四幕剧）、《正在想》（独幕剧，根据墨西哥作家约瑟菲纳·尼格里的《红色丝绒外套》改编）、《北京人》（四幕剧）、《镀金》（独幕剧，根据法国作家腊皮虚的剧本《迷人的沙子》改编）、《家》（四幕剧，根据巴金的同名小说《家》改编）、《柔密欧与幽丽叶》（根据莎士比亚同名话剧改编）、《桥》（四幕剧）、《明朗的天》（三幕剧）、《胆剑篇》（五幕剧，与于是之等合著）、《王昭君》（五幕剧）。

从《雷雨》到《原野》是曹禺创作的第一阶段。其总的特点是“熟悉生活，但不写身边琐事；善于构思，但不墨守陈规”。三部作品都是悲剧，但结构方式和风格特点各不相同。《雷雨》以情节结构的曲折复杂取胜；《日出》以日常生活场景的深刻展现见长；《原野》以象征手法和传奇色彩运用的别开生面取胜。

三部作品共同的主题，即揭露中国社会的封建性和黑暗性

从《全民总动员》到《桥》是曹禺创作的第二阶段。与上一阶段相比，现实性明显加强。《全民总动员》、《蜕变》和《桥》都直接以抗战的现实为题材，并塑造了具有高尚品质的正面人物形象（作家自己后来说，《蜕变》中的梁专员和丁大夫是根据共产党人的事迹和白求恩大夫的精神写成的）。《北京人》在题材上又回到了从前，曾引起一些人的误解，认为又“唱起了他悲哀的旧调”，但实际上正是作家关注民族命运的结果。它不仅保持了作家创作思想和艺术个性的内在一致性，而且还代表着20世纪40年代中国文学发展的一个趋势。在当时，巴金和老舍等作家都有类似的作品问世（如巴金的“生活三部曲”《憩园》、《第四病室》、《寒夜》，老舍的《四世同堂》等）。作家选择“北京人”作为中国文化和民族性格的代表，以中国人的祖先——北京猿人代表远古北京人，以曾皓、曾文清等代表现实中的北京人，而以袁任敢、袁圆和愫芳代表未来的北京人，在“远古、现实、未来”的比较中形成一种历史的纵深感，对以北京文化为代表的中国封建士大夫文化进行了批判。《家》保留了原著的基本情节，但主角由觉慧改为瑞珏，描写了她与觉新以及梅小姐之间爱情婚姻的悲剧。

从《明朗的天》到《王昭君》是曹禺创作的第三个阶段。虽然作家一直在不断地努力，这些作品在发表时也受到很高的评价，在当时也的确是水平较高的作品，但由于没能充分表现出作家自己的艺术个性，并受到当时要求作品直接为现实政治服务的创作主流思潮的影响，都没能超过他以前几部优秀作品的水平。

4. 曹禺研究的简史

开始于观众的接受，而不是剧本的阅读

曹禺研究不是随着《雷雨》的剧本发表，而是随着《雷雨》在舞台上的演出开始的。因此，最初的曹禺研究大多是“剧评”和“观后感”，带有随想的特点，缺乏

深入的研究。其中,刘西渭(李健吾)发表于 1935 年 8 月《大公报》上的评论《雷雨》,首先提出了"命运观念",认为《雷雨》既写到了环境对人的影响,也写到了命运对人的支配,而造成悲剧的根本原因在于人物的性格。张庚发表于 1936 年 6 月《光明》创刊号上的《悲剧的发展》,则从西方戏剧史上悲剧主题的发展,阐述了《雷雨》的悲剧意义。这是当时最重要的两篇文章。

但是,《日出》问世后,未经上演就引起了普遍的注意,再加上《大公报》组织了集体讨论,并连续发表了包括茅盾、叶圣陶、巴金、沈从文、朱光潜、李广田在内的著名作家和评论家的文章和集体批评。其中,周扬发表于 1937 年 3 月《光明》第 2 卷第 8 期上的《论〈雷雨〉和〈日出〉——并对黄芝冈先生的批评的批评》一文,被看做是早期曹禺研究的重要收获。文章中指出的曹禺的"创作视野已从家庭伸展到了社会"的观点,对后来的研究有着重要的影响。

名家的参与和理性的评论

研究者们对《原野》的忽视,是从这部作品问世后的"生不逢时"开始的。作品在《文丛》上从 1937 年 4 月开始连载,还未载完,抗战爆发,整个戏剧界都投入了抗日救亡的运动中,各种小型戏剧作品得到优先的演出和评论,而当人们开始将注意力放在《原野》上时,曹禺的另一部杰作《北京人》又问世了。抗战时期,是曹禺创作的丰收期,却是曹禺研究的沉寂期。惟有 1942 年是个例外。这一年,《北京人》几乎同时在重庆和延安两个不同政治气候的地方上演,有关评论也铺天盖地。有人甚至称这一年是《北京人》的评论年,而大家谈论的焦点,主要集中在题材的现实性问题上。其中,胡风的《论曹禺的〈北京人〉》最为重要。

《原野》被忽视的原因

研究常常晚于创作

到 1942 年曹禺的《家》演出和出版后,关于曹禺的研究仍局限于"作品论"。直到 1944 年吕荧的《曹禺的道路》和杨晦的《曹禺论》两文发表后,曹禺研究才进入到了"作家论"的阶段。

"作品论"与"作家论"

在 1949 年以前,曹禺研究经过了一个从浅入深、由点到面的发展过程,但总的特点是随意性大、褒贬不一、时高时低,没能反映出曹禺创作的实际水平。

研究的逐步深入

从 1949 年到 1966 年以前,曹禺研究不断地随着旧作的重新上演和新作的不断问世而不断掀起新的高潮。在旧作研究方面,主要围绕着一些有争议的问题展开讨论,如《雷雨》的"命运观念"问题,《原野》的"神秘主义"问题,《日出》中陈白露的悲剧问题等等。其中,影响较大的有甘竞、徐刚发表于 1958 年的《也谈曹禺的〈雷雨〉和〈日出〉》、钱谷融 1962 年发表的《〈雷雨〉人物谈》等。在新作研究方面,张光年(光未然)的《曹禺的创作生活的新进展——评话剧〈明朗的天〉》对曹禺新作的肯定,和吕荧的《评〈明朗的天〉》对曹禺新作的批评,这两篇发表于 1958 年的文章最有代表性。

1976 年以后,先是围绕着曹禺的三大杰作展开,如田本相的《〈雷雨〉论》、卢湘的《论〈日出〉》、朱栋霖的《论〈北京人〉》,后是长期被忽视的《原野》和《蜕变》开始受到人们的重视,特别是随着电影《原野》的改编和之后的禁演,更引起了人们的好奇和推崇,直到《原野》终于登上话剧舞台,达到高潮。另外,关于《王昭君》的评论也曾形成论争的中心。

近年来,曹禺研究出现了许多新的变化,总的特点是视野更加开阔,观点更加新颖。这主要表现在教材中介绍的五个方面:即从基督教文化的影响来考察曹禺戏剧、运用精神分析派的观点来研究曹禺戏剧、把比较文学的方法引进曹

青年学者解放思想、敢破敢立,对前辈理论体系的全面突破与超越,开创了曹禺研究的新局面

禺研究、从传统文化对曹禺的影响来深化研究、从接受美学和其他不同层面上拓展曹禺研究。

《雷雨》、《日出》和《北京人》称为曹禺的“三大杰作”。再加上《原野》又称“四大杰作”。也有人再加上《家》称为“五大杰作”

5. 必读作品(4部)

《雷雨》

《日出》

《原野》

《北京人》

二、学习难点与分析

1. 曹禺《雷雨》的主人公

这里引述的7种意见,是根据北大中文系李翔、魏霄、吴舒洁、吴向廷、王莹、朱丹、郑伟汉等同学的试题答卷编辑的

“《雷雨》的主人公是谁?”这是一个没有“标准答案”的问题。答案如何,并不重要,重要的是在于大家通过阅读作品得出自己的结论,并展开相互间不同观点的讨论。正如教材主编温儒敏老师所说的:将阅读体验与讨论结合,可以初步了解不同的文学鉴赏与批评方法。这样,逐步打开思路,积累审美体验……有利于提高审美鉴赏力与评论能力。这才是提出“谁是主人公”这个问题的关键所在。

源于李健吾的“命运说”

(1)《雷雨》的主人公是“神秘力量”。

曹禺《雷雨》的主人公“他”就是躲在戏剧背后控制一切的不可知的宇宙间的神秘力量,隐藏在人物的后面。在场的每一个人不过都是它的奴隶,都是在诠释这个不在场的“它”的存在,并通过毁灭自身来显示“它”的威力,曲折地表达作者对“他”的一种憧憬与恐惧。

正是这种神秘力量推动并主宰着整个戏剧情节的发展。作者曾说:“《雷雨》对于我是一种诱惑,与《雷雨》俱来的情绪蕴成了我对宇宙间的神秘事物的不可言说的憧憬。”曹禺不仅关注现实那些活生生的人与事,同时又超越了现实,关注躲在现实之后的人性,人的生命存在的奥秘。《雷雨》的一切人物无不是这种神秘力量的玩偶,在它的操纵下演出了一幕幕悲喜剧。它给每一个人以重生的希望,然而又狡猾地在这些人寻梦的过程中设置了一个个无法逾越的障碍,使这些人的挣扎成为无用的玩笑。去掉这种神秘力量,《雷雨》的情节实在不过是对乱伦关系的描绘以迎合观众猎奇的心理。周萍与蘩漪完全可以看做是希腊神话中美狄亚悲剧人物的中国版,而周萍与四凤的关系也没有脱离旧小说中“公子丫环”的模式。正是作者在情节上加以这种“神秘力量”的控制,从而使整部戏剧摆脱庸俗的巢臼,使人们在欣赏它的时候不只是欣赏具体的情节,更重要的是与作者对生命对这种力量发生终极追问的紧紧跟随,这就是《雷雨》的巨大魅力。神秘力量是多么残酷,曹禺发出了这样的慨叹:“宇宙是一口井,谁掉了进去,怎么呼号也逃不出这黑暗的坑儿。”

尖锐

《雷雨》处处都是在表现这种“神秘力量”,这个“神秘力量”是《雷雨》之所以为《雷雨》的原因,“它”理所当然的是主角。

(2)《雷雨》的主人公是"命运"。

《雷雨》真正的主人公就是"命运"。曹禺的戏剧是诗化的。雷雨乃是诗的意象。如果我们能在诗的氛围中发现雷雨的中心地位，便不难发现雷雨在戏剧中的中心地位。

在《雷雨》中，"命运"化为一个隐身的主角无处不在，它推动着剧情的发展。蘩漪是最"雷雨"的一个人，不可知的力量在蘩漪的性格上得到了充分的展现。剧中其他人物也无不体现着一种生命深处的受欲望控制的性格。在鲁侍萍与周朴园见面时，鲁侍萍说到："是命，不公平的命指使我来的！"这里，"命运"第一次现身，在剧情发展中却不显突兀。到最后在悲剧的产生过程中，"命运"又隐身为一次次巧合的制造者……

(3)《雷雨》的主人公是"雷雨"。

作者在《雷雨》中设置了一个虽未出场却始终控制着情节的跌宕起伏的主人公——"雷雨！"

"雷雨"是最核心的主人公，剧中所有人物无不以它为生命形式的中心，剧中任何一个角色都没有办法和它"抢戏"。"雷雨"是跳动的、不安的、焦灼的，剧中的每个人物一出场几乎都在说"闷"，这便是主人公的"暗箱操作"。狂暴的雷雨正象征着拥有巨大力量的对命运的掌控，一群陷入情热的重重漩涡中不可自拔的微小人物，在它的注视下，上演着一幕幕的悲剧。而这个主人公最偏爱蘩漪，使"雷雨"性格在她身上体现得最为充分。……种种人生企盼，最终都在"雷雨"(雷雨式性格，和自然界的雷雨)中作了归结。最终一切源于"雷雨"，一切又都结束于"雷雨"。作品的题目是《雷雨》，序幕与尾声中那个医院中的安排，也是为了让读者以悲悯的心态去看，从而作更深层的反思……

所以，"雷雨"是《雷雨》的主人公。

(4)《雷雨》的主人公一个是外在的，一个是内在的。

《雷雨》有两个主人公，一个是外在的，一个是内在的。外在的主人公就是曹禺所要渲染的造化与命运对人生的不可抗拒的安排，这是宿命的"他者"。曹禺本人看到了它的不可战胜性，看到了悲剧人生的无奈。那个内在的主人公乃是那位最有抗争精神的带有自由反抗气质的蘩漪。她的柔弱的女性气和内在的野性是黑暗王国里的一线光明，既带有雷雨的雷厉风行，又免不了短暂强硬过后的软弱。当这内在的主人公和外在的相交织，曹禺就将这人间深厚的悲凉通过自然界最神秘的雷的力量展现了出来……

(5)《雷雨》的主人公是蘩漪。

《雷雨》的主人公是蘩漪。蘩漪便是"雷雨"。蘩漪，繁，多也，漪，水之纹也。蘩漪便是猛浪，便是永不宁静的水，便是荡涤一切的"雷雨"。她的痛苦最深，而渴望又最强，所以爆发得最疾、最猛，就像雷雨。她是线索。她的愤激之语往往便是剧本的破题之处。

具体理由如下：

首先，蘩漪具有鲜明的"雷雨"的性格，极端、彻底，敢爱敢恨，具有那种可以摧毁一切的原始的"蛮力"。她与作家刻意设置的背景环境始终是相通的。从出场时"喘不过气来"的郁热和压抑，到最后不顾一切的"报复"：一种"雷雨"式的

"命运说"的另一种诠释

可将内容补充得更完整些

"命运说"的具象化

两个主人公。"命运说"的变异

也许，应该说命运是内在的主人公，蘩漪是外在的主人公

蘩漪是曹禺最钟爱也是最先想到的人物

宣泄，她的态度始终与作品的气氛一致。其次，蘩漪作为一个连接两代人的工具，处于矛盾冲突的中心，牵引戏剧线索，既起到了某种联系作用，又表现了其他人的性格特征。蘩漪推动了故事情节的发展，她处在矛盾的中心，是她引出了侍萍，又是因为她使周萍、四凤走上绝路。第三，蘩漪的设置，体现了作者对冥冥之中某种未知力量的恐惧。她的力量，正是作者所要表现的、追求的。蘩漪的性格是两个方向的极端：极端的压抑与极端的报复相结合。这种逼到绝路的忍无可忍，正是我们民族的柔弱性格中潜在蛮力的代表。蘩漪，为被轻视，被抛入无爱的世界而复仇；她心中燃烧着仇的火焰，复仇的炸雷炸裂了她的理智，复仇的雷雨荡涤净一切的仇怨。同时，她又没有力量改变一切，最后还是在"宇宙这口绝望的井"中挣扎，在命运的悲剧中不能拯救自己，这就增加了作品的层次感与深刻度。

仍是"命运说"的变异

(6)《雷雨》的主人公是周朴园。

20世纪后半叶最为流行的观点

《雷雨》的主人公应该是周朴园。第一，周朴园是整个戏剧事件的开端。第二，周朴园是所有戏剧矛盾的中心，他直接或间接地引发了各种矛盾。第三，从情节上看，他是整个大家族的核心，戏剧的悲剧性结局就是在他一手操纵之下产生的。第四，从作者本意来说，也主要想塑造周朴园这个典型人物形象。作者着力表现的是封建宗法家族制度对人性的钳制与扭曲，同时也揭露了阶级矛盾的尖锐性。

读读序幕和尾声

《雷雨》从序幕到结局，周朴园贯穿始终，促成整个悲剧的产生、展开；而至最后保持清醒的状态承受悲剧的，也是周朴园。作为"悲剧的渊薮"，周朴园已经成为一种象征，笼罩着周公馆中上演悲剧的这群人。是他造成了蘩漪"雷雨式"的歇斯底里的性格、周萍的绝望与软弱，造成了戏剧"郁热"的氛围以及周鲁两家人在"挣扎"中展现了"残酷"的话题。周朴园本身又是这罪恶的受害者。最后，年轻的一代逝去，只剩下周朴园看着两个发疯的女人，独自咀嚼自造的苦痛。人性的困境、命运的不可知也在此得到最深刻的体现。

大胆而新奇的想法

(7)《雷雨》的主人公是周萍。

你如何看待周萍与蘩漪、四凤的感情纠葛？

曹禺曾说，《雷雨》中的人物越"挣扎"，就只有更快地陷入人生的"泥淖"中。所以，要谈主人公是谁，就要看作者所说的"挣扎"与这挣扎的人。初看，周萍、侍萍、四凤、大海、周朴园……所有的人都在沉闷的雷雨的天气下无力地挣扎。所有的空想、希望、彷徨与奋斗，都是如此的苍白无力，人类似乎在这个力量的支配下不能脱身。挣扎既然注定无谓，那么挣扎得最厉害、最有奋斗理想就是最具悲剧性的人物，于是我们可以把《雷雨》的主角定义为"最挣扎的人"。

周萍无疑是"最挣扎的人"。在侍萍来周公馆前，周萍已打算离开蘩漪，断裂这变态而畸形的"母子恋"，并作好了以后再接四凤出去的打算；周萍有他的生活目标并付诸了行动，这正是他的悲剧所在。至于蘩漪，这一活力无限的人物，她的挣扎，一开始便具有非理性的疯狂的成分，而且她也自知将毫无结果。她的悲剧虽然很震撼人心，然而观众早知其失败是在情理之中。而周萍的悲剧，则是剧中人和观众都不可预知的。周萍有弱点，有过错，但他也有希望，有对那种健康人生的追求，而正因为这样，他"最挣扎"，也就最富悲剧性。他是这个家庭悲剧的中心，懦弱的叛逆，在追求新生活而不可得后，最终拿起手枪对准了自

要说明此观点，应首先说明蘩漪为什么不是"最挣扎的人"，周冲为什么不是"最富悲剧性的人"？

己……

2. 周朴园与蘩漪的形象与性格

在《雷雨》中，上场的人物共有八位：周朴园、蘩漪、侍萍、周萍、四凤、周冲、鲁大海和鲁贵。其中，前三位都曾被人看做是这部作品的主角，也是应该重点了解的三个人物形象。

可进一步了解这八位人物间的血缘关系

周朴园是一位既有资产阶级自由平等思想，又有封建专制思想的新兴资本家形象。他的性格特征，主要是通过他与侍萍、蘩漪两位女性形象以及他与鲁大海等人物的关系表现出来的。周朴园与侍萍的关系以及感情问题一直存在着不同的看法，以前一般认为，周朴园从一开始就只是封建家庭的纨绔子弟，他与侍萍的关系充分暴露了他虚伪的本质，他的行为也就是"始乱终弃"的典型，先诱骗了侍萍，后又为了与门当户对的小姐结婚而抛弃了她，只是当他知道侍萍投河自杀后才为了自己的良心而产生了忏悔之情。但现在一般认为，周朴园在年轻的时候也是受新思想影响的年轻人，也曾有过想挣脱封建家庭的束缚，要追求自由恋爱和婚姻的理想，因此，他对侍萍的爱是有过真情实感的，只是同《家》中的觉新等许多封建家庭的子弟一样，性格中也有懦弱的一面，不能与自己出身的阶级彻底决裂，最终又回到封建的阵营之中，背叛了侍萍，也背叛了自己的理想。因此，他对侍萍的思念也不能说就是一种虚伪的表现。多少年来周朴园一直没忘旧情，在纪念着侍萍（如保留家具、难忘生日）。他的感情很复杂，确实曾对温柔美丽的鲁侍萍动过情。到了晚年，身边的妻子蘩漪很不驯服，儿子也对他敬而远之。他时时感到家庭生活不如意，感到寂寞孤独，因此怀念鲁侍萍，借以弥补他灵魂的空虚，使精神得到解脱。以前认为，他的怀念是廉价的，是十分自私的。因此，当他知道鲁侍萍就是眼前的鲁妈，就立即声色俱变，以至于最后凶相毕露，辞退四凤和鲁贵，开除鲁大海，并声称"以后鲁家的人永远不许再到鲁家来"。这正是周朴园不敢面对现实，也不想改变自己现状的懦弱的表现。作家通过周朴园与侍萍的关系，主要考察了他的历史，而通过他与蘩漪的关系，则集中展示了他在现实中作为一个封建专制家长的表现。而他与鲁大海以及和鲁贵等人的关系，又从不同的侧面补充了他作为一个资本家的本质特点。

新旧结合的人物

应如何理解周朴园对鲁侍萍的感情？

或许，还有别的解释？

蘩漪与周朴园一样，也是一位新旧结合的人物，按剧中的提示，她是一位"受过一点新式教育的旧式女人"，这对于认识这个人物的所作所为十分重要。正因为如此，她才既渴望自由的爱情，又无力摆脱家庭的牢笼，只能受周朴园的凌辱。蘩漪虽然是周朴园明媒正娶的妻子，但只是他的第三任妻子（第一任是侍萍，第二任是赶走侍萍后娶的名门小姐），两人只有夫妻之分，并没有夫妻之情，周朴园当着周萍、周冲两个儿子的面逼她喝药的细节就是明证。在这样一个新旧参半的女性身上，作家有意识地强调了"原始的野性"，而点燃这一野性的火种，就是五四时期所有年轻人都向往和渴望的"爱情"。我们也可以看到，蘩漪之所以像几乎所有的大宅院中的姨太太一样阴差阳错地爱上了丈夫前妻生的大少爷，并不是因为她天生的变态，而是环境所迫。在她平时接触的人中，无人可爱。而她从来就没打算走出家庭（在这一点，她实际上并不如娜拉勇敢），也与她是一个"旧式女人"有关。她不愿也不敢走出家庭，一方面是因为她没有自立的

联系作品理解这句话的含义

作家渴望探求的人性的秘密

娜拉：易卜生《玩偶之家》的主人公

能力（这与社会有关，娜拉的教训是很好的前车之鉴），另一方面也是因为她不愿放弃养尊处优的太太生活。因此，从这个意义上看，在蘩漪身上，作家并没有像五四时期的许多作品一样，要体现"反封建与个性解放的主题"。她与周萍的相爱，并不是为了反封建，也不是为了追求个性解放，除了满足自己的情欲之外，更重要的是对丈夫不尊重自己的一种报复。而在她的思想深处，有许多沉重的无法消除的封建思想意识。如她很看重"名分"，即使是与周萍相爱也有一种摆不脱的"犯罪感"，对周冲与四凤的相爱，也觉得门不当户不对，自己已经是封建婚姻的牺牲品，但仍然用封建婚姻的标准去要求（实际上也就是残害）下一代。蘩漪的种种表现可以清楚地表明，这个人物并不是曹禺理想中的人物，但作家却对她充满感情，特别是对她的身上表现来的"蛮性"的原始力量加以礼赞。这显然与作家自己的人生经历和阅历有关。他从小受到的家庭压制和由此形成的软弱性格，在蘩漪身上，都找到了可以寄托的载体。人总是越缺乏什么，越是希望得到什么。

可以此为基点再挖掘展开

3. 曹禺话剧中的诗意特征

"诗意"现象，是文体风格问题，也是对曹禺剧作进行整体把握的关键之一。有人认为，从《雷雨》到《王昭君》，曹禺一直在追求"诗与戏剧"的融合，在追求戏剧的诗的境界。

《雷雨》等作品中的诗意特征，主要表现在以下几个方面：

第一，曹禺总是带着极其丰富的想像和理想的情绪去观察和描写生活。他不是先有主题，而是在朦胧的诗意般的感受和想像中，抓住最激动人心的创作冲动或灵感开始创作构思。他的创作类似于诗人写诗，是从体验、感受和印象出发，如创作《雷雨》是先有了"一两段情节，几个人物，一种复杂而又原始的情绪"，创作《日出》是先想到了几句诗："太阳升起来了……我们要睡了"。因此，他的剧作具有浓郁的情感色彩和主观因素，表现出强烈的抒情特征，在《雷雨》和《原野》中都表现了一种"不是爱便是恨"的极端感情。即使是情感的激流转入地下的《北京人》和《家》，情感冲突仍然难以解脱，随时可以爆发。

可与郭沫若的写作状态比较

第二，剧情与现实的联系并不紧密，生活表现的逻辑也不严密。曹禺熟悉生活，但不写身边琐事。他并不满足于仅仅按照生活的本来面目去进行描摹，而是基于自己对生活的深切体验去想像和表现他所熟悉的生活，虽然也反映出了生活的某些本质，但却常常造成作品主题的"多义性"。在《雷雨》、《日出》和《原野》中，都有一种让人不可解又惊畏的神秘力量，这些作品的主题思想也都是在经过研究者们研究之后才给予"追认"的。

第三，时空感不确定，常带有偶然性或传奇色彩。特别是《雷雨》和《原野》，故事发生的时间和地点虽然有一个大致的范围，但情节大起大落，人物性格激烈而极端，背景设计富于象征性，整体氛围的营造更近于诗意化。这与在曹禺戏剧中大量存在的象征性意象有直接的关系。教材中谈到，这种象征性意象主要是通过三种方式来呈现的：即，以场景道具的方式，以人物性格的方式，以作品命名的方式。

4. 曹禺话剧在创作中所受到的外来文化的影响

话剧是外来的艺术形式，中国现代的话剧作家在创作中无一例外地都受到外来文化的影响。曹禺话剧的成功和他后来创作风格的变化，在很大程度上都有赖于对外国戏剧的学习和借鉴。这主要表现在以下几个方面：

不仅仅是曹禺，外来文化滋养了一代作家

第一，基督教文化的影响。曹禺在少年时代就接触到《圣经》，并经常跟着继母去教堂做礼拜，在大学时代还曾专门研究过《圣经》和“圣经文学”，大学毕业后还曾在河北女子师范用英文讲授过《圣经》。基督教文化对他的人生观和创作观都有相当的影响，在《雷雨》的序幕中就有在教堂做弥撒的合唱场面，充满了神秘的宗教气氛。曹禺开始文学创作的动机正是为了“劝恶从善”。他的前期创作也多是表现善恶较量的社会道德剧，《雷雨》是表现“迷惘人生的罪与罚”，《日出》是表现“灵魂的毁灭与再生”，《原野》是表现“人与人的极爱与极恨”，《北京人》是表现对“原始野性的呼唤”。而这些作品中的主要人物也都浸透了基督教的人文意识，如原罪情结、忏悔意识等。

曹禺一再坚持要保留《雷雨》的序幕和尾声

第二，希腊悲剧的影响。曹禺在读大学时开始对希腊悲剧着迷，他的《雷雨》也正是在这一时期构思完成的。希腊三大悲剧作家都有突出的命运观。在他们看来，人的悲剧是非人力所能左右的，是不可知的命运造成的，因而希腊悲剧也称为“命运悲剧”。在《雷雨》中，世界的残忍和冷酷，人的盲目的挣扎，情爱不可避免地走向乱伦，特别是四凤自觉不自觉地重蹈母亲侍萍的覆辙等等，都表现了某种命运悲剧的因素。但希腊悲剧对曹禺话剧的影响，不仅仅表现在内容上，还更多地表现在艺术形式和技巧上，如结构上的集中严谨以及倒叙式方法，剧情设置和情节安排上蘩漪遭周萍遗弃后由爱而恨的报复等。《原野》的复仇精神也受到《美狄亚》的影响。

侍萍与四凤母女的悲剧具有浓郁的“命运悲剧”的色彩

第三，莎士比亚的影响。有人说，曹禺从希腊悲剧中汲取的主要是激情和悲剧精神，而在莎士比亚那里学到的则是“变异复杂的人性，精妙的结构，绝美的诗情，充沛的人道精神，浩瀚的想像力”。莎士比亚被称为“第一个把精神痛苦写到至极的作家”，他对人物很少作单一的或静止的描写，而是对其性格和情感作生动细致的描写，其人物大多复杂丰富，富于发展变化。因此，莎士比亚悲剧也称“性格悲剧”。《雷雨》的悲剧可以说直接与蘩漪的“雷雨式”性格有关，而曹禺笔下的许多人物（包括次要人物）都具有复杂而偏执的性格。此外，莎士比亚的诗人气质和用诗体写成的戏剧，对曹禺也是一个致命的诱惑。曹禺甚至还曾翻译过莎翁的名剧《柔密欧与幽丽叶》（即《罗密欧与朱丽叶》）。

蘩漪的悲剧具有浓郁的“性格悲剧”的色彩

第四，易卜生的影响。曹禺在中学时代就曾演出过易卜生的戏剧。曹禺曾说：“外国剧作家对我的创作影响较多的，头一个是易卜生”，“我为他的剧作谨严的结构，朴素而精练的语言，以及他对资本主义社会现实所发出的锐利的疑问所吸引”。易卜生被誉为“现代戏剧之父”，对中国现代文学的影响是广泛的，五四时期出现的大量的“问题小说”和“问题剧”都是学习易卜生的结果。有人甚至认为，易卜生的影响已不限于文学，包括整个社会，他笔下的娜拉，几乎成了“妇女解放”的代名词。究其原因，主要在于他对资本主义社会深刻有力的揭露。所以，易卜生戏剧又称“社会悲剧”。有人认为，曹禺从易卜生那里学到的比从莎士比亚那里学到的还要多，不仅学会了如何关注妇女问题（在蘩漪、陈白露

周朴园的悲剧具有浓郁的“社会悲剧”的色彩

身上可以看到娜拉的影子），也不仅学会了如何关注社会问题，学会了如何面对"我们的遭遇"，而且，更学会了如何安排人物与事件的复杂关系，如何制造悬念，处理高潮，如何运用象征的手法等等。比如，他也像易卜生一样，把次要人物也当作主要人物来写，以至于《雷雨》的主角是谁也成了一个问题，蘩漪、侍萍、周朴园三个人物主次难分。

奥尼尔：19世纪末美国剧作家。曾获1936年诺贝尔文学奖

第五，奥尼尔的影响。有人认为，与其说曹禺是中国的易卜生，不如说曹禺是中国的奥尼尔，因为两人的情况更为相似：他们都学习过易卜生，都富于激情，都善于写悲剧，都喜欢表现人物的命运，都热衷于新的样式和新的技巧，也都对自己国家的戏剧事业做出过特殊的贡献，都具有特殊的地位。奥尼尔的出现使美国的现代戏剧走向了成熟，而曹禺的出现也正标志着中国话剧艺术的成熟。曹禺并不喜欢奥尼尔的后期作品，但他早期的《天边外》、《安娜·克利斯蒂》等现实主义作品和《琼斯王》（又译《琼斯皇》或《琼斯皇帝》）等表现主义作品都对曹禺产生过重要影响。《天边外》是奥尼尔的成名作，主要写兄弟二人梦想当水手，梦想天边外的理想生活，愿望无法满足而造成悲剧。《安娜·克利斯蒂》主要写父女间的矛盾，写一个女人的不幸命运的悲剧。曹禺剧中的蘩漪、周冲、仇虎、金子等也都是有着强烈欲望和追求的人物，他的《雷雨》、《日出》、《北京人》和《家》等经典剧作也都是写亲人间的矛盾和冲突，而《原野》更是在情节安排和艺术手法的运用上都直接受到了《琼斯王》的影响。因此，也有人认为，曹禺与奥尼尔的相似，主要还不是形似，而是神似，是同样喜欢用不平常的人物命运来吸引观众，同样喜欢对人物的性格和心理进行精确的描绘，对人物的命运进行出色的处理。

《原野》与《琼斯王》

契诃夫：19世纪末俄国作家。被誉为"20世纪现实主义戏剧的奠基人"

第六，契诃夫的影响。无论是希腊悲剧，还是莎士比亚和易卜生，都很重视戏剧的集中性和动作性，都要求有紧张激烈的戏剧冲突和曲折跌宕的戏剧情节，剧中的中心事件往往都是生活中少有的，人物性格也过于强烈，戏剧结构更是力求紧凑严密。但这一传统的戏剧观念在契诃夫这里得到了改变。因此，曹禺在读了契诃夫之后感叹："原来在戏剧的世界中，还有另外一个天地"，在《三姊妹》"这出伟大的戏里没有一点张牙舞爪的穿插，走进走出，是活人，有灵魂的人，不见一般惊心动魄的场面。结构很平淡，戏中情节人物也没有什么起伏发展，""他教我懂得艺术上的平淡"。契诃夫的高明之处，就在于他能在平凡的生活中写出生活的诗意，因此，他的戏剧被称为"生活的戏剧"或"生活化的戏剧"。曹禺的话剧从"戏剧化的戏剧"变为"生活化的戏剧"，正是从他学习契诃夫开始的。在《日出》中已经可以看到契诃夫的影响，但真正另辟蹊径，去探索"契诃夫式"的创作方法的作品，则是《北京人》和《家》。因此，契诃夫曾经影响了曹禺整个40年代的创作，给曹禺的戏剧风格带来了全新的变化。

这是理解曹禺风格变化的一把钥匙

5. 曹禺创作的成功及后来创造力的衰退与他的人格心理的关系

"文如其人"，要真正理解一部作品，应将作品与作家联系在一起来加以考察。曹禺的创作证明，他先前的成功和后来的衰退，都与他的"个人生活经历和情感体验"有相当的联系。《雷雨》等作品的成功以及后来《明朗的天》等作品水平下降，其原因虽然是多方面的，但如果从成功与作家的人格心理的关系这一

参考专科教材《中国当代文学》（陈思和、李平主编）

特定的角度出发，就可以发现他从小生活的环境有着不可忽视的重要作用。可以这样说，正因为“家”对于前期的曹禺是一个无法挣脱的梦魇，他才会用几年的时间来构思一部关于家的作品，离家出走才会成为他创作中一再重复的潜主题，他也才会对易卜生、奥尼尔、契诃夫等作家的有关家庭和亲情的作品如此痴迷，才会在自己的作品中倾注全部的心血去一再礼赞这些不能完全作为社会理想形象的人物（如蘩漪、仇虎、金子等），才会将乱伦的情感（包括母子乱伦和兄妹乱伦）写得如此细腻和动情。而他在50年代身居高位后反而创作力衰退，则与他完全放弃自己以前的创作个性与适合自己的创作方法有关，也是他个性中处处小心谨慎的一面暴露无遗的必然结果。

三、“曹禺与现代话剧”大事年表

1910 年

9月24日曹禺生于天津。

出生仅三天母亲即去世

1915 年

开始私塾学习，读诗背经，并与小同学演戏编戏。幼年时跟着继母（姨妈）看了很多京戏、地方戏和文明戏等等。

1920 年

进入天津银号“汉英译学馆”学习英语，并开始接触莎士比亚等外国作家的作品。

1921 年

现代文学史上第一个话剧团体“民众戏剧社”成立，同时出版了现代文学史上第一个专门的戏剧刊物《戏剧》月刊。

社团、刊物的作用

1922 年

进入南开中学二年级学习，开始热衷于新文学作品，尤其是鲁迅的《呐喊》和郭沫若的《女神》。

1925 年

参加南开中学文学会和南开新剧团，开始了他的演剧生涯。曹禺在《我的生活和创作道路》一文中说：“从1925年，我十五岁开始演戏，这是我从事话剧的开端。感谢南开新剧团，它使我最终决定搞一生的戏剧，南开新剧团培养了我对话剧的兴趣。”

南开新剧团：我国较早的话剧社团之一，1909年由南开学校创始人严范孙、张伯苓创建，周恩来曾是其中的活跃分子

北京艺术专门学校戏剧系成立，为话剧人才的培养提供了一块阵地，在1924—1930年间，先后上演了不少反帝反封建剧目，培养了陈凝秋、陈白尘、赵铭彝、郑君里、张曙、吴作人等一批艺术骨干。

戏剧氛围的营造

1926 年

开始在天津《庸报》副刊《玄背》上连载小说《今宵酒醒何处》，第一次使用笔名“曹禺”。后陆续在《南开周刊》、《国闻周报》等报刊上发表诗歌、杂文以及莫泊桑的翻译小说等多篇。

曹禺，原名万家宝。“万”的繁体字为一个“草字头”和“禺”字，草字头与“曹”谐音，故“曹禺”即“万”

构思长达5年

外来文化的影响

当时并没有引起国人的注意，但受到在日本的中国留学生的好评

1927年

参加排演丁西林、田汉和易卜生的剧作。

1928年

担任《南开双周》的戏剧编辑，并开始构思《雷雨》。

夏天，以优异成绩从南开中学毕业，免试升入南开大学政治系，但他对政治经济学等课程不感兴趣。

翌年，上海艺术剧社成立，提出"无产阶级戏剧"的口号。

1930年

进清华大学，插入西洋文学系二年级就读，广泛涉猎西方文学特别是戏剧文学，课余常与巴金、靳以去看京剧。

年底，与钱钟书等人一起成为《清华周刊》编辑。

1929—1931年，欧阳予倩主办广东戏剧研究所，出版《戏剧》刊物，组织演出《怒吼吧，中国》等几十个剧目。欧阳予倩、洪深、田汉被公认为中国话剧的奠基人。

1931年1月，中国左翼戏剧家联盟成立，从此中国话剧进入以左翼戏剧运动为主的发展阶段。

1933年

开始写作剧本《雷雨》和毕业论文《论易卜生》。

毕业后去保定明德中学任英语教师。

年底生病回京，病愈后回清华研究院，专事戏剧研究。

1934年

7月，《雷雨》发表于《文学季刊》第一卷第三期。

9月，应邀去天津在河北女子师范学院任教。

10月，由郑振铎主编，巴金、靳以编辑的《文学季刊》创刊。

1935年

4月27日《雷雨》由东京帝国商科大学的中国学生郑振铎译为日文，留日学生剧团中华话剧同好会在东京神田一桥讲堂首演。

8月17日，在天津市立师范学校孤松剧团作国内的首次公演，立即引起轰动。

上海业余剧人协会成立，演出《娜拉》、《钦差大臣》、《大雷雨》、《武则天》、《太平天国》。

国立戏剧学校在南京成立，以后14年中培养学生千余名，演出独幕、多幕剧近180出，活动遍及苏、湘、鄂、川等省，产生了广泛深远的影响。

1936年

《雷雨》由上海文化生活出版社出版单行本，为巴金主编的《文学丛刊》第一集。

5月，在巴金等人的鼓励和催促下，开始创作《日出》。

6月至9月，《日出》开始在《文季月刊》第1—4期上连载。

8月，应国立戏剧学校校长余上沅邀请，赴南京任教，讲授"剧作"、"西洋戏剧"和"现代戏剧与戏剧批评"等课程。

11月，在南京导演话剧《镀金》。

1937 年

4 月至 8 月,《原野》在靳以主编的《文丛》第一卷第 2—5 期上连载。

戏剧工作者 8 月 7 日在上海上演《保卫卢沟桥》,并迅速组成 13 个救亡演剧队奔赴各地宣传抗战。

12 月 31 日,中华全国戏剧界抗敌协会在武汉成立。

1938 年

初,随剧校迁往重庆。

10 月,与宋之的合作改编《全民总动员》,当月公演,轰动重庆。

《全民总动员》原为宋之的、陈荒煤、罗烽、舒群集体创作的《总动员》

夏,武汉戏剧工作者组成 10 个抗敌演剧队、4 个抗敌宣传队、1 个孩子剧团,分赴各战区,与各地自发组织的演剧组织及抗日根据地的话剧演出相结合,宣传演出遍及全国城镇乡村,形成空前大普及的壮阔局面。

1939 年

春,随校迁往江安。

暑假期间,创作《蜕变》。

夏末去昆明导演《原野》和《黑字廿八》。

《黑字廿八》即《全民总动员》

初冬,率剧校师生赴重庆演出《蜕变》,蒋介石看后下令禁演。

夏衍的《一年间》,老舍、宋之的的《国家至上》,于伶的《夜上海》,宋之的的《雾重庆》等一批优秀剧目诞生。

1940 年

秋,开始创作《北京人》,翌年公演。

1942 年

初,辞去剧校教职,

夏,到重庆唐家沱,改编巴金小说《家》。

1943 年

8 月,为创作历史剧《李白与杜甫》做准备,与友人赴西北旅行,回重庆后以此行的感想创作表现大后方民族资本家与官僚资本家矛盾的《桥》。

1941 年至 1945 年,重庆各剧团连续演出《屈原》(郭沫若)、《北京人》(曹禺)、《天国春秋》(阳翰笙)、《法西斯细菌》(夏衍)、《戏剧春秋》(夏衍、于伶、宋之的)等剧目 150 余台。

重庆戏剧界的繁荣局面

1946 年

与老舍同时接到美国国务院邀请,经上海赴美讲学,并两次会见德国著名剧作家布莱希特。

解放战争时期,话剧活动处于低潮。这时期的重要收获是茅盾的《清明前后》、陈白尘的《升官图》和田汉的《丽人行》等剧的上演。

1947 年

返回上海,后进入上海文华影业公司任编导,写成电影剧本《艳阳天》,自任导演。

1948 年

岁末,到香港。

1949 年

初，由中共地下党安排经烟台到北平。

1949 年

7 月，参加第一次文代会。

建国后戏剧复兴的势头

7 月，中国戏剧工作者协会(后改名中国戏剧家协会)在北京成立。中国青年艺术剧院、北京人民艺术剧院、中央戏剧学院、上海戏剧学院、中国人民解放军总政治部话剧团以及各省、自治区、大军区的专业话剧团也先后成立。

1950 年

任中央戏剧学院副院长。

从本年开始，老舍的《龙须沟》、《茶馆》、郭沫若的《蔡文姬》、田汉的《关汉卿》、陈其通的《万水千山》、任德耀的《马兰花》等优秀剧目大量涌现。

1951 年

自编《曹禺选集》，对《雷雨》、《日出》、《北京人》做大量修改。

任《剧本》、《人民文学》编委。

1952 年

6 月，北京人民艺术剧院(专演话剧的国家剧院)成立，任院长。

为创作以一个知识分子思想改造为主题的剧本《明朗的天》，收集素材。

1954 年

开始创作《明朗的天》，1956 年获“第一届全国话剧观摩演出”剧本、导演、演出一等奖。

1956 年

4 月，加入中国共产党。

1960 年

《卧薪尝胆》后改名为《胆剑篇》

与梅阡、于是之合作创作历史剧《卧薪尝胆》。

1962 年

8 月，在北戴河度假期间开始创作《王昭君》(未完成)。

出现了沈西蒙的《霓虹灯下的哨兵》、陈耘的《年青的一代》等优秀剧目。

1966—1972 年

曾先后被揪斗，在北京人艺剧团和宿舍看守传达室。

1973 年

经国务院总理周恩来亲自过问，被安排在北京话剧团工作。

1975 年

参加第四届人大。

1978 年

北京话剧团恢复原名“北京人民艺术剧院”，再次任院长。

8 月，为创作《王昭君》去新疆，并完成初稿，载《人民文学》当年第 11 期。

新时期话剧的繁荣

20 世纪 80 年代，改革开放为中国话剧带来一个新的春天。一度濒临绝境的中国话剧开始走在各种艺术形式的前列。在《枫叶红了的时候》、《丹心谱》、《于无声处》、《权与法》、《报春花》等剧作之后，出现了“探索剧”创作演出的热潮，从而拉开了新时期中国话剧革新与振兴的帷幕。如《狗儿爷涅磐》、《桑树坪纪事》

等对人的生存价值和意义的深刻揭示，受到观众热烈欢迎。

兴盛于20世纪90年代的中国小剧场运动，以林兆华导演的《绝对信号》为排头兵，开启了中国小剧场运动的先河。

1996年

12月13日逝世。

上网查资料。学会借助现代信息技术查阅、分析、辨别、筛选、整理、积累和利用信息

四、练习与讨论

（一）填空题

1. 曹禺的三大杰作是《雷雨》、《日出》和《______》。

2. 《日出》的主要人物有交际花陈白露、潘月亭、李石清、顾八奶奶、面首______以及洋奴张乔治。

3. 曹禺是______戏的观众，______剧的业余演员，______运动影响下的剧作家。

4. 中国现代第一出真正的悲剧是______的《______》，它使话剧这种外来的形式中国化，成为我国新文学中一种独特的艺术样式。

5. 曹禺一生共创作了______个话剧剧本（包括合著）。

6. 《雷雨》、《日出》、《原野》、《______》和《______》被称为曹禺的“五大杰作”。

7. 从《雷雨》到《______》是曹禺创作的第一阶段。从《______》到《桥》是曹禺创作的第二阶段。从《明朗的天》到《______》是曹禺创作的第三个阶段。

8. 1935年8月刘西渭（李健吾）在《大公报》上发表的评《雷雨》，首先提出了“______观”，认为《雷雨》既写到了环境对人的影响，也写到了命运对人的支配，而造成悲剧的根本原因在于人物的性格。

9. 1942年，《北京人》几乎同时在重庆和延安两个不同政治气候的地方上演，有关评论铺天盖地，有人称这一年是《北京人》的______年。

10. 曹禺戏剧的象征性意象主要通过三种方式来呈现：即，以场景道具的方式，以______的方式，以______的方式。

11. 在曹禺的《日出》中可以看到契诃夫的影响，但真正另辟蹊径，去探索“契诃夫式”的创作方法的作品，则是《北京人》和《______》。

（二）单项选择题

1. 作品的主人公曾在哈尔滨修江堤时，为了发财而故意让江堤出险，淹死了两千多工人。这一内容出自曹禺的话剧（　　）。

A.《雷雨》　　B.《日出》

C.《原野》　　D.《北京人》

2. 曹禺在创作中明显受古希腊命运悲剧影响的作品是（　　）。

A.《雷雨》　　B.《日出》

C.《原野》　　D.《蜕变》

3. 《北京人》创作于（　　）年代。

A. 20世纪20年代　　B. 20世纪30年代

C. 20世纪40年代　　D. 20世纪50年代

4. 影响曹禺整个40年代创作的外国作家是(　　)。

A. 奥尼尔　　B. 莎士比亚

C. 契诃夫　　D. 易卜生

(三) 多项选择题

1. 曹禺的前三部话剧作品是《雷雨》、《日出》和《原野》,这些作品中的主要人物有(　　)等。

A. 曾文清　　B. 仇虎

C. 陈白露　　D. 侍萍

2.《雷雨》成功地将欧洲的哪些悲剧观有机地统一在一起,深刻地表现了当时中国的社会生活,塑造出一批具有典型意义的人物形象。(　　)

A."命运悲剧"　　B."性格悲剧"

C."人物悲剧"　　D."社会悲剧"

3. 在大型化的戏剧结构、激烈的戏剧冲突、富有潜台词的戏剧语言等多方面的创造上都达到了相当高的艺术水平，不仅远远超过了以前的中国现代剧作,而且完全可以与世界名剧相媲美的曹禺名剧是(　　)。

A.《雷雨》　　B.《日出》

C.《原野》　　D.《北京人》

4. 下列哪些剧属于曹禺的四幕剧？(　)

A.《雷雨》　　B.《日出》

C.《原野》　　D.《北京人》

(四) 简答题

1. 简析《雷雨》的人物语言。

再细细品味作品，深入认识作品的主题思想、戏剧冲突、人物形象和语言特色

提示：戏剧中的人物语言最富有个性色彩。品味人物语言，首先要通读全剧,弄清人物的历史,包括他的出身、经历和教养;其次要了解所谓"规定情境",这包括人物现在的身份、职位、跟周围人物的关系以及他当前所遇到的问题和心理状态。要善于抓住语言中所蕴含的丰富的"潜台词",即说话的目的、言外之意和未尽之言等。

2. 1951年,曹禺创作的《明朗的天》失败的主要原因是什么？

提示：主要原因是放弃了自己创作的个性与适合自己的创作方法，完全按照当时流行的主题先行的路子去深入生活、选择人物、设计情节，如履薄冰，惟恐歪曲了生活、违反了政策。创作完成后，又经过多次审查和反复修改,结果成了思想的传声筒,作者所特有的诗意与美感荡然无存。

3. 恩格斯说,悲剧是"历史的必然要求和这个要求的实际上不可能实现"的冲突。请梳理《雷雨》中主要人物的悲剧命运,体会这句话的内涵。

扩展阅读："序幕"和"尾声"

4. 有人说,《雷雨》一天之内让三个人死掉、两个人疯掉的剧情未免让读者和观众太过紧张了，于是作者安排了"序幕"和"尾声"来舒缓与安抚人们的情绪。《雷雨》搬上舞台时"序幕"和"尾声"被删掉,但作者自己却很看重。关于"序幕"和"尾声",你认为是加上好还是去掉好？为什么？谈谈你的看法。

（五）分析题

1. 认为曹禺《雷雨》的主人公是谁？说说你的理由。

2. 分析蘩漪的性格内涵。

3. 曹禺在《雷雨》、《原野》和《北京人》中，是如何礼赞“蛮性”的原始力量的？他为什么要这样做？

提示：出于他自身的生存欠缺。曹禺早年生活经历不幸，生下来三天，母亲就去世，父亲是一个日渐潦倒的封建官僚，脾气暴躁，在家里动辄发火骂人，整个家庭气氛极其沉闷压抑。在这种环境中成长的曹禺自小就充满恐惧心理，处处谨慎小心，非常孤独寂寞。成年以后的他依然如此，不爱讲话，善于幻想，对外界的议论特别敏感，自我保护意识很强。作为一个天性脆弱的知识分子，曹禺却在《雷雨》、《原野》、《北京人》中一再礼赞“蛮性”的原始力量。蘩漪、仇虎、金子等性情激烈、充满强大的心理能量的人物，都是他最花心力去塑造的。这也许就是文学创作中常见的所谓补偿心理。

不要拘泥于前面的分析而说说你的理由，能自圆其说就行

也可从曹禺早期接受过基督教文化的角度分析。曹禺剧作中的人物都是上帝苦难的子民，如贪婪型（周朴园）、淫乱型（蘩漪）、仇恨型（仇虎）等等，渗透着基督教的人文意识。这一系列人物在作品中具有一种原始的力量，反映了作者的内心世界。因此作者在作品中表现了正义与邪恶的较量，礼赞了“蛮性”的原始力量。

（罗兰秋）

"沈从文与'京派'文学"自学指导

一、学习重点与方法

1. "京派"的概念及其总的创作倾向

对这一内容，要求掌握三点：一是京派、京派文学概念；二是它们的特点；三是它们在现代文学史上的地位。

把京派放到当时文学大格局中去把握

在新文学的第二个十年（1927—1937），作家大致分为三派，即："左联"为核心的左翼；远离文学党派性与商业性的"京派"；最接近读书市场的"海派"。学习时，除了对京派的划分有大体的把握，更要考虑京派所具有的与众不同的特点。

京派是20世纪30年代一个独特的文学流派，其主要成员有周作人、废名（冯文炳）、沈从文、萧乾、芦焚（师陀）、李健吾、朱光潜。大而言之，何其芳、李广田、卞之琳、丽尼、凌叔华、林徽因、杨振声、汪曾祺、冯至、林庚等也可称为"京派"作家。

注意文学流派与文学社团的区别

"京派"不是一个文学社团组织，其创作也不是以北京为主要描写对象。称之为"京派"，是因为其作者在当时的京津两地进行文学活动，其作品较多在京津刊物上发表，其艺术风格在本质上有较为一致之处。京派的主要刊物有周作人实际主编的《骆驼草》，杨振声、沈从文、萧乾先后主编的《大公报·文艺》副刊，郑振铎、章靳以主编的《文学季刊》，卞之琳、巴金、沈从文、李健吾、靳以、郑振铎等编辑的《水星》文学月刊，朱光潜主编的《文学杂志》月刊等。

"京派"的基本特征是关注人生，但和政治斗争保持距离，高蹈于现实功利之上，强调艺术的独立品格。他们的文学思想是以讲求"纯正的文学趣味"所体现出的文学本体观，以"和谐"、"节制"与"恰当"为基本原则的审美意识。沈从文是京派作家的代表。京派作家以表现"乡村中国"为主要内容，作品富有文化意蕴。

京派就其基本倾向而言，可以说是文学研究会的为人生的现实主义的承袭和发展

就艺术方法而言，京派作家多数是现实主义派，汇入本时期的现实主义主潮中。但京派作家对现实主义有所发展变化，在写实中融入主观感受，发展了抒情小说和讽刺小说，使小说诗化、散文化。现实主义而又带有浪漫主义气息，有些京派诗人同时也是现代派诗人。京派成员众多，创作了不少艺术上成熟、精致的作品，是本时期文学丰收的一个重要方面。

京派文学其实是一种自由主义文学，它强调文学脱离政治的自由，总的创作特点可以归纳为：文化保守主义的立场，远避政治斗争和商业势力的态度，乡村中国和平民现实的题材，从容节制的古典式审美趋向，比较成熟的抒情体讽刺体小说样式。

正确理解京派及京派文学的概念及特征，是学习本讲内容的重要前提。教材对此做了相应的解释，在学习中要从整个文学史的角度去认识它们，宏观地把握。

2. "京派"与"海派"的论争

对于这一内容，要求掌握三点：一是"京派"与"海派"论争的原因；二是论争的内容；三是论争的影响。

论争起于沈从文1933年10月在《大公报·文艺副刊》上发表的《文学者的态度》一文。1934年1月又发表《论"海派"》一文，扬"北方文学者"而抑"海派"，可以说是讨伐的一篇檄文。上海的一些作家或撰文辩论，或反唇相讥，热闹了一阵。论争对揭露批判当时文坛的一些坏风气是有益的。沈从文虽然称像茅盾、叶绍钧、鲁迅等居住上海的作家不是海派，北方也存在着海派风气，但矛头所指主要是上海文人，而把文坛的坏风气都以海派名之，是不科学的。鲁迅在《"京派"与"海派"》一文中说："文人在京者近官，没海者近商，近官者在使官得名，近商者在使商获利，而自己也赖以糊口。要而言之，不过是京派是官的帮闲，海派是商的帮忙而已"阐述了他对京派与海派特征的看法。

京派以自己的特征而和左翼文学、海派文学有鲜明区别，甚至呈现对峙状态

对京派与海派的论争，我们可以结合文学观念的不同，地域文化的差别以及当时整个文化氛围、文学格局等方面来了解把握，对其影响也应辩证地看待。

对此，教材有较详细的叙述

3. 沈从文笔下的城乡二元对立模式

城乡二元对立模式是本讲学习的核心内容，要更好地理解沈从文的作品，对此应有较清晰的了解和把握。研究界对此已有不少论述，可以查阅相关论著。道德与审美视角，乌托邦式的理想，民族重造的希望，病态人性的批判及现实生存的困境等，构成了二元框架里五彩缤纷的内容。

沈从文笔下的城乡呈现着鲜明的二元对立模式，眷恋赞美乡村，厌倦批判都市，是他一贯的鲜明态度。在沈从文为代表的京派作家笔下都有一个远离现代社会的理想乡村，那里充满诗情画意和神秘色彩，交织着原始的野性强力和真挚的人情味，并在与都市的对峙与相衔中，构筑出不尽的文化景观。他们一致认为繁华在都会，人性在乡村；物质在城市，精神在乡村等等。京派在以文学的方式认识城市的同时，完成了一种文化描述，作品不仅强化了他们的乡村情结，也了结了他们的城市梦想。城市在这里不是以"题材"而是以"意象"的形式呈现。他们无意于具体的城市生活特色，只关注这种生活中的人性变异，进而展示其生存困境。与固有文化氛围不相融合的生存空间造成的心理失落在京派作家身上，表现为对城市的厌倦和对乡村的依恋，这也是他们在多重文化冲突中作出的文化选择。以沈从文为代表的京派文学明显呈现着两极形态：乡村的美丽、静穆与城市的堕落、混沌。城市与乡村，在京派作家那里是一组具像化的文化符号，它远离了现实的意义，成为京派作家感受人生的精神砝码。他们对城乡二元对立的"生存困境"的感知，是以纯粹的精神体验的方式存在，它来自京派作家内心深处对传统文化的依恋和对社会人生的审美介入。

从文化的角度切入对人生的认识，完成一种审美判断，是京派作家最显著的特点

赵园认为沈从文笔下的"城市文化"使"湘西文化"具有了理想化的形态，

"湘西文化"则使"城市文化"真正呈现出病态。沈从文在"现代文明"与"原始文化"之间的困惑迷惘，不能简单地归结为"怀旧"，而恰恰是"人类经历过而且仍在经历的精神矛盾"的反映。沈从文对现代城市文明的批判，并非否定工业化带来的现代文明，而是揭露资本主义生产关系所带来的人的异化现象，特别是揭露拜金主义对正常人性的扭曲等等。沈从文创作中最基本的、最富积极意义的思想，则是他在"湘西世界"中寄寓的、经由"城市世界"与"湘西世界"反复对照而显示的改造民族性格的思想。

4. 沈从文的短篇小说

沈从文以小说创作为主，散文创作为次，一生结集六十多种，是创作数量甚为宏富的现代作家之一。沈从文的创作大致可以分为两个阶段：

1926 年到 1928 年是其创作的起步阶段，主要结集有《鸭子》、《蜜柑》、《好管闲事的人》、《老实人》、《雨后及其它》、《呆官日记》、《阿丽思中国游记》等。

三四十年代是其创作成熟丰收的阶段，先后出版中短篇小说《神巫之爱》、《旅店及其它》、《一个天才的通信》、《石子船》、《阿黑小史》、《月下小景》、《如蕤集》、《凤子》、《八骏图》以及散文集《从文自传》、《昆明冬景》、《湘西》等，约 50 种。

除中、长篇代表作《边城》、《长河》外，沈从文一生创作了大量的短篇小说，贯串其 25 年的创作历程，短篇在全部创作中占了极大的比重。了解沈从文，了解其作品，短篇小说也是一个绕不过的重镇。对于这一内容，要求掌握二点：一是前后两阶段小说的区别；二是其短篇小说的思想艺术特点。以 1928 年 8 月发表的《柏子》为标志，可以把沈从文的短篇小说创作分为前后两个时期。1925—1928 年，是其创作的前期，在艺术表现上处于习作阶段。此后，沈从文在文学史上的地位从边缘向中心转变。1928 年以后《柏子》、《牛》、《菜园》等一批作品的发表，表明他的创作进入成熟时期。他的后期短篇应该是学习与研究的重点。

此时多数的短篇可以看成是散文，或者是以散文笔致写成的短篇小说，幼稚而且粗糙

沈从文的很多短篇倾注了对湘西劳动人民穷苦命运的关注、同情并予以追问。沈从文以现实主义的态度，写湘西父老乡亲的血与泪、悲与欢、情与欲，表现他们屈辱的人格、卑下的地位、不幸的遭遇以及与自己命运抗争的痛苦和不甘屈服的精神。

沈从文对现代都市文明的嘲讽与批判，是其短篇思想上的一个显著特色

《绅士的太太》、《八骏图》、《大小阮》、《王谢子弟》、《若墨医生》、《来客》、《烟斗》、《有学问的人》、《或人的太太》、《自杀》等，这些作品构成了一幅都市文明社会的画卷，在现代文学史上格外令人瞩目。作者在《绅士的太太》的开头说："我是为你们高等人造一面镜子。"这类作品正是如此，为都市社会的达官与新贵、绅士与太太、教授与大学生、钻营官途的职员等"上等人"制造一面"哈哈镜"，以照出他们丑恶的嘴脸与灵魂。对传统文化及现代文明的"阉寺性"的嘲讽与批判，是沈从文在中国现代文学史上留下的很光彩的一笔。

沈从文是站在"乡下人"完善人性的立场上来看取现代都市文明的。在他的小说里有两个并存的世界：湘西人性世界与都市文明世界，他用湘西人性世界反观并批判都市文明世界，而统一于完美人性的思考与表现中。这类作品主要有《萧萧》、《柏子》等。其用意仍然是基于重建民族文化心理结构、复归原始人之

本性的思考。

学习和掌握沈从文的短篇小说，应与他的中长篇小说和散文结合起来看，与京派文学整体特点结合起来看。

5. 必读作品(5篇)

《柏子》
《边城》
《萧萧》
《八骏图》
《鸭窠围之夜》

还可阅读《长河》《湘西》和《湘行散记》

二、学习难点与分析

1. 沈从文的湘西世界及其意义

在中国现代文学的园地中，沈从文的"湘西世界"显得色彩明丽，意兴飞动，生机流溢，十分独特。当许多作家努力通过自己的艺术把握新的现实，描述历史运动和人生苦难等具体明确的社会现象的时候，沈从文却表现一种"向后看"的姿态，沉醉于对过去的诗情追忆中。正如他所说的："有人用文学写人类行为的历史。我要写我自己的心和梦的历史。"于是沈从文转向属于过去的湘西边地，转向故乡湘西的传统，以表现对"现代生活"及其物质主义的摈弃，追求更持久的价值。他从道德的、审美的角度观照现代中国的社会现实，提示或抨击现代中国的政治、经济、文化变革导致的"道德"沦丧与"美"的失落。沈从文从自己熟悉的乡村文化记忆中，从那些尚保持原始经济生活方式的人情美、人性美里，构筑一座供奉"人性"的"希腊小庙"，一种"优美、健康、自然，而不悖乎人性的人生形式"，通过这个"湘西世界"的建构，形成对"现代世界"的对抗和否定。

关于湘西完美人性的思考与表现，是沈从文短篇在思想上的又一个显著的特色

构成沈从文的文学"湘西世界"的每部作品，几乎都是一直在作者头脑里存在的总体系中的一个环节。所有的作品相互衍生，彼此生发，在文化氛围、美学境界上有机地融成一片。作者的个人气质与表现对象的文学气质相辉映，现实图画被笼上一脉浓郁的诗情。沈从文"力图体现存在于湘西世界自身中的时空感，复原湘西人物的世界认识，世界想象。这不能不造成沈从文的乡土描写与同时代类似题材创作的心理差异"。沈从文的"湘西世界"并不完全具有湘西社会的现实性质，从某种意义上说，它只是沈从文关于湘西的"神话"。然而，正如沈从文自己所说，"这种世界即或根本没有，也无碍于故事的真实"。"湘西世界"的最大意义，不在于给我们描绘了一幅湘西的现实关系的图景，也不在于为我们摄下了一组已成历史陈迹的"社会风景"，而在于它以现代小说的形式，为我们这个负累极重的"文明古国"，提供了一个在精神上回复自然人性和活泼童心的文学桃源。这个"桃源"以一种心理现实存在于沈从文的小说之中，它洋溢着曾经作为一个"正常的儿童"的民族那天真活泼的"童趣"。沈从文希望我们回复"童心"，以重新焕发中华民族的青春活动力。

在《青色魇》一文中，沈从文高度估价过人类的这种"童心"，认为"童心在人类生命中消失时，一切意义即全部失去其意义，历史文化即转入停顿、死灰，回复中古代的黑暗和愚蠢，进而形成一个较长时期的蒙昧和残暴，使人类回复吃人肉的状态中去"

2. 沈从文的生命信仰和文学追求

沈从文是中国现代作家中明确提出"美在生命"命题并以自己的创作实践这一命题的作家。在《水云》一文中，他说："我是个对一切无信仰的人，却只信仰'生命'。"而谈到沈从文的"生命信仰"，我们就必须知道他对人生的见解。沈从文把人生分作两种形式，一是需要被超越的"生活形式"，指衣食住行性等人类基本的生理需要，它是由现实的"功利得失"构成的，"与低级生物相去不远"的人生形式(《烛虚・四》)。一是应该追求的"生命形式"，这是一种"超越习惯的心与眼"(《烛虚・潜渊》)，"超越功利得失和贫富等级"(《水云》)，"超越个人经验之外"，把生命"粘附到整个民族向上努力中"(《烛虚・白话文问题》)，"对人类远景凝眸"(《从文自传》)的理想人生形式。实际上，"生活形式"与"生命形式"是沈从文对"人生"层次的划分，其中后者是较高级的人生境界，它又包含着人之所以为人的"人性"和超越具体的人生形态的"神性"即理想。沈从文认为，"生命之最高意义，即此种'神在生命中'的认识"(《云南看云集・美与爱》)。从这种认识出发，沈从文称那种只有"生活"而无"生命"的人生现象为"神的解体"。就因为这种"神的解体"，"世界上多斗方名士，多假道学，多蜻蜓点水的生活法，多情感被阉割的人生观，多阉宦情绪，多无根传说。大多数人的生命如一堆牛粪，在无热无光中慢慢燃烧，且结束于这种烧燃形式"。沈从文重视的是人的素质和人生的质量，他相信"人是能够重新知道'神'的，且能用这个抽象的神，阻止退化现象的扩大，给新的生命一种刺激启迪的"。他认为，"人应当还有个较理想的标准，也能够达到那个标准，至少容许在文学艺术上创造那标准"。沈从文的文学创作，正是为了在文学上创造人生"理想的标准"，唤起人们生命中的"神"性，从而企望人们的生命达到一种较高级的境界。应该说，沈从文提出的"美在生命"的命题和他的文学追求是更近于文学的本性的，因为文学作为"人学"，它所关注的首先就应该是人的精神生活。沈从文的文学创作，正是对于强调文学的社会性、现实性因而不免显得过分急功近利的现代文学的一个令人欣慰的补充。

"生命"与"生活"在沈从文思想里是两个较重要的概念，有他自己的意义。

凌宇认为"神性"是"生命"的最高形式，表现为"对人类远景凝眸"的"幻想或理想"

3. 沈从文的都市世界及其自负与自卑

沈从文从荒蛮、偏僻的湘西走进了都市，却始终没有真正进入都市文化圈。他始终是立足于湘西世界，用一种"乡下人"的眼光审视着都市世界。沈从文一直声称自己是个"乡下人"，坚持把自己 1922 年来到北京之前的那段生活跟以后的生活联系起来。他笔下的都市人物主要由教授、大学生、绅士、小职员这几类人物构成。沈从文在对他们的嘲弄中获得精神上的超越，把自己的自卑心理转化成为自负，并鞭策自己在现实生活中奋斗进取。对这几类人物的讽刺构成了对整个城市文化的批判。他从人性的角度，用一种乡下人的立场来衡量生命力的强与弱，批判道德观念的美与丑。这种现实中不能实现的人性标准在作品中的反映就是一种心理态势的夸张。

这可以说是他自负与自卑的根源

他笔下的湘西世界在现实中已不复存在，正因为现实中的湘西已经变了，理想的湘西文化在现实的城市文化面前打了败仗，他潜在的自卑便加深了一

在现实与理想对比中产生自卑，在真与假、美与丑的对比中形成自负

层。他想除去这种心理，首先写自然天性战胜现代文明，大力描绘湘西世界的真挚、朴实的人情美，与虚伪、尔虞我诈的城市文化的人性丑形成鲜明对照。沈从文从自然人性的角度来透视都市生活，忽略现代都市光怪陆离五光十色的生活画面，也较少涉及现代都市下层人民的困苦境况，而是集中笔墨描写都市中的绅士阶级和知识阶层的日常生活，尤其是描写他们在性爱问题上的丑恶与暧昧，由此展开对都市“文明病”的批判，抨击都市人性的异化。

沈从文笔下的都市不是严格意义上的都市

4.《边城》等作品的牧歌风格

在西方，牧歌（pastoral）是一个有悠久传统的文学品种，远在古希腊时代，诗人们用它表现牧羊人在村野和自然中的纯朴生活。牧歌作为文类，它的高峰期在文艺复兴时期，浪漫主义文学中也能见到它的身影。文学中的现实主义兴起后，牧歌没有因为缺乏纪实性而走向衰落。它在崇尚经验和写实的环境中生存下来，而且走出西方文学的范围，广泛渗透到落后国家的文学中。牧歌在发展过程中，它的涵义也极大地丰富了。现代学者已不再只限于从文学类型的层面上理解它，燕卜逊在《牧歌的若干形式》一书中认为，“牧歌并非由传统特征和惯例构成，它是一种特殊的结构关系，这种关系超越形式的限制，并得以存在下去”，“如今，牧歌仍然具有体裁名称的功能，然而它同时获得一种引申意义，这种意义与批评家探寻文学的神话和原型的努力直接有关”。牧歌的实质，是在与复杂、败坏的城市生活对比中表现淳朴、自然的乡村生活。

牧歌是一个西方的文学术语，它综合了文体、风格、氛围、结构、题材等多种艺术成分，具有整体性、弥漫性的特点

沈从文的《边城》充溢着牧歌气息。刘西渭的《〈边城〉与〈八骏图〉》一文中就认为《边城》是“一部 idyllic 杰作”。汪伟的《读〈边城〉》提到《边城》有“牧歌风”和“牧歌情调”，“《边城》整个调子颇类牧歌”。夏志清赞赏沈从文的《边城》是“可以称为牧歌型的”，有“田园气息”的代表作品。杨义说沈从文“小说的牧歌情调不仅如废名之具有陶渊明式的闲适冲淡，而且具有屈原《九歌》式的凄艳幽渺”，是真正的“返朴归真”。沈从文构筑乌托邦式的理想，在人性善的基础上投射到人物性格、人际关系，社会习俗甚至自然环境等各个层面。沈从文除强调出边城中人与社会的善的一面外，对诗性人格和诗性自然也浓抹重彩。《边城》弥漫着忧伤的气氛，乐园和挽歌增添了文化背景和纵深。《边城》不仅充分展示了地方独特的风俗，而且有丰富的传统文化内涵。《边城》的牧歌性充分展示了乡土与传统的诗意，以最为贴切和概括性的形式，将 30 年代的那个具有深厚文化优势的苦难中国凝聚成可感的诗意的艺术形象。《边城》等作品的牧歌属性，为落后国家回应被动现代化，提供了经典的样式和意绪。

沈从文为代表的京派文学或多或少地表现出这种特质

这类作品巩固、发展和深化了中国乡土抒情模式

5. 融诗、游记、散文与抒情幻想成一体的小说

吴福辉曾指出，沈从文最叫人迷醉的作品，是以湘西沅水流域为背景，描绘富有传奇神秘色彩的湘西人民生活的小说。在这些作品里，他试验把抒情诗、散文、游记笔调糅进小说里，结果创造了突破性的新小说。沈从文小说中的抒情、幻想、忧郁的气氛非常重。他在论中国现代作家的文章里，特别注意以抒情诗、散文、游记笔调写的作品。

我们可以比较阅读鲁迅、废名、施蛰存等人反映现代物质文明侵袭与毁灭乡村的小说

沈从文自己认为他曾努力在散文与小说中糅游记、散文和小说为一体。他

说："用屠格涅夫写《猎人笔记》方法，糅游记散文和小说故事为一，使人事凸浮于西南特有明朗天时地理背景中。一切还带点'原料'意味，值得特别注意。十三年前我写《湘行散记》时，即有这种企图……这么写无疑将成为现代中国小说一格，且在这格式中还可能有些珠玉发现。"

沈从文对抒情小说的散文化、诗化做出了较大的贡献

他主张打破小说、诗歌、散文观念界限，因此也劝别人去尝试开拓这种新文体。除了融诗、游记、散文成一体，沈从文也尝试把抒情幻想放进写实的、充满泥土气息的小说中。在《短篇小说》一文中，他一再强调"诗的抒情"在任何艺术中都应该放在第一位，因为它能带来特殊的敏感性能。因此他特别推崇施蛰存"多幻想成分"，"具抒情诗美的交织"的小说。

沈从文自我肯定他的小说异于同时代之作家，说："我的作品稍稍异于同时代作家处，在一开始写作时，取材的侧重在写我的家乡……想试试作综合处理，看是不是能产生点散文诗的效果。"

根据其《后记》，沈从文自认为《夫妇》是用"抒情诗的笔调"写的小说。如再分析一下《渔》，可发现这是大量注入抒情幻想，成功发挥融诗、散文、小说成一体的代表作。这篇小说，由一个复杂的主题结构，将那种爱情与复仇交织的心绪，在静静的朦胧的月下的河边，古庙里的木鱼声中，舞刀的身影中及枯萎的花里展现出来。

6. 沈从文短篇小说的文体形态及文体结构

三种形态是三种创作方法、三种风格的美

首先，沈从文创造了三种基本文体形态。一是描述湘西与都市下层人物日常生活与命运的写实故事，如《丈夫》、《牛》、《菜园》等。二是根据民间、宗教故事创作的浪漫传奇，如《媚金·豹子与那羊》、《神巫之爱》以及根据佛经故事进行改造制作的《月下小景》等。三是嘲讽、抨击现代都市"上等人"所谓"文明"的讽刺小说，如《绅士的太太》、《八骏图》等。写实故事所采用的是温情的现实主义创作方法，为表现纯粹的人性，有时融合浪漫主义创作方法，显示出含蓄沉静的风格。浪漫传奇喜用浪漫主义的奇想与荒诞，创造神化与主观理想化的故事及其氛围，表现出奇幻优美的风格。讽刺小说是用批判的现实主义创作方法，抓住被揭露的对象的精神病态以及由精神病态而生成的悖理行径，辛辣地进行冷嘲热讽。

其次，在文体创造上沈从文追求文体结构的千变万化，每一篇是每一篇的个性形态，互不雷同。他的全部短篇中几乎找不出两篇结构相同的作品来，堪称可贵。如《八骏图》是橘瓣绽开式结构；《大小阮》是双线结构；《月下小景》是连环套式结构等等。

7. 沈从文的散文

可参阅武汉大学出版社出版的《中国现代文学史》

小说家的沈从文，同时也是20世纪30年代一位重要的散文家。其散文创作主要结集有《记胡也频》、《从文自传》、《记丁玲》、《湘行散记》、《湘西》以及收在《昆明冬景》、《烛虚》、《云南看云集》、《废邮存底》（与萧乾合作）集中的很多篇章。

《记胡也频》、《记丁玲》，是关于两位左翼作家的特写。最能代表沈从文散文创作成就的，是《湘行散记》与《湘西》，分别写于1934年和1938年。这两本散文

集，不是单纯的写景状物，不是单纯的叙事抒情，而是文化的散文，充满了深厚的文化底蕴，涉及湘西地区的政治、经济、军事、历史、地理、宗教、伦理、道德、民俗等地域文化。这方方面面的地域文化，支持着作者思想和情感的表达，成为其思想自由驰骋、情感自由抒写的载体。作品中融入了作者的歌与哭、爱与憎、褒与贬、认同与否定的强烈的主观评价和鲜明的审美感情。《湘行散记》与《湘西》表现着作者炽热的本土性，表现着作者鲜明的本族性。在这两本散文集中，作者继续造他的"希腊神庙"。作者从鲜活的生命与爱的疯狂追求中间，进行着爱欲即为生命、生命契合自然的人性的哲理思考。这种悖逆传统道德与伦理的思考，表现了沈从文独特的、原始主义的人性思想。

本土性、本族性以及人性的哲理思考，这些是沈从文散文表现"自我"的主要方面

《湘行散记》与《湘西》在艺术上有着显著的特色。他常常以"我"的见闻与行动作为叙写线索，一方面叙述现实的人与事，一方面将湘西历史、地理等地域文化的背景资料加以穿插与糅合，浑然而为一体，避免了架空的议论与老套的借景抒情。

这一特点即是这两本散文集的整体叙事风格

沈从文的散文是小说家的散文，习惯在具体作品中融进小说的人物对话与细节、情节的描写，往往形成小说的情节性与情境氛围。作者在散文中移用了小说的一些基本方法与手法。

这种作风一直影响到后来碧野、汪曾祺、何为等人的散文创作

作者的抒情呈现出多种多样的姿态。描绘山川风景、民风民俗时，多采用融情入景的手法形成诗一般的意境，如《鸭窠围的夜》；叙述、评述湘西的历史与现实时，往往是议论与抒情的结合，如《凤凰》；有时出于忌讳，涉及敏感的政治性问题时作者则采用曲笔，如《桃源与沅洲》。

三、"沈从文与'京派'文学"大事年表

1902 年

12 月 28 日，沈从文出生于湖南凤凰县一个行伍之家，原名沈岳焕，苗汉血统。

1917 年

秋，自凤凰县第一小学高小毕业。

这是沈从文的最后学历

8 月，加入地方军队，任上士司书，驻防辰州（沅陵）及沅水流域诸县，其间曾一度离军，任屠宰税征收员。

此经历成为他日后从事文学创作的主要生活来源

1922 年

夏，只身一人到北京寻找自己求学的理想和人生的道路，半年后住进银闸胡同一公寓，自称"窄而霉斋"。

靠自学走上文学创作之路

1924 年

12 月，《一封未曾付邮的信》发表于《晨报》副刊。继而以休芸芸、璇若等笔名，在《晨报》副刊、《现代评论》等报刊上发表小说、散文、诗歌、戏剧作品，得到郁达夫、徐志摩的赏识。

1925 年

2 月，冯文炳（废名）《竹林的故事》发表于《语丝》第 14 期。10 月，冯文炳《竹

《太太万岁》和《不了情》，但已无"沦陷时期"的风头。上海解放后，她仍然还在创作。1951 年，以"梁京"的笔名发表了长篇小说《十八春》，被看做是她创作生涯的"回光返照"。1952 年 7 月，赴香港，供职于香港的美国新闻处。在此期间，先后创作了两部"反共小说"《秧歌》和《赤地之恋》，分别于 1954 年 7 月和 10 月出版。1955 年秋赴美国定居，兴趣主要从创作转向了研究。先住纽约，曾与炎樱一起拜访过胡适。第二年，移居新罕布什尔州，结识剧作家赖雅（Ferdinand Reyher），并于同年 8 月于纽约结婚。1957 年，在台湾的《文学杂志》上发表了她到美国后创作的小说《五四遗事》。1961 年，应香港电懋影业公司的邀请，去台湾收集资料后赴香港创作电影剧本《红楼梦》、《南北和》及其续集《南北一家亲》、《小儿女》、《一曲难忘》，回美国后还创作了《南北喜相逢》。1966 年，将中篇旧作《金锁记》改写为长篇小说《怨女》在香港《星岛晚报》上连载。1967 年，赖雅去世后，应雷德克里芙女校的邀请，作驻校作家。1969 年，将旧作《十八春》略作改动后，易名为《半生缘》在台湾出版。同年，又应柏克莱加州大学之邀，在中国研究中心任研究员。 离开大陆

（4）最后余辉。1972 年，在香港出版中文译作《老人与海》。1973 年移居洛杉矶。1977 年出版多年"《红楼梦》研究"的成果《红楼梦魇》。1979 年，夏志清的《中国现代小说史》译成中文在香港出版并传入大陆，出现第二次"张爱玲热"。1981 年出版《〈海上花列传〉评注》，1983 年又将人物对话为"苏白"的《海上花列传》译为国语出版，后又译为英文。1994 年，出版自传《对照记》。从 1991 年起，台北皇冠出版有限公司开始以"典藏版"形式，陆续出版《张爱玲全集》（16 卷），包括她最后的《对照记》，是迄今为止最为完整的一套张爱玲作品集。张爱玲在晚年长期闭门谢客，过着寂寞的隐居生活，1995 年 9 月 8 日，被人发现孤独地死于洛杉矶家中。 终年 75 岁

2. 中西两种文化对张爱玲的影响和她作品中的文化背景

中西两种文化对张爱玲的影响，首先来自她的父母。张爱玲的父亲是一个遗少式的人物，风雅能文，给了她一些古典文学的启蒙，鼓励了她的文学嗜好。张爱玲在少年习作《天才梦》中曾说："我三岁时能背唐诗。我还记得摇摇摆摆地立在一个满清遗老的藤椅前朗吟'商女不知亡国恨，隔江犹唱后庭花'，眼看他的泪珠滚下来。"而张爱玲的母亲则是一个果敢的新式女性，敢于出洋留学，敢于离婚，她的生活情趣及艺术品味都是更为西方化的。她母亲第一次从海外回来时，就在张爱玲幼小的心灵中撒下了西方文化的种子。据张爱玲后来在《私语》一文中说，母亲的回来使她十分兴奋："家里的一切我都认为是美的顶巅。蓝椅套配着旧的玫瑰红地毯，其实是不甚谐和的，然而我喜欢它，连带的也喜欢英国了，因为英格兰三个字使我想起了蓝天下的小红房子，而法兰西是微雨的青色，像浴室的瓷砖，沾着生发油的香。母亲告诉我英国是常常下雨的，法国是晴朗的，可是我没法矫正我最初的印象。"她一直喜欢老舍的小说《二马》，除了因为她母亲当时喜欢这部小说的原因外，还在于这部小说写的是北京人在伦敦的故事。 父亲的影响 母亲的影响

其次来自她自己的经历。受父母的影响，张爱玲从小会背唐诗，也从小就学 生活的影响

英文，在教会中学读书时就曾在校刊发表过英文文章，虽然考上了伦敦大学却因为战争没能前往，但仍然到中西文化杂交的香港接受了大学教育。这段经历对她的创作产生了很大的影响。她最初的几篇小说《沉香屑　第一炉香》、《沉香屑　第二炉香》等都是以她在香港的生活为题材的。而她从小卷不离手的有《西游记》、《红楼梦》等，古典文学名著的营养，更是深入到了她的骨髓之中，从字里行间渗透出来。

张爱玲作品中的文化背景可以归纳为：衰落中的文化，乱世中的文明。

3. 张爱玲作品中的女性人物的特点

除曹七巧外，大多是生活在新旧时代夹缝里的没落淑女

张爱玲笔下的女性，往往都出身于败落的封建大家庭里，有着旧式的文雅修养，旧式的妻道训练，应该说，这一特点与张爱玲自己的家庭背景有直接的关系。张爱玲对她们的生活和理想可以说了如指掌，如果她不是因为在英文报刊上自己闯出了一片天地，也只能与她们一样，以做一个“结婚员”为自己的职业。虽然，这些没落的淑女，大多都有美丽的外表，文化层次也很高，但是，她们没有作者那么幸运，没有自立于现代社会的求生的本领，只能把嫁人当作自己一生的救命稻草。

包括七巧和所有的淑女们

张爱玲笔下的女性都很好地体现出作者的人生观，那就是女性生存的艰难。在她的小说《封锁》中有这样一句重复了多遍民谣：“可怜啊可怜，一个人啊没钱！”这一点，应该说我们现在的人都明白，在现代社会里没有钱是什么滋味。虽然这些女性并没有真正落到没钱过日子的地步，但作为一种存在的恐慌却一直在威胁着她们。因此，她们大多处于两种生存状态之中：一是急于想成为人家的太太或姨太太甚至情妇，总之是想找一个生活的依靠；二是在成为太太之后，仍然在为自己的地位而努力奋斗着，或变本加厉地抓钱，或主动寻欢，寻找真爱，或无可奈何地在平淡的生活中苦熬。

人物的“新与旧”

张爱玲笔下的女性大多是具有“新女性”表象的旧女性。她们的“新”主要指她们受过新式的教育，过着“新时代”的女性们享受的现代都市生活；但她们与左翼作家笔下的新女性不同，她们并没有新的思想，甚至丝毫没有受到当时革命运动和革命思潮的影响，满脑子都还是封建主义的东西。因此，她们的“旧”主要就是指她们的思想意识和人生道路。

我们说，张爱玲作为一位女性作家，对那种新旧时代交叠下的女性命运极为关注。她笔下的系列女性形象，真切地传达了她对人生的特殊感悟以及对文化败落命运的思考，主要就在于她既关注女性，又不满女性的生存状况。这也是张爱玲作为一个女性作家，笔下的女性形象却都以悲剧收场的原因。表面上看，好像她对她们充满怨恨，不肯给她们一点幸福，不肯给她们指出一条光明的道路；实际上她并没有看见哪里有这样一条路，自己虽然做了职业妇女，但她并不认为这就是一条比结婚更好的出路，因为社会上人心险恶，家庭与社会相比更适于女性。

宿命观

居高的贵族出身、文化教养，演绎着偷欢、变态、由妾而寡、由良而娼的命运轨迹。连百姓人家的女子出嫁、生子、从一而终的平实生活都过不上，这种出身教养与命运的落差，形成了张爱玲女性形象的苍凉。

4. 张爱玲小说的意象营造和语言风格以及文学史地位

所谓“意象”，也就是包含着隐喻、象征等深层意蕴的一个个有着色彩、光泽、声音的物象形态。张爱玲的小说大多有着鲜亮的视觉效果，善于运用意象化的手法，使许多原本抽象的东西，如人物的命运、心理、情绪、感觉等，像一幅幅流动的画面，具有具体的形态，从而给小说带来浓郁的诗意。在教材中，我们讲到了《金锁记》在三万多字的篇幅中，营造出了六种含义不同的月亮。月亮，是一个在传统文学中曾被用滥了的意象，但作者却有推陈出新的能力。在张爱玲的作品中，我们还可以看到许多具有现代意识的创新意象，如《倾城之恋》中的“时间”和“墙”，《封锁》中的“乌壳虫”等。 月亮的意象

在《倾城之恋》中，一开始就说：“上海为了‘节省天光’，将所有的时钟都拨快了一小时，然而白公馆里说：‘我们用的是老钟。’他们的十点钟是人家的十一点。他们唱歌唱走了板，跟不上生命的胡琴。”说上海节省天光，说的是实行的“夏时制”。但作者在这里主要是想说明“公共时间”与“个人时间”的差异和对立。张爱玲的故事，大多都是发生在“公馆”的老时间里的，与外面的人家的时间不搭界。白流苏希望能通过她与范柳原的婚姻关系走出白公馆，建立一个属于自己的家庭，也就是要走出白公馆的老时间，走进大家的公共时间，但是，她的一切努力，如果不是“战争”的介入也是无法实现的。张爱玲常常说，“时代是仓促的”，对于个体生命来说，时间也是稍纵即逝。在香港的战事打响之前，范柳原原本是要在一个礼拜后回英国的。白流苏得知这一消息后，立即想的是：“一个礼拜的爱，吊得住他的心么？”在《倾城之恋》中更包含着流离失所、背井离乡、乱世危城等特殊感受。 时间的意象

在这个“时间”意象的营造过程中，作者又妙笔生花，衍生出了“墙”的意象。在浅水湾饭店旁的一堵墙边，范柳原对白流苏说：“这堵墙，不知为什么使我想起地老天荒那一类话……有一天，我们的文明整个的毁掉了，什么都完了——烧完了，炸完了，坍完了，也许还剩下这堵墙。流苏，如果我们那时候在这墙根下遇见了……流苏，也许你会对我有一点真心，也许我会对你有一点真心。”这一意象引起了许多人的注意。有人认为，这是理解题目所谓“倾城”的关键。傅雷本来对这部小说的评价并不高，但对于这一意象也感受到了一种震撼，惊叹道：“好一个天际辽阔胸襟浩荡的境界！”也许，我们可以这样认为，墙，在这里既是时间的见证，也是历史的见证，还是爱情的见证；是张爱玲对于时间与历史的思考，是她的爱情观与人生观的体现。也许，在张爱玲看来，真正的爱情，肯付出真心的爱情，是值得“倾城倾国”的。 墙的意象

如果说，在这个由“老钟”和“墙”等形象营造的时间意象中还可以找出许多传统的因素的话，那么，在《封锁》中的“乌壳虫”的意象则完全是现代的。在作品的结尾处，作者写道，男主人公吕宗桢下了电车回到家里，刚才车上遇到的女子吴翠远的脸已经有点模糊了；他踱到卧室里，扭开电灯，看到了真实的自己：“一只乌壳虫从房这头爬到那头，爬了一半，灯一开，它只得伏在地板的正中，一动也不动。在装死么？在思想么？整天爬来爬去，很少有思想的时间罢？然而思想毕竟是辛苦的。宗桢捻灭了电灯，手按在机括上，手心汗潮了，浑身一滴滴沁出 “乌壳虫”的意象

汗来，像小虫子痒痒地在爬。”有人说，只可惜张爱玲就此打住了，要继续写下去，吕宗桢第二天清晨起来，就会变成卡夫卡笔下的推销员格里高尔也说不定。

“镜子”的意象

在教材中，我们还曾提到“镜子”的意象，这在《倾城之恋》中也有一个很具现代意义的描写。这是范柳原与白流苏的第一次接吻：“十一月尾的纤月，仅仅是一钩白色，像玻璃窗上的霜花。然而海上毕竟有点月意，映到窗子里来，那薄薄的光就照亮了镜子……流苏觉得她的溜溜转了个圈子，倒在镜子上，背心紧紧抵着冰冷的镜子。他的嘴始终没有离开过她的嘴。他还把她往镜子上推，他们似乎是跌到镜子里面，另一个昏昏的世界里去，凉的凉，烫的烫，野火花直烧上身来。”镜子里的世界反映的应该是真实的世界，但他们火热的接吻却跌进了冰冷的镜子里，究竟哪个更真实？作者事先已经这样告诉了大家：“这是他第一次吻她，然而他们两人都疑惑不是第一次，因为在幻想中已经发生过无数次了。从前他们有过许多机会——适当的环境，适当的情调；他也想到过，她也顾虑到那可能性。然而两方面都是精刮的人，算盘打得太仔细了，始终不肯冒失。现在这忽然成了真的，两人都糊涂了。”因此，在这里，冰冷的镜子，实际上反映的是他们真实的内心世界。

由此可见，张爱玲营造的意象，既有层出不穷的创新，又有不厌其烦的袭旧，在新旧雅俗之间游刃有余，而且，无论是传统的还是现代的，无论是“月亮”、“镜子”，还是“墙”和“乌壳虫”，都与作品“苍凉”的主调是一致的。

张爱玲小说的语言风格，也介乎新旧雅俗之间，既有“古典小说的根底”，又有“市井小说的色彩”。在《沉香屑　第一炉香》和《金锁记》等作品中，古典小说的根底表现更为明显一些，更多一些《红楼梦》的影响。而在《倾城之恋》和《红玫瑰与白玫瑰》等作品中，市井小说的色彩表现更为突出一点，无论是范柳原与白流苏的调情，还是佟振保与王娇蕊、孟烟鹂的三角关系，都更多一点带有调侃意味的幽默和鸳鸯蝴蝶派通俗小说的特点。

张爱玲小说在现代文学史上的特异地位，不仅在于她与20世纪40年代前期上海沦陷区的环境相适应，没有也不愿利用作品来说教或宣传，热衷于表现自己对人生的切身体验和独特感悟，在表现当时上海市民生活和心理方面堪称独步；而且还在于她有着深厚的、融合中西两方面的文化素修和艺术地运用汉语语言的纯熟手法，完全摆脱了所谓“新文艺腔”，很自然地继承了传统的古典小说和现代的通俗小说的手法与韵味，将“新、旧、雅、俗”融会贯通，创造出了新旧交织、雅俗共赏的独特风格。

三、“张爱玲小说创作”大事年表

1920年

名门贵族的家庭出身奠定了张爱玲传奇的人生

9月20日，张爱玲出生于上海麦根路(今泰兴路)，取名张煐。

祖父张佩纶系河北丰润人，晚清名臣。祖母李菊耦系李鸿章之女。父亲张廷重，母亲黄逸梵(素琼)系原南京长江水师提督黄军门之孙女。

1921 年

12 月 11 日,弟弟张子静出生。

1922 年

随父母迁居天津老宅。父亲在津浦铁路局任英文秘书。

1924 年

母亲与姑姑结伴赴英国留学。父亲将姨太太接回宅院。

母亲的独立执著给张爱玲留下深深的印象

1927 年

尝试写小说,第一部小说写一个家庭悲剧。

1928 年

全家由天津迁至上海。起先住在石库门的房子,后因母亲从国外回来,染有吸鸦片恶习的父亲决心痛改前非,全家搬回张爱玲出生时的洋房。

张爱玲笔下的父亲形象总是不佳

1930 年

本年,母亲坚持送张爱玲进学校读书,为此同父亲大吵一场。母女俩偷着跑到黄氏小学,张爱玲正式取名张爱玲。父母亲因性情不和而离婚。母亲与姑姑搬出宝隆花园洋房,租住法租界今常德公寓。

父母离异的阴影永世难消

1931 年

就读于上海著名的圣玛利亚女校,开始住校生活。随白俄老师学习钢琴。

白俄老师的教导使张爱玲受到西洋文化的熏陶

1932 年

在圣玛利亚女校发表短篇小说《不幸的她》。母亲再度赴欧。

1934 年

父再婚,娶孙宝琦之孙女孙用蕃。迁回麦根路别墅。

写《理想重中的理想村》、《摩登红楼梦》、《后母的心》,未发表。

1936 年

在圣玛利亚校刊《国光》半月刊发表《牛》、《霸王别姬》及评张若谨小说《若馨评》。在《凤藻》发表《论卡通画之前途》。中学毕业。与后母口角被父责打并拘禁半年。

家庭留在张爱玲心中致冷致深的痛感

1938 年

年初,逃出麦根路的家,与母亲住于开纳路开纳公寓。向犹太裔老师补习数学。参加伦敦大学远东区入学考试,得第一名。在英文《大美晚报》发表被禁及出逃经过。系首次以英文发表作品。

1939 年

与母亲、姑姑迁居静安寺路、赫德路口爱丁顿公寓(今常德公寓)五楼五十一室。欧战爆发。

持伦敦大学成绩单入读香港大学文科。认识炎樱,成为终身好友。其姑母张茂渊留英时的朋友李开弟先生(40 年后成为张爱玲的姑夫)系张爱玲在香港的法定保护人。

这段香港经历在多篇小说中显示出来

本年,《天才梦》参加《西风》杂志三周年纪念征文。

1940 年

《天才梦》获《西风》征文第十三名(荣誉奖)。获两项奖学金,港大毕业可免费读牛津大学。

1941 年

年底，珍珠港事变。香港沦陷。港大停课。

1942 年

夏，与炎樱乘船同返上海。与姑姑迁居爱丁顿公寓六楼六十五室。

厚实的西洋文化功底

秋，与炎樱插班入圣约翰大学文科四年级就读。11 月因写作辍学。在英文《泰晤士报》写影评与剧评。在英文《二十世纪》月刊发表《中国人生活和时装》、《中国人的宗教》、《洋人看戏及其他》和五六篇影评。

1943 年

4 月，经园艺家黄岳渊介绍，登门拜访《紫罗兰》主编周瘦鹃，投稿，一星期后，《沉香屑　第一炉香》刊登于《紫罗兰》杂志。自此张开始作家生涯。

一颗耀眼的文学明星出世了

6 月，《沉香屑　第二炉香》在《紫罗兰》月刊发表。

7 月，在《万象》编辑室与该杂志主编柯灵会面，并投稿《心经》，开始与柯灵先生的友谊。《茉莉香片》在《杂志》月刊第 11 卷 4 期发表。初识胡兰成。

与胡兰成开始了一段短暂而又撕裂心肺的姻缘

8 月，《心经》在《万象》月刊发表。《到底是上海人》在《杂志》月刊第 11 卷 5 期发表。

9 月，《倾城之恋》在《杂志》月刊第 11 卷 6 期发表。朝鲜女舞蹈家崔承喜二次来沪，张爱玲出席欢迎会，并合影留念。初识苏青。同月，《心经》(续)在《万象》杂志发表。

10 月，《倾城之恋》(续完)在《杂志》月刊第十一卷六期发表。

11 月，《琉璃瓦》在《万象》月刊第 5 期发表。《洋人看戏及其他》在《古今》半月刊第 33 期发表。《封锁》在《天地》月刊发表。《金锁记》在《杂志》月刊第 12 卷 2 期发表。《更衣记》在《古今》月刊第 34 期发表。《公寓生活记趣》在《天地》月刊第 3 期发表。

1944 年

1943 年和 1944 年是张爱玲文学生涯也是整个人生中最为辉煌的两年

1 月，《道路以目》在《天地》月刊发表。《必也正名乎》在《杂志》月刊第 12 卷 4 期发表。1 月至 6 月，《连环套》(长篇小说)在《万象》月刊第 7—12 期连载。

2 月，《烬余录》、《年青的时候》在《天地》月刊第 5 期发表。

3 月，《谈女人》在《天地》月刊第 6 期发表。《花凋》在《杂志》月刊第 12 卷 6 期发表。16 日，下午二时由《杂志》月刊社主持召开女作家座谈会，地点在新中国报社。张爱玲出席会议并发言。另外，参加会议的还有苏青、潘柳黛、吴婴之、关露、汪丽玲等人，主要谈女性文学问题。

4 月，《论写作》、《爱》、《有女同车》、《走！走到楼上去！》在《杂志》月刊第 13 期发表。

迅雨：即傅雷。国内最早最有影响的评论

5 月，《童言无忌》、《造人》在《天地》月刊第 7、8 期发表。迅雨的评论《论张爱玲的小说》发表于《万象》第 3 卷第 11 期。5 月至 7 月，每月 10 日《红玫瑰与白玫瑰》在《杂志》月刊第 13 卷 2—4 期连载。

6 月，《打人》在《天地》月刊第 9 期发表。

7 月，《私语》在《天地》月刊第 10 期发表。《说胡萝卜》在《杂志》月刊第 13 卷 4 期发表。《自己的文章》在《新东方》杂志发表，后又转载于《苦竹》杂志第 2 期。

8 月，《散戏》在《小天地》发表。《诗与胡说》、《写什么》在《杂志》月刊第 13 卷

5期发表。26日,《杂志》社在康乐酒家主持召开《传奇》集评茶会。8月至9月,《中国人的宗教》(上、中、下)在《天地》月刊第11—13期连载。

张爱玲震动了上海文坛

9月,《忘不了的画》和《〈传奇〉集评茶会》在《杂志》月刊第13卷6期发表,《炎樱语录》在《小天地》月刊第1期发表。《传奇》小说集由上海杂志社出版发行,当月再版。

随着《传奇》再版,“张爱玲热”达到高潮

11月,《谈跳舞》在《天地》月刊第14期发表。《殷宝滟送花楼会》在《杂志》月刊第14卷2期发表。《谈音乐》,在《苦竹》月刊第一期发表。《自己的文章》、《桂花蒸:阿小悲秋》在《苦竹》月刊第2期发表。《流言》散文集由上海五洲书报社初版。自编四幕八场话剧《倾城之恋》公演,直至1945年1月。

本年,张爱玲与才子胡兰成举行了婚礼,完成了她的第一次婚姻,由好友炎樱证婚。

1945年

1月,《气短情长及其他》在《小天地》第五期发表。散文集《流言》由街灯出版社再版,三版。

2月,《〈卷首玉照〉及其他》在《天地》月刊第17期发表。《留情》在《杂志》月刊第14卷5期发表。

3月,《双声》在《天地》月刊第18期发表。3月至5月,每月10日《创世纪》在《杂志》月刊第14卷6期、第15卷1、3期连载。《苏青张爱玲对谈记》在《杂志》月刊第14卷6期发表。

4月,《吉利》在《杂志》月刊第15卷2期发表。

1946年

应桑弧之邀编写电影剧本《不了情》、《太太万岁》。母再度返回上海。

1947年

4月,《华丽缘》在《大家》月刊创刊号发表。5月至6月,《多少恨》在《大家》月刊第2、3期发表。

11月,《传奇》(增订本)由上海山河图书公司出版。

1948年

张爱玲迁出爱丁堡公寓,先后在华懋公寓和重华新村短住。

母再度赴欧。

1949年

全国解放。

1950年

以“梁京”笔名在《亦报》发表长篇小说《十八春》,并参加《亦报》社组织的“与梁京谈《十八春》”讨论会。

7月,上海召开第一次文学艺术家代表大会,张爱玲应邀出席。

夏衍力荐

1951年

11月,《十八春》由上海《亦报》社出版单行本。11月4日至次年1月24日,《小艾》(中篇小说)在《亦报》发表。

1952年

向香港大学申请复学获准,赴香港。在香港受美国新闻署资助,写作长篇小说《秧歌》、《赤地之恋》,翻译《老人与海》、《爱默森选集》、《美国七大小说家》(部分)等。

1953 年

结识宋淇(林以亮)夫妇。

本年,父亲病逝于上海。

1954 年

英文版《秧歌》、《赤地之恋》出版。中文版《秧歌》、《赤地之恋》在香港美新署出版的《今日世界》连载并出版。《张爱玲短篇小说集》由香港天风出版社出版。寄中文版《秧歌》给胡适,两人开始通信。

1955 年

11 月,乘"克利夫兰总统号"邮轮赴美。临时住于纽约救世军女子宿舍。与炎樱重逢并去拜访胡适。

1956 年

2 月,获新罕布夏州爱德华·麦克道威尔基金会资助,在基金会庄园从事写作。

3 月,结识剧作家赖雅。

两次婚姻都有炎樱相伴

8 月 14 日与赖雅结婚,玛莉·德勒尔和炎樱出席婚礼。开始撰写英文长篇小说。

1957 年

4 月,与赖雅租住彼得堡松树街 25 号。

5 月,PinkTears 被司克利卜纳拒绝出版,由此沮丧病倒。《秧歌》剧本在哥伦比亚广播公司播出。开始撰写《上海游闲人》(The Shanghai Loafer)一书。本年,母亲在英国病逝,留下一些古董给她。

1958 年

11 月 13 日,迁至加州杭廷顿哈特福基金会,住营半年。小说《五四遗事》发表于台北《文学杂志》。为香港电懋电影公司编《情场如战场》、《桃花运》、《人财两得》等剧本。将陈纪滢《荻村传》改写并译成英文《荻中笨伯》(Fool in the Roods),但始终找不到出版商出版。

1959 年

5 月 13 日,迁住旧金山,租住于布什(Bush)街 654 号。结识美国女友爱丽斯·琵瑟尔(Alice Bissell)。完成《荻中笨伯》英文译本。

11 月收到入籍通知。

1960 年

7 月,入籍美国。

1961 年

3 月下旬,炎樱来访。秋天,初访台湾,为小说《少帅》(Young Marshal)收集写作素材,要求访问张学良被拒。结识台湾小说家白先勇、王文兴、陈若曦、王桢和等人,并与王桢和赴东部旅游。途中获悉赖雅再度中风。冬天,在港为电懋公司写剧本《红楼梦》、《南北一家亲》。

1962 年

3 月，返回美国，与赖雅租住华盛顿第六街一五号皇家院(Regal_court)。在英文《记者》杂志发表访台记事《重回前方》。

1963 年

《魂归离恨天》剧本完成但未能拍成电影，7 月，赖雅散步跌跤，引起中风，自此瘫痪不起。

1964 年

迁至黑人区肯德基院 (Kentnuky Court)，为美国之音译写广播剧剧本，其中包括莫泊桑、亨利·詹姆斯、索尔仁尼琴等的小说。

1965 年

仍为“美国之音”撰写剧本，并为美国新闻署做翻译。

1966 年

9 月，赴俄亥俄州牛津，担任迈哈密大学驻校作家。长篇小说《怨女》中文版在香港《星岛日报》连载。改写小说《十八春》为《半生缘》。参加印第安那大学中西文学关系研讨会，结识庄信正，两人开始长达 30 年的友谊。

1967 年

担任麻州康桥赖德克利夫大学朋丁学院成员，开始英译《海上花列传》。《半生缘》在香港《星岛晚报》、台北《皇冠》杂志连载。

10 月 8 日，赖雅去世，享年 76 岁。

1968 年

台北皇冠出版社《半生缘》、《流言》、《秧歌》、《张爱玲短篇小说集》、在《皇冠》杂志发表《红楼梦未完》。接受殷允采访。

1969 年

应加州柏克莱大学中国研究中心主持人陈世骧邀请为高级研究员，收集研究中国宣传语汇。继续《红楼梦》研究。

1971 年

接收水晶专访。陈世骧去世。自“中国研究中心”辞职。

1972 年

移居洛杉矶，开始幽居生活。

1973 年

《初详红楼梦》在《皇冠》发表；《连环套》、《卷首玉照及其他》重刊于《幼狮文艺》月刊；《创世纪》重刊于《文季》季刊。水晶《张爱玲的小说艺术》由台北大地出版社出版。

1974 年

《谈看书》与《谈看书后记》在《中国时报》“人间副刊”发表。

本年，胡兰成赴台讲学。

1975 年

《二详红楼梦》在《皇冠》发表。英译《海上花列传》完成(未出版)。

1976 年

台北皇冠出版社出版《张看》。发表《三详红楼梦》。胡兰成离台返日，《今生今世》由台湾远行出版社出版。

1977 年

《红楼梦魇》由皇冠出版社出版。

1978 年

《赤地之恋》(删节本)由台湾慧龙出版社出版。

1979 年

在《中国时报》“人间副刊”发表小说《色、戒》。

1981 年

《海上花注释》由皇冠出版社出版。

本年,胡兰成 7 月 29 日逝世于日本东京(75 岁)。

1983 年

唐文标编《张爱玲卷》由台北远景出版公司出版;《惘然记》由皇冠出版社出版。

1984 年

再次掀起“张爱玲热”

《金锁记》重刊于上海《收获》杂志。唐文标编《张爱玲资料大全集》由台北时报出版公司出版(因著作权问题未能上市发行)。

1985 年

与林式同初次见面。因躲虫患不断搬家。

1986 年

后母病逝于上海。

1987 年

《余韵》由皇冠出版社出版。

1988 年

《续集》由皇冠出版社出版。郑叔森编《张爱玲的世界》由允晨文化公司出版。搬至林式同建造的 Lake St. 公寓。

1989 年

坐公车时摔了一跤,右肩骨受伤。

1991 年

搬至林式同介绍的 Rochester Ave 公寓。

姑姑在上海病逝。

1992 年

欲立遗嘱,指定林式同为遗嘱执行人。

1993 年

《对照记》完成。

安徽文艺出版社出版《张爱玲文集》。于青《张爱玲传》、胡辛《最后的贵族张爱玲》出版。

1994 年

皇冠出版公司出版《张爱玲全集》15 册:《秧歌》、《赤地之恋》、《流言》、《倾城之恋》、《第一炉香》、《半生缘》、《张看》、《红楼梦魇》、《海上花落》、《惘然记》、《续集》、《余韵》、《对照记》、《爱默生选集》。获中国时报文学成就奖。

1995 年

9 月 8 日,被发现于洛杉矶租住公寓内死亡。遗嘱说明(一)尽速火化;(二)骨灰撒于空旷原野;(三)遗物“留给”宋淇、邝文美夫妇处理。9 日,遗体于洛杉矶惠泽尔市玫瑰岗墓园火化。30 日,76 岁冥诞,骨灰由林式同、张错、高张信生及高全之、张绍迁、许媛翔等人携带出海,撒于太平洋。

一代才女灰飞烟灭

四、练习与讨论

(一) 填空题

1. 前些年出现的“张爱玲热”,在______年张爱玲在美国孤独地去世后形成高潮。

2. 张爱玲小说的代表作是小说集《传奇》,而《传奇》的代表性作品则是《______》,这也是她主题挖掘及艺术创造最深刻、最丰厚的作品。

3. 葛薇龙是小说《______》中的主人公,她是一个普通的上海女孩子,为了能继续在香港上学,不得不向多年不相来往的姑妈梁太太求告。

4. 小说《金锁记》分为两个部分,前一部分描写姜公馆的二奶奶______的一天,将一个女人的婚姻及生存状态通过对话、事件交待出来。

5. 小说《金锁记》的主体是后一部分,描写七巧带着一双儿女分家单过后的生活。她给儿子______娶了亲却千方百计地霸住他,引诱他讲述夫妻间的隐私,再以此羞辱、折磨儿媳。

6. 张爱玲作品在艺术上的成就或特征可以概括为四个字:新,旧,雅,俗。其中,她的市井色彩或通俗倾向更多地保留在她的更个人化的散文集《______》中。

7.《______》中的烟鹂对丈夫振保在外嫖妓“绝对不疑心到”,因为“她爱他,不为别的,就因为在许多之人中指定了这一个人是她的。”

8. 张爱玲最中意的意象应该说是______和镜子,这是两个传统性较强的意象,包含着一些设定的象征意义。

9.《______》中的玉清比较顺利地出了嫁,但事实上她对自己的婚姻仍然是茫然无措,只能使气一样的买东西,在更年轻的女孩子眼中,她已经是“银幕上最后映出的雪白耀眼的‘完’字”。

10. “张爱玲热”历史上有过两次:第一次是______年代,另一次是______年代。

11.《倾城之恋》是关于______与______双城间的故事。

12. 张爱玲写女性与 20 世纪二三十年代作家塑造的“时代女性”不同,她写表象下的______。

13.《传奇》的风格是______的。

14. 对张爱玲创作影响最大的古典小说除了《红楼梦》外,还有《______》和《______》。

15. 张爱玲作为职业作家是从英文起步的。她早期的散文______,______,

都是英文写成。

16. ______,是以西方经典名著翻译及评论见长的傅雷的化名。

17.《论张爱玲的小说》一文的作者是______。

18. ______为了怀念张爱玲写了《遥寄张爱玲》,几乎同时发表在______和______上。

19.《______》是张爱玲小说中几乎陷入"俗套滥调"的作品。

20. 40年代中期,张爱玲在文坛一出现,即有人将她目为"______"。

21.《______》是张爱玲第一篇关于女性命运及出路的作品。在这篇作品中,初出茅庐的张爱玲就积淀了女性命运的两种轨迹:一为由妾而寡;一为由良而娼。

(二)单项选择题

1. 张爱玲作品有一个共同的背景,那就是(　　)。

A. 世俗生活中的传奇　　B. 衰落中的文化

B. 文明与人性的哀歌　　C. 上海与香港的双城故事

2. 在张爱玲的作品中,既有一个"香港传奇系列",也有一个"上海传奇系列"。其中,一个描写上海与香港间双城故事的作品是(　　)。

A.《茉莉香片》　　B.《沉香屑　第一炉香》

C.《倾城之恋》　　D.《红玫瑰与白玫瑰》

3. 苏童在"影响我的十部短篇小说"评选中,选中了一篇张爱玲的小说,称"这样的作品是标准的中国造的东西,比诗歌随意,比白话严谨,在靠近小说的过程中成为了小说"。被苏童选中的这篇张爱玲小说是(　　)。

A.《金锁记》　　B.《茉莉香片》

C.《沉香屑　第一炉香》　　D.《鸿鸾喜》

4. 张爱玲最初创作的几篇小说属于(　　)。

A."香港传奇系列"　　B."上海传奇系列"

C. 上海与香港的双城故事　　D. 上海与北京间的双城故事

5. 张爱玲写的女性,与20世纪二三十年代作家塑造的"时代新女性"不同,她实际上写的是"新女性"表象下的旧女性。其中,主要有(　　)。

A. 薇龙　　B. 七巧

C. 流苏　　D. 长安

(三)多项选择题

1. 张爱玲的哀歌的主旨是(　　)。

A. 进行深刻的社会批判

B. 在迷茫的现实背景下展示人的精神不安

C. 探讨如何改造世界

D. 在不可理喻的现实背景下展示人性的脆弱与悲哀

2. 张爱玲的"上海传奇"系列作品主要有(　　)。

A.《花凋》　　B.《茉莉香片》

C.《封锁》　　D.《金锁记》

3. 张爱玲小说《茉莉香片》的主要人物有(　　)。

A. 在精神和身体上都有残障的少年聂传庆

B. 寄托着聂传庆理想的“父亲幻想”的教授言子夜

C. 被聂传庆以施暴方式发泄爱情的丹珠

D. 在家里关起门来做“小型慈禧太后”的富孀梁太太

4. 张爱玲的《传奇》中的女性基本上处于两种生存状态:一种是千方百计地要成为“太太”(甚至包括姨太太和情妇),一种是成为太太之后,尤其是前者,更能表达女性的悲剧。其中,成为太太的人物有( )。

A.《封锁》中的吴翠远　　B.《倾城之恋》中的白流苏

C.《鸿鸾禧》中的玉清　　D.《红玫瑰与白玫瑰》中的王娇蕊

5. 受张爱玲影响较大的当代作家主要有( )。

A. 余华　　B. 叶兆言

C. 苏童　　D. 王安忆

(四) 简答题

1. 为什么说在沦陷区,张爱玲几乎一夜间成为市民文化的“明星”?

2. 傅雷对张爱玲的小说评价很高,为什么独独不喜欢《倾城之恋》?

3. 张爱玲与茅盾笔下的“时代新女性”有什么不同?

4. 为什么说《倾城之恋》的故事具有传奇性?

5.《金锁记》向我们描述了怎样的“禁锢故事”?

(五) 分析题

1. 张爱玲的作品在艺术上可以归纳为四个字:新旧雅俗。能否举例说明她作品中表现出来的雅和俗?

2. 以曹七巧为例,说明张爱玲笔下的新女性形象有什么特点?

3. 在20世纪40年代和80年代共出现过两次“张爱玲热”,有什么不同特点?

4. 张爱玲小说中的意象常常充满了象征意味,有时一个意象就象征着一个人物的一生,或一篇小说的全部意义。请就《茉莉香片》中的“绣在屏风上的鸟”这一意象为例,说明张爱玲小说中女性形象的命运。

5. 张爱玲写的女性与20世纪二三十年代的“时代新女性”不同,请以具体作品和人物为例,比较张爱玲的“旧女性”与茅盾或丁玲笔下的“时代新女性”有什么不同。

(车晓勤)

“穆旦与九叶诗派”自学指导

一、学习重点与方法

1. 现代派诗歌在中国现代文学史上发展的三个阶段

中国现代白话新诗从形成到发展都深深地打上了欧美诗歌的烙印。它是现实主义、浪漫主义、现代派等各种流派的融合，艺术风格有从起步到成熟的发展历程。其中，现代派诗歌一脉经历了从异域的移植到本土化、民族化的过程，主要分为三个阶段：一是20世纪20年代以李金发为代表的象征派诗歌；二是30年代以戴望舒为代表的现代派诗歌；三是40年代以“九叶”诗人为代表的新现代派诗歌。

1925年11月，李金发出版了个人第一部诗集《微雨》，标志着中国最早的象征派诗歌的诞生。随后两年，他又出版了诗集《为幸福而歌》、《食客与凶年》，象征派诗歌一时在中国诗坛引起广泛注意。当时的象征派诗人还有王独清、穆木天和冯乃超等人。

王独清有《圣母像前》、《死前》；穆木天有《旅心》；冯乃超有《红纱灯》等诗集

以李金发为代表的象征派诗歌，主要模仿19世纪末期以波特莱尔、魏尔伦、马拉美、蓝波为代表的法国早期象征主义，拒绝描绘客观现实，忌讳直抒胸臆，而热衷于使用种种怪诞的意象，试图通过象征、隐喻、幻觉、暗示等手法来表达诗人对于生活的主观看法和内心情绪，形成诗歌整体上的晦涩难懂和神秘感，渲染了一种颓废、迷惘的情绪。这种创作思潮虽在一定程度上迎合了当时“五四”新文化运动高潮过后一些知识分子在黑暗现实和无望人生面前的悲观失落情绪，并产生了一定影响，但由于创作主体生搬硬套西方象征派诗歌的技巧、语言、意象，甚至主题，严重脱离中国本土文化背景和时代背景，故只是一种不成熟的生硬移植，是一种非本土化的创作。

真正被看做是现代派诗歌起点的是1929年4月戴望舒诗集《我的记忆》的出版。1932年5月，施蛰存主编的《现代》杂志创刊，宣告了现代派的正式亮相。

20世纪30年代以戴望舒、卞之琳、何其芳等为代表的现代派诗人，主要受法国后期象征派诗影响，强调“用现代的词藻排列成的现代诗形”，来表现“现代人在现代生活中所感受的现代情绪”；强调通过大量象征性意象的隐喻、暗示来表现主观情绪。这也显示出一种朦胧诗美。由于这一时期的现代派诗人大都有着深厚的中国古典文化修养，在各自诗歌创作中，都有意识地借鉴了中国古典诗词中的传统意象，并融会传统文学的意境营造、气氛渲染的手法，再加以优美的语言，创作出了一批中西合璧、纯诗化的现代派诗歌。这是李金发等人在创作中随意组合意象，导致整体上支离破碎、怪异隐晦的诗风所不及的。可以说，在新诗产生的十多年后，新诗的民族化已经向前迈出了一大步，产生了具有浓厚

对诗歌本体艺术的重视

中国特色的现代派诗歌。

40年代"九叶诗派"的出现意味着新诗现代化探索的进一步深化。40年代作为中华民族历史上一个内忧外患的灾难岁月，正直的诗人的都走出纯诗的象牙塔，走出自我隐蔽的内心，"向外转"，以个体的社会责任感和时代使命感来承担起民族的命运。

代表诗人主要有九位：穆旦、袁可嘉、杜运燮、郑敏、唐祈、唐湜、杭约赫、陈敬容、辛笛

"九叶诗派"正是诞生于这一背景并有效地融合到这一背景当中的。诗人们在艾略特、叶芝、奥登、里尔克等欧美现代诗人影响下，用强劲的生命力和主体意识连接起现实人生和诗歌艺术，逼近历史现实而又深入自我心灵；在艺术表达上注重用知性思辨来表现感性认识，注重思想性与艺术性。

比象征诗派和现代诗派更具现代性的是，"九叶诗派"不再沉迷于对个人敏感脆弱内心世界的挖掘，也不再热衷于对颓废悲观情绪的宣泄，而是在进一步探索新诗现代化、民族化的途径之际，自觉承担起对民族命运的反思和对知识者个体灵魂的自省，以自觉的现代意识，在对诗歌传统（包括二三十年代形成的诗歌传统）的反叛基础上，通过客观物象主体化和主观心灵客体化，以及新诗戏剧化等技巧，将民族精神与西方现代派技巧完美融会贯通，创造了真正具有中国性格的、成熟的现代派诗歌。

在学习过程中，大家要根据教材中第一节内容和其他相关论述，掌握中国现代文学史上现代派诗歌在这三个阶段中，逐渐由对西方现代派诗歌的完全模仿、移植到逐步民族化、本土化并最终成熟，实现完全中国化的过程，认识到"九叶诗派"不仅是象征诗派和现代诗派的延伸，更是其拓展和深化。此外，还要认识到象征诗派和现代诗派有着不可避免的弊病：如脱离现实，追求诗歌的纯艺术化，拘泥于个人情感的小圈子，一味追求于晦涩朦胧中表现悲观颓废的情绪；进而把握九叶诗派更为自觉也更为阔大的现代性追求：即强烈的社会责任感，以个体介入现实，同时表现出对自我心灵和社会现象的理性思辨，形成了一种含蓄深沉、凝重蕴藉的诗风。同时还能结合文学史知识及有关历史背景认识到这种发展的历史必然性。

这样才能对现代派诗歌在中国的发展有清楚的认识，从而凸显出九叶诗派及穆旦诗歌及诗艺的特质

2. 九叶诗派的诗学主张和审美追求

对于这一内容，要求掌握两点：一是九叶诗派作为诗歌流派主要是风格意义上的，而不是实体意义上的；二是九叶诗派共同的诗学主张和审美追求。

"九叶诗派"的得名主要是因为1981年出版的《九叶集》。40年代前期，他们有一个各自发展的过程，到了40年代后期，则较多地在《诗创造》和《中国新诗》等上海刊物聚集。"由于对诗与现实的关系和诗歌艺术的风格、表现手法等方面有相当一致的看法……在风格上形成了一个流派。"因此，这种聚集和当时另一个著名诗派"七月诗派"不同的是，它并不具有必然的实体性。

由江苏人民出版社出版

引文见袁可嘉《九叶集·序》

这种"风格上"的"一致"主要体现在：九叶诗派在诗歌创作中，将关注外在现实与探索内在自我放在了同等重要的位置，达到了现代性的思想深度。为避免诗歌创作中感伤的个人化抒情和直露的政治说教倾向，他们在新诗现代化的探索中，提出了"感性与知性融合"、"新诗戏剧化"等诗学主张。所谓"感性与知性融合"，即"思想知觉化"，通过象征、暗喻等现代派诗艺，达到官能感觉与抽象

玄思的统一，或者说，是要将感性的个人的内在经验，转化为具有丰富内蕴和深厚哲理的“意象”，让自己创造的形象具有思想力量，而不是单纯的感情宣泄或直露的现实批判。所谓“新诗戏剧化”，即用一种与纷繁复杂的现代人生和现代意识的“戏剧化”相统一相对应的“戏剧化”的方法来表现，追求诗歌尽可能准确揭示出现代人的生存状态。“戏剧化”的探索始于新月诗派，30年代卞之琳更是将它看做“诗歌现代化”的重要标志，而九叶诗派则将“新诗戏剧化”当作行动方案、行动纲领乃至行动目的。袁可嘉的《新诗戏剧化》代表了这一流派的观点立场。

九叶诗派的继承和深化

这种理解有一定难度，大家应尽量多读些九叶派诗歌作品，通过文本来真切感受、体会九叶诗派的诗学主张及由此形成的总体艺术特色，从而在进入九叶诗派代表诗人穆旦的学习之前具备坚实的背景知识。

3. 穆旦诗歌的三个常见主题

这是本讲学习的核心内容。它们分别是“一个民族已经起来”（《赞美》）、“丰富，和丰富的痛苦”（《出发》）和“残缺的我”（《我》）。

“一个民族已经起来”，体现了40年代现代主义诗歌“历史意识的浮现”的创作特点。穆旦从来就是一个充满民族责任感的诗人，《合唱》、《赞美》等诗明显地体现了他对民族危机的关注。在“战争乌托邦”的时代激情感染下，历史进化的憧憬使他相信战争会带来一个新鲜的中国。在《赞美》中，他借助一个饱经忧患的受难者“农夫”的形象，表达了对民族坚忍顽强的生命力的颂扬，对民族前途的坚定信念。但穆旦又亲身经历过抗战后向大后方几千里的徒步撤退，亲眼目睹了广阔而荒凉的中国大地上底层人民痛苦的生存状态；这使得他并没有流于肤浅，而是透过乐观的表面，看到了“忧郁”、“干枯”、“荒凉”的民族现状和“耻辱”、“佝偻”人民的生命，在一种“带血”的、痛切的历史文化反思中，熔铸了知识分子的自我反省，对人民的理解和尊重，及对民族命运的探索。这样，其诗歌具备了思辨强力和凝重内涵，摆脱了廉价乐观，体现出强烈的民族意识和深广的忧患意识，达到了民族史诗的高度。这正是他与同时代众多标语口号式的热情呼喊的本质区别。

正是在这些方面，体现出穆旦诗思的现代性和超越性

“丰富，和丰富的痛苦”是最具穆旦个性特点的核心主题，是他“最能表现现代知识分子那种近乎冷酷的自觉性”的经典主题：即在对自我、现实、历史乃至真理的拷问中，“我”不断挣扎，不断探索，思考着生命的意义和个体的价值，虽然一再遭受挫折、打击、“阴谋”、“暗杀”，可从不放弃，一再获得真理又一再失去（不满足于已获得的）。在希望和幻灭的循环中，“我”仍要坚持“活下去”，生命由此而“丰富”，虽然这“丰富”中充满了“丰富的痛苦”。因此，穆旦塑造了一个永在探索的现代心灵，这个探索形象也正是他本人人生态度的外化。

敢于直面现实，正是现代人的人生态度

“残缺的我”的主题最能体现穆旦创作的现代意味。穆旦诗歌的基本价值取向表现为对“现代的我”的探索，即通过对现代个体的分裂、矛盾、扭曲的残酷剖析，达到对自我、现实、历史乃至真理的拷问和追寻。这种主题在穆旦笔下是一以贯之的，它直面现代社会中普遍的个体精神困境和人格“残缺”，拒绝至善至美的永恒乌托邦梦想，拒绝精神避难所；直面人生的“暗杀”、“阴谋”、“残缺”，拒

绝虚假的“圆满”和“平衡”，以“绝望”的姿态谋求“突围”而出。这个“残缺的我”，既不同于郭沫若诗中的代表着昂扬的时代精神的“大我”，也不同于戴望舒笔下仅仅代表颓废的知识分子内心世界的“小我”，在现代白话新诗史上，它从更深刻的哲理高度上表达了穆旦对现代人生存困惑的犀利剖析。

穆旦成为中国现代派诗歌代表的重要原因

在学习过程中，我们应从穆旦诗歌创作的发展过程入手，从他作为一位在中西方文化冲突和时代忧患中成长起来的现代知识分子的社会责任感和自我反省意识两方面着手，理解他如何运用历史透视的眼光和清醒的现代意识来观照民族命运、个体生存和自我灵魂，并逐渐发展出这样三个主题。要充分理解它们之间的内在联系，及由此形成的沉雄博大、凝重含蓄的诗境。

4. 穆旦诗歌的艺术创新及现代性特征

穆旦诗歌的艺术创新，主要体现在三个方面：一是从对“丰富，和丰富的痛苦”以及“残缺的我”的体验中创造出的一种独特的“张力之美”。通过不同诗体的参差对照，词语和意象的互为悖论，诗境和语言的陌生化并置，诗歌结构的戏剧化处理，从对立的两极中寻找诗意等等手段，在诗歌的简约之美中涵括了无限丰富的思想，于内敛含蓄中体现出智性思辨。

二是“用身体思想”。诗人对历史现实黑暗的批判和对个体生存困惑的体认都以个人化的方式来进行，但又过滤了肤浅的伤感和激愤，将之上升为一种智性思辨，并投注于精心选择的足堪对应的自然意象，个人体验由此达到非个人化的客观认识层面；由此，诗歌境界既血肉丰满，又蕴含深厚哲理，很好地体现了九叶诗派“感性与知性融合”的诗学主张。

三是通过追求“非诗意”的方式来达到对传统诗意的反动的目的。穆旦自觉抛弃中国传统诗学审美主张中陈腐的部分，反对传统的“风花雪月”，反对用“陈旧的意象或浪漫而模糊的意境”来写诗，追求诗语的现代化，主张用“非诗意的”现代生活的形象来创作：将大量现代生活用语以及丝毫不具备诗意因素的词汇，引入诗歌创作中。尽管其表达方式及语言的欧化特征较为明显，但由于他诗歌中鲜明的民族情感和态度，整体上说，其诗歌仍然具有明显的中国化、民族化特色。

民族情感与现代观念和现代诗技巧的完美融合，使穆旦的诗歌代表了九叶诗派的现代性探索，也代表了中国现代派诗歌在20世纪40年代所可能达到的深度

教材先详细介绍穆旦诗歌主题，再总结其艺术创新。在学习过程中，我们应首先从总体上理解穆旦诗歌创作的现代性内涵，然后对其艺术创新进行分析，这样可较易把握。

穆旦诗歌的现代性体现在：他以时代良心的代表和知识分子的代言人身份，以独具的玄学气质、独特的生存体验、痛切深邃的情感和自觉的诗心、“血液的激荡”去感受世界，去深掘历史和现实背后的“阴谋”与“黑暗”，以强烈的怀疑精神逼视人的生存状态，同时展开毫不留情的自我剖析，揭示出一个在长期的文明规范下已僵化朽烂、失去生命强力的社会，对个体灵魂的扭曲变态、对“残缺的我”的精神戕害。他将个体置身于社会与自我、光明与黑暗、希望与绝望、圆满与残缺、历史与现实、创造与毁灭、诞生与谋杀、丰富与无有等等多重对立冲突中，进行冷静自省，抛弃了简单化的二元对立观，在众多意象、观念的彼此渗透、转化中形成诗歌内涵的强劲张力。

1937年抗战爆发后随大学徒步数千里从北京撤退到大西南的昆明；1942年参加中国远征军遭遇滇缅大溃败，几乎死去。这些残酷的人生经历让穆旦对人生、对个体价值的思考更加犀利尖锐

引文见王佐良《一个中国新诗人》

在对传统的态度上，“他一方面是最善于表达中国知识分子的受折磨而又折磨人的心情，另一方面他的最好的品质却全然是非中国的”。这种“非中国化”主要指他放弃了中国诗歌传统（包括二三十年代诗歌传统）所追求的和谐圆融中正之美，追求诗思、诗艺上的现代性。由此，这种情感与思考交织，玄学与现实熔铸，形成“用身体思想”的感性化、肉体化的特征；这种热烈的情感与冷硬的表达方式形成的审美张力以及“扭曲，多节，内涵几乎要突破文字，满载到几乎超载”的个性化语言，使穆旦诗歌充满叛逆性和异质性，从而达到了中国现代派诗歌创生以来所可能达到的高度和深度。

从全体中把握个体，这是我们认识及评价一个作家的文学价值及独特地位通常使用的方法

大家在学习和掌握这种现代性特征时，应结合穆旦所处的时代，从文化背景、文学思潮、哲理思辨的高度，从中西文化交流碰撞的视角，既把握现代派诗歌在中国的发展历程，又结合具体文本解读及穆旦生平、思想分析，才能得到一个相对准确的认识。而这需要大家回过头去复习先前学过的文学史知识，并有针对性地阅读相关诗歌发展史的资料。

5. 必读作品（7 首）

《我》

《赞美》

《诗八首》

《控诉》

《森林之魅——祭胡康河上的白骨》

《隐现》

《冬》

二、学习难点与分析

1. 中国现代文学三十年白话新诗的几种发展趋向

第一，整个现代文学三十年，白话新诗的发展始终涌动着三股潮流：现实主义诗歌流派（至 20 世纪 40 年代“七月派”达到高峰），浪漫主义诗歌流派（以郭沫若为代表）和现代主义诗歌流派（详见前述）。注意掌握这三股诗歌潮流之间的交融、撞击、互渗，以及外来的西方现代文化、文艺思潮的影响，掌握这三股诗歌创作潮流的个性及其独特的中国风格。

第二，白话新诗产生于对中国传统诗歌旧格律的彻底颠覆，但初期却流于口语化和散文化，失去了传统诗歌特有的诗美，从此新诗在诗体上一直纠缠于格律化和自由体之间。从最早胡适《尝试集》的大白话，到以闻一多、徐志摩为代表的格律诗派提出的诗歌“三美”主张，提倡“戴着脚镣跳舞”；再到 30 年代现代派追求自由洒脱的诗风，冯至的“半格律体”，及 40 年代“九叶诗派”的自由体创作。

即音乐美、建筑美、绘画美，强调诗歌创作中的节奏感、视觉美

第三，诗歌创作的纯诗化（贵族化）与非诗化（大众化）的两种不同走向。纯诗化的追求从 20 年代李金发为代表的象征派开始，到 30 年代前期以戴望舒、

卞之琳、何其芳为代表的现代诗派发展到了极致，主要体现为回避现实矛盾，回到内心，热衷于探索个体的内心情绪，追求唯美，用象征、暗喻等手法营造诗境，诗语讲究古雅精致等；诗歌的非诗化主要表现为抛弃个人哀怨情绪，政治意识强烈，充满激情，高昂刚健，但过于直白，标语口号化倾向较重，主要代表为以蒲风为代表的中国诗歌会的诗人，40年代与民歌结合后，更加贴近大众。

其代表作是李季的《王贵与李香香》等民歌体叙事诗

从流派、体式、艺术追求等各方面廓清新诗发展的几种趋向，有助于我们在整个现代白话新诗发展史的整体轮廓中确认九叶诗派的流派特质，并由此理解穆旦诗歌独特的异质性和反叛性特色。

2. 20世纪40年代现代主义诗潮的创作倾向

40年代现代主义诗潮出现"历史意识的浮现"的创作倾向，是一种历史的必然。1937年7月7日爆发的抗日战争，对中国现代文学产生了极大的影响。其后所有文学创作都打上了战时烙印，即使是在30年代曾以表现"现代的情绪"为标榜的现代派诗人，如卞之琳、何其芳等也不例外。与所有的热血诗人一样，他们毫不犹豫地将自己投入到时代洪流中。

"诗歌散文美的追求"正是历史意识的浮现在诗歌形式上的一种直接反映，不但现代派的天才少年徐迟提出了"抒情的放逐"的口号，就连曾将新诗格律化视为艺术理想的闻一多也提出要把诗写得不像诗，而像小说和戏剧。九叶派诗人"新诗戏剧化"的诗学主张即源于此。如果说"历史意识的浮现"、"诗歌散文美的追求"等倾向在当时其他诗人和诗派的创作中也能找到的话，那么40年代现代主义诗潮最独特之处就在于：他们对于"新诗现代性的拓展"及诗歌艺术上的探索精神，即运用"现代手法"对"现代经验"的表现。更进一步说，那就是九叶诗派所表现出来的"感性与知性融合"和"新诗戏剧化"等诗学主张及其共同追求。

九叶诗派的独特之处

3. 穆旦诗歌的特质

对穆旦诗歌特质的分析，主要难点有三个方面：第一，40年代现代主义诗歌创作的共性，及穆旦作为独特创作个体所具有的个性特色；第二，穆旦创作与九叶诗派众诗人的同与不同；第三，对穆旦诗歌三个常见主题的理解。特别是"丰富和丰富的痛苦"与"残缺的我"这两个主题，现代意味尤为强烈，最能体现穆旦诗歌创作的先锋性，也最能体现穆旦作为一位生活在中西文化碰撞背景下的现代知识分子那种清醒而严酷的自我解剖精神及对个体生存困境的执著追问，对历史、文化、民族命运坚持探索，对真理不懈追求的现代意识。而且穆旦诗歌三个主题的发展和演进也是我们在学习中必须清楚掌握的。这就必须回到文本中，在认真的阅读和深入的分析后，力争获得对穆旦诗歌特质的认识。

可参见钱理群等《中国现代文学三十年》（修订本）和袁可嘉《九叶集·序》

4. 穆旦20世纪40年代和70年代诗歌创作比较分析

穆旦40年代的诗歌创作是他的第一个创作高峰期，建国后一度中断，到70年代诗情再度爆发，达到了他诗歌创作的第二个高峰（可惜因逝世而中断）。这两个时期写作最大的不同之处在于，40年代诗歌充满了丰富的痛苦性及以"绝望"为"希望"这样奇崛的生命力；到了70年代，由于穆旦本人曾遭受了政治体穆旦70年代的诗歌在同时代仍然是最优秀的。九叶派诗人郑敏认为：穆旦晚年的诗歌创作更有价值。可参见专科教材《中国当代文学》(陈思和、李平主编)

制的残酷压制，写作的悲观意味大大加强，写作多半成为生命的慨叹和总结。关于这一点，其绝笔之作《冬》体现得非常明显。

教材对穆旦70年代的诗歌创作没有提及，但要真正掌握穆旦诗歌的文学史价值，我们认为有必要对穆旦一生的创作加以关注。

5. 穆旦在现代诗歌史上的地位

中国的现代派诗歌发展到20世纪40年代时，已经过了象征诗派和现代诗派两个阶段的酝酿和爆发，达到了一定的艺术水准，在文坛产生了相当大的影响；现代派诗歌也由此在中国新文学中站稳脚跟，成为足以与现实主义、浪漫主义诗歌鼎足而立的又一种诗歌方式。

中国诗人对于艺术追求的步伐从来就没有停止过。虽然随着政治形势的变化，在民族危急时刻放缓了节奏，减缓了声势，但这一时期，以穆旦等人为代表的九叶诗派仍旧延续了这一传统，并在诗歌现代化的追求中融入了新质。那就是在探入个体精神困境的同时，又以强烈的民族责任感融进了时代洪流，以透视历史的客观态度，对民族命运、文明、人性进行了深刻的反思，达到了哲理的高度；洋溢着深沉的爱国激情，却没有夸张的标语口号诗的粗糙直露；有对个体灵魂的锋利剖解，却没有无尽的哀叹和自怜；具备了诗美却丢弃了唯美。在具体的创作方法上，九叶诗派将象征主义、现实主义融入现代主义，追求“现实、象征、玄学”的综合，思想知觉化，知性与感性融合，自由联想与意象选择相结合，内心开掘与外在拓展相补充，同时通过新诗戏剧化等手段，实现有限诗句里的无限旨归。因此，九叶诗派是真正意义上的诞生于本土、诞生于特定时代和民族情感中的诗歌流派，现代性更强，也更具备了中国现代诗的性格。

袁可嘉语

而穆旦正是九叶诗派的旗手。他通过“用身体思想”，构造戏剧张力，反叛传统诗意的异质性创作，最为深刻地体现出了这种现代性探求，从而站在了20世纪“40年代新诗现代化的前列”。

见袁可嘉《诗人穆旦的位置》

三、“穆旦与九叶诗派”大事年表

1918 年

4月5日，穆旦出生于天津一个小职员家庭。

1919 年

5月4日，“五四”运动爆发。

10月，胡适《论新诗》发表，朱自清称之为“诗的创造和批评的金科玉律”。郭沫若开始在上海《时事新报·学灯》上发表《女神》中的代表性诗篇。

1917年2月，《新青年》发表胡适《白话诗八首》，成为现代最早的白话诗。要求掌握现代白话新诗发展史上的重要诗歌事件、重要诗歌流派及重要诗人及其代表作品

1920 年

1月，新诗社编辑出版的《新诗集(第1集)》(内收胡适、刘半农、周作人、康白情、郭沫若等15人的102首作品)是现代第一部白话新诗集。

3月，胡适《尝试集》出版，为现代第一部个人新诗集。

胡适被看做“白话新诗第一人”

1921年

8月,郭沫若第一部诗集《女神》出版,将诗体解放推到极致,充分体现了诗的抒情本质与诗的个性化,被视为现代新诗的奠基之作。

1922年

1月,叶圣陶、朱自清等人创办《诗》月刊,为现代文学史上第一个新诗刊物。

众多的"第一"

3月,俞平伯《冬夜》、康白情《草儿》出版,为当时最有影响的新诗集。

4月,汪静之、冯雪峰等人组成湖畔诗社,为现代第一个专门诗社。

6月,以朱自清、周作人等为代表的"雪朝"诗派成立。

8月,汪静之《蕙的风》出版,是现代第一部爱情诗集。本年,冰心的小诗开始发表于《时事新报·学灯》。

1923年

1月和5月,冰心小诗集《繁星》、《春水》出版。

小诗流行的时代

9月,闻一多第一部诗集《红烛》出版。

10月,宗白华《流云》出版。

1925年

1月,蒋光慈《新梦》出版,为现代文学史上最早出现的"无产阶级诗歌"。

8月,徐志摩第一部诗集《志摩的诗》出版。

11月,李金发第一部诗集《微雨》出版,标志着中国象征派诗歌产生。

中国现代派诗歌的起点

1926年

4月,徐志摩主编的《晨报副刊·诗镌》创刊,标志着"新格律诗"运动的开始,也标志着"前期新月派"的正式形成。

5月,闻一多《诗的格律》发表于《诗镌》,提出著名的"三美"主张,试图通过格律化的努力建立"中国式"的新诗。

李金发《为幸福而歌》出版。

1927年

4月和7月,冯至《昨日之歌》和鲁迅《野草》先后出版。冯至以"半格律体"创作了现代叙事诗的经典作品。《野草》是现代文学史上第一部散文诗集,被看做是"独语体"散文的代表。

冯至曾被鲁迅称为"中国最为杰出的抒情诗人"。

本年,蒋光慈《哀中国》、李金发《食客与凶年》、朱湘《草莽集》、徐志摩《翡冷翠的一夜》、汪静之《寂寞的国》以及王独清《圣母像前》等诗集相继出版。

1928年

1月,闻一多《死水》出版,是标志当时诗歌艺术水平的重要诗集。

2月和3月,郭沫若《前茅》和《恢复》先后出版,代表着无产阶级诗歌运动开始。

8月,戴望舒《雨巷》一诗刊于《小说月报》,它显示了由新月派向现代派过渡的趋势,标志着一个现代大诗人的"横空出世"。

戴望舒因此被称为"雨巷诗人"。

本年,《新月》月刊创刊,成为"后期新月派"形成的标志。

1929年

穆旦考入天津南开中学。

本年4月，戴望舒《我的记忆》出版，其中《我的记忆》一诗被视为现代派诗歌的起点。

1931年

8月，徐志摩《猛虎集》出版。

9月，陈梦家编选的《新月诗选》出版，收入18名新月诗人的作品，为新月派诗歌作结。

11月19日，徐志摩遭空难辞世，正式宣告新月派的终结。

1932年

5月，施蛰存主编的《现代》杂志创刊，宣告现代派正式亮相。

1933年

7月，臧克家第一部诗集《烙印》出版，为30年代乡土诗歌的代表。

本年，戴望舒《望舒草》出版。以蒲风为代表、追求诗歌大众化的"中国诗歌会"刊物《新诗歌》出版。

1934年

5月，艾青《大堰河——我的保姆》发表在《春光》月刊上。

臧克家《罪恶的黑手》出版。

1935年

穆旦考入清华大学地质系，半年后改入外文系。

10月，戴望舒主编的《现代诗风》创刊。12月，卞之琳《鱼目集》出版。

进一步扩大了现代派诗歌的影响

1936年

3月，诗合集《汉园集》出版，内收何其芳《燕泥集》、李广田《行云集》、卞之琳《数行集》。

10月，以卞之琳、戴望舒等为编委的《新诗》月刊创刊，壮大了现代派的声威；随后，徐迟《二十岁人》、艾青《大堰河》、戴望舒《望舒诗稿》等重要诗集相继出版。

1937年

穆旦写出最早的成熟诗歌作品《野兽》，后为其第一本诗集《探险队》的篇首之作。

10月，穆旦作为护校队员，随校南迁长沙。

本年9月，胡风主编的《七月》杂志创刊，后逐渐形成"七月诗派"。

1938年

2—4月，北京大学、清华大学、南开大学由长沙西迁昆明，组成西南联合大学。穆旦与三校的二百余名师生步行至昆明。

由此亲眼目睹了中国农民的苦难

1939年

在昆明，聚集了一大批热衷于现代主义的师生，老师包括冯至、卞之琳、闻一多、沈从文、朱自清、李广田、燕卜荪等，学生则有穆旦、王佐良、郑敏、杜运燮、袁可嘉等。后者既受益于师长的艺术传授，又直接受益于当时（1937—1939）到西南联大讲学的英国青年诗人燕卜荪传授，与图书馆里欧美现代诗人奥登、艾略特、叶芝、里尔克等人的诗集及诗论的间接引导。

本年，穆旦《1939年火炬行列在昆明》发表于5月26日的《中央日报》"平明"副刊。

1940 年

三四月间，穆旦评论艾青、卞之琳的诗评《他死在第二次》及《〈慰劳信集〉——从〈鱼目集〉说起》相继发表。8 月，毕业于西南联合大学，留校任教。

均刊于香港《大公报·文艺副刊》，提出"第三条抒情的路"：即反对标语口号式的诗和感伤抒情的诗

本年，卞之琳《慰劳信集》和艾青《旷野》相继出版。

1942 年

2 月，穆旦参加"中国远征军"任翻译，进入缅甸抗日战场。5—9 月，亲历与日军的战斗及随后的大撤退，死里逃生，此后整个 40 年代多次变动工作，生活困顿且极不安定。

这次劫难对穆旦的影响，可在《森林之魅》一诗中窥见一斑

本年，七月诗派的重要诗人相继推出个人诗集。冯至《十四行集》、卞之琳《十年诗草》相继出版。

1945 年

1 月，穆旦首部诗集《探险队》出版。10 月，到沈阳筹备创办《新报》并任副刊主编。

何其芳《预言》、《夜歌》出版。

1946 年

九叶派诗人杜运燮《诗四十首》出版。

李季长篇叙事诗《王贵与李香香》、袁水拍《马凡陀的山歌》出版，分别为解放区民歌运动和国统区讽刺诗的代表作。

1947 年

5 月，穆旦自费出版第二部诗集《穆旦诗集(1939—1945)》。

本年，杭约赫与臧克家等人在上海创办"星群出版社"，7 月《诗创造》月刊开始出版(至 1948 年 10 月遭查禁)，并出版《创造诗丛》12 种，包括九叶诗派杭约赫、唐湜的诗集。袁可嘉系列论文《新诗戏剧化》等开始发表。

1948 年

穆旦主要在 FAO(联合国世界粮农组织救济署)、美国新闻处等处工作。2 月，第三部诗集《旗》出版。

本年，闻一多编选《现代诗钞》(附于《闻一多全集》第 4 卷)选入穆旦 11 首作品，数量仅次于徐志摩。

本年，因诗歌观念分歧，杭约赫等从《诗创造》中分离而出，另办《中国新诗》，后来被称作"九叶诗派"的九位诗人开始聚集，在风格上形成了一个诗歌流派。辛笛《手掌集》、陈敬容《盈盈集》、唐祈《诗第一册》等出版。2 月，唐湜论文《诗的新生代》刊于《诗创造》1 卷 8 期。

也有论者称之为"中国新诗派"

本年，戴望舒《灾难的岁月》、绿原《又是一个起点》等出版。

1949 年

8 月，赴美留学，入芝加哥研究生院，攻读英美文学硕士学位。

一说 1948 年

杭约赫《复活的土地》和郑敏《诗集(1942—1947)》出版。

本年，解放区民歌运动另一部代表作、阮章竞叙事长诗《漳河水》出版。

1950 年

年末，获芝加哥大学文学硕士学位。

1952 年

谢绝去台湾和印度新德里大学等的邀请，执意回国，但因妻子周与良为生物学博士，回国手续颇费周折。

本年，美国诗人休·克里克莫尔主编的英文《世界名诗库(公元前 2600—公元 1950)》选入穆旦的两首作品。集中仅两位中国诗人，另一诗人为何其芳。

1953 年

1 月，回国。5 月任南开大学外文系副教授，开始文学理论及诗歌翻译。

1954 年

灾难的开始

因曾参加“中国远征军”被列为“审查对象”。

1957 年

2 月，在《诗刊》发表回国后的第一首诗《葬歌》。5 月 7 日，在《人民日报》上发表《九十九家争鸣记》。9 月开始相继受到批判。

1958 年

12 月，被打为“历史反革命”，从此一直遭受不公正待遇。虽丧失了正常写作权利，但一直坚持诗歌翻译，译有为数众多的普希金、雪莱、拜伦等俄语、英语诗歌作品。

1976 年

一直未能得到很好的治疗，使晚年的穆旦在肉体与精神上同受劫难

1 月 19 日，骑自行车不幸摔伤。

写有以《友谊》、《神的变形》、《冬》等为代表的诗歌二十多首，可看做是继 40 年代之后的又一个高峰期。

1977 年

1 月 26 日，病逝于天津。

四、练习与讨论

(一) 填空题

1. 1917 年 2 月，《新青年》杂志发表了______的《______》，被看做现代中国最早出现的“白话诗”。

2. 20 世纪 40 年代，最有影响的诗歌流派除了九叶诗派，还有一个以胡风为中心形成的现实主义诗歌流派______。

3. 1919 年 10 月，胡适的《______》发表后，被朱自清称为“诗的创造和批评的金科玉律”。

4. 穆旦的第一部诗集是 1945 年 1 月由昆明文聚出版社出版的《______》，主要收入他 1937 年至 1941 年的诗歌。

5. 20 世纪 30 年代，以“雨巷诗人”______为代表的现代诗派出现。

6. 1922 年 8 月，湖畔诗人汪静之的诗集《______》出版，这是现代第一部爱情诗集，因其在表现爱情上的大胆而在当时引起了社会的强烈反响。

7. 1926 年 5 月，闻一多在徐志摩主编的《晨报副刊·诗镌》上发表了《______》一文，提出著名的诗歌“三美”主张，也即______、绘画美和______。

8. 20世纪20年代象征诗派的代表李金发被称为"诗怪",他出版的三部现代主义诗集分别是:《______》、《______》及《______》。

9. 1948年,由上海诗人杭约赫、辛笛、陈敬容、唐祈、唐湜等创办的《______》月刊,联合从西南联大回到北京、天津的穆旦、杜运燮、郑敏、袁可嘉等人,形成了一个新的诗歌流派______。后由于1981年江苏人民出版社出版了九人的诗歌合集《九叶集》,以后这个流派又被称为______。

10. "一个民族已经起来"是穆旦诗歌创作的常见主题之一。这句诗出自于穆旦的名诗《______》。

(二)单项选择题

1. 中国现代文学史上第一部个人白话新诗集是( )。

A. 胡适《尝试集》 B. 康白情《草儿》

C. 郭沫若《女神》 D. 周作人《小河》

2. 1948年出版的《现代诗钞》(闻一多编选)选入了穆旦的11首诗作,数量仅次于( )。

A. 朱自清 B. 何其芳

C. 徐志摩 D. 卞之琳

3. 1929年4月,戴望舒的诗集《我的记忆》由上海水沫书店出版,诗集中( )一诗被视为现代派诗歌的起点。

A.《雨巷》 B.《我的记忆》

C.《我用残损的手掌》 D.《望舒草》

4. 穆旦在诗歌( )中,一反无数诗人浪漫化地处理爱情主题的传统,而是用一种客观化的冷处理方式,探索了爱情的火热情迷,更从理性思辨的高度探索了爱情的隔膜实质。

A.《我》 B.《从空虚到充实》

C.《防空洞里的抒情诗》 D.《诗八首》

5. 1925年11月,在周作人的支持下,李金发出版了个人第一部诗集( ),标志着中国最早的象征派诗歌的诞生。

A.《微雨》 B.《弃妇》

C.《异国情调》 D.《为幸福而歌》

(三)多项选择题

1. 20世纪40年代,中国现代主义诗歌探索进入了一个深化期,在诗歌创作方面出现了三个趋向。这三个趋向是( )。

A. 历史意识的浮现 B. 诗歌戏剧化

C. 诗歌散文美的追求 D. 新诗现代性的拓展

2. 穆旦诗歌的三个主题"一个民族已经起来"、"丰富和丰富的痛苦"及"残缺的我",分别出自他的这三首诗( )。

A.《赞美》 B.《我》

C.《五月》 D.《出发》

3. 20世纪20年代,象征诗派在中国文坛出现,标志着现代主义诗歌在中国的诞生。除"诗怪"李金发外,其代表诗人主要还有( )等。

A. 穆木天　　B. 戴望舒

C. 冯乃超　　D. 王独清

4. 穆旦诗歌艺术一个创新之处是对传统诗意的反动，主要表现在以下几个方面：(　　)。

A. 诗歌素材的现代化　　B. 追求诗歌的“张力之美”

C. “非诗意化”的语言　　D. 使用欧化句法

5. 20 世纪 40 年代出现的九叶诗派，主要接受了英美现代派诗歌的影响，从而形成更为成熟的现代诗风”影响他们的外国诗人主要有(　　)等。

A. 叶芝　　B. 艾略特

C. 里尔克　　D. 奥登

(四) 简答题

1. 中国现代文学 30 年中，现代派诗歌的发展经历了 20 年代的象征诗派，30 年代的现代诗派和 40 年代的九叶诗派几个阶段，试简要说明这三个流派之间的区别和联系。

2. 试以《诗八首》一诗为例，分析说明穆旦诗歌“用身体思想”的艺术特色。

3. 怎样理解穆旦诗歌创作的现代性特征？

(五) 分析题

九叶诗人中，穆旦的诗歌创作突出地体现了新诗现代化的深层探索。他主要进行了哪些艺术创新？请结合具体作品的分析分别加以说明。

(李跃　易彬)

“现代散文五家”自学指导

一、学习重点与方法

1. “闲话”和“独语”的概念及特征

对于这一内容，要求掌握三点：一是“闲话”和“独语”这两个概念划分的角度；二是这两种文体有哪些不同的风格；三是这两种文体在现代散文史上的地位及重要的代表作家。

通过学习，我们知道，在中国现代文学史上，散文的创作是非常丰富的，这自然也给散文创作的研究带来多角度和多元性。传统研究的角度一般是：分期研究、分类研究、社团流派研究、作家作品研究等。近年来，受西方文艺理论的影响，人们越来越关注文学作品文体特征的研究。“闲话”和“独语”就是一些学者从文体特征的角度对现代散文进行分类的一种做法。

过去我们一般是以散文的内容作为分类的标准

根据教材的解释，所谓“闲话”和“独语”，不仅是指现代散文的内容，更是指与内容相联系的话语方式、结构方式及文体风格。

关于“闲话”与“独语”散文的特征，教材的183页作了概述。

依据这样的一种划分法，现代散文的大部分作品是属于“闲话”类的，它们构成了现代散文的主导，主要的代表作家有：周作人、冰心、朱自清、梁遇春、林语堂、鲁迅等；而“独语”散文则像一股潜流，主要的代表作家有：鲁迅、何其芳、冯至、沈从文等。

2. 周作人“言志”散文的基本体式和风格特点

学会欣赏、分析周作人的散文风格是本讲学习的主要内容。对于这一内容，我们可以从了解周作人的散文文体观和他对现代文学的贡献入手，这些知识有助于我们对周作人的散文文体和风格的理解。

散文在我国古代是指文学小品和非文学性文章的混合体，无论在内容上还是形式上，这种体裁的作品都具有模糊性和不确定性。作为新文学的倡导者，周作人较早地对现代散文的定义和定位给予了关注。1921年5月，他发表《美文》一文，认为现代散文应是“记叙的，是艺术性的”，而且“须用自己的文句与思想”。这对现代散文文体和标准的形成造成很大的影响。正是以他的这一理论为中心，现代文学史上形成了浩浩荡荡的“言志派”这一散文流派。

《美文》是给现代散文艺术定位的第一块基石。今天，“须用自己的文句与思想”仍是我们检验散文的标准

周作人倡导散文要“言志”，即“抒我之情”，所以他的散文创作大部分是“言志”类的，由于创作思想的变化，又分为“浮躁凌厉”与“冲淡平和”两种风格。前者主要写于“五四”新文化运动时期，多是“随感录”式的杂文，如《祖先崇拜》、《思想革命》、《前门遇马队记》等，有比较积极的社会作用。后者主要写于“五四”

当代研究者关注的焦点

退潮后，这部分散文不仅量大，而且更能显示周作人的创作个性。这也是本课程的学习重点。

五四时期"随感录"式的杂感已无法表达他当时复杂的情绪

"闲话体"本身就包含着两层意思：一是内容轻松随便，二是风格亲切平和

1924年，周作人经历了"五四"落潮的彷徨期后，把散文创作作为自己的精神寄托和理想家园，自觉地选择"美文"作为抒写情感的喷发口，认为写作其实是"自己的园地"，纯粹是为了自我情致的表达。写文章最好就是与"想象的友人""闲谈"，这样的一种写作姿态决定了他散文的体式基本是"闲话体"，并由此而形成"冲淡平和"的独特风格。

周作人的"闲话体"散文，都是他在生活中的见闻感想，取材平凡琐碎，诸如茶食、野菜、野花、菱角、自己的初恋、爱女的生病等，借以抒发自己的某种情绪，给读者某些生活的启迪或感悟。其最为动人之处，是在平淡的叙述中有人生的况味，有内心的情趣。如《北京的茶食》中写道："我们于日用必需的东西以外，必须还有一点无用的游戏与享乐，生活才觉得有意思。我们看夕阳，看秋河，看花，听雨，闻香，喝不求解渴的酒，吃不求饱的点心，都是生活上必要的……"这里写的都是平常的事物，但跟人生不无关系，颇有生活情趣。

趣味，生活艺术化的人生观

同时，这些散文往往以知识为思想感情的"载体"，旁征博引，将诗情和理性渗入其中，抒写真切具体，给人以知识的熏陶。如《喝茶》一文，所谈及的是中外许多喝茶和吃点心的知识，而最终要告诉人们的是，喝茶应以绿茶为正宗，"赏鉴其色与香味"，而且"喝茶当于瓦屋纸窗之下，清泉绿茶，用素雅的陶瓷茶具，同二三人共饮，得半日之闲，可抵十年的尘梦"。

略带枯涩的心态

节奏

周作人的"闲话体"散文大都写得悠闲、恬淡，笔调从容舒徐，但并非纯是悠哉悠哉、无病呻吟之作，而是将人生的酸甜苦辣潜藏于字里行间，表现得冷静机智，和谐自然，朴素有味。教材把这种文风特点归纳为：闲谈体、涩味、简单味、趣味和节奏。

周作人的散文简单、散漫，可内涵丰富。在读作品时要细细地体味，尊重自己的阅读感觉。

3. 冰心与朱自清散文创作的比较

关于这一内容，要求掌握三点：一是冰心的"冰心体"散文的形成和特点；二是朱自清散文的特点及前后期的变化；三是比较冰心与朱自清散文的不同风格。

我们在大专阶段的学习中已经了解到，冰心和朱自清都是现代文学发展初期文学研究会的主要作家，并在抒情散文创作方面有很高的成就。特别是冰心创造了一种清丽柔美的"冰心体"散文，影响了一代又一代的青少年读者和作者。

对于冰心，本课程要求在大专学习内容的基础上，进一步通过阅读《寄小读者》、《往事》(一)，体味"冰心体"散文的特点和了解其产生的语境，从而理解"冰心体"在现代文学史上的独特意义以及风靡当时的原因所在。

新文化运动呼出了反对传统文学的新文学。对于当时新文学的实践者来说，如何以西方文学作为参照体，建立、建设适合国情的新文学体式是他们面临的重要问题。

作为新文学的探索者，冰心有很强的文体意识。她的散文在内容上坚持"五四"新文学的人文精神，宣扬"爱的哲学"，即赞颂母爱、童真和大自然；在语言上，把文言文、白话文、西文杂糅、融化在一起，轻柔、委婉而富有情致，适合新文学阅读的审美要求；在体式上，她或采用和小朋友通讯聊天的形式（如《寄小读者》），或采用回忆倾诉的形式（如《往事》（一）），一如周作人《美文》中提到的那些西方现代美文家的小品文（essay）那样自由、灵活，从而形成一种独特的文体。这种文体的特点就是"以行云流水的文字，说心中要说的话，倾诉自己的真情，满蕴着温柔，微带着忧愁，显示出清丽的风致"。但这种文体一方面显示了白话文也能作"美文"的功绩，另一方面又流露出一种刻意雕饰和夸张的痕迹以及单调感，形成了具有时代特征的所谓"新文艺腔"。时过境迁，今天重读冰心的散文，或许我们不太能接受，但作为专业的学习，我们应当用一种专业读法，回到产生"冰心体"的"语境"里去，真正领会冰心散文的魅力所在。

冰心有很好的旧文学根底，又接受现代学校的教育，中西学融通

引文见钱理群、温儒敏、吴福辉的《中国现代文学三十年》

朱自清是继冰心后出现的另一位美文家，他的抒情散文与冰心一样，文字优美、风格清丽。但相对来说，冰心善于抒情，朱自清则精于描写。朱自清的描写细致，用词色彩强烈，善用比喻，把客观事物和主观情致表现得鲜明、突出。这也许是他的作品一直是中小学生必读书目的原因之一吧。在大专阶段的学习内容里，我们已经阅读过他的《背影》、《荷塘月色》、《桨声灯影里的秦淮河》等名篇，较充分地领略了他抒情美文的特点。在本课程的学习中，我们要深一层地看到，一、朱自清散文最打动读者的不是他描写景物的笔法，而应该是他所抒的真情；二、朱自清的散文写得非常细致华美，有如我们传统的"工笔画"，但为文太刻意，语言过于精雕细琢，少了点冰心那种行云流水般的亲切、自然感。

在现代散文中，论描写的功力与精细，恐怕没人能及朱自清

复习专科内容

以真情感人，使朱自清的作品成为中国文学的经典

另外，我们还要注意，30年代，朱自清的散文风格发生了一些变化，就是在语言上更多地运用口语，使作品显得成熟自然。如《欧游杂记》、《伦敦杂记》等。

冰心与朱自清都是"闲话体"的抒情散文家，但在具体的创作上，冰心更着意文体的创造，而朱自清则功力于语言的锤炼和讲究。

4. 郁达夫行旅散文的特点

行旅散文，即游记散文

郁达夫是以小说著称文坛的，但在30年代，他开始转向散文，主要是写行旅散文。行旅散文在我国古代文学中有良好的传统，而且成就不俗。新文学发展初期，许多作家继承我国的文学传统，涉足这一领域，写下不少富有才情的现代游记散文，在这类作品中，郁达夫最是别具一格。他的游记一如他的"自叙传"小说一样，纵情抒写，不受章法的限制，不讲究语言的雕琢，洒脱坦荡，收放自如。

其作品是十足的个性化写作，因而也最富有现代性

教材要求我们从两个方面来理解郁达夫的行旅散文，一是他描摹山水名胜与风景风物的笔调是才气横溢的，二是充满现代文人恣肆的性情。对于第一点，我们在阅读作品时要注意郁达夫描写景物的特点，就是喜欢从细微处入手，似在不经意中描摹山水风物，而且文字平易，但造出的意境却有古典文学中言简意远、朴拙幽深的情调。在郁达夫的散文中，随处可见他巧妙化用古典诗词的佳句和营造意境的修辞手法。所以教材中说：郁达夫的行旅散文是一种"现代才子气"的佳品。我们在配套的《中国现当代文学专题作品讲评》中对这方面也作了一些提示。对于第二点，可从郁达夫的创作个性与文学追求去理解。郁达夫生性

这缘于郁达夫深厚的古典文学修养

引文见《中国新文学大系·散文二集·导言》郁达夫不讲究文体，只求“辞能达意，言之成文”

浪漫，认为文学是一种生命，是自我内心情怀的抒发。他声称，比起小说来，“现代的散文，却更带有自叙传的色彩了”。因此，他的散文大都是畅述自己的生活遭遇，诅咒、痛骂现代文明的龌龊和官僚社会的腐败等，用的是类似“闲话体”的方式，像老朋友一样，尽情向你宣泄他的喜怒哀乐，在不拘一格的倾诉过程中使你感动。这种恣肆放达、充满感染力的写法靠的就是才情。

5. 何其芳的独语散文特点

现代散文多是言志的散文，但在具体的文体表现上，不同派别的作家各有不同。在学习周作人、冰心、朱自清的散文时，我们清楚了他们是以一种“闲话体”来“言志”，即是通过叙述日常生活的平凡小事来抒写自我的情感，与读者进行交流。但有些作家则是直接抒写个体内心的独特感受，人们把这种文体称为“独语体”。这类散文成就最高的应该是鲁迅的散文诗集《野草》。

京派：参见第六讲“沈从文与‘京派’文学”

何其芳的散文集《画梦录》采用的就是这种“独语”文体。要把握何其芳独语体散文的特点，可以从三个方面来理解：一是何其芳作为京派的散文作家，他的散文体现了京派散文的特点。京派作家认为，散文是一种内心情感的表现，与现实生活没有多少具体的联系，所以它应是一种纯抒情的文体，也即是“独语体”；二是30年代，散文日益向“叙事化”和“说理化”的方向发展，离新文学初期倡导的“美文”距离越来越大，何其芳试图以自己的创作来改变这种状况，“为抒情的散文发现一个新的园地”；三是从阅读《画梦录》中体会何其芳是如何运用感觉、意象、词语和修辞手法等来构造他的“独语”世界的。

何其芳写独语体的原因

我们常把“独语”散文归到“散文诗”去

何其芳的“独语”散文主要是写一种寻找理想世界的迷离感觉。他喜欢把充满孤寂、伤感、迷茫这些感觉意味的朦胧的意象组合在一起，组成一个个美丽的心灵感应世界。因此，他的散文意象扑朔迷离，想像奇特，洋溢着浓浓的诗情。

6. 必读作品（5篇）

建议用分析诗歌意象的方法来讨论何其芳的散文

周作人：《苍蝇》

冰心：《寄小读者·十》

朱自清：《欧游杂记·威尼斯》

郁达夫：《钓台的春昼》

何其芳：《画梦录·墓》

二、学习难点与分析

1. “闲话”散文繁荣的原因

“闲话”散文构成了中国现代散文的主流，我们日常所说的“散文”一般是指这类散文。其繁荣的原因，教材的181页从四个方面作了解释。这个问题的难点，主要是不少同学对文体革命成功的背景知识了解不多。因此，在学习时，我们应该涉猎更多的作品，并从散文发展史的角度加深对其的理解。

2. 周作人生平对创作的影响

第一，周作人是鲁迅的亲弟弟，出身于书香门第，其祖父是清代翰林，幼时接受的是传统文化的教育。

"名士气"产生的土壤

第二，家里发生变故时，周作人年龄尚小，又主要是随保外就医住在杭州的祖父生活，不需像家中长子鲁迅那样承担过多的家庭重负，对社会人生自然没有鲁迅那么深切的感悟。

所以五四退潮后，他缺少鲁迅关注现实的热情和继续战斗的精神

第三，周作人 18 岁时就到日本留学，这正是人生观形成的关键时期。在日本，他广泛涉猎西方的文化，对西方文化中讲求个性自由、把生活艺术化的人文精神特别推崇。这对他的文学观有很大的影响。

娶日本女子为妻

表现在创作上，就是致力于闲适的小品文

第四，周作人学贯中西，精通几国语言，不仅对中外文学有深入的研究，而且上至天文地理，下至草木虫鱼，无所不晓，非常博学。

学者型的作家

第五，周作人的个人情感经历比较顺利，家庭生活平稳、讲究。

3. 学习周作人散文的 4 个难点

周作人是现代散文的倡导者和成就最大的实践者，为现代散文的形成和发展做出了巨大的贡献。

周作人是现代作家中最复杂的人物

学习周作人的内容，主要难在四个方面：第一，他曾做过汉奸，在政治上有污点，把政治态度与文学成就区分开来，不是一件简单的事；第二，他的作品量大，单是文集就近 20 本，要通读他的作品，也不是一件容易的事；第三，由于他的政治态度与文学观和人生观一直处于一种矛盾的状态，使其散文创作的风格复杂多样，既有"浮躁凌厉"，又有"冲淡平和"，还是一个"文抄公"，没有广博的知识，要真正读懂读明白，更非易事；第四，他的大部分作品看似简单，且富有情趣，但要真正理解其妙处，则必须对他的人生观与文学观有所了解。

4. 周作人创作"闲话"散文的背景

第一，1919 年的五四运动之后，历史进入 20 年代。这时经过"五四"风暴洗礼的中国大地进入了思想烦闷和迷茫的时代，即"五四"落潮期。许多曾是新文化运动的勇士从"五四"的漩涡中退下来，陷进极大的痛苦和矛盾中，周作人也不例外。周作人的矛盾主要是：(1)在政治态度上，是继续做战士还是做隐士，即为心中的两个鬼——"流氓鬼"与"绅士鬼"轮流折磨；(2)在文学观上，对艺术是独立的还是"文以载道"感到矛盾，既反对"文以载道"，"但自己总做不出一篇为文章的文章"。

引文见《雨天的书·自序二》

第二，受欧美作家爱迪生、兰姆抒情小品的启示，觉得这种文体是其矛盾排遣的最好喷发口，遂于 1921 年 5 月，发表《美文》一文，提出现代散文的文体应是"记述的，是艺术性的"。

爱迪生、兰姆都是周作人在《美文》里提到的英美现代小品文家

第三，周作人在无奈中选择了抒情小品文学作为自己精神上的"避难所"，但这种"闲适"的小品文却获得了意外的成功。周作人在这里又找到了自我的价值，即中国传统"士"的身份与地位。成功的喜悦，促使他自觉地把"闲适"的小品文作为实现自我价值的理想乐园。于是，进行"闲话"散文的创作，成了周作人毕生的追求。

文学究竟离不开"情"与"趣"

郁达夫认为周作人选择《闲适》是其头脑冷静、行动夷犹的结果

5. 周作人散文的涩味与简单味

引文见《燕知草·跋》(《知堂小品》陕西人民出版社1991)

涩味与简单味是周作人对现代散文文体的一种理想追求。他在给俞平伯的散文集《燕知草》所做的跋中有一段话："但是在论文——不，或者不如说小品文，不专说理叙事而以抒情分子为主的，有人称他为'絮语'过的那种散文上，我以为必须有涩味与简单味，这才耐读……"

周作人散文的涩味与简单味主要表现在以下几个方面：

（1）文词的涩与简单。周作人认为文词应"以口语为基本，再加上欧化语，古文，方言等分子，杂糅调和，适宜地或吝啬地安排起来，有知识与趣味的两重的统一，才可以造出有雅致的俗语文来，我说雅，这只是说自然，大方的风度，并不要禁忌什么字句，或者装出乡绅的架子"。在他的散文中，随处可见这种文白杂糅、简单又自然的文词。如他自己最为欣赏的《知堂说》：

周作人最短的一篇文章

> 孔子曰，知之为知之，不知为不知，是知也。荀子曰，言而当，知也；默而当，亦知了也。此言甚妙，以名吾堂。昔杨伯起不受暮夜赠金，有四知之说，后人钦其高节，以为堂名，由来旧矣。吾堂后起，或当作新四知堂耳。虽然，孔荀二君生于周季，不新矣，且知亦不必以四限之，因截取其半，名曰知堂云尔。

文章以文言入文，似"涩"，但读起来，并没有艰涩、生硬之感。全文才一百多字，几乎是一句就产生一个转折，简洁通达的文词，却形成一种古雅、"低徊趣味"的审美效果。

（2）心绪的"涩"。周作人的人生观之一就是顺从自然，天人合一，他说过："人的脸上固然不可没有表情，但我想只要淡淡地表示就好，譬如微微一笑，或者在眼光中露出一种感情——自然，恋爱与死等都可以算是例外，无妨有较强烈的表示，但也似乎不必那样掀起鼻子，露出牙齿，仿佛是要咬人的样子。这种嘴脸只好放到影戏里去，反正与我没有关系，因为二十年来我不曾看电影。"所以，他在作品中极力地淡化情感色彩，把情感隐藏在字里行间。如我们熟悉的篇目《乌篷船》，作者似是在漫不经心地指点朋友如何游览他的故乡，实际要表达的是自我的处世态度：闲适和隐逸，一种消闲的人生观。周作人的许多作品都流露出这种淡淡的惆怅或落寞，这一方面是一种"人到中年万事休"的心态，另一方面是思想观、人生观和文学观的矛盾所带来的苦涩。

引文录自《看云集·金鱼》

中学必读的书目

（3）文章的"隔"。一般来说，作家写文章是为了给读者看的，要与读者产生沟通，产生一定的社会意义，这叫"不隔"，而周作人觉得写文章是在"自己的园地"里随意耕种："我对于这个选择并不后悔，并不惭愧园地的小与出产的薄弱而且似乎无用。依了自己心的倾向，去种蔷薇地丁，这是尊重个性的正当办法，……"他的文章写的大多是草木虫鱼类的东西和日常生活的琐事，表面看来没什么意思，与读者自然产生一种"隔"，不易读懂。从另一个角度说，没有一定人生经历和艺术品味的人，读不懂他的文章。

引文见周作人《自己的园地》

"隔"是一种较高难度的审美标准

（4）选材与叙事角度简单

结合，可以说，是做了一个大胆、有益的艺术探索。正是它，使“样板戏”为更多的普通观众能够很容易地接受、认同“样板戏”。而这，也就是“样板戏”至今仍有市场，且魅力不衰的一个重要原因。

（二）关于打破主演体制

“样板戏”打破了传统戏剧演出的“主演体制”。结合教材，我们可从两方面理解：

(1) 没有“名师”的演出制度

也是“文革”的一大发明

中国传统戏剧艺术的主演体制，秉承的是“口传心授”、“以帮代教”、“名师带高徒”式的“门派制度”。一个大师往往就是一杆旗，“大师”的特征往往因其演技或所拥有的“绝活”赢得众多票友，而广大戏迷们也正是因为这些“大师”才经常出入剧院。几乎所有的戏迷都有自己津津乐道的“大师”，比如京剧中的四大须生，四大名旦，就都是著名流派的“大师级人物”。然而，在中国20世纪中后期的无产阶级戏剧改革运动中，“样板戏”的主演体制，正好与传统相反。出于对资产阶级名利思想、个人主义和反动权威的全面批判和极端否定，一种强调集体力量的“集体演出”制度，随之出笼。“大师”作为资产阶级的“臭老九”或资产阶级思想在艺术界的代言人，被当作“牛鬼蛇神”，清除出了无产阶级文艺舞台。由此，一种没有“大师”领衔的“演出制度”出现了。

那么，为什么会出现这种境况呢？简单地说，是因为在“文革”中，高扬的是无产阶级的集体主义精神，任何为自己树碑立传的“名师行为”，都会被打成资产阶级“白专道路”和“反动权威”。所以，在这样一个集体意识占主导地位，牺牲个人利益而为集体利益服务的大的历史背景下，“名师制度”消亡了，“集体演出制度”风行了，革命英雄主义、集体英雄主义成为人们挂在嘴上的时兴名词，人民群众成了真正的文化英雄，集体的智慧、阶级的力量，这种观念在各行各业树立和倡导，当然，它也在文学艺术界中得到了充分体现。有意味的是，在“样板戏”的创造中，一方面极力推崇领袖的个人权威，极力宣扬江青的“旗手”权威，极力表现“主要人物”、“正面人物”的核心形象地位，一方面却极力排斥、否定“著名演员”在演出中的“中心地位”，这真是莫大的政治嘲讽。

“集体演出”制度的由来

(2) 服从主题的演出制度

“主题先行论”戏剧创作模式

“样板戏”对于传统戏曲艺术演出制度的另一个反动，就是无论什么流派的演员，无论水平多高的演员，他们在演出时，都要无一例外地服从剧本的思想主题需要，按照事先规定设计好的“政治图式”塑造人物形象，展现人物性格。在这种演出制度下，演员只是一颗“革命的螺丝钉”，拧到哪儿就在哪儿发挥作用。因此，在那个“演出制度”下，几乎所有的演员都不需要个性，都不需要“绝活”，舞台上离了谁戏都照演，个人的地位，在集体的力量面前显得微不足道。集体演出，才是演出的最高境界。

很显然，这种演出体制，是违背戏剧艺术的发展规律的。为什么呢？大家试想，一个没有个性特点，没有艺术流派、没有著名演员台做柱子的戏剧演出，还有什么看头呢？那么，这样的演出，怎么能说是中国戏曲？还有什么艺术生命力可言呢？我们非常佩服那个时代演员们的伟大创造力，不知他们从哪里来的那么了不起的智慧和勇气，竟然“戴着政治铁镣跳舞”，而且还跳出了特色。《红灯

明知故犯，奈我若何

记》中的李玉和、李铁梅,《沙家浜》中的郭建光、阿庆嫂,《智取威虎山》中的杨子荣、少剑波,还有李勇奇等,这些英雄人物形象难道不是广大演员们这样“跳”的辛勤结晶吗?就此而言,我们认为,“样板戏”的成功的确是广大演员的艺术功劳,他们在一个压抑自己艺术个性、消磨自己个人艺术创造力的时代,依然能够塑造出能够流传到今天的艺术形象,可见他们做一回“无名英雄”,还是做出了成绩的。正由于此,我们认为,“样板戏”在艺术创造上主要是艺术家们的功劳,不是江青或其他的什么政治领袖人物。

(三)关于音乐创新

音乐创新,教材点得很到位,而且还举例进行了说明。在这里,我们只是想简明地说明一下。学习过程中,大家要注意抓住以下要点:

民族化与国际化

高胡,即京胡

(1)“样板戏”在配器上的创新:这实际上谈的是音乐器乐上的问题,即不同乐器在“样板戏”音乐中的组合问题。大家知道,京剧的乐器是三大件:高胡、二胡、月琴,这是传统的,现在,又增加了弦乐与管乐等西洋乐器,而且还有一些民族的、外来的打击乐器,这样,就牵扯到一个中西乐器的综合使用问题。20世纪60年代的“样板戏”应当说在中西音乐的结合问题上,是取得了一定成绩的。

传统与现代的传承关系

(2)“样板戏”在旋律上的创新:这实际上是一个艺术的继承与发展的问题。“样板戏”在形成过程中,既保留了传统的“曲牌”和“板腔”,又吸收了话剧、歌剧等舞台剧的音乐造型手法,同时由于它打破了传统京剧的艺术表现程式,因而形成了一种与众不同的崭新戏剧旋律审美效果。

继承与丰富

(3)“样板戏”在唱腔上的创新:戏曲最讲究的就是唱腔,“样板戏”在发展流变过程中,在唱腔创新方面最大的改进:一是对唱腔本身的改造,在改造传统唱腔的基础上,又增添了现代戏剧、音乐的艺术元素;二是根据人物性格设置唱腔,把唱腔作为人物形象塑造的一种特定手法;三是吸收民族戏曲、音乐的艺术营养,使“样板戏”能为广大人民群众所喜闻乐见。

类型化、图解化。

(4)由于按照“三突出”的“主题先行论”的创作原则进行创作,“样板戏”往往根据人物的身份,设置唱腔唱板,总体上英雄人物是雄、昂、高、亮,反面人物是阴、暗、低、浊,这种类型化、脸谱化的造型手法几乎成为所有“样板戏”剧目的共同特点。

(四)念白的个性化、通俗化、生活化

什么是念白?

念白,又叫道白,是戏曲中演员非唱段的自言或对言。京剧中的道白是非常有讲究的,其技巧性非常强,是程式性的。从字音上讲,有特殊的发音要求。韵白与普通话不同,讲究湖广音、中州韵、上口,分尖团等,其音高、音质等也有特殊要求。包括语速、音距等,都非常讲究。还有起音、拖音等等,就是京白也不是简单地照搬北京话。就光笑,也有不少的种类。这些要表现现代生活,显然难以适应。正如教材上所讲:一是离当代人太远,听不懂,难以接受;二是难以表现现代生活。传统道白是历史生活的产物;三是过于程式化、规范化、发挥的空间太小。

怎么办?按教材的归纳,“样板戏”做了个性化、通俗化、生活化创新。个性化是讲根据不同人物的不同性格来设计道白,使道白从形式到内容都与人物的身份、性格相适应;通俗化是讲将民间语言、口头语言入戏,通俗易懂;生活化是讲将生活语言入戏,包括生活词汇、生活化的内容。

当然,这与人物的思想情感还有着密切关系。

教材上主要是讲艺术成就,所以,就对"样板戏"的道白做了这几个方面的归纳。除了教材所述之外,我们还应当注意以下几个语言学问题:

"样板戏"的念白特点

(1) 规范化

戏剧文学包括话剧、戏曲等,一般来讲,话剧多用普通话,而戏曲则多为地方语言。像秧歌剧、粤剧、黄梅戏等,就使用方言,不便于异地交流,因而在传播上,也就受到地域的限制。而京剧有其特殊性。京剧并不是地道的京腔,我这里说的是现代语京腔。"样板戏"被树为样板,自然要在全国演出,要全国的人看,那只能选择普通话。就此而言,"样板戏"的语言是规范的现代汉语,讲的是普通话。这在戏曲语言的现代汉语规范化上做了有意义的探索。同时也带来另一个问题,语言的情趣性、生动性、地方文化性等方面又受到限制。因为不同地域的剧种都有强烈的地方语言色彩和特点,其语言与内容是融为一体的。就是话剧,也存在着这方面的问题。像老舍先生的《茶馆》,只能用老北京的语言演,换了其他地方的语言,那韵味就没了。秦腔只能用陕西话,豫剧也只能是河南话。

京剧现代戏的重要特征之一

(2) 人物身份化的问题

语言的符号识别特征

"样板戏"的语言身份化特征也是非常明显的。这种身份首先是政治身份问题。英雄人物的语言大多是慷慨激昂的,反面人物大部分是阴森奸诈的。这种语言方式,不用看一听就知道。比如《红灯记》中李玉和赴刑场时,未见人,听他的唱词就知道是英雄人物。杨子荣打虎上山也是如此。对白也是如此。英雄人物不论男女都是阳刚有余而阴柔不足,反面人物则是阴冷有余而亮色不足。这种语言,实际形成了一种新的僵硬的程式化。大家想一想,这与生活是否产生着一种间离呢?

(3) 观念化

语言的表意功能

从语言的本质形态而言,我们认为,"样板戏"的语言(包括唱段与念白)不一定完全是生活化的、个性化和通俗化的,当然,这是从总体角度上讲。但至于说到念白技巧的探索,我们认为,它还是在一定意义上做到了生活化、个性化和通俗化的,如《红灯记》"痛说革命家史"中李奶奶的那段精彩念白,被人们大加赞赏。但是,如果仔细分析那些唱段,我们就会发现,其中浸淫着太多的主流政治话语,从社会语言学角度言,观念的成分太多,完全是政治思想观念概念化后的产物。可以说政治思想是其生活观念构成的语言核心,因而在艺术的真实性、形象性等方面,就比较差。只有那些从生活中来的、充满民间艺术、地方色彩的隐性结构语言,在传达主人公形象心理活动时,产生了良好的语用效果,才能使其在艺术观念上闪现出审美趣味性的火花。

"样板戏"的艺术特点很多,我们这里所谈的只是其概要,只是为大家提供个思路,以便大家学习时参考。希望大家在学习时,大胆思考,大胆质疑,勇于创新。大家完全可以突破教材上所讲的那四点,形成自己的独到观点。

4. "样板戏"的社会评价问题

历史地看,"样板戏"的社会评价,可用三个字概括:高、低、奇。

(1) 高

正确理解"高","高"的本质是什么?

所谓"高",就是说"样板戏"在20世纪60年代到70年代,被官方主流话语,从社会政治、意识形态等角度，给予了前所未有的高度评价，甚至把它说成了中国当时惟一的一种文学艺术形式。我们认为，这种判断，是在否定其他文学艺术的前提下，所做的极端政治化的判断。

"低"的不客观性和危害性

(2) 低

这也是一种对于"样板戏"进行极端化评价的方式，和过高的评价"样板戏"的观点一样有害。它把"样板戏"说得一无是处，可以说是一种全面、彻底的否定式评价。"文革"结束后，由于人们对"文革"的主观不满情绪还在普遍蔓延，出现这样的评价不足为怪。人们的评价，从一个极端走向另一个极端，是社会文化思潮"矫枉必须过正"的必然结果。但是，时至今日，如果还停留在那个特定的历史阶段，则就显得有点可笑和荒谬了。说到此，我们有必要把国民性问题拉出来。因为，在我们中国社会的发展进程中，这种社会政治意识形态话语的主导作用和公众社会评价的"从众心理"，一直存在着，与"文革"思维方式完全相同的"二元对立"评价方式，一直兴盛不衰，即使到现在，这种状况仍旧没有根本改变。

"奇"之"史无前例"、"空前绝后"的内涵

(3) 奇

"样板戏"是一种与众不同的戏剧艺术样式，这一点，是人们的共识，好像没有争论的余地。对于"样板戏"的社会评价，从20世纪80年代中期后，出现了几次反复。人们对之的评价，经历了肯定、否定、半肯定、半否定的动荡过程，但从总的趋向来看，人们的认识，是向着客观化、历史化、审美艺术化的方向发展的。自然，从这个角度看问题，对于"样板戏"这种奇特的艺术样式，人们的认识就越来越深刻。的确，"样板戏"这种戏剧样式非常奇特。它的政治功利化倾向，由于与之所处的特定时代有关，因而，随着那个"史无前例"的时代的消失，恐怕它也真的在中国戏剧艺术史上"史无前例"、"空前绝后"了。

"样板戏"是一个特定时代艺术发展的结果，人们对它肯定与否定，除了政治因素外，显然，还都有个人的感情因素。在那个时代生活过的人，现在提到"样板戏"，除了悲凉，还有亲切、怨恨等复杂的心理情结。而出生在那个年代的人则更多的是一种童年的怀旧了。但是，对于出生在20世纪80年代以后的人来讲，就完全是一种文化隔膜了。他们完全不可想像，在苦难的中国，还曾经历过那样一个特殊的历史阶段，当然，对于"样板戏"这种艺术形式的"艺术隔膜"就自不待言了。为什么邓友梅在《我看"样板戏"》一文中对于"样板戏"持全面否定态度，为什么巴金老人一听"样板戏"就头疼，为什么现在的年轻人听"样板戏"如听天书，究其深层原因，都是情感因素在作祟。这点在评价"样板戏"时我们尤其要注意。我们都要将评价者的社会文化心理，与其所处的社会、历史、现实、文化、道德、艺术、心理、情感等等方面的文化变量因素考虑进去。

三、"'样板戏'与戏剧改革"大事年表

注意每个事件之间的必然联系

1939年

"鲁艺"成立平剧(即京剧)研究团。

1942年

10月成立延安平剧研究院，毛泽东为其题词，"推陈出新"。自此，成为无产

阶级戏剧改革和"样板戏"诞生的指导方针。

思想基础

年底，平剧院上演《逼上梁山》。

1944年

1月9日，毛泽东在两次观看《逼上梁山》后，给编导写了一封热情洋溢的信，称赞说是"旧戏改革时期的开端"。

这为后来"样板戏"的出现埋下了伏笔

本年，平剧院又排演了《三打祝家庄》。解放区的戏剧改革试验仍在进行，但是，其中以京剧反映现实生活的作品少之甚少，且成绩不太大。不过，值得注意的是，此时，在解放区出现了新歌剧《白毛女》、新秦腔《穷人恨》、《血泪仇》等剧作。

1949年

从本年起，戏剧改革继续进行，对传统剧目的改编和改造，对现代戏剧的创编。

1950年

4月，《人民戏剧》创刊号上，刊印了毛泽东1944年看了《逼上梁山》后写给创编人的亲笔信。

11月，文化部主持全国戏曲工作会议，周恩来提出，戏剧要以歌颂人民、反映人民的真实生活和教育人民的戏曲报答人民，要把人民的力量鼓舞得更雄伟，这就是戏曲改革的光荣任务。

1951年

4月，中国戏曲研究院成立，毛泽东题词："百花齐放，推陈出新。"

11月，《人民日报》等报刊开展对杨绍萱新编历史剧《新天仙配》、《新白兔记》等的批评。主要批评反历史主义观点。

1952年

2月，《文艺报》转载《大公报》的文章《上海文艺界应纠正思想混乱现象》。该文对于戏曲界的评价是："戏曲改革中领导薄弱，没有能真正为工农兵服务。"

10月，文化部举办第一届全国戏曲观摩演出大会，京剧、越剧、川剧等二十多个剧种参加会演。《人民日报》发表社论《正确地对待祖国戏曲遗产》，《文艺报》发表社论《把戏曲改革工作向前推进一步》。这一年又出现现代戏曲作品《结婚》、《祥林嫂》等。

1956年

6月，文化部召开第一次全国戏曲剧目工作会议，提出："破除清规戒律，扩大和丰富传统戏曲上演剧目"；紧接着，文化部又举办第二届演员讲座。

1958年

文化部委托中国戏曲研究院召开"戏曲表现现代生活座谈会"。《光明日报》发表社论《大力发展社会主义的现代戏》。《人民日报》发表社论《戏曲座谈为表现现代生活而努力》。豫剧《朝阳沟》在《剧本》7月号发表，话剧《智取威虎山》由中国戏曲出版社出版。这一切，都成为"样板戏"诞生的前奏。

1959年

《戏剧报》发表评论员文章《反右倾、鼓干劲，坚决贯彻党的文艺方针》和《击退右倾谬论坚决发展现代戏》。京剧《奇袭白虎团》由山东人民出版社出版。京剧

创作序幕

《林海雪原》由宝文堂书店出版。“样板戏”创作的序曲拉开。

1960 年

文化部举办现代题材戏曲观摩演出。齐燕铭提出：“现代剧，传统剧，新编历史剧三者并举”的方针。歌剧《洪湖赤卫队》在第二期《剧本》发表；《上海戏剧》第4期发表沪剧《鸡毛飞上天》。电影《红色娘子军》由天马电影制片厂摄制。

1961 年

历史剧《关汉卿》、《谢瑶环》、《李慧娘》等发表。戏剧改革进入春天。

1962 年

文化部党组织通过《关于改进和加强剧目工作的报告》，指出：“现代剧目少，外国剧目和历史题材剧目多。”不久，文化部又召开首都京剧创作座谈会，剧本《杜鹃山》在《剧本》第10—11期合刊上发表。

1964 年

3月，文化部召开1963年以来优秀话剧创作及演出大会，《龙江颂》、《红色娘子军》在会上获奖。《龙江颂》剧本发表于当年3月的《剧本》杂志。

5月，《戏剧报》发表了《关于京剧现代戏的讨论》综合材料。《文汇报》发表江青组织的批判《李慧娘》文章。文化部、全国剧协和北京文化局召开首都“戏曲工作座谈会”。“样板戏”在戏剧改革的革命大潮中紧锣密鼓地进行。

进入高潮

硕果累累

6月，全国京剧现代戏观摩演出大会在京举行。全国19个省市自治区的28个剧团参演。《红灯记》、《奇袭白虎团》、《红色娘子军》、《智取威虎山》、《杜鹃山》、《革命自有后来人》等均展演，毛泽东观看了《智取威虎山》等，江青参与了这次会演。至此，“样板戏”的经典剧目开始登台亮相。

1967年6月以《谈京剧革命》为题在《红旗》上发表

7月，江青在京剧现代戏观摩演出人员座谈会上讲话。在讲话中，江青说：“对京剧演革命的现代戏这种事的信心要坚定。在共产党领导的社会主义祖国舞台上，占主要地位的不是工农兵，不是这些历史真正的创造者，不是这些国家真正的主人翁，那是不能设想的事。”又说：“吃着农民种的粮食，穿着工人织造的衣服，住着工人盖的房子，人民解放军为我们警卫着国防线，但是我们不去表现他们，试问，艺术家站在什么阶级立场，你们常说的艺术家‘良心’何在？”“我们提倡革命的现代戏，要反映建国十五年来的现实生活，要在我们的戏曲舞台上塑造出当代的革命英雄形象来。这是首要的任务。”

主流位置

1965 年

2月，《人民日报》报道：京剧《芦荡火种》修改重排改名为《沙家浜》。本年，《京剧〈红灯记〉评论集》、《京剧〈沙家浜〉评论集》由中国戏剧出版社出版。

1967 年

5月31日《人民日报》发表社论《革命文艺的优秀样板》，提出京剧《智取威虎山》、《海港》、《红灯记》、《沙家浜》、《奇袭白虎团》，芭蕾舞剧《红色娘子军》、《白毛女》，交响音乐《沙家浜》，“这八个革命‘样板戏’，突出地宣传了光焰无际的毛泽东思想，突出地歌颂了历史主人翁工农兵，它贯穿着毛主席的为工农兵服务，为无产阶级服务的革命文艺路线，体现了“百花齐放，推陈出新’’“古为今用，洋为中用”的正确方针，做到了“革命的政治内容和尽可能完美的艺术形式的统一”，成为团结人民，教育人民，打击敌人，消灭敌人的有力武器。”因而“为

第一批的八个剧目

无产阶级革命文艺的发展树立了光辉的典范。"社论说:"高举毛泽东思想伟大旗帜的江青同志,奋勇当先,参加了戏剧革命的斗争实践,带领一批文艺界的革命闯将,一批不出名的'小人物',冲破党内一小撮走资本主义道路当权派的层层阻力,攻克了戏剧艺术中称为'最顽固的京剧堡垒',不可逾越的芭蕾'高峰'和神圣的交响'纯音乐',在历史上第一次为京剧、芭蕾舞剧和交响音乐,竖起了八个闪耀着毛泽东思想灿烂光辉的革命"样板戏",为无产阶级新文艺的发展,吹响了嘹亮的进军号!"

政治附庸的结局

《红旗》杂志第4期发表初澜的文章《京剧革命十年》,谈了革命十年来的戏剧改革的胜利和成就,"样板戏"得到了官方的高度评价。

初澜:文化部写作组的笔名

四、练习与讨论

(一)填空题

必须掌握的重点

1. "样板戏"的八部经典代表作是______、______、______、______、______、______、______和______。

2. 作家______说,"京剧'样板戏'原作比较好,江青改编后带了帮派气味"。

3. ______说反右运动是"一次最彻底的思想战线上和政治战线上的社会主义革命。"

4. 1959年5月3日,周恩来所作的《______》的讲话,明确提出了"既要是浪漫主义,又要现实主义。即革命的现实主义与革命的浪漫主义的结合"的"二革""无产阶级文学艺术"创作原则。

5. ______届______中全会上,毛泽东提出"要提倡演为社会主义服务的现代革命戏"。

6. 所谓"推陈出新",就是指要把________、______这两个"陈"推出去,要把______这个"新"亮出来。

7. 京剧《沙家浜》是从______剧中移植过来的,它的原名叫______。

8. "样板戏"《海港》和《龙江颂》的前身分别是______剧______和______剧______。

9. "样板戏"和它的前身都是______的载体。

10. 京剧《红灯记》的编剧______和导演______被江青诬为"封建文人",赶出了剧组。

(二)单项选择题

注意相关知识点

1. 当年在《红灯记》中饰演李铁梅的(　　)说,"样板戏"《红灯记》凝聚着许多专业人员的心血,至今有不少人喜欢它。"

A. 李少春　　B. 钱浩梁

C. 刘长瑜　　D. 高玉倩

2. 京剧现代戏的创作、排练,演出,始于1958年,到(　　)年全国观摩汇演形成了一个高潮。

A. 1957　　B. 1958

C. 1962　　D. 1964

3.“样板戏”《沙家浜》是将(　　)作为第一号人物进行形象塑造的。

A. 阿庆嫂　　B. 郭建光

C. 胡传魁　　D. 刁德一

4.“样板戏”《龙江颂》在改编过程中，为了体现毛泽东“千万不要忘记阶级斗争”的思想，将话剧中原本属于人民内部矛盾的烧窑师傅(　　)，塑造成了隐藏多年的阶级敌人。

A. 黄国忠　　B. 钱守维

C. 李志田　　D. 常　富

(三) 多项选择题

1. 老作家巴金对“样板戏”的评价是(　　)。

A. 我好些年不听“样板戏”，我好像也忘了它们

B. 听见有人清唱“样板戏”，我有一种毛骨悚然的感觉

C.“文革”时期我被折磨，一听高音喇叭放“样板戏”，就像用鞭子抽我，我不主张更多地演“样板戏”

D.“样板戏”正如批儒评法、唱语录歌、跳忠字舞、早请示晚汇报一样，都是“文化大革命”的“打破”之后“大立”的文化样板

2. 1963 年 12 月 12 日和 1964 年 6 月 27 日，毛泽东对文艺问题做了两个“批示”，对文艺界大加指责。为什么他会提出那样有背实际的批评，究其原因，主要是(　　)。

A. 与他对当时国内国外阶级斗争的错误认识有关

B. 与他把文学艺术化入意识形态有关

C. 与他坚持题材决定论有关

D. 与他搞个人崇拜的想法有关

3. 从 1958 年到“文化大革命”结束盛行的“三结合原则”是(　　)。

A. 领导出思想　　B. 作家出技巧

C. 群众出生活　　D. 演员出角色

4. 在京剧现代剧的“样板化”过程中，江青所坚持的政治极端化、绝对化创作原则主要体现在(　　)几个方面。

A. 反映民主革命时期斗争生活的作品必须突出毛泽东以武装斗争为主的军事路线

B. 反映社会主义时期生活的戏必须坚持以阶级斗争为核心

C. 反映无产阶级英雄人物，必须从观念出发，将其塑造成“高大全”式的英雄人物

D. 反映剧情发展，必须按照“三突出”模式安排人物关系，以突出英雄人物

(四) 简答题

1. 简要评价江青在“样板戏”产生和发展过程中所起的历史作用。

2. 浅析专业艺术家在“样板戏”创作中的劳动和影响。

3. 说说“样板戏”的人物形象造型手法。

（五）分析题

1. “样板戏”的艺术特征有哪些？试论述之。

2. 如何评价“样板戏”的艺术成就？谈谈你的观点。

3. 结合作品，认真分析李玉和、阿庆嫂、杨子荣三个人物形象塑造的艺术价值。

（张亚斌）

“朦胧诗及其叙述”自学指导

一、学习重点与方法

1. 关于朦胧诗、新生代诗的概念

对于这一内容，要求掌握“朦胧诗”这一名词所特指的诗歌潮流，新生代诗歌对朦胧诗的变异和发展。

《令人气闷的“朦胧”》作者为章明

朦胧诗有时也被称为“新诗潮”，这一名词首先出现在1980年一篇名为《令人气闷的“朦胧”》的文章中。之后，这起初带有贬义色彩的“朦胧诗”一词，却被作为一个正面概念得到广泛的认同。实际上，“朦胧诗”所指涉的不仅仅是某类诗歌创作，也不仅仅是一个诗人集团，而是一种文学潮流。它的存在意义基本上建立在对于“文化大革命”的质疑和批判之上，因其在艺术上多用总体象征的手法，具有不透明性和多义性，而被称为“朦胧诗”。

朦胧诗成长于“文革”时期，最早可追溯到一群插队在河北安新白洋淀及周围地区知青诗人组成的“白洋淀诗人群落”的地下创作，诗人有黄翔、食指、芒克、多多、根子等。“文革”结束后，一些和“白洋淀诗人”具有相似风格和倾向的诗歌作品开始以零散的形式出现在报刊上。1978年底成立的民间社团“今天文学研究会”和同年12月23日创刊的地下文学刊物《今天》，是这一诗派最初的集结。1980年春夏，《福建文学》和《诗刊》等刊物又相继集中发表了北岛、舒婷、顾城、江河、杨炼等人的诗作，至此，朦胧诗彻底浮出水面，形成了一股创作潮流。

《今天》到1980年12月底封刊，共出9期。主要编辑有北岛、芒克等

就艺术手段而言，1986年10月由《诗歌报》和《深圳青年报》共同主办的“1986年中国现代诗体大展”，可以看做是由“朦胧诗”过渡到“新生代”的标志

新生代诗歌：又被称为“后新诗潮”、“当代实验诗”等。被称为第三代诗歌运动的“新生代诗歌”酝酿于80年代初期，90年代成为中国诗坛上的主潮。新生代诗人在反抗朦胧诗经典化的诗歌理念中开始写作。新生代诗人大多出生于60年代，对于历史特别是对于“文革”，有着与朦胧诗人不同的回忆；诗对社会历史的那种承担，不再有确定无疑的答案。他们认为，朦胧诗是特定社会思想解放运动的产物，它指向的是意识形态，诗歌不过是诗人们用来抗衡意识形态的暧昧工具。就艺术手段而言，新生代诗人认为，当代诗歌对现代诗的探索，朦胧诗仅仅打开了一个通道，其潜力和可能性远远未被穷尽；在汉语潜能的和表达的可能性上，当代诗歌有着广阔的发掘和实验天地。

“新生代”是一个极其庞杂的诗人群体，但在创作上比较有影响的主要有两个诗歌群体：一是以海子、王家新、骆一禾、西川等为代表的“后朦胧”诗人；一是以韩东、于坚、杨黎、李亚伟等为代表的“第三代”诗人。

2. 由朦胧诗的“朦胧”所引起的论争情况以及发展结果

对于这一内容，要求掌握三点：一是“朦胧诗”最初的出现，“朦胧”问题引起

社会的注意；二是围绕"朦胧"和"读不懂"的论争，论争的主要意见；三是论争的结果。

朦胧诗的出现，震动了新时期的中国诗坛。它给人们的陌生感，导致了一场长达十年之久、广泛激烈的论争。

(1) 最初的论争

朦胧诗的"朦胧"问题引起社会的注意，是因顾城在一个非正式刊物上发表的几首小诗。公刘为此在 1979 年《星星》刊号上刊发了"读后感"——《新的课题——从顾城同志的几首诗谈起》，由此引发了论争。

(2) 论争的主要意见

关于朦胧诗的论争先后经历了"三个崛起"的论争过程，它们分别以谢冕的《在新的崛起面前》(1980)、孙绍振的《新的美学原则在崛起》(1981)和徐敬亚的《崛起的诗群——评我国诗歌的现代化倾向》(1983)三篇文章为标志。

许多诗人、评论家、作家以及其他行业的人都参加了论争，范围之广、规模之大、持续时间之长为中国当代诗坛乃至整个新文学史所罕见。论争的意见大致有三种：

一种意见认为，这批青年诗人及其"新奇"、"古怪"的诗作是新诗史上的"新的崛起"，"朦胧"是美、是规律、是趋势，它代表着诗坛的希望。谢冕的《在新的崛起面前》一文中认为，"朦胧诗"是"一大批诗人（其中更多的是青年人），开始在更广泛的道路上探索——特别是寻求诗适应社会主义现代化生活的适当方式。""他们是新的探索者。这种情况之所以让人兴奋，因为在某些方面它的气氛与"五四"当年的气氛酷似。"孙绍振先生认为它是"一种新的美学原则在崛起"。徐敬亚认为朦胧诗"带着强烈的现代主义文学特色的新诗潮正式出现在中国诗坛，促进新诗在艺术上迈出了崛起性的一步，从而标志着我国诗歌全面生长的新开始"。

代表人物有谢冕、孙绍振、刘登翰、徐敬亚、李黎、陈仲义等

一种意见认为朦胧诗是数典忘祖，是诗坛的一股不正之风，是一种食洋不化的现象，鼓吹这一诗风是误人子弟。臧克家认为"朦胧诗"是"诗歌创作的一股不正之风，也是我们新时期的社会主义文艺发展中的一股逆流"（《关于"朦胧诗"》，《河北师院学报》1981 年第 1 期）。程代熙在《评〈新的美学原则在崛起〉》一文中认为朦胧诗根本不是什么"新的美学原则"，而是"散发出非常浓烈的小资产阶级的个人气味的美学思想"，是步了西方现代主义文学的足迹等等。

代表人物有臧克家、丁力、程代熙、郑伯农、周良沛等

还有一种意见认为，朦胧诗可以存在，打不对，捧也可悲，要作具体分析，对青年人的创作既要热情鼓励又要正确引导。

代表人物有公刘、峭石、朱先树等

(3) 论争的结果

在中国当代文学史上，第一次没有因为一场诗歌创作的论争形成一场政治运动，最终制造出一个新的文字狱。而出人意外的结果是，人们静悄悄地以欣赏和赞扬的口吻，立场鲜明地将朦胧诗写入了文学史。

《新时期文学六年》

在专科的《中国当代文学》课程中，我们学习了以上内容，在本课程的教材中，我们深化了专科教材学习的内容，对论争的结果进行了总结，同时，对朦胧诗及其论争在中国当代文学史上的地位和意义做了阐述，关于这个问题，我们在下面再做分析。

3. 朦胧诗的萌芽、发展和变异

对于这一问题，在了解朦胧诗发展、变化过程的基础上，一是掌握“朦胧诗”的发展，二是掌握它的变异。

（1）朦胧诗的萌芽阶段：从60年代末到1978年，是朦胧诗发展的第一个时期。1968年12月12日，毛泽东发出“最高指示”：“知识青年到农村去，接受贫下中农的再教育，很有必要。”随后，掀起了全国性的上山下乡运动。同年12月20日，郭路生（食指）作《这是四点零八分的北京》，将历史定格在载着上千名北京知青的列车缓缓开动的那一刻。诗歌背离了用豪言壮语掩盖内心活动的主流话语表达法，而诉诸于个人的主观感觉。洪子诚指出：这首诗表现了青年一代在面临生活转折时产生的精神矛盾，应看做是新诗潮孕育、出现的心理感情基础或背景。

指1968年12月20日下午4时8分

知识青年“上山下乡”运动中，某些“聚居点”在后来成为引人注目的诗歌运动的发源地。最为重要的是河北省白洋淀渔村北京知青聚居点。来自北京的中学生用尚嫌稚嫩的笔，写下了他们的个人感情，写下了他们对精神价值的探求与向往。其中，北岛、根子、多多、芒克、江河、食指等，成为后来新诗潮的主要人物。他们的诗以手抄本的形式在民间流传，形成一个地下的诗坛。

由此形成“白洋淀诗群”

谢冕后来比喻为运行的“地火”

与青年一代的思考同步的“知青”点读书活动。一批在60年代由中国作家出版社和商务印书馆印行的以批判为目的的内部发行供高级干部和高级知识分子阅读的西方和苏联解冻时期的现代哲学、文学著作，在这批青年人手中传阅，形成一个半秘密的读书活动，对朦胧诗的创作有直接的影响。

爱伦堡《人·岁月·生活》、塞林格《麦田的守望者》、萨特《辩证理性批判》、罗素《西方哲学史》等

这一时期朦胧诗的重要诗人和作品有：食指（郭路生）的《相信未来》、《这是四点零八分的北京》，黄翔的《野兽》、《独唱》，芒克（姜世伟）的《十月的献诗》、《天空》，多多（栗世征）的《祝福》、《致太阳》，北岛的《回答》等。1978年12月，以民间刊物《今天》的创刊为标志，这股现代诗潮才从分散走向集合，从地下走向公开。

（2）朦胧诗发展的高潮：从1979年至1982年，是朦胧诗逐渐进入高潮的时期。这一时期开始的标志是1979年3月号《诗刊》上北岛《回答》的发表。随着《回答》一诗的发表，《诗刊》以“青春诗会”的名义，集中发表了舒婷、顾城、江河、徐敬亚等人的作品。“朦胧诗”开始由地下状态进入公开状态，新诗潮诗人的作品不仅很快出现在各种文学报刊的主要版面，并且引发了诗歌界乃至整个文学界的一次历时数年的声势浩大的关于“朦胧诗”的论争。这一时期最具代表性的诗人有北岛、舒婷、顾城、江河、杨炼等。同时新诗潮诗歌理论在“朦胧诗”的发展中产生了巨大的作用。谢冕的《在新的崛起面前》、孙绍振的《新的美学原则在崛起》和徐敬亚的《崛起的诗群——评我国诗歌的现代倾向》等“三个崛起”的诞生，使新诗潮的理论家与“崛起的诗群”一道，将新诗潮的诗歌运动推向高潮。

朦胧诗浮出历史地表时，已蜕尽了初潮时期的幼稚和天真，以成熟的姿态面世

（3）江河、杨炼的创作对于朦胧诗的发展和变异的作用。

对于这个问题，是本课程对专科阶段知识的进一步深化。

本课程的教材中是这样阐述的：一般认为，到1984年，朦胧诗作为一个诗歌艺术的探索运动已经解体，也有人把1986年10月由《诗歌报》和《深圳青年

专科教材《中国当代文学》指出，1984年—1986年，是“朦胧诗”的衰落期

报》共同主办的"1986 年中国现代诗歌群体大展",看做是由"朦胧诗"过渡到"新生代"的标志。

在这一时期,朦胧诗的主将北岛、舒婷、顾城先后停笔或离开诗坛,江河、杨炼致力于"史诗"创作。江河于 1985 年创作了《太阳和他的反光》,杨炼相继完成了《诺日朗》、《敦煌》、《西藏》等大型组诗。江河、杨炼的创作体现了朦胧诗从对现代主义的追求转向对东方文化的思考和史诗品格的建树,为当代诗歌做出了独特的贡献。大规模的东方史诗的出现,把新时期的诗歌从政治和社会语意的层面引向了文化语意的层面,这对于朦胧诗来说是一种变异,对于江河和杨炼来说,则是自己艺术道路的自然延续和发展。同时,对后来的"新生代"诗歌中的"新传统主义"或"整体主义"的创造、对新生代诗人从追求现代主义变化为探寻东方传统,也产生了直接的影响。

江河、杨炼的史诗意识在 20 世纪 80 年代初就已初见端倪

(4) 朦胧诗对新生代的影响和新生代对它的反叛,特别是海子等"后朦胧"诗人和韩东、于坚等"第三代"诗人的情况。

朦胧诗对新生代的影响,主要体现在精神上。这种精神就是"先锋精神",包括反叛和创新两个方面。新生代对朦胧诗的反叛,实际上正是他们继承和发扬朦胧诗的"先锋精神"的必然结果。以海子为代表的"后朦胧"诗人和以韩东、于坚为代表的"第三代"诗人,是所谓"新生代"的两股重要力量,他们既有相同之处,又各具特点。前者更多地体现出对朦胧诗的继承,或者说是沿着朦胧诗的道路在继续前进,而后者则更多地体现了对朦胧诗的反叛,或者说是"故意"地在走一条与朦胧诗背道而驰的路线。

关于"先锋精神"可参见本课程的第 16 讲

4. 必读作品(18 篇)

北岛:《回答》《古寺》《一切》《履历》
顾城:《一代人》《生命狂想曲》
舒婷:《祖国啊,我亲爱的祖国》《这也是一切》《童话诗人》
江河:《纪念碑》《射日》
杨炼:《大雁塔》《诺日朗》
海子:《五月的麦地》《面朝大海,春暖花开》《春天,十个海子》
韩东:《有关大雁塔》
于坚:《尚义街六号》

作品见本课程的配套教材《中国现当代文学专题作品讲评》

二、学习难点与分析

1. 朦胧诗引起争议的原因

教材指出,当时围绕朦胧诗所引起的争议,在今天已经不再成为一个问题,可是作为"不合理历史环境与条件下产生的'合理'产儿"的"朦胧诗",之所以引起了广泛的理论争议,现在看来主要是两个原因造成的:一是它们在内容和主题上与以往诗歌的出入,即主体心灵、个体情感的表达和表现社会意识的矛盾;二是它们在艺术上与以往诗歌直抒胸臆方式的抵触,大量采用了象征与暗示方

参见专科教材的阐述

法。另外，由于思维习惯的因素，争论者往往把艺术范畴内不同见解的讨论等同于政治观点与立场的分歧，所以，朦胧诗一方面在政治上被视为危险和“异己”，另一方面在艺术上又受到既成接受能力与习惯的拒斥。

2. 朦胧诗的思想内容和审美艺术特征

这个问题主要从人文精神和美学风格两方面进行分析和总结。

对于这个问题，应结合专科阶段的《中国现代文学》和《中国当代文学》的学习内容进行归纳、分析和总结

（1）朦胧诗的内容特征主要表现为对“五四”人文精神的继承。

第一，从人道主义、个性主义的价值角度对动乱年代的苦难历史、人性毁灭、理性沦丧进行反思与批判，以悲壮的姿态，直接承接了中国知识分子强烈的社会责任感与使命意识，特别是“五四”以来的战斗精神。

第二，对自由人格的追求和对奴性人格的否定，对个体价值的肯定和对主体情感的宣泄，并表现完成这一过程的强烈愿望与信念，体现了一定的自我反思精神。

第三，重建一整套不同于“十七年”诗歌中的那种价值与信念，改写了以往诗歌单纯描摹“现实”与图解政策的传统模式，把诗歌作为探求人生的重要方式。

（2）从美学风格看，朦胧诗又具有以下几个明显的特征。

第一，打破现实主义审美模式，由写实转向写意，由具体转到抽象，由物象转到意象，由明晰转向模糊，不再注重于一个场景、一个过程的具体描摹和对一种政治情绪的表现或“升华”，而是着重于表现多变、曲折和复杂的主体世界。

第二，打破过去诗歌线性因果或单向直抒的方式，以主体情感和情绪流动的内在曲线结构作品，情感呈散点辐射状态；主题的多义性和情感的多向性代替了过去的平面状态，在结构上实现了真正的“自由”，即外在的形式完全决定于内在情绪的节奏、特征与状态。

第三，采用近似于早期象征主义的艺术方法，多用象征、暗示、通感等，用意象的模糊性取代形象和意旨的明确性，闪烁的意念、跃性的转递切换、瞬间感伤的捕捉等等，都是其典型特征。

（3）朦胧诗的产生既有继承中外现代诗歌艺术经验的因素，同时又是中国当代诗歌在新时期下自身裂变的结果。朦胧诗给当代诗歌带来影响是一种客观存在，是现代主义诗歌运动的延续。

3. 朦胧诗及其论争在中国当代文学史上的地位和意义

参阅教材 246 页的详细的阐述

关于这个问题，可从以下三个方面进行思考：

（1）朦胧诗及其论争与“五四”文学的关系。

朦胧诗及其论争不但继承了“五四”文学未完成的主题和任务，而且体现了“五四”精神的复归。

朦胧诗对封建思想和国民性的批判，正是“五四”新文学未完成的主题。它在启蒙主义的人文精神和艺术探索的创新精神两个方面，实现了当代文学与“五四”文学的对接。同时围绕着朦胧诗所展开的论争，其方式和氛围都与“五四”时代有着惊人的相似，人们在这种重返“五四”的惊喜中，迎来了“五四”精神

的全面复苏和回归。

（2）朦胧诗及其论争与中国现当代文学中现代主义文学的关系。

可结合专科《中国现代文学》、《中国当代文学》的有关章节的学习来加深理解

现代主义文学的创作与"五四"新文学几乎是同时出现的，鲁迅的散文诗《野草》就是当时的代表，并在30年代形成第一个高潮。但50年代后，这一传统被人为地中断了。现代主义在20世纪80年代前后的崛起，是中国当代文学在"文革"后出现的一个影响广泛的重要现象。朦胧诗及其论争的出现不是个别的，而是这一现象的开始，或者更准确地说，是这一现象最初引人注目的一个热点。因此，朦胧诗的出现有着承前启后的作用。通过论争，朦胧诗由原来的自发的分散的探索性的艺术创作，演变成了一场自觉的诗歌运动，并在这一运动中完成了现代主义诗歌的中国化。

（3）朦胧诗及其论争与当代文学发展趋势的关系。

朦胧诗及其论争的意义已经不再局限于诗歌领域，而对整个当代文学的发展变化都产生了深远的影响。朦胧诗不断涌现出来的创新观念和先锋精神，不但对整个诗歌的发展走向产生了影响，而且成了整个文学创作的探索者。比如，先锋小说、寻根文学、新写实小说、女性文学及90年代文学的多元化、个人化的写作风尚，都可以在新诗潮的理论创作中找到端倪。

4. 朦胧诗进入文学史的情况

（1）《新时期文学六年》对朦胧诗整体成就的大胆肯定

《新时期文学六年》是朦胧诗最先进入的文学史著作

《新时期文学六年》在第四章以"诗歌论争及其对创作的影响"为题，分'朦胧诗'及其论争、"关于'新的美学原则'的讨论"和"诗歌论争的意义"三节专门介绍了朦胧诗论争情况；在第二章"六年诗歌的主要收获"里对朦胧诗人的代表舒婷做了推荐式评价，还对朦胧诗整体成就做出了大胆的肯定。

（2）舒婷最早得到认同的原因和舒婷诗歌的两个艺术特征

1979年4月，舒婷最初发表在《今天》上的《致橡树》经全国最具权威性的诗歌刊物《诗刊》转载后，以其南国少女的柔情和对待爱情的传统美德，立即得到各方人士的好感。1980年《福建文艺》主要围绕着舒婷的诗歌进行了长达一年的讨论，对于扩大她的影响起到了至关重要的作用。她的《祖国啊，我亲爱的祖国》获得1979—1980年中青年诗人优秀诗歌奖，而且还率先得到出版诗集的机遇。她的第一部诗集《双桅船》一出版，就获得了"中国作家协会第一届（1979—1982）全国优秀新诗（诗集）奖"的二等奖。

在朦胧诗人中舒婷最早得到大家认同的原因是，舒婷的诗无论在思想内容还是艺术形式上，在当时大家所读到的朦胧诗中是最符合传统审美规范的。她的作品有对社会的批判，但是，她并不绝望，对未来充满信心；她的作品也有现代主义的倾向，但是，首先引人注意的是浓郁的浪漫主义色彩。从她的诗歌中表现出来的人道主义情怀，更使人看到"五四"新文学的精神的回归。所以，当人们正纠缠着朦胧诗歌是否真的朦胧晦涩时，舒婷的诗以最不朦胧的清晰面目赢得了大家的喜爱；当人们正争论应该如何看待朦胧诗这股新诗潮时，舒婷的诗却得到了"清新的艺术之风"的美誉。

可结合舒婷的作品来分析

舒婷的诗最突出的一点在于复活了中国新诗对于个人内心情感的表达。舒

可阅读《祖国啊，我亲爱的祖国》、《童话诗人》、《致橡树》、《惠安女子》等作品，作具体的分析

婷诗歌最明显的两个艺术特征是：

第一，特有的女性气质与风格。舒婷总是以真实的自我作为抒情主人公形象，这一自我既不是叱咤风云的英雄，也不是消极颓废悲观麻木的遁世者，而是现实生活中普普通通的年轻人。她从关心个人的命运、关心个体的价值出发，上升到对他人、对民族的命运的关切，表现那一代青年从迷惘到觉醒的痛苦、探索、欢乐的感情轨迹。或借助内心来映照外部世界的影像，或捕捉生活现象所激起的情感反应，诗歌渗透着一种鲜明的女性意识。

第二，浪漫主义与现代主义的结合。舒婷一方面是一个典型的抒情诗人，同时她又是一个用现代主义，尤其是用象征主义手法写作的诗人，用感觉、意象、暗示来说话，较少直率的表露。这表现在：一是其感觉主义色彩，许多作品对事件和情景不作具体直观的叙述，而用感觉和联想来表现。二是通过感觉的转化、结构的多变和跳跃，产生扑朔迷离的色彩和意义的扩张与辐射。舒婷创造了一套属于自己的象征符号系统，"船"、"帆"、"树"、"花朵"、"黄昏"、"大海"、"星星"等意象具有温和优美的色调，展示了朦胧诗语言的形象丰富、优美、抒情与含蓄蕴藉。

(3) 为什么在众多文学史中很难找到北岛名字？

北岛诗歌意象比较灰冷

在教材中，叙述了北岛在文学史上被有意遗忘的现象。这是因为，在众多的朦胧诗人中，北岛的态度最为激进，思想最具反叛意识，也是最容易引起争议的人物。因此，许多文学史著作，对北岛都采取回避的态度。但是他的作品最能体现这一代青年从迷惘走向觉醒后的精神状态，也最能体现新诗潮所代表的现代主义倾向，因此，无论在内容上还是形式上，他都可以说是朦胧诗最有分量、最具代表性的人物。事实上，论及朦胧诗，北岛及其作品是回避不了的客观存在。

5. 分析舒婷、北岛、顾城创作的风格与特点，并比较他们的异同

这个问题，是我们这个专题的难点。难在什么地方呢？难就难在对作品作具体的比较分析上。为了便于分析，我们不妨把这个大重点分解为几个小点来做分析比较：

(1) 舒婷、北岛、顾城创作有何相似之处

舒婷、北岛、顾城是朦胧诗人中最有影响的三位诗人。他们的诗歌创作具有独特的风格，但也有许多相同之处：

第一，他们创作的时间都较早，都在"文革"尚未结束之前，而且都经过了一个先在地下流行然后再以非正式的方式发表才公开面世的漫长过程，都有着较为广泛的群众基础和一个相对稳定的读者群。

第二，他们在开始诗歌创作时，都没有想到公开发表，也没有想到要去迎合主流意识形态，所以，大多写得情真意切，都是自己真情实感的自然流露，与当时公开发表的文学作品无论在内容上还是在形式上都形成了较大的反差。

第三，当时文坛的确也太荒芜太单调，几乎没有什么能吸引读者的作品，而诗歌的情况则更为严重。所以，他们的作品一问世，就立即显得光彩夺目、令人欣喜、令人震撼。

(2) 北岛与舒婷诗歌特点的比较

北岛和舒婷虽然都是内向的,但他们在表达方式上却有很大的不同。

第一,舒婷是情感型的,主要致力于挖掘自己(女性)的心灵;而北岛则是思辨型的,主要致力于探讨人类的精神。

第二,舒婷虽然也有现代主义倾向,特别是她在经过了一段时间的停笔,对自己的创作进行了一次冷静的思考再重新创作时,表现出比前期更为明显的现代主义特点。但她只是从浪漫主义到现代主义的"引桥",而且也表现出更加内向的趋势,更加关注生命本体的意义。而北岛则是具有哲学家气质的诗人,是当代诗歌现代主义的先锋。他的作品从一开始就表现出与众不同的先驱者的觉醒意识,富有哲理的思想深度和充满艺术魅力的人格力量,形成了"凝重奇峭"为特征的"象征——超现实"体系。

第三,舒婷是一个感情至上主义者,并且与所有的女性作家一样,重视自己的直觉和感悟,总是相信世界是美好的,世界终将会是美好的。而北岛则是一个彻底的悲观主义者,自觉地把个人和民族的苦难作为一个双重的十字背在自己身上。

可结合北岛的《我不相信》、《履历》、《一切》及舒婷的《致橡树》、《这也是一切》进行比较分析

(3)北岛与顾城在现代主义倾向方面表现方式的异同

在朦胧诗人中,北岛和顾城都具有十分鲜明的现代主义倾向,但两人的文化素养的形成和表现特点有很大的区别。

第一,北岛在思想性格形成的重要阶段,曾接触到虽然极为有限的却是很有分量的西方现代主义文化。在60年代末70年代初内部发行以供批判用的参考书中,西方现代主义与后现代主义作品比苏俄作品对北岛的影响更大。而顾城开始创作时只有12岁,当时"文革"刚刚拉开序幕。不久他又随着受迫害的诗人父亲顾工下放到农村。后来他虽然也曾受到惠特曼、洛尔伽等外国诗人的影响,但相对而言则较少受到西方现代主义的影响。

第二,北岛和顾城虽然都是内向型的厌世主义者,在对待现实的态度上却截然不同。北岛虽然拒绝与现实社会合作,但始终不肯远去,以激烈的对抗态度固执地表示对人类精神困境的"终极关怀"。而顾城则是"一个任性的孩子",在经历了"黑夜给了我黑色的眼睛/我却用它寻找光明"的失败尝试后,很快放弃了对光明的寻找,以逃避的态度转而去寻找自己眼中的童话世界。

可结合北岛的《回答》及顾城的《一代人》《生命狂想曲》进行比较分析

6. 朦胧诗发展和变异的特点与必然性

其特点可以"后朦胧"与"第三代"为例;其必然性可用"先锋"理论加以说明。

以海子为代表的"后朦胧"体现出对朦胧诗的继承,以韩东、于坚为代表的"第三代"诗人,则更多地体现了对朦胧诗的反叛,或者说是"故意"地在走一条与朦胧诗背道而驰的路线。主要表现在:

第一,在价值观念上,"反英雄"、"反崇高"、注重诗歌对贫民日常生活的审美。

第二,与此相应,在艺术观念上,"反意象"、"反优雅",主张从蕴涵文化含义的书面语退回到原生态的日常语言作为新诗的表现语言。如,于坚的《尚义街六号》,把口语作为主要的诗歌语言,这些口语是直白的、日常生活中的语词,与大

阅读本课程的配套教材《中国现当代文学专题作品讲评》中于坚和韩东的有关评论

家熟悉的隐喻化的诗歌语言（包括运用象征、意象等隐喻语言）相比，它们往往不负载双重和多重语义，而只是用调侃的语调对日常经验的平实记录。韩东的《有关大雁塔》，大雁塔不再有任何伟大和崇高之处，登塔也不会有怀古之幽思。诗中没有任何激情的涟漪，全是平淡的语调，日常的口语，记写人们"看看四周的风景/然后再下来"。《有关大雁塔》的情绪基调与发表于1980年杨炼的洋溢理性激情的长诗《大雁塔》构成鲜明对照。

朦胧诗歌的发展和变异有其必然性，作为朦胧诗歌的叛逆者，第三代诗人的价值倾向是通过对普通人日常生活的表现来告别精英意识的英雄主义与理想主义，强化平民意识。他们以凡夫俗子的平民日常情绪来取代英雄的崇高感，用无用无悔的玩世不恭来表现自我。

从朦胧诗到新生代诗，尤其是第三代诗人形成诗歌观念并开始创作的背景，是中国社会的转型期，中心价值观念体系面临解体，新的价值观念体系尚未建立，于是乎价值观念的改变加上世界性的后现代文化思潮影响，使得新生代诗人从诗歌观念到创作技巧的立场都发生了根本性的改变。这个立场是对前半个世纪中国诗坛价值取向的一次大胆反拨，它是当下中国市场经济背景中市民阶层的兴起，市民话语渴望夺取话语权力的具体反映，同时又是"五四"以来中国新诗被知识分子语言，西化语言甚至是殖民化语异化的一个富有意味的调整。

三、"朦胧诗和新生代诗歌"大事年表

1968 年

12月12日，毛泽东发出"最高指示"："知识青年到农村去，接受贫下中农的再教育，很有必要。"随后，掀起了全国性的上山下乡运动。

12月20日，食指作《这是四点零八分的北京》。

食指被看做是新诗潮的开拓者

在随后的知识青年"上山下乡"运动中，某些"聚居点"在后来成为引人注目的诗歌运动的发源地，如河北省白洋淀渔村北京知青聚居点。

新诗潮的孕育阶段

本年，郭路生（食指）作《相信未来》。黄翔作《野兽》、《独唱》。芒克作《十月的献诗》、《天空》。多多作《祝福》、《致太阳》。

1969 年

顾城（13岁）随父顾工下放到山东一个农场。

1970 年

北岛开始写诗。

1971 年

舒婷开始写诗，其诗作在知青中传抄。

顾城作《生命幻想曲》。

当时顾城年仅15岁，后收入《舒婷、顾城抒情诗选》

1973 年

于坚开始新诗创作。

1975 年

8月，舒婷作《呵，母亲》。

1976 年

4 月 5 日前后，北岛作《回答》。

本年 1 月 8 日，周恩来总理逝世，举国哀悼。

由此形成“丙辰清明”天安门诗歌运动

1977 年

舒婷与北岛结识，创作受其影响。

舒婷作《祖国啊，我亲爱的祖国》。北岛作《一切》，舒婷作《这也是一切》。

1978 年

12 月 23 日，芒克与北岛创办民间刊物《今天》，创刊号发表北岛的《回答》、顾城《一代人》等。

《今天》先以街头大字报形式出现，后是 16 开油印本

本年，北岛《一切》发表于《今天》第 3 期。

1979 年

3 月，北岛《回答》刊载于《诗刊》。

《回答》：第一首公开发表的朦胧诗

4 月，舒婷最先发表在《今天》上的《致橡树》由《诗刊》转载。

7 月，舒婷《祖国啊，我亲爱的祖国》发表于《诗刊》。

《祖国呵，我亲爱的祖国》：朦胧诗中第一首获奖作品

本年，公刘《新的课题——从顾城同志的几首诗谈起》发表于成都的《星星》（复刊号）。

1980 年

1 月，江河《请听听我们的声音》发表于《诗探索》。杨炼《我的宣言》发表于《福建文学》。

3 月，顾城《一代人》发表于《星星》。

4 月，孙绍振《恢复新诗根本的艺术传统——舒婷的创作给我们的启示》发表于《福建文艺》。

5 月 7 日，谢冕《在新的崛起面前》发表于《光明日报》。

第一个“崛起”

8 月，章明《令人气闷的“朦胧”》发表于《诗刊》。

“朦胧诗”由此得名

10 月，《诗刊》以“青春诗会”的名义，集中发表了舒婷、顾城、江河（《纪念碑》）、徐敬亚等人的作品。顾城以《小诗六首》参加“青春诗会”，因不同于以往的现实主义的审美追求而引起非议，从而引发了长达六年的关于朦胧诗的论争。顾工《两代人——从诗的“不懂”谈起》发表于《诗刊》。

“青春诗会”给了朦胧诗人第一次公开的集体亮相的机会。

12 月，谢冕《失去了平静之后》发表于《诗刊》。刘登翰的《一股不可遏制的新诗潮》发表于《福建文艺》。

本年，舒婷作《童话诗人》。梁小斌发表《雪白的墙》、《中国，我的钥匙丢了》。杨炼发表《大雁塔》。《福建文艺》编辑部对舒婷的作品展开近一年讨论，涉及新诗的一系列根本性问题。

1981 年

1 月，楼肇明《〈回答〉评点》发表于《诗探索》。臧克家《关于“朦胧诗”》发表于《河北师范学院学报》第 1 期。方冰《我对于朦胧诗的看法》发表于 28 日《光明日报》。

2 月，舒婷《生活、书籍和诗》发表于《福建文艺》。

3 月，孙绍振《新的美学原则在崛起》发表于《诗刊》。

第二个“崛起”。朦胧诗论争进入高潮

4 月，程代熙《评〈新的美学原则在崛起〉》发表于《诗刊》。丁力《新诗的发展

和古怪诗》发表于《河北师范学院学报》第2期。

5月，北岛的《古寺》发表于《上海文学》。顾城的《我是一个任性的孩子》发表于《花城》。艾青《从"朦胧诗"谈起》发表于21日《文汇报》。

6月，舒婷《和读者朋友说几句话》发表于《飞天》。李黎《"朦胧诗"与"一代人"——兼与艾青同志商榷》发表于13日《文汇报》。

本年，顾城《爱情诗十首》获"星星诗歌奖"。甘肃《飞天》杂志率先开办"大学生诗苑"栏目。

1982年

《双桅船》：舒婷的第一部诗集

2月，舒婷《双桅船》由上海文艺出版社出版，并获全国第一届新诗集优秀奖。朱先树《实事求是地评价青年诗人的创作》发表于《新文学论丛》。

10月，《舒婷、顾城抒情诗选》由福建人民出版社出版。

1983年

第三个"崛起"

1月，徐敬亚《崛起的诗群》发表于《当代文艺思潮》。

9月，杨炼《传统和我们》发表于《山花》。

12月，柯岩《关于诗的对话》发表于《诗刊》。

本年，韩东作《有关大雁塔》。《北岛、顾城诗选》由瑞典好书出版社出版。

1985年

最早在文学史著作中为朦胧诗开设专章

1月，江河的组诗《太阳和他的反光》发表于《黄河》。中国社会科学出版社出版《新时期文学六年(1976.10—1982.9)》。

3月，顾城《光的灵魂在幻影中前进》发表于《当代文艺探索》。

5月，杨炼组诗《诺日朗》发表于《上海文学》。

11月，《朦胧诗选》由春风文艺出版社出版。

《他们》：韩东主编第1—9期

本年，韩东、于坚、丁冬等在南京创办民间文学刊物《他们》。老木《青年诗人谈诗》由北京大学五四文学社出版。

1986年

1月，于坚《尚义街六号》发表于《诗刊》。

3月，顾城《黑眼睛》由人民文学出版社出版。

9月，杨炼《荒魂》由上海文艺出版社出版。

大展：朦胧诗过渡到"新生代"的标志

10月，《诗歌报》和《深圳青年报》共同主办"1986中国现代诗体大展"。《北京青年现代诗十六家》(周国强编)由漓江出版社出版。

12月25日，贝岭的《作为运动的中国新诗潮》发表于《华侨日报》(纽约)。

《五人诗选》：北岛、舒婷、顾城、江河、杨炼

本年，北岛被《星星》杂志评为"我最喜欢的中青年诗人"之一。《五人诗选》由作家出版社出版。舒婷的《会唱歌的鸢尾花》由四川文艺出版社出版。江河《从这里开始》由花城出版社出版。

1987年

2月，《北岛诗选》由新世纪出版社出版。

3月，海子作《五月的麦地》。

4月，江河《太阳和它的反光》由人民文学出版社出版。

10月，王干《透明的红萝卜——我读顾城的〈黑眼睛〉》发表于《读书》。

本年，顾城应邀出访欧美国家，进行文化交流。《中国当代实验诗选》由春风

文艺出版社出版。

1988 年

4 月,丁宗皓《人格的里程碑:北岛的位置》发表于《当代作家评论》。

9 月,海子《五月的麦地》发表于《诗刊》。

本年,顾城赴新西兰教授中国古典文学,后辞职隐居新西兰激流岛。

1989 年

1 月 13 日,海子作《面朝大海 春暖花开》。

3 月 14 日凌晨,海子作《春天,十个海子》。26 日海子于山海关卧轨自杀。

7 月,《朦胧诗论争集》由学苑出版社出版。

9 月,《中国现代主义诗群大观》(徐敬亚等编)由同济大学出版社出版。

1990 年

2 月,海子《伟大的诗歌》、《简历》、西川《怀念》发表于《倾向》。

本年,海子《土地》由春风文艺出版社出版。

1991 年

3 月,谢冕《地火依然运行——中国新诗潮论》由上海三联书店出版。

12 月,吴开晋主编的《新时期诗潮论》由济南出版社出版。

本年,《海子、骆一禾作品集》(周俊、张维编)由南京出版社出版。

1992 年

本年,顾城获德国学术交流中心 DAAD 创作年金。

1993 年

本年,顾城获伯尔创作基金,在德写作。10 月,顾城在新西兰杀妻后自杀。

谢冕、唐晓渡编《在黎明的铜镜中——朦胧诗卷》、《与死亡对称——长诗、组诗歌卷》由北京师范大学出版社出版。杨健《文革时期的地下文学》由朝花出版社出版。

1994 年

2 月,张颐武《一个童话的终结——顾城之死与当代文化》发表于《当代作家评论》。

于坚《诗歌精神的重建》由北京大学出版社出版。

1995 年

2 月,谢冕《20 世纪中国新诗:1978—1989》发表于《诗探索》。

5 月,彭卫鸿《一个童话的终结——顾城诗歌散论》发表于《湖北大学学报》。

本年,《顾城诗全集》(顾工编)由上海三联书店出版。

1996 年

9 月,陈仲义《中国朦胧诗人论》由江苏文艺出版社出版。

1997 年

6 月,张清华《中国当代先锋文学思潮论》由江苏文艺出版社出版。

9 月,《东方金字塔——中国青年诗人十三家》由安徽文艺出版社出版。

本年,《海子诗全编》(西川编)由上海三联书店出版。

1998 年

3 月,[澳]柯雷《实验的范围:海子、于坚的诗及其他》发表于《东南学术》。

11 月,于坚《棕皮手记:诗人写作》发表于《星星》。

12 月,杨炼《鬼话·治理的空间》由上海文艺出版社出版。

1999 年

3 月,于坚、陶乃侃《抱着一块石头沉到底》发表于《当代作家评论》。

4 月,谢有顺《回到事物与存在的现场——于坚的诗与诗学》,王一川《在口语与杂语之间——略谈于坚的语言历险》,汪政、晓华《词与物——有关于坚写作的讨论》,黄梁《文化与自然的本质对话——综论于坚诗篇的朴质理想》,发表于《当代作家评论》。

6 月,张柠《于坚和"口语诗"》发表于《当代作家评论》。

2000 年

1 月,《中国诗歌九十年代备忘录》由人民文学出版社出版。

四、练习与讨论

(一) 填空题

1. 中国当代文学史上的现代主义倾向可以追溯到"文革"末期,______的出现可以看做是现代主义文学从地下浮出水面的一个标志。

2. 《今天》是由"______"创办的一份民间文学双月刊,主要成员有北岛、芒克。

3. 公刘发表于 1979 年刚刚于成都复刊的诗刊《星星》上的"读后感"《新的课题》谈论的是______的诗。

4. 不管朦胧诗派是否与现实主义诗歌艺术相背离,它的确与 20 世纪 20 年的象征诗派、30 年的现代派诗歌和 40 年代的______诗歌在诗艺上是相贯通的。

5. "朦胧诗"虽然是人们的一种误解,但这一诗派的得名,最初却来自于______那篇有名的《令人气闷的"朦胧"》

6. 较早对朦胧诗人的创作进行集体检阅的文章是______的《失去平静之后》。

7. 1980 年,《______》编辑部以"关于新诗创作问题"为题开设专栏,主要围绕着舒婷的诗歌进行了长达一年的讨论。

8. 北岛原名______,在"文革"中他曾以"艾珊"为笔名创作过小说《波动》。

9. 舒婷的《致橡树》在全国最具权威性的诗歌刊物《诗刊》上发表之前,曾在非正式刊物《______》上发表过。

10. 最先在文学史中为朦胧诗开设"专章"的文学史著作是 1985 年中国社会科学出版社出版的《______》。

11. 1981 年甘肃的《______》杂志率先开办了"大学生师苑"栏目。

12. 1986 年 10 月由《______》和《深圳青年报》共同举办的"1986 年中国现

代诗群体大展“,被看做是”朦胧诗“过渡到”新生代“的标志。

13. 海子是一位充满激情和幻想的具有典型诗人气质的“行为艺术家”，他把印象派大画家______看做是自己的人生榜样，像他的这位“瘦哥哥”一样，用燃烧的生命热情来投入诗歌创作。

14. 于坚的《______》用调侃的语调对普通人的平庸生活的逼真描写，因表现出“超语义的美”而被看着“生命意识的觉醒”的代表作。

15. 海子信奉存在主义的先驱、当代德国哲学家海德格尔关于诗歌是“澄明之境”的观点，他也欣赏海德格尔对德国浪漫主义诗人______关于“人，诗意地居栖……”的钟情。

16. 围绕着朦胧诗的论争，从1980年开始掀起高潮，一直到______年之后逐渐平息。

17. 江河的组诗《______》大量运用了中国古代的神话传说作为题材。

18. “麦地”和“麦子”是______诗歌中屡屡出现的意象。

（二）单项选择题

1. 当一位权威的文艺理论家以马克思主义为武器，将孙绍振的《新的美学原则在崛起》批得体无完肤之后，立即就有人挺身而出，公然为孙绍振辩护，而且胆敢指名点姓地要与之“商榷”。这人是(　　)。

A. 李黎　　B. 公刘

C. 江枫　　D. 谢冕

2. “我钉在／我的诗歌的十字架上／为了完成一篇寓言／为了服从一个理想。”这句诗的作者是(　　)。

A. 顾城　　B. 海子

C. 北岛　　D. 舒婷

3. 在当代文学史上有名的“三个崛起”的作者中，有一位是朦胧诗潮中的诗人，他是(　　)。

A. 徐敬亚　　B. 北岛

C. 孙绍振　　D. 谢冕

4. 在众多的朦胧诗人中，态度最为激进，思想最具反叛意识，也最容易引起争议的诗人是(　　)。

A. 顾城　　B. 北岛

C. 舒婷　　D. 江河

5. 朦胧诗在人们评价不一的情况下，舒婷率先得到出版诗集的机遇。她出版的第一部诗集是(　　)。

A.《致橡树》　　B.《双桅船》

C.《神女峰》　　D.《呵，母亲》

6. 朦胧诗从“地下”走向“公开”，最初是一家报刊1980年10月以“青春诗会”的名义发表的舒婷、顾城、江河、徐敬亚等人的作品。这家报刊是(　　)。

A.《诗歌报》　　B.《诗刊》

C.《诗探索》　　D.《星星》

7. 在朦胧诗人中，最早得到大家认同的诗人是(　　)。

A. 顾城　　B. 江河

C. 北岛　　D. 舒婷

8. “太阳是我的纤夫/它拉着我/用阳光的绳索……”这句诗的作者是(　　)。

A. 北岛　　B. 江河

C. 顾城　　D. 舒婷

9. “对于世界/我永远是个陌生人/我不懂它的语言/它不懂我的沉默”这句诗出自北岛的作品(　　)。

A.《无题》　　B.《回答》

C.《一切》　　D.《履历》

10. “一切都是命运/一切都是云烟/一切都是没有结局的开始/一切都是稍纵即逝的追寻/一切欢乐都没有微笑/一切苦难都没有泪痕……”这句诗出自北岛的作品(　　)。

A.《无题》　　B.《一切》

C.《回答》　　D.《履历》

11. 舒婷的《这也是一切》是给友人(　　)的赠答诗。

A. 顾城　　B. 北岛

C. 江河　　D. 陈仲义

12. “你相信了你编写的童话/自己就成了童话中幽蓝的花/你的眼睛省略过/病树、颓墙/锈崩的铁栅/只凭一个简单的信号/集合起星星、紫云英和蝈蝈的队伍/向没有被污染的远方/出发。”这句诗出自(　　)。

A.《惠安女子》　　B.《生命狂想曲》

C.《童话诗人》　　D.《我是一个任性的孩子》

13. “告诉你吧,世界/我——不——相——信!”这句诗出自作品(　　)。

A.《古寺》　　B.《回答》

C.《一切》　　D.《履历》

14. “我想/我就是纪念碑/我的身体里垒满了石头/中华民族的历史有多沉重/我就有多少重量/中华民族有多少伤口/我就流出过多少血液。”这句诗出自作品(　　)。

A.《射日》　　B.《纪念碑》

C.《太阳和它的反光》　　D.《补天》

15.《一代人》是(　　)的成名之作。

A. 北岛　　B. 顾城

C. 江河　　D. 海子

16. “不是一切火焰/都只燃烧自己/而不把别人照亮/不是一切星星/都仅指示黑暗/而不报告曙光……”这句诗出自作品(　　)。

A.《回答》　　B.《生命狂想曲》

C.《一切》　　D.《这也是一切》

17. 中国新文学史上一位“全力冲击文学与生命极限的诗人”是指的(　　)。

A. 北岛　　B. 海子

C. 顾城　　D. 杨练

18. “春天，十个海子全部复活/在光明的景色中/嘲笑这一个野蛮而悲伤的海子/你这么长久地沉睡究竟为了什么？”这句诗出自作品(　　)

A.《面朝大海，春暖花开》　B.《五月的麦地》

C.《春天，十个海子》　D.《土地》

19. 最先为朦胧诗开设专章的文学史著作是中国社会科学出版社出版的(　　)。

A.《中国现代文学三十年》　B.《新时期文学十年》

C.《中国现代文学五十年》　D.《新时期文学六年》

20. 诗句“黑夜给了我黑色的眼睛/我却用它来寻找光明”出自作品(　　)。

A.《一代人》　B.《我是一个任性的孩子》

C.《远和近》　D.《生命狂想曲》

(三) 多项选择题

1. “三个崛起”的作者是(　　)。

A. 徐敬亚　B. 公刘

C. 孙绍振　D. 谢冕

2. 朦胧诗人中最有影响的三位诗人是(　　)。

A. 舒婷　B. 食指

C. 北岛　D. 顾城

3. 当代文学史上有名的“三个崛起”是指(　　)。

A.《在新的崛起面前》　B.《崛起的诗群》

C.《新的美学原则在崛起》　D.《崛起的诗潮》

4. 作家出版社出版的《五人诗选》中收录了北岛、舒婷和(　　)等人的作品。

A. 海子　B. 江河

C. 杨炼　D. 顾城

5. “后朦胧”主要指在朦胧诗直接影响下成长起来的“校园诗人”。其代表人物主要有(　　)等。

A. 海子　B. 王家新

C. 西川　D. 李亚伟

6. 杨炼关于民族文化原始意象探索的作品主要有(　　)等。

A.《半坡》　B.《敦煌》

C.《飞天》　D.《西藏》

7. 在“1986年中国现代诗群体大展”开展之前已经打出名声的“新生代”诗派主要有(　　)等。

A. 四川的“新传统主义”　B. 南京的“他们”

C. 北京的“白洋淀诗派”　D. 上海的“海上”

(四) 简答题

1. 为什么说“关于朦胧诗的论争是当代文学史上的一个奇特现象”？

2. 试述由朦胧诗的“朦胧”所引起的论争情况以及发展结果。

3. 简述朦胧诗进入文学史的情况。

4. 北岛和舒婷诗歌在表达方式上的主要区别是什么？请试举一例简要说明。

5. 后朦胧诗人与朦胧诗人的主要区别是什么？

6. 对于韩东、于坚为代表的“第三代”诗歌的大规模出现在诗坛上引起的一次“美丽的混乱”，你是怎样看的？

（五）分析论述题

1. 分析舒婷、北岛、顾城创作的风格与特点，并比较他们的异同。

2. 论朦胧诗发展和变异的特点和必然性。

3. 试析朦胧诗以及论争在中国当代文学史上的地位和意义。

（张万仪）

"汪曾祺与当代小说文体"自学指导

一、学习重点与方法

1. 汪曾祺小说的回忆性特点

汪曾祺的一生主要是在故乡高邮和北京度过的（在北京生活了45年，在高邮生活了20年），在其他地方都不超过十年（其中，昆明7年，张家口农科所4年，上海2年，江西进贤数月）。而汪曾祺一生中写得最好的作品，如《受戒》、《大淖记事》、《岁寒三友》、《异秉》、《晚饭花》、《皮凤三楦房子》、《鉴赏家》、《八千岁》和《故里三陈》等，则都是与故乡高邮有关的童年时代的生活，其次才是昆明期间的生活，如《职业》，再其次才是北京期间的生活，如《讲用》。而他更热衷于描绘的是远离现实的旧生活，描写旧生活的作品比描写新生活的作品更为成功，更为读者与评论家欣赏。当然，也有评论家认为汪曾祺是在回避现实生活的矛盾，其实不然。

回忆性特点与作家个人经历的关系

汪曾祺之所以喜欢"回忆"，而且回忆"旧生活"之作相对写得比较成功，与他对小说的理解有关。他认为所谓小说，就是"跟一个可以谈得来的朋友很亲切地谈一点你所知道的生活"。那么，汪曾祺在北京那么多年的"新生活"难道是他"不知道"的生活吗？对此他曾作过这样的说明："我今年六十二岁，前三十年生活在旧社会，后三十年生活在新社会，按说熟悉的程度应该差不多，可是我就是对旧社会还是比较熟悉些，吃得透一些。对新社会的生活，我还没有熟悉到可以从心所欲，挥洒自如。一个作家对生活没有熟悉到可以从心所欲、挥洒自如的程度，就不能取得真正的创作的自由。"他又进一步解释道："我写新社会的题材比较少，是因为我还没有较多地发现新的生活中的美和诗意。"

回忆性特点与作者小说观念的关系

引文见全集第三卷：《道是无情却有情》

此外，汪曾祺小说"回忆性特点"与他创作这些作品时的年龄、心态即世界观、人生观也有一定关系。他在《美学感情的需要和社会效果》一文中说："经过长久的学习和磨炼，我的人生观比较稳定，比较清楚了，因此对过去的生活看得比较真切了。人到晚年，往往喜欢回忆童年和青年时期的生活。但是，你用什么观点去观察和表现它呢？用比较明净的世界观，才能看出过去生活中的美和诗意。"在《〈大淖记事〉是怎样写出来的》一文中又说："一定要把这样一些具有特殊风貌的劳动者写出来，把他们的情绪、情操、生活态度写出来，写得更美、更富于诗意。没有地方发表，写出来自己玩，这就是美学感情的需要。"

回忆性特点与作者年龄、心态的关系

两文均见全集第三卷

因此，汪曾祺小说的"回忆性特点"既是作家生活经历、创作经历使然，又是他对小说创作的观念使然。选择表现旧生活，并不是对现实生活的逃避，而是"美学情感的需要"。

小结

2. 汪曾祺小说散文化的结构和独特的语言风格

小说结构体现“散文化”

散文化的具体表现

汪曾祺小说的“散文化特点”主要是由“小说的结构”来体现的，常常是先写环境，再写人，而且是写“事”重于写“人”。其结构是按照生活的多维流动来构建的，也就是说，是按照生活“本来的原貌”来描写的。汪曾祺敢于把小说当作散文来写，一方面是因为他学养丰富，上知天文，下知地理，对自己故乡的风俗人情和掌故传说更是如数家珍，有一种博识的杂家的风范。另一方面，则是因为他生性淡泊，崇尚自然，讲究情趣，讨厌做作，反对小说的戏剧化。

小说理念：反对小说戏剧化

语言风格特点

汪曾祺小说的语言风格是由他独特的语气、语调和语感共同形成的。其总的特点是简洁自然、不重修饰。《受戒》按作家自己的说法，是“写四十三年前的一个梦”。作品的开头，一上来就是两段梦幻式的“呓语”，简短得不能再简短了：“明海出家已经四年了。”“他是十三岁来的。”开头的简短，意在强调语言的自然直白，用一种平静质朴的“语气”给整个小说定下一个基调（语调）：故事虽与梦幻有关，与爱情有关，但文字却不华丽，不失自然朴素之美。正如作家自己所说：“作品的语言映照出作者的全部文化修养。语言的美不在一个一个的句子，而在句子与句子之间的关系。包世臣论王羲之字，看来参差不齐，但如老翁携带幼孙，顾盼有情，痛痒相关。好的语言正当如此。”也就是说，他不讲求一字一词的推敲的奇特，而追求整体的氛围和韵味。

整体氛围和韵味是汪曾祺小说语言最突出的特点

3.《受戒》的影响和地位以及汪曾祺小说对当代小说文体的意义

《受戒》最初发表于 1980 年 10 月的《北京文学》。刚发表时，受到许多赞扬，也曾引起一些议论，因为它的写法与当时人们已经习惯了的小说写法很不一样。

原来小说还可以这样写

首先，它不但没有一个集中的故事情节，而且很不像一篇真正的小说，更像一篇散文。小说的开头刚一提到出家的明海，马上就笔锋一转，大谈当地与和尚有关的风俗，后来，干脆讲起了小明海与小英子的爱情，至于作品标题所说的“受戒”，直到小说的最后才出现，而且还是通过小英子的视角来写的。

《受戒》更像散文

其次，作家对现实的态度也值得怀疑，总让人想起当时还处于文化边缘的沈从文的小说，或者说，完全受沈从文的《边城》的影响，不是在描写现实，而是在抒写理想。而这个理想，竟然是庵不像庵，寺不像寺，既无清规，也无戒律，当和尚的可以杀猪吃肉，可以娶妻找情人，可以唱“妞儿生得漂漂的，两个奶子翘翘的，有心上去摸一把，心里有点跳跳的……”这样粗俗的乡曲。然而，人们也发现，汪曾祺笔下的明海聪明善良，小英子美丽多情，两个天真纯朴的少年并没有受到世俗的污染，他们的童心充满诗意，充满梦幻色彩，成为了作家“桃花源”式的理想生活的象征。进而人们又发现，这种以“超功利的率性自然的思想”，追求“生活境界的美的极致”，正是民间艺术中弥漫着的自然神韵，正是传统文人苦苦追求的美学理想。而这一理想自“京派文学”没落后，已经不见踪迹。

抒写理想

于是，在汪曾祺之后，随着“寻根文学”和“先锋文学”的兴起，在传统的民族文化中寻找和反思，对小说文体进行大胆地革新以及突出小说本身的文学特质等，都成为了一股潮流。也正是在这个意义上，人们说，汪曾祺的小说连接了被中断的以废名、沈从文为代表的“抒情小说”传统，并给后来的写作者以深远的

汪曾祺小说对“寻根文学”、“先锋文学”的启示作用

影响。

4. 汪曾祺小说在中国文学的整体格局中的个性特征

个性特征

汪曾祺小说在中国文学的整体格局中的个性特征，主要体现在两个方面：一是小说的发展总体上都是不断地从短篇发展到长篇，即使主要以短篇创作闻名的作家，也很少像汪曾祺那样有意识地要专门在短篇小说这一文体形式上有所创造；二是小说的创作总体上都是不断地强调内容的社会性和人物的典型性，基本上走的是一条"戏剧化小说"的路子，即使是在小说的"诗化"和"散文化"方面有过精彩表演的作家，也很少像汪曾祺那样能坚持始终的。

其一：有意专事于短篇小说

其二：坚持诗化与散文化

小说体裁的历史演变

从小说体裁上看，在中国文学的整体格局中，小说是后起之秀。虽然，在先秦的《山海经》等古籍中有《夸父追日》、《精卫填海》等具有较完整的故事和一定人物形象的篇章，被研究者看做是"中国古小说的起源"，但是，真正意义上的"小说"创作，应该是在魏晋时期，如干宝的《搜神记》等"志怪小说"和刘义庆的《世说新语》等"志人小说"。而标志中国小说成熟的作品则是在"唐传奇"出现之后。但由于唐传奇在唐代文学中的地位是无法与诗歌相比，小说这一文学形式并没有引起人们的重视。宋元以后，宋元话本的出现对小说的创作起到了极大的推动作用，但宋元话本与我们现代意义上的"小说"也还存在着较大的距离。

小说文体在明清走向成熟并僵化

从"小说文体"的意义上说，只有明清时期的小说创作，才使小说本身成为了中国文学整体格局中不可忽视的一种体裁。但是，小说家对小说文体的选择仍然是被动的，仍然受制于作品的表现内容。虽然在这两个时期，无论是短篇的"三言"、"二拍"和《聊斋志异》，还是长篇的《三国演义》、《水浒传》、《西游记》、《金瓶梅》、《儒林外史》和《红楼梦》，小说艺术都真正地走向了成熟，同时也确立了自己在中国文学中的地位。但是，它也很快地形成了一种僵死的创作模式，成为后人难以逾越的大山。

现代以后，小说形式更多借鉴外国

中国文学进入现代以后，小说创作在继承古代小说传统的同时，更多的是借外国小说在形式上的灵活多变，来打破传统"章回小说"的陈旧模式，小说家们的"文体意识"开始萌生。但是，由于最初多是短篇小说，直到20世纪30年代以后，长篇小说的创作才出现繁荣；因此，当时人们对于小说的文体并没有选择的自由和自觉。虽然鲁迅的小说多是短篇（因为当时没有"中篇小说"的说法，像《阿Q正传》这样的篇幅也是作为短篇小说看待的），但并不是他有意识地想只写短篇，他也曾有过写作长篇的计划，只是因为其他原因未能完成。

当代重视或轻视短篇小说的原因

进入当代之后，在20世纪50年代，曾出现过一批以写作短篇小说而著称的作家，在理论界也曾专门就"短篇小说"这一形式进行过讨论，提倡人们重视短篇小说的艺术价值。但是，除了有人真正看到了短篇的艺术魅力等因素外，还有两个重要原因，一是因为人们都看好长篇小说而出现了忽视短篇小说的倾向；二是当时的许多作家文化水平都不高，创作经验也不足，相对而言，比较适合于短篇小说创作。20世纪70年代以后，短篇小说也一度十分红火，但很快被新出现的"中篇小说热"所湮没。再到了20世纪90年代以后，随着稿费制特别是版税制的恢复以及出版社被抛出计划经济体制，投身到商海之中，不得不以自己的生存为第一原则之后，短篇小说基本上被作家特别是有头有脸的作家打入了冷宫，把它奉为座上宾的更少。

汪曾祺重视短篇小说的原因

在这种情形下，汪曾祺却对短篇小说情有独钟，原因何在？汪曾祺曾给自己这样定位："我的气质，大概是一个通俗抒情诗人。我永远只是一个小品作家。我写的一切，都是小品。就像画画，一个册页、一个小条幅，我还可以对付；给我一张丈二匹，我就毫无办法。"但我们相信汪曾祺完全有能力驾驭中篇甚至长篇小说，只是他不肯跟随潮流，不愿像别人一样"抻一抻"长，而是非得在短篇小说这棵树上吊死，与之"白头偕老"。其原因除了他自己所说的"我永远只是一个小品作家"的自知之明外，还有他对短篇小说审美价值的充分研究作后盾。在《短篇小说的本质》一文中，他把短篇小说定义为："一个短篇小说，是一种思索方式，一种情感形态，是人类智慧的一种模样。"又说"一个短篇小说家是一种语言的艺术家"。在《说短》一文中，他还说："短，是现代小说的特征之一"，"我牺牲了一些字，赢得的是文体的峻洁"。可见汪曾祺专事于短篇小说创作，并不仅仅因为有"自知之明"，还因为"没有人重视短篇小说，因此它也从来没有一个严格的画界，我们可以从别的部门搬两块石头来垫一垫基脚"。他拿来垫短篇小说基脚的正是诗和散文。

原因一：自知之明

原因二：短是现代小说的特征

原因三：探索短篇小说的艺术可能性

小结

发挥个人所长，进行文体实验

创造短篇小说新形式

因此，汪曾祺热衷于短篇小说创作可以说是发挥自己所长的有意为之，像他的老师沈从文一样，是一种"特立独行"的文体实验。于是，他的不像小说的小说，也为我们的文学提供了一种新的情感形态，为人类智慧提供了一种新的思索方式，为短篇小说提供了新范本。

5. 必读作品（4篇）

《受戒》

《大淖记事》

《职业》

《故里三陈·陈小手》

二、学习难点与分析

1. 汪曾祺小说的散文化特征

分析了解题意

这个问题既是重点之一，因为涉及作品分析，也是难点之一。在回答这个问题前，首先得分析了解题意。此题由两部分组成，其一是作品分析，其二是说明汪曾祺小说的散文化特征。两者是论据与论题的关系，即以论据（作品）来论证论题（散文化特征）。因此，问题的主干是"散文化特征"。但在论述此题时，占文章篇幅更多的可能是作品分析。如果我们把论题"散文化特征"比做一棵树的主干，那么，主干所占树的比例是不应该太多的，但整棵树都要以主干为中心。作品分析要围绕主干，就好比树上的枝叶，必得繁茂一些，才是一棵枝繁叶茂主干挺拔的大树。同学们在回答这一类的问题时，常常出现以下种种情况：第一，只分析作品，较少甚至不涉及主干问题。第二，只论述主干问题，作品分析较薄弱，

回答此类论述题容易出现的问题

或者没有分析,只有对作品内容的引用。这两种情况还不是最多,更常见的是下面这种情况:第三,作品分析管作品分析,主干问题管主干问题阐述,两者的关系完全不顾。因为作品分析的角度可以很多,可分析内容、形式,更可具体分析形式之中的一个方面,如语言特点等,同学们往往不顾三七二十一,面面俱到全都写上,没有围绕主干问题展开。主干问题如本题中的"小说散文化特征"也有几个方面,同学们往往不顾具体作品,把教材中相关的内容全都抄上。"小说散文化特征"常常在这部作品中表现了这几点,在另一部作品中表现了另外几点,我们要具体展开分析的,应该是我们选来作例证的作品中表现出来的那几个特征,简单概述作品中没有表现出来的特征。因此,无论是作品分析还是主干问题论述,都要主次分明,两者要体现出有机的联系。

围绕问题主干,以作品中相关例子加以说明

明白了以上问题,在动笔之前,还需要对论题即主干问题进行一番具体分析:什么叫小说散文化?汪曾祺小说的散文化有些什么特征?

特征不等于优点

当我们说一部作品有什么什么特征的时候,并不完全等于说这些特征都是优点,这是需要加以澄清的。正如我们说一个人的鼻子长得太塌,是他的特征,但不等于是他长相的优点。这样的问题常常是见仁见智,你可以喜欢也可以不喜欢,但必须对喜不喜欢的理由加以充分说明。小说"散文化"并不就等于"好小说"。我们相信,除了汪曾祺外,一定还有其他作者尝试过"小说散文化"的写作,但不像汪曾祺那么成功。

小说散文化并不等于"好小说"

小说与散文是两种不同的文学样式,各有各的特点。一般来说,小说以故事为主,并要求故事相对完整,讲究结构;散文则可叙事,可抒情,可议论,叙事不一定非要完整,结构也比较随意。小说通过形象来表达思想,散文通过作者对生活的感悟来表达思想。因此,把散文的某些特点引入小说之中,也就是小说"散文化",必须"化"得不改变小说的特质,"化"的好,才是成功的散文化小说,否则,小说就成了散文。汪曾祺的大部分作品,都有散文的特点,按他自己的说法,所谓小说中的散文成分"即不是直接写人物的部分。不直接写人物的性格、心理、活动。有时只是一点气氛。但我认为气氛即人物。一篇小说要在字里行间都浸透了人物。作品的风格,就是人物性格。"因此,我们仍然会把那些很像散文的作品当小说来欣赏,可见散文化的小说与散文还是有本质区别的。

小说与散文的区别和联系

见《〈汪曾祺短篇小说选〉自序》

那么,汪曾祺小说的散文化有些什么特征呢?教材中主要是从小说结构的角度大约归纳了这样几点:第一,汪曾祺的小说情节因素很弱,较少逻辑的、因果的关系,也较少矛盾冲突所带来的戏剧性。因而小说结构大多按照生活的多维流动来"建构"。这样的建构必然导致小说像一条河流,多岔道而主流不明显。第二,那些描写市井风情的小说,结构更松散,不断地有插入成分,天文地理、风俗人情、掌故传说等等,因而小说具有散文的特征。第三,从小说内容来看,汪曾祺写人写事,目的其实是写生活,而主要不是塑造典型人物形象。因此,他笔下的人物三教九流都有,大都是些身处社会底层的小人物。这些小人物不可能承担太戏剧性的事件,都只有属于自己的普通而平凡的生活方式与姿态。作者也就忠实地描写他们鸡零狗碎的生活,小说因而也就显得散漫。第四,就像生活表面上是杂乱无章的,其实却内藏着秩序,汪曾祺的小说也同样如此,呈现一种苦心经营的"随便"。小说读到最后,主干就清晰起来。汪曾祺突出主干靠的

汪曾祺小说散文化的特征

其一,按照生活多维流动来建构

其二,插入成分

其三,写小人物

其四,苦心经营的随便

不是一般小说的故事情节、人物塑造，而是靠枝叶，他强调枝叶正是为了突出主干。因此，在叙述看似与主干无关的枝叶时，其实都是在强调主干，正如他自己说的，“气氛即人物”。他描写气氛，目的就在写人写生活，而不仅仅是作为背景和枝叶的气氛。

教材主要从结构这一角度分析了汪曾祺小说的散文化特征，我们当然还可以从更具体的语言风格、人物形象、叙述视角、气氛描写等方面来分析散文化特征。

带着问题阅读作品

了解了什么是小说散文化、汪曾祺小说散文化的基本特征这两个问题后，还需要带着这两个问题去读作品。如果已经读过作品，也需要重新审视，因为作品可以从多个角度去理解分析，现在要从小说散文化这个角度去品赏作品。也就是说，具体到某一篇小说，我们要研究它体现了哪些散文化的特征，又是如何具体体现的。为了说明这个问题，我们以《大淖记事》为例来加以分析。关于《受戒》，前面已经稍有涉及，大家也可参考《汪曾祺作品四篇》中的分析，加以深入理解。

《大淖记事》散文化特征的分析

应该说，《大淖记事》这篇小说的情节还是清晰的，或者说是富于戏剧性的，与《受戒》几乎没有什么戏剧性事件描写不同，它讲述了巧云与十一子之间曲折的爱情故事。那么，这篇小说是否就没有“小说散文化”的特征了呢？当然有，只不过表现方法不同。

小说结构与布局：看似比例失衡，其实是想减弱小说的戏剧性

首先，巧云与十一子的爱情故事虽然是小说的主要情节，但占小说的篇幅也不过是一半。而且，小说总共六节，主人公直到小说第四节才出现。这种比例、轻重的失调，是作者有意为之，与《受戒》轻描淡写、侧笔描述主要事件“受戒”，有异曲同工之妙，我们正可以视之为散文化的一个具体特征。作者一如既往，竭力想减弱小说的戏剧性因素，才有了这样的结构与布局。这是本篇小说最明显体现散文化特征的地方。

环境气氛描写是人物描写的组成部分

其次，与《受戒》不断穿插的写法不同，《大淖记事》集中在前三节描写环境气氛。环境气氛的描写，在此已不仅仅是传统小说那种人物出场前的背景描写了，而是人物的有机组成部分。正是这样的环境气氛，孕育了巧云、十一子这样的人。或者也可以说，巧云、十一子这样的人，在当时当地到处都是，只不过长相不同，经历各异，但他们的生活态度与方式都是相似的，巧云、十一子不过是代表。

主要人物、故事，轻描淡写

第三，主要人物着笔不多，次要人物着笔不少。作者除了用两个章节概述了“两丛住户人家”不同的乡风民俗，不同的过场人物外，还在第四节巧云出场前，用这节三分之一的笔墨，交待了巧云父母的故事。接下去的三分之二笔墨，也并没有花在主要故事情节上，而是概述巧云的简单经历、长相、性情。主要人物与她的主要故事所用笔墨都极俭省，而并不减弱她在小说中的主角地位。这种举重若轻、蜻蜓点水的笔法，与传统小说浓墨重彩于人物描绘（包括肖像、言行、心理等描写）、故事情节的笔法完全不同，具有散文写人勾勒线条、不求形似而求神似的特点。

穿插闲笔，闲笔不闲

第四，与第三相关，即使是在讲述主要人物的故事时，也不时插入闲笔来淡化故事性。最典型的莫过于第六节故事发展到高潮，写到“巧云把一碗尿碱汤灌

进了十一子的喉咙"时,作者接着的那句描写:

不知道为什么,她自己也尝了一口。

这一句不写似乎也无伤乎小说与人物,但加了这句"闲笔",对人物形象的更加丰满深刻,是否有画龙点睛的作用?这句描写作者称之为"神来之笔",因为巧云"不知道为什么"要尝一口,作家也不知道为什么要写这一笔。"只是出于感情的需要,我迫切地要写出这一句",而且写的时候流了泪。正是这笔不带任何感情色彩的客观描述,其中却充满巧云的感情,也充满作家对人物的感情。由此可见"闲笔"不闲。所谓"闲笔",大抵也是散文的笔法,作家却很巧妙地运用到了小说创作中。

见《〈大淖记事〉是怎样写出来的》

大家要学会举一反三,还可以从作品中去寻找其他"闲笔",分析其"不闲"的用意。

《大淖记事》的散文化特征当然不止以上这些,这类问题没有标准答案。大家在分析论述时,正可以充分发挥自己的理解力,对作品进行个性化的赏析,从而得出自己的结论来。

主张有个人观点

2. 汪曾祺小说回忆故乡生活的审美经验

这个问题涉及汪曾祺的大部分作品,如果不大量读他的作品,很难有感性的认识,也比较难以概括。但从《汪曾祺小说四篇》几部作品中,我们大致也可以得出差得不远的结论来。

笼统地看,这些审美经验肯定由两个方面组成,一是作品内容,二是作品的表现形式。

两方面审美经验

先从内容方面来看。汪曾祺的绝大多数小说表达的是爱与美、温情与风俗,用他自己的话来说是"追求的不是深刻,而是和谐"。即使有所批判与揭露,他也大多用含蓄、间接甚至幽默的方式来表现。"和谐"也可以说是汪曾祺所有小说创作的一个主题。这个主题使他的作品呈现一种田园牧歌般的抒情诗特征。因此,与其说汪曾祺是在描写旧社会人们的生活,不如说是在为我们描述一种理想的生活与人性。这一点汪曾祺甚至比他的老师沈从文都要极端。在沈从文的作品中,还有对都市绅士的无情批判和嘲讽,还有对湘西人不合于理性的野蛮人性的反思与修正;在汪曾祺的笔下,尤其是90年代之前的作品中,几乎很难见到丑恶,一派田园风光,温情脉脉。至于具体的作品内容,大概包括:健康的人性、无邪的爱情(如《受戒》)、乐观的生活态度(如《大淖记事》)、敬职敬业(如《职业》)、多能多巧(如《故里三陈》、《鸡鸭名家》)、温馨的友情(如《鉴赏家》)等等。

审美经验之一:内容的"和谐"

再从形式方面来看。表现"和谐"的内容,汪曾祺也用了和谐的形式,这些和谐的总体表现是散文化。具体来说,则由以下几个方面组成:其一,小说大多用"回忆"这种叙事模式展开叙述。"回忆"模式使叙述主人公往往具有从容、散淡的特点。当回忆美好往事时,回忆能够使美好感觉倍增;而当回忆不愉快的痛苦往事时,回忆这种形式又能减弱痛苦的程度。其二,苦心经营的"随便"结构。虽然汪曾祺的小说都有散文化的特征,而且主要从结构上体现出来,但我们仔细研读小说,会发现汪曾祺是非常讲究结构的。在谈到《大淖记事》的结构时,他曾说:"我的小说并不都是这样的。比如《岁寒三友》,开门见山,上来就写人。我以

审美经验之二:形式的和谐

叙事模式:回忆

小说结构:随便

为短篇小说的结构可以是各式各样的。如果结构都差不多，那也就不成其为结构了。”“随便”的意思并不是没有结构或胡乱结构，而是让读者看不出结构的痕迹，使小说能以更“生活化”或更“散文化”的面貌呈现于读者面前。其三，准确朴素的语言。汪曾祺非常看重小说的语言，甚至认为“语言具有内容性”。因此，他把语言本身当作艺术目标来追求，而不只是当作工具来使用。比如《受戒》通过写小英子与明海一起挖荸荠而描写他们的朦胧感情，作者用了一连串的动词，不仅准确，而且形象生动。“揼”这个方言词汇的运用，也增添了文字的色彩。另外，汪曾祺更注重语言内部的节奏感，如《职业》中叫卖声的描写。有评论家就说过，汪曾祺的语言拆开来看，每一句都很平淡，放在一起，就有味道。因此，汪曾祺的语言是平平常常的语言，人人能懂，并且也可能说得出来，但属于人人“心中所有，笔下所无”。汪曾祺小说的语言特点还表现在对话描写上，那就是“普普通通，家长里短，有一点人物性格、神态”，是沈从文所说的“贴到人物来写”。并且，他还非常讲究对话和叙述语言的自然衔接，“就像果子在树叶里”。其四，小说中的风俗化成分。这在几乎每篇小说中都有，最为典型的就是《受戒》写荸荠庵里和尚的生活。作家并不为风俗而写风俗，写风俗也是为了写人。比如大淖地区还有一种类似《边城》中赛龙舟的民俗活动——放荷灯，但作家舍弃了，因为很难与作品内容、人物融合起来。其五，短。汪曾祺的小说都很短，最长的《大淖记事》也就一万二千字左右。“短”似乎与审美效果无关，其实不然。因为短，汪曾祺小说的文体才显得“峻洁”，才像中国画一样留有空白，才有以少胜多、回味无穷的效果。

语言：准确。

注重语言节奏，有韵味。

语言朴素

对话贴着人物写

风俗画成分

短

文体峻洁

留白的艺术

汪曾祺小说对故乡生活的回忆给予我们的审美经验还有哪些？相信大家进一步研读后，会得出更丰富并属于你自己的答案。

三、“汪曾祺小说创作”大事年表

1920 年

家庭影响不可忽视

3月5日（夏历正月十五日，元宵节），汪曾祺出生于江苏高邮城镇的一个旧式地主家庭。祖父汪嘉勳是清朝末科的“拔贡”。父亲汪菊生，字淡如，性情随和，多才多艺，对汪曾祺影响很深。

1926 年

从小就有文学兴趣与功底

秋，入县立第五小学读书。算术成绩不好，语文总考全班第一。字写得好，画也画得好。

1932 年

暑假，小学毕业。

秋，考入高邮县初级中学读书。

1935 年

暑假，初中毕业。

秋，考入江阴县（今江苏省江阴市）南菁中学读高中。

1937 年

日本人占领了江南，江北危急。正读高中二年级的汪曾祺不得不告别南菁中学，借读于淮安中学、私立扬州中学及盐城临时中学，勉强读完中学。

在躲避战乱时汪曾祺接触了沈从文的作品

1939 年

夏，汪曾祺到昆明，以第一志愿考入西南联大中国文学系。

1940 年

选修沈从文先生所开设的"各体文习作"、"创作实习"和"中国小说史"课。在习作课上，汪曾祺写了他平生第一篇小说《灯下》，在沈从文先生指导下几经修改，便成了后来的《异秉》。

到西南联大，多半也是冲着沈从文而去的

同年，写出小说《复仇》初稿。

1941 年

与同学创办校内刊物《文聚》，并在第一、二合期上刊登小说《待车》，这是汪曾祺文学创作生涯的开始阶段。所用笔名有"曾祺"、"西门鱼"等。

1943 年

因体育不及格，英语成绩不够理想，本应这年暑假毕业的汪曾祺，再补学一年。

1944 年

体育、英语补考过关，但当局要求这年的大学毕业生必须做美军翻译，随军去缅甸作战，否则开除学籍。汪曾祺因故未去，未获得毕业证书，暂时在一所中学当教师。

小说《老鲁》描写的就是这段教师生活

1945 年

仍在中学任教。做中学老师的两年中，汪曾祺写了小说《小学校的钟声》，重写了《复仇》。后由沈从文推荐给上海的《文艺复兴》杂志发表。

这两篇早期小说明显受西方意识流手法影响

写小说《职业》、《落魄》、《老鲁》。

1946 年

秋，由昆明到上海，到民办致远中学做了两年中文教员。写了早期最经典的作品《鸡鸭名家》。

《鸡鸭名家》与 80 年代复出后的作品风格已经比较接近

1947 年

4 月，《老鲁》发表于《文艺复兴》第 3 卷第 2 期。

8 月，《绿猫》发表于《文艺春秋》第 5 卷第 2 期。

9 月，《牙疼》发表于《文学杂志》第 2 卷第 5 期；《囚犯》发表于《人世间》复刊第 7 期。

11 月，《落魄》发表于《文讯》第 7 卷第 5 期。

1948 年

初春，汪曾祺离开上海到北平。失业半年后，在北平历史博物馆找到工作。

3 月，《异秉》发表于《文学杂志》第 2 卷第 10 期；《鸡鸭名家》发表于《文艺春秋》第 6 卷第 3 期。

5 月，《三叶虫与剑兰花》发表于《文艺工作》第 1 期。

1949 年

3 月，汪曾祺报名参加"四野"南下工作团。5 月离京南下，在武汉被留下参

从这年到“文革”结束，汪曾祺小说创作基本中断

与接管文教单位工作,后被派到第二女子中学当副教导。

4月,汪曾祺的第一本小说集《邂逅集》,作为巴金主编的文学丛刊中的一种在文化生活出版社出版,收入汪曾祺初期作品8篇:《复仇》、《老鲁》、《艺术家》、《载车匠》、《落魄》、《囚犯》、《鸡鸭名家》和《邂逅》。

本年1月31日,北平和平解放。10月1日,中华人民共和国成立。

1950年

北京市文联成立。汪曾祺从武汉回到北京，任北京市文联主办的《北京文艺》编辑。

1954年

创作出京剧剧本《范进中举》,发表于1955年《剧本》增刊。1956年获得北京市戏剧调演京剧剧本一等奖。

秋,调离北京市文联,到中国民间文艺研究会任《民间文学》编辑。

1958年

夏,因本单位的右派指标没有达到要求,汪曾祺被补划为右派。

秋,下放张家口沙岭子农业科学研究所劳动。

1960年

被摘掉右派帽子，结束劳动。因北京一时无接收单位，暂留农科所协助工作。

1961年

冬,汪曾祺写出《羊舍一夕》,由沈从文先生推荐,经调查后1962年在《人民文学》发表。这是汪曾祺解放后发表的第一篇小说。

解放后发表的第一篇小说

年底,调北京京剧团任编剧,直到离休。

1963年

小说集《羊舍的夜晚》由中国少年儿童出版社出版，收录《羊舍一夕》、《王全》、《看水》,共四万字左右。

解放后出版的第一部作品集

1964年

汪曾祺等根据沪剧《芦荡火种》执笔改编的同名京剧，由北京京剧团演出，并参加全国京剧现代戏观摩大会演出,受到高度评价。

《芦荡火种》后改名为《沙家浜》

1966——1976年

“文革”开始，汪曾祺因“右派”问题被关进“牛棚”，1968年迅速获得“解放”。原因是江青需要创作修改“样板戏”，故下令解放汪曾祺，但要求“控制使用”。

可参考阅读“样板戏”专题相关内容

1977年

民间文学论文《“花儿”的格律》发表,这是汪曾祺“文革”后发表的第一篇作品。

1979年

11月,小说《骑兵列传》在《人民文学》发表。这是汪曾祺在“文革”后发表的第一篇小说。

作者在“文革”后发表的第一篇小说，未引起注意

1980年

9月,《塞下人物记》发表于《北京文艺》第9期。

10月,《受戒》在《北京文艺》第10期发表,荣获1980年度"《北京文学》奖",标志着汪曾祺复出文坛得到了肯定。

后改名《北京文学》

1981年

1月,根据旧作重写的《异秉》在《雨花》发表。

4月,《大淖记事》在《北京文学》发表,并获得"1981年度全国优秀短篇小说奖"和1981年度"《北京文学》奖"。

《受戒》反响很大,可参照"作品选"相关内容做进一步了解。

汪曾祺进入创作丰收期

《岁寒三友》,发表于《十月》第3期;

《鸡毛》,发表于《文汇月刊》第9期;

《故乡人》,发表于《雨花》第10期;

《徙》,发表于《北京文学》第10期;

《七里茶坊》,发表于《收获》第5期。

1982年

《晚饭花》,发表于《十月》第1期;

《王四海的黄昏》,发表于《小说界》第2期;

《故里杂记》,发表于《北京文学》第2期;

《皮凤三楦房子》,发表于《上海文学》第3期;

《钓人的孩子》,发表于《海燕》第4期;

《鉴赏家》,发表于《北京文学》第5期;

《晚饭花》,发表于《十月》第10期。

本年2月,《汪曾祺短篇小说选》由北京出版社出版,收入汪曾祺小说16篇。

1983年

《八千岁》,发表于《人民文学》第2期;

《尾巴》,发表于《百花园》第4期;

《职业》,发表于《文汇月刊》第4期;

《星期天》,发表于《上海文学》第9期;

《故里三陈》,发表于《人民文学》第9期。

1984年

《金冬心》,发表于《现代作家》第2期;

《日规》,发表于《雨花》第9期;

《昙花、鹤和鬼火》,发表于《东方少年》第1期。

1985年

《拟故事两篇》,发表于《中国作家》第4期;

《讲用》,发表于《大西南文学》第9期。

1986年

《故人往事》,发表于《新苑》第1期;

《桥边小说三篇》,发表于《收获》第2期;

《虐猫》,发表于《北京晚报》6月10日;

《八月骄阳》,发表于《人民文学》第9期;

《安乐居》,发表于《北京晚报》10连载。

1988 年

小说新形式尝试

“聊斋新义”——《瑞云》、《黄英》、《蛐蛐》、《石清虚》,发表于《人民文学》第 3 期;

1988 年后,小说创作数量减少,故乡“回忆”题材也明显减少

《陆判》,发表于《滇池》第 5 期;

《画壁》,发表于《北京文学》第 8 期。

1989 年

“聊斋新义”《双灯》,发表于《上海文学》第 1 期;

《荷兰牛肉》,发表于《钟山》第 2 期;

《快捕张三》、《同梦》,发表于《小说家》第 6 期。

1991 年

《迟开的玫瑰或胡闹》,发表于《香港文学》第 1 期;

《小芳》,发表于《中国作家》第 5 期,后获《中国作家》1991—1992 年度优秀短篇小说奖。

1992 年

《老虎吃错人》、《人变老虎》,发表于《小说林》第 1 期;

《樟柳神》、《明白官》、《牛飞》,发表于《上海文学》第 1 期。

1993 年

《护秋》、《尴尬》,发表于《收获》第 1 期;

《鲍团长》可算汪曾祺晚年的代表作之一,主角“鲍团长”与《陈小手》里的团长不同

《鲍团长》,发表于《小说家》第 2 期;

《黄开榜的一家》,发表于《精品》创刊号。

1994 年

《卖眼镜的宝应人》,发表于《中国作家》第 2 期;

《辜家豆腐店的女儿》,发表于《收获》第 3 期。

1995 年

《鹿井丹泉》,发表于《上海文学》第 7 期;

《喜神》、《丑脸》,发表于《收获》第 4 期;

《水蛇腰》,发表于《中国作家》第 4 期,后获《中国作家》小小说征文佳作奖。

1996 年

1986 至 1996 十年间,汪曾祺主要从事散文写作,数量是小说的一倍。但各种小说集出版了不少

《名士与狐仙》,发表于《大家》第 2 期;

《关老爷》,发表于《小说界》第 3 期;

《唐门三杰》、《死了》,发表于《天涯》第 4 期;

《小孃孃》,发表于《收获》第 4 期。

1997 年

汪曾祺“文革”题材的小说,与之前故乡“回忆”题材小说有什么不同?值得关注

2 月,汪曾祺在中国青年出版社出版的《小说》(双月刊)第 1 期发表小说《当代野人系列三篇》,包括《三列马》、《大尾巴猫》和《去年属马》,都是“文革”题材。

5 月 16 日去世,终年 77 岁。

四、练习与讨论

(一) 填空题

1. 汪曾祺被看做是最后一位“京派”作家,他在20世纪40年代的西南联大时期就曾师从______。 了解作家生平经历

2. 从汪曾祺目前的小说来看,他的小说背景大多是故乡江苏______的风土人情和市井生活。

3. 《______》是一篇极美的小说,讲的是一个小和尚和一个叫英子的小姑娘清清爽爽、朦朦胧胧的爱情。 熟悉作品内容

4. 汪曾祺曾说,他写______的形象受到过沈从文笔下那些农村少女三三、夭夭、翠翠等的潜在影响。

5. 《______》以西南联大的生活为背景,写了一个校警的故事。小说开头先写饿,把当时的社会状况和学校状况呈现出来,再写挖野菜,写了近两页才引出主人公。

6. 汪曾祺开启了“寻根文学”风气之先,更新了小说观念,启动了当代作家的文体意识和语言感觉,受他影响的作家主要有阿城、______、阿成等。 了解相关的文学现象

7. 《受戒》的佛门中没有苦行,没有戒律,甚至连“菩提庵”的庵名也已经讹化成为“______”。

8. 20世纪40年代,汪曾祺就有一部小说集《______》问世。

9. 林斤澜曾在《______》一文中引用同行间的话,说“汪曾祺行情见涨”。 了解相关的评论

10. 《______》写一个爱贪小便宜的人在“文革”期间的一段表现。

11. 《鉴赏家》写一个卖水果的和______之间风雅而朴实的交往。

12. 《故里三陈》由三个短篇组成,除了《陈小手》外,还有两篇为《陈四》和《______》。

13. 汪曾祺回忆故乡生活的小说,比废名显得明朗些,比______多了些儒雅气和文人境界。 了解作家作品风格

14. 汪曾祺曾说:“四十多年前的事,我是用一个80年代的人的感情来写的。《______》的产生,是我这样一个80年代的中国人的各种感情的一个总和。”

15. “西南联大有一个文嫂”,这是小说《______》的第一句话。

16. ______小说的传统可追溯到废名、沈从文和萧红。

17. 《受戒》的出现,使“十七年”小说和之后的小说模式中的主题的功利性、题材的重大性、______及格调的时代性都被取消和颠覆了。

18. 在汪曾祺的小说中,与《陈小手》里的“团长”相似的人物形象还有《______》中的刘号长。 把不同的作品联系起来阅读

19. 废名的小说里哀愁和悲喜的东西多一点,沈从文的小说里人们坚忍和健康,汪曾祺则是______多一点。

20. 汪曾祺的小说更深远的意义还是连接了被中断的______传统,并给后来的写作者以深远的影响。 要求具有文学史概念

（二）单项选择题

相关的文学史常识

1. 短篇小说创作曾是“十七年”文学一个引人注目的区域，也出现了一批现在看来仍有艺术趣味的作品，如《登记》、《山地回忆》、《红豆》、《百合花》等。其中，《红豆》的作者是（　　）。

A. 赵树理　　B. 宗璞

C. 茹志鹃　　D. 孙犁

熟悉作品主要细节

2. 一个团长在一枪打死了为他女人接生的产科医生后，委屈地说：“我的女人，怎么能摸来摸去！她身上，除了我，任何男人都不许碰！这小子，太欺负人了！日他奶奶！”这个细节出自小说（　　）。

A.《虐猫》　　B.《陈小手》

C.《老鲁》　　D.《八千岁》

了解作家创作概况

3. 汪曾祺前期的小说还有许多情节的因素，后来越来越简约、随意，篇幅更短小，文字更朴素，大多只有三四千字，颇似随笔，被称为“笔记体小说”。其中的代表作是（　　）。

A.《大淖记事》　　B.《晚饭花》

C.《受戒》　　D.《陈小手》

4. 有人将沈从文、汪曾祺、钟阿城、贾平凹等名字串连起来，认为他们一脉相承，代表了中国传统文化小说极重要的一支。其实，在沈从文之前也许应该加上（　　）。

A. 鲁迅　　B. 萧红

C. 废名　　D. 老舍

5. 下面的作品作者是废名是（　　）。

A.《萧萧》　　B.《复仇》

C.《桃园》　　D.《异秉》

（三）多项选择题

1. 汪曾祺写得最好的小说都是属于童年回忆的作品，这些作品主要有（　　）等。

A.《受戒》　　B.《大淖记事》

C.《异秉》　　D.《岁寒三友》

教材中提到过的作家最好都能去翻一翻他们的作品

2. 对汪曾祺散文化小说创作产生过较大影响的现代著名作家主要有（　　）。

A. 废名　　B. 沈从文

C. 萧红　　D. 张爱玲

3. 作者以昆明西南联大时期生活为背景的小说有（　　）。

A.《老鲁》　　B.《虐猫》

C.《鸡毛》　　D.《职业》

4. 进入90年代后，很多作家的长篇小说问世，如（　　）。

A. 张承志的《心灵史》　　B. 王安忆的《长恨歌》

C. 刘心武的《班主任》　　D. 余华的《许三观卖血记》

5. 三篇一组组合成一篇小说是汪曾祺独有的小说写法，这些作品包括：（　　）。

A.《故里三陈》 B.《桥边小说三篇》

C.《岁寒三友》 D.《晚饭花》

此题答案中三篇都有"三",不要轻易下结论

(四)简答题

1. 汪曾祺小说的散文化特征主要体现在小说结构上。请简要说明这一特征,并试举一例。

2. 应该如何从文学史的角度来看待汪曾祺小说的意义?

3. 汪曾祺对小说创作主要有哪些自己的理念?

4. 为什么汪曾祺写得最好的作品,大都是对童年往事的回忆之作?

第3、4个问题在教材、作品选及指导书中均没有完整提及,需要归纳整理

(五)分析题

1. 试以《受戒》或《大淖记事》为例,分析小说散文化在作品中是如何体现的。

2. 从文学史发展的角度,谈谈汪曾祺小说在中国文学整体格局中的个性特征。

(陈林群)

“王安忆与女性写作专题”自学指导

一、学习重点与方法

1. “女性文学”、“女性主义文学”与“女性写作”的概念

教材在第284—296页对这三个概念进行了解释,但要注意“女性文学”、“女性主义文学”、“女性写作”三个概念的异同

“女性文学”指以女性为创作主体,呈现女性意识和性别特征的文学。“女性文学”这一概念具有多义性。对于女性文学的界定,大致有以下几种观点:一是女性作家的文学创作;二是女作家写作女性的文学;三是男女作家创作的女性题材作品。

“女性主义文学”指具有女权主义色彩,以自觉的女性主义立场,用话语颠覆性别歧视,争取男女平等的文学。

“女性写作”原指强调女性身体等生理特征的写作,现泛指极富包容性的考察女性身份和作家生平背景在创作中的深刻影响和复杂关系的文学。

参考王绯《女性与阅读期待》(陕西人民教育出版社1991年)

正确理解“女性文学”、“女性写作”和“女性主义文学”的概念,是学习本讲内容的重要前提。在学习中,我们要结合曾经学习过的文学知识和文学史知识,不能仅仅停留于字面上的了解。

2. 女性写作的三次高潮及主要特点

女性写作的第一次高潮,出现在20世纪初的“五四”新文学革命时期。第一个中国现代女作家群中,有最早响应“文学革命”号召以白话诗文从事创作的陈衡哲,有以“爱的哲学”著称的冰心,有充满社会运动热情的庐隐,有讴歌个性解放、婚恋自由的冯沅君,有以抒写旧家庭见长的凌叔华等等。“五四”女性文学着力于表现“个性解放”下的妇女命运、家庭伦理题材,既表现女性对独立、平等的渴望,又反映了新女性在探索社会人生时的困惑,但这一类女性写作仅是五四启蒙话语的宏大叙事的一小部分。丁玲1930年以《莎菲女士的日记》大胆表现女性内心的“性苦闷”,产生了惊世骇俗的效果。但随着她加入“革命文学”的创作后,女性意识逐渐消失。左联时期和抗战时期不少女作家关注妇女命运,揭示其不幸的根源,女性文学更多地体现社会意识,而女性意识被冲淡和忽略。新中国的成立,使女性在政治、经济和文化教育上获得了同男子一样的权利,许多女作家热情讴歌时代,歌唱妇女解放。但“男女都一样”等提法的出现,使女作家的一些优秀之作因小资情调、儿女情长而遭微词。潜伏着的“雄化”、“无性化”暗流使女性文学处于尴尬局面,建国十七年女性文学未能取得重大成就,也难于较以往有新的突破。

女性意识的早期作品

女性写作的第二次高潮,出现在20世纪七八十年代。人道主义思潮催生了对历史的追忆和反思,戴厚英的长篇小说《人啊,人》是第一部公开打出“人道主

义旗帜"的作品，谌容的中篇小说《人到中年》是"改革文学"中的一部力作，这两部作品依然是社会意识大于女性意识。这个时期第一篇称得上"女性文学"的作品，是张洁发表于《北京文学》1979年第11期的《爱，是不能忘记的》。在这之后，许多女作家借助于对人性的呼唤，揭示和描绘了女性所拥有的两个世界——外部世界和女性自我世界，在真正意义的女性题材中表达对男性世界的认知和女性意识，出现了张辛欣的《在同一地平线上》，陆星儿的《啊，青鸟》，张洁的《方舟》、《祖母绿》，王安忆的《弟兄们》等优秀作品。女作家们还从人性、道德角度，表现驳杂的婚恋关系。80年代中后期开始，性题材作品的出现，更是打破了"五四"以来女性文学"性爱"的圣洁模式，对传统的女性文化心理产生了冲击，代表作品有铁凝的《玫瑰门》、王安忆的"三恋"和《岗上的世纪》。与此同时，舒婷朦胧诗古典情调和现代诗手法的融合，宗璞对于西方现代派荒诞、变形手法的运用，张辛欣的口述实录文学，刘索拉和残雪的黑色幽默和超现实主义等，以独特的艺术探索使女性文学呈现出多元发展态势。

女性意识的重新萌芽

初具"女性写作"特征的作品

女性写作的第三次高潮，出现在20世纪末的90年代。女性写作走出了从社会、人生等宏大角度理解女性的固有模式，着重探讨女性的性别意识和内心世界以及心路历程。许多女性作家将"女性与社会"的"宏大叙述"拓展深化为对"女人与男人"、"女人与女人"、"女人与自我"的表达，在女性"自我"探索中，呈现了一部分女性身体语言，包括性心理和性体验的描述。1995年，堪称女性文化年，联合国第四次世界妇女大会在北京召开，许多出版社、文艺期刊及社会科学刊物推出了妇女文学创作、女性文学批评及女性文学研究丛书或专号。如"当代女性丛书"、《20世纪中国女性文学史》、《性别与中国》等等，形成了女性文学作品及批评理论出版的高潮，"女性文学"的"个人化写作"特征得以强化。这一时期最具代表性的是林白、陈染、徐小斌、徐坤、海男、张欣、须兰以及更年轻的一批被称作"美女作家"的卫慧等。陈染长于思考，她深受丹麦基督教哲学家、存在主义先驱克尔凯郭尔影响，相信以个人生活体验，能论证个性原则和对形而上的信仰，《私人生活》所表现的女性成长经验与梦幻、隐秘交织在一起，使人震惊。林白长于感觉，对语言颇有悟性，作品具体可感，她对男性世界的女权话语，充满女性的自尊和反抗性。她的《同心爱者不能分手》和《子弹穿过苹果》初步形成了诗化和情绪化的抒情特点，表现了她心中的完美的女性形象与男性中心社会的强烈冲突。她的描写女性个人成长史的《一个人的战争》，因表现女性的性体验和身体感受而具有先锋文学的某些特征。徐坤写小说经常转换视角，女性的、中性的、反串男性的都有。当她用女性视角审察男性世界时，将笔锋深入他们的潜意识世界，从而产生了拆解男性话语的效果。徐小斌、叶广芩是两位颇富文化底蕴的作家，她们对男权的批判，多从剖析男性文化、男性心理构成入手。随着女性写作中的身体立场的日益突出，棉棉和卫慧的小说《啦啦啦》、《糖》、《像卫慧一样疯狂》等等，以其激进、前卫的态势和身体立场叙述了放纵和自由的身体经验，随后"七十年代女作家"尹丽川、戴来、魏微开始逐渐形成影响。

女性文学发展的社会原因

前卫的女性写作与先锋文学密切相关。有人把林白、陈染等女性文学看做是先锋的变异

3. 王安忆性爱小说中表现出来的女性意识

王安忆的性爱小说，是由《荒山之恋》(1986)拉开序幕的，它写了一个婚外

海派文学，都是与传统文学相对立的，应该属于新文学的阵营，但是它们不仅从来没有得到过新文学朋友的地位，而且始终是新文学批判的对象。20世纪50年代以后，文学的政治性带来了严重的虚假性，使文学面目变得越来越不可爱。"文革"结束后，政治上的"拨乱反正"和文学上的返朴归真，都为作家们的反叛提供了很好的基础，文学逐渐从一元走向了多元，从集体话语演变为个人话语。王朔在这种社会和文学的背景下浮出水面，并将这种反叛推向极致，具有一定的必然性。也就是说，按照文学的这种发展规律，不出现一个王朔，也可能会出现一个"张朔"或"李朔"。我想，这也是一些纯文学评论家即使知道王朔作品具有某些"反文学"的特征，甚至更接近大众文化，也愿意承认其在文学史上有一定地位的主要理由。

王朔作品的调侃语言，是王朔作品的另一个十分重要的特征。

我们说王朔在文学个人化时代，将文学对传统的宏大叙事的反叛推向极致，主要是指他将一切正经的事情都"调侃化"。调侃式的语言，成了王朔小说最重要的特征。

我们知道，在王朔的作品中有比较明确的表示，即"文学就是排泄"。他的小说实际上也确实是他自己内心痛苦和委屈的一种排泄。所以，他的小说不但是以对话为主(这主要是为了排泄方便)，而且每个人的说话风格并没有太大的区别；不同性别、职业、年龄的人，在不同的作品中，说话的内容和方式都几乎一致：那就是无论什么都只是一味的调侃。他的小说如此，他参与策划编剧的电影电视剧也是如此。

《顽主》通过于观对父亲所说的："你怎么变得这么好吃懒做，我记得你也是苦出身，小时候讨饭让地主的狗咬过，好久没掀裤腿给别人看了吧？"将他自己的父亲以至于整个父辈对他和下一代曾经进行的革命教育，进行了彻底的"颠覆"。《顽主》是王朔"痞子文学"的代表，采用这种调侃的方式来表达和宣泄自己对父辈们的不满，正是其主要用意和特点。

《动物凶猛》是公认的王朔小说中比较严肃(具有独特的审美价值和个人经验)的一篇。这篇小说的开头，是这样写的："我羡慕那些来自乡村的人，在他们的记忆里总有一个回味无穷的故乡，尽管这故乡其实可能是个贫困凋敝毫无诗意的僻壤，但只要他们乐意，便可以尽情地遐想自己丢失殆尽的某些东西仍可靠地寄存在那个一无所知的故乡，从而自我原宥和自我慰藉。"对于一个从小出生在城市里，没有离开过故乡，不懂得也无法体会"思乡"情绪的年轻人来说，这是一种人生缺憾。

对于王朔的调侃，可以从两个方面来看。一方面，他把我们(也包括他自己)所熟悉的各个时期的流行话语(包括革命战争时期、新中国建设时期、"文革"时期和改革开放时期)与民间的话语结合起来，造成一种喜剧效果，对当代文学一贯采用的宏大叙事起到了"消解"的作用，在某种意义上附和了文学发展的潮流，也成为了王朔小说独有的"商标"。另一方面，他又将道德、理想、人生、意义、正义等一切有价值的高尚的东西，变得滑稽可笑、一钱不值。

有关这部分的内容，除看作品外，应该对中国的现代文学史和当代文学史有一个比较明确的把握。同学们可以通过学习黄修己主编的《中国现代文学发展史》和陈思和、李平主编的《中国当代文学》及指导书来掌握这部分内容。

5. 必读作品(3篇)

还可阅读《一半是火焰　一半是海水》

《空中小姐》

《顽主》

《动物凶猛》

二、学习难点与分析

1. 王朔生平对创作的影响

一个作家的生平对其创作的影响很大

第一,作家生于20世纪50年代末,成长于60至70年代。生活在这一历史阶段的人,历尽坎坷和痛苦。“文化大革命”十年动乱发生在这个时期,这一时期成长起来的年轻人几乎绝大多数都有过“上山下乡”“接受贫下中农再教育”的经历。他们在这一时间段耽误了美好的青春和大好时光,因此,当时间进入80年代,中国开始经济建设的时候,他们无法适应。用某些人的顺口溜来说,就是:出生就挨饿,上学就停课;长大就下乡,回城没工作。王朔是这一时代的幸运儿,他出生在一个军人的环境。因此,当大批的青年“响应”号召上山下乡之时,他却进入了部队,而且是海军。在当时,能参军本身就是一件令人羡慕的事情,而能成为海军则更让人格外关注。作为海军战士也就格外的自豪和骄傲。作者由于有这样的生活经历,所以在其后来的作品中出现反叛意识和军人生活也就不难理解。

专业的个体写作在当时是一件很时髦的事,相当于“写作个体户”,其风险与收益是相当的。

第二,作家后来辞去了原来的工作,专业从事写作。但他并不像老一辈的作家那样,而是自由写作者,即国家并没有让其进入国家的写作组织,当然也没有国家工资,因此,他只能靠自己的稿酬生活。这对于一个作家来说是十分艰难的事。文学作品不像是有形的物质产品,可以吃或用,或可以拿到市场上交易,以此来换回自己所需要的生活必需品,而是无形的精神产品,这种产品只有在被人接受发表后,才能换回自己的报酬。这就决定了王朔必须迎合大众的口味,去“媚俗”。

这也是影响王朔创作风格的一个十分重要的方面

第三,作家没有上过大学,但却以文学创作为自己在神圣的文坛争得了一席之地,这使得他在成名之后对一些精英作家不屑一顾,甚至在某些场合或作品中发表一些让精英们感到没面子的话。然而,由于他在获得成功后说出了一些狂话,甚至敢冒天下之大不韪,公然向知识分子精英挑战,并公开对中国现当代文学史上的旗手鲁迅提出质疑和否定的观点,就更惹怒了天下精英们,于是便招来了更多的攻击。

第四,作家虽没有受过高等教育,但其聪明才智一点儿也不逊于受过高等教育的人。他通过自己丰富的生活阅历总结出了一整套的经验,并把这些经验付诸社会实践,屡试不爽。这个经验就是,要想成名,一要迎合大众心理,二要在社会上敢于引起争议,即使不能流芳百世,也要遗臭万年。而且,他颇懂社会上的炒作手段。也正因如此,他的小说成了流行,而且,他所涉猎的影视作品也引人关注，为其带来了可观的经济收入和良好的收视率。而这些，在某些精英眼里，则颇为不齿。

2. 如何看待评论界的矛盾现象

这是本课的一个关键内容

对于王朔，社会上存在着两种完全不同的意见。有人认为，"王朔立异标新，雄居新生代京味小说头把交椅，理应占当代文学史一席之地"。"中国文坛享此殊荣者当属王朔。"也有人不以为然："王朔小说是痞气加俗气，不登纯文学大雅之堂，怎能享受这等荣耀？""王朔崇尚消费人生，作品玩世不恭，无助于社会风气的净化。"

因此，肯定王朔的意见认为，虽然王朔的小说表现的大多是"荒诞、调侃、虚伪、暴力、色情和无耻"，但也正是由于他对生活的洞察、感受，让人们领略了转型期社会斑驳陆离的生活现象，特别是他与90年代的许多文化现象都有直接关系，从而具有着独特的认识价值。

而否定王朔的意见则认为，由于他把我们社会所提倡的一切道德观念都说得一钱不值，甚至公然向整个文学传统和人文价值挑战，具有极大的破坏性，是不能接受的。

如果说，一个作家的作品受到读者的喜爱是一件正常的事，那么，同样正常的应该是社会上的评论也同样是一片赞扬之声。事实上，社会上这样的事也时有发生，那些为社会所称道，同时，也是大家都喜闻乐见的文艺作品在社会上比比皆是。当然，社会上也有相反的现象，即一方面是赞扬之声，而另外一方面则是否定之声。这恐怕是与评价者的角度、出发点、既有的观念等有着直接的关系。

从对王朔的评价看，就明显存在着这种现象。如何正确看待这种现象呢？分析起来，恐怕主要应从两个方面着手。

（1）如何认识社会上的众多读者，包括有的著名作家，对其也有较好的评论这个现象。

从目前看，主要有两方面的原因，一方面是由于作者的创作是按照读者的喜好去创作的，无论是题材还是形式，都是读者所喜欢的；另一方面则是大众传媒的"炒作"发挥了积极的促进作用。王朔的作品题材基本上都是当时社会所关注的，具有明显的时代特征。人们在谈爱情时，他写爱情小说；人们在逆反心理占主要的时候，他又写反叛小说；知青题材吃香时，他写知青小说；人们喜欢侦探口味时，他又写侦探小说。总之，他总是跟着时代走。这恐怕也是大众文化作用的结果。大众文化的兴起直接影响了文学的功能和读者的需求。欣赏者的需要变了，文学的功能增加了，这对于文学的创作来说是有利的，王朔正是充分认识到了这一点，所以写什么，什么就受欢迎。其次，他在表达方式上也按照读者的心态进行创作，即以轻松、幽默的语言态度和通俗的北京话进行创作，使读者在接受其作品时既感到放松，又十分亲切。就如同人们喜欢看喜剧小品和听相声一样，在亲切的调侃和笑声中接受了文学作品。正如著名作家刘心武所说，他即使对你进行抨击，也是拍肩膀式的。这就不能不让大多数读者所接受。当然，大众媒体的作用也不能低估。大众媒体的出现影响了文学作品的运作机制，这

当时所谓的"触电"，即某些人物与电子媒介的接触为其成名创造了条件

一点，王朔看到了，而且运用得非常出色，非常成功。他自己就承认，在90年代初，他到处见媒体，包括电台、电视台、报纸和杂志。大众传媒对其作品的推波助澜作用和他自己的频频在各种媒体上露面，使得他的作品深入人心。许多作品被搬上银幕或他本人参与某些影视作品的制作等，也促使其作品影响广泛。除了上面的两种原因外，作品中表现出来的反叛精神恐怕也是其受读者欢迎的一个重要原因。它迎合了某些人，特别是一些年轻人的叛逆心理，满足了社会上一些人的宣泄心态和好奇心。总之，王朔之所以能够受到喜爱与他的"媚俗"以及大众文化的兴起有着十分重要的关系。

（2）如何看待对他的否定性评价。

从目前看，评论界对王朔的否定，主要是由于他在作品中塑造了一系列的"痞子"形象和通过他的作品所表现出来的一种反权威、反精英、反正统的思想，当然，还有他的言论中的对中国传统知识分子的挑衅。

王朔的早期作品并未受到攻击，甚至在介绍这类作品时还受到推崇。可以说，《顽主》之前，他极少受到攻击。王朔受到评论界的否定主要是有人送了他一个"痞子"的雅号之后才逐渐开始的。但如果不写《顽主》和以后的一系列作品，王朔也就不是王朔了。这里恐怕也有两方面的原因，一个是文化的失范和大众文化的兴起，另一个则是某些评论家的偏见和狭隘。

正如前面所说，文化的失范和大众文化的兴起，将原本占有中心地位的知识分子精英及其文化推向边缘，文学出现了多元化的局面，原有的文学评价标准无法对在市场经济条件下兴起的大众文化予以把握。他们从骨子里看不起大众文化条件下春风得意的王朔们，但又毫无办法，因此，也只有对其口诛笔伐，用原有的价值判断标准来批评，但明显左右不了大众的兴趣。

总之，要看到这样一个事实，即：王朔现象是中国八九十年代文学史上一个引人注目的现象。我们可以通过这个现象看到中国在文化转型期的社会现状，并对未来进行深刻的思考。

3. 如何评价大众传媒对文学创作的炒作作用

关于大众传媒的作用，可以参看大众传播学方面的书籍

大众传媒诞生于19世纪中叶，发挥重要作用则是在工业化社会到来以后；伴随着大众传播媒介本身的进步和发展，其社会影响力也逐渐加强，至目前为止，大众传媒可以说在某种程度上已经完全掌握了社会大众。大众传播的舆论导向作用使得大众传媒对社会大众起着一个教育与引导的作用。因此，生活在当代都市中的人们可以说片刻都离不开大众传媒，人们在认识世界，对世界产生影响等方面几乎无不是依赖于大众传播媒介。这在市场经济建设的今天显得尤为如此。当然，大众传媒同时也是一个双刃剑。因此，当今世界，谁都不能无视其存在，而且在其面前还要小心翼翼。

4. 如何看待王朔作品中的反叛精神

不应忽视反叛精神的时代表现

在王朔的《顽主》系列小说中，可以说是充满了反叛精神。这种反叛精神既使他的作品为某些人所称道，同时，也为某些人所批判。我们应该如何看待这种反叛精神呢？我认为应该将其放到更为广泛的文学史空间去看待这种反叛

精神。

首先，我们认为王朔的反叛精神是时代的反映，是社会发展的必然产物，有一定的积极作用。

说它是时代的反映，主要是因为在20世纪80年代末90年代初，确实在社会上出现了这样的现象：一种是经历过“文革”的人，他们对80年代中国的改革开放不理解，出现了逆反心理；一种是新一代年轻人，他们从骨子里就存有叛逆的性格，于是在80年代一走入社会，面对社会上的种种不如意的现象，自然就产生了叛逆的情绪，特别是在外来文化的影响之下，对于中国自建国以来的精神思想有着明显的叛逆心理。于是很多在北京的年轻人便喊出了“活着真累”、“烦着呢，别理我”等心声。这种现象可以说全都进入了时时在观察社会的作家脑海之中。于是，为了迎合这种社会心理，其创作也自然就反映这个时代的一些现象，这对于王朔这样一个作家来说，并没有什么意外。其实，任何一个关心社会的作家都不可能无视社会上这种现象的存在，只是表现方式不同而已。

说它是社会发展的必然产物，主要是将其放在中国现当代文学史的长河中去考察得来的。最值得提的当然是“五四”，当时的文学革命就是在社会文化转型期的一个表现。在一个文化转型期到来的时候，必然有一批具有极强的反叛精神的文学作品问世，鲁迅、郭沫若就是这方面的代表。80年代末至90年代初的中国也适逢文化转型阶段，从社会主义计划经济向社会主义市场经济的过渡，文化受到的冲击很大，市场经济的建立打破了原有的社会秩序，大众文化兴起，这都直接影响着人们的思维和判断。对原有的计划经济的否定标志着人们原有的知行方式都要发生变化，有很多人一时转不过弯来，于是产生反叛情绪，而新成长起来的一代人则为此欢呼雀跃，这是时代的必然。王朔的作品便是这一时期的一个代表。他在作品中塑造的人物可以说反映了这一时期的具有反叛精神的一类人，于观、杨重们是反叛的，宝康也是反叛的，作品中反映出来的对正统思想、权威人物和知识分子、知名作家的嘲弄和调侃也是反叛的，甚至连小说的标题也都是具有反叛性的。《我是你爸爸》、《玩的就是心跳》、《过把瘾就死》、《千万别把我当人》，这都是什么标题！这在历史上是没有过的，也只有这个时代才会出现。

这部分内容可以和专科阶段的中国现代文学结合起来

说它有一定的积极作用则主要表现在这类反叛类的作品在文学创作题材上继承了中国现代文学史上的光荣传统，同时，在某些作品中由于作者想像力的大胆尝试为文学的发展、社会的进步起到了一定的积极作用。任何一个时代，若想进步，完全按已有的思维模式进行是不会有创造性和突破的，只有打破原有的思维方式，才能使社会换一种脑筋去思考问题，反向思维或逆向思维就是其中的一种。王朔在创作上实际上是继承了中国现代文学的传统。他像鲁迅一样，为我们塑造了一系列反面的形象。鲁迅塑造的是那个时代的国民，他的狂人、阿Q、孔乙己等都是当时人们所不齿的形象，是社会的对立面和垃圾。今天的王朔同样为我们提供了一组类似的形象，但他们是我们当代的人。游手好闲、无所事事、痞子无赖也都是今天我们所不喜欢的人物，他让我们看到我们今天生活中的另一面。另外，作者丰富的想象力对于培养当今人们的创造力也是具有十分积极的意义的，《顽主》中“三T公司”的创办和作品中人物那种极具个性化的调侃语言值得我们学习。《动物凶猛》中叙事结构和方式的打破，为我们今天的文学创作又增添了一种新的创作思路。如此等等，堪称具有积极意义。

其次，我们还应看到王朔的反叛精神确实在社会上有一定的负面影响。对于那些涉世不深的年轻人来说，很容易拿作品中的人物的行为和观念指导自己的言行。

三、"王朔文学创作"大事年表

1958 年

王朔出生在一个军人家庭。

1965 年

在北京上学。后曾在山西太原市生活几年。

1977 年

进入海军北海舰队服役。

1978 年

开始进行创作。

1980 年

在北京医药公司药品批发店工作。

1983 年

辞职从事自由写作。

1984 年

《空中小姐》发表于《当代》第 2 期。

此前还创作过《等待》、《海鸥的故事》、《长长的鱼线》等小说，但未获发表

1985 年

《浮出海面》发表于《当代》第 6 期。

1986 年

《一半是火焰一半是海水》发表于《啄木鸟》第 2 期。

《橡皮人》连载于《青年文学》第 11、12 期。

1987 年

《枉然不供》发表于《啄木鸟》第 1 期。

《人莫予毒》发表于《啄木鸟》第 4 期。

《顽主》发表于《收获》第 6 期。

1988 年

《痴人》发表于《芒种》第 4 期。

《我是狼》发表于《热点文学》。

本年，《轮回》、《顽主》、《大喘气》、《一半是火焰，一半是海水》被搬上银幕。

并获得"痞子文学"的美誉

1989 年

《一点正经没有——顽主续篇》发表于《中国作家》第 4 期。

《千万别把我当人》连载于《钟山》第 4、5、6 期。

《永失我爱》发表于《当代》第 6 期。

本年，《玩得就是心跳》发行单行本，由作家出版社出版。创作谈《我的小说》发表于《人民文学》第3期。11月开始参与策划电视连续剧《编辑部的故事》。

1990年

《给我顶住》发表于《花城》第6期。

1991年

《我是你爸爸》发表于《收获》第3期。

《无人喝彩》发表于《当代》第4期。

《谁比谁傻多少》发表于《花城》第5期

《动物凶猛》发表于《收获》第6期。

1992年

《你不是一个俗人》发表于《收获》第2期。

《过把瘾就死》发表于《小说界》第4期。

《懵然无知》发表于《都市文学》。

《刘慧芳》发表于《钟山》第4期。

《许爷》发表于《上海文学》第4期。

本年，四卷本《王朔文集》由华艺出版社出版。《编辑部的故事——修改后发表》由广州花城出版社出版发行。《我是王朔》由国际文化出版公司出版。

从1992年至1993年，《当代作家评论》杂志出现一批评论王朔创作的文章。这一时期也是王朔在文坛引起更多关注的时期

1993年

经过大众传媒炒作的贾平凹的《废都》由北京出版社出版。10月，诗人顾城自杀引起文坛震动。陈忠实的《白鹿原》由人民文学出版社出版发行。

1995年

由《动物凶猛》改编的电影《阳光灿烂的日子》被搬上银幕并获得当年最好的票房收入。

1999年

《看上去很美》由华艺出版社出版发行。

2002年

《美人赠我蒙汗药》连载于《中华文学选刊》第7、8期。

《无知者无畏》由春风文艺出版社出版发行。

四、练习与讨论

（一）填空题

1. 王朔公开发表的第一篇小说《空中小姐》中的女主人公的名字是____。

2. 王朔的小说《______》中的男主人公与作者一样曾在海军服役。

3. 《顽主》中于观、杨重等人创办了一家的“______公司”。

4. 马林生是王朔的小说《______》中的人物。

5. ______年，王朔的《轮回》、《顽主》、《大喘气》、《一半是火焰，一半是海水》被搬上银幕，获得成功，有人因此将这一年称为______。

6. 大众文化在外部形态上具有规模化、标准化、大量化和______的特征。

7. "在迅速变化的社会里,必然会出现行为方式、鉴赏方式和穿着方式的混乱。"这句话是______说的。

8. 将王朔的创作比喻为"倒洗澡水时专倒孩子而不倒洗澡水"的批评家是______。

(二) 单项选择题

1. 王朔的作品大多呈现出明显的自我重复和批量生产的痕迹,只有少数具有独特审美价值和个人经验,这类作品的代表是(　　)。

A.《空中小姐》　　B.《动物凶猛》

C.《看上去很美》　　D.《浮出海面》

2. 和王朔年龄相仿、写作又差不多同时起步的余华、苏童、格非、马原等,他们大多写作的是(　　)。

A. 新写实小说　　B. 寻根小说

C. 新历史小说　　D. 先锋小说

3. 王朔是制造热点和现象的高手,电视、电影、报纸等大众媒体都被他用过,1999 年出版的一部小说还没出版就被炒得沸沸扬扬,这部小说是(　　)。

A.《玩的就是心跳》　　B.《我是你爸爸》

C.《一点正经也没有》　　D.《看上去很美》

4. 作为小说家和文学现象的王朔浮出海面,以极端挑战的方式、逼近生活的调侃、玩世不恭的姿态引起大众和批评界的关注的标志性小说是(　　)。

A.《浮出海面》　　B.《顽主》

C.《动物凶猛》　　D.《玩的就是心跳》

(三) 多项选择题

1. 90 年代的许多文学现象都与媒体的炒作和介入有关,其中,主要有(　　)。

A. 顾城事件　　B. 朦胧诗现象

C. 马桥事件　　D.《废都》现象

2. 王朔参与创作的电视剧都获得了商业上的成功,这些电视剧主要有(　　)。

A.《过把瘾就死》　　B.《渴望》

C.《编辑部的故事》　　D.《过把瘾》

3. 在《空中小姐》发表之前,王朔还创作过一些小说,但并未发表,它们是(　　)。

A.《等待》　　B.《长长的鱼线》

C.《海鸥的故事》　　D.《许爷》

(四) 简答题

1. 什么是大众文化？它有哪些特点？

2. 王朔小说的大众文化特征表现在哪些方面？

3. 王朔小说的反叛精神表现在哪些方面？

(五) 分析题

1. 请结合作品谈谈应如何看待王朔现象。

2. 你认为应如何看待王朔小说的大众文化特征。

3. 有人评价王朔的"顽主"系列小说为"痞子文学",你是否同意这种看法？

请结合作品中的"顽主"形象进行分析。

4. 有人说，王朔的创作语言和老舍的创作语言是一致的，你是怎么看待这一提法的？

（张 波）

"余华与先锋小说专题"自学指导

一、学习重点与方法

1. "先锋"和"先锋小说"的概念

对于这一内容,要求掌握三点:一是"广义"的先锋文学;二是"狭义"的先锋文学;三是中国当代文学中的"先锋小说"。

先锋文学总是不断地创造新形式,这种形式一旦被大众接受,其使命也告结束

我们知道,文学的生命在于创新,先锋的本质也是创新。在这个意义上,可以说,凡是具有创新精神、前卫意识、超前风格的文学,都可以称为"先锋文学"。这也就是我们所说的"广义"的先锋文学。广义的先锋文学总是以形式上的革命带动内容上的革命。

现代的(包括后现代的)总是先锋的

由于"先锋"这一概念从一个军事概念衍生为一个政治概念,再借用为文学概念,是在19世纪后半叶现代主义文学出现之后,因此,"狭义"的先锋文学实际上是伴随着与现代主义文学的诞生而诞生的。

目前,在中国当代文学范畴内所说的"先锋小说"(或"先锋文学"),一般都特指在20世纪80年代中期出现的、以马原和余华为代表的重在进行小说形式实验的新潮小说。因此,人们也将"先锋小说"称为"新潮小说"或"实验小说"。

鲁迅就是具有先锋精神的作家

正确理解"先锋"和"先锋小说"的概念,是学习本讲内容的重要前提。教材在第336—337页上对"先锋"和"先锋小说"的概念进行了解释。在学习中,我们要结合曾经学习过的文学知识和文学史知识,不能仅仅停留于字面上的了解。

2. 先锋小说的特点和变化

对于这一内容,要求掌握两点:一是先锋小说不同于其他小说的主要特点;二是先锋小说发生变化的必然性。

要求重读《中国当代文学》第22章"今日先锋"

先锋小说的特点是我们在专科阶段学习过的内容。我们在专科教材《中国当代文学》中曾讲到,20世纪80年代中期崛起的先锋小说,是在叙事革命、语言实验、生存探索三个层面上同时开始的。马原是叙事革命的代表,他在使用"元叙事"手法打破了小说的"似真幻觉"之后,又进一步混淆了现实与虚构的界限,形成了著名的"马原的叙事圈套"。莫言是语言实验的代表,他对现代汉语进行有意的扭曲,形成了一种独特的富于主观性与感觉性的个人化语象世界。残雪是生存探索的代表,她以一种丑恶意象的堆积,凸现外在世界对人的压迫以及人自身的丑陋与无望,把一种个人化的感觉上升到对人的生存状态的寓言层次。而稍后出现的格非、孙甘露、余华,则分别代表了先锋小说在这三个方面的新发展。格非致力于叙事迷宫的构建,孙甘露在语言实验上走得最为极端,而余华的每一篇小说都是一个寓言。

关于先锋小说的变化，在专科学习中也曾提到，但没有展开和深究，只是说，90年代初，当初被人们看做是先锋的作家，纷纷降低了探索的力度，而采取一种更能为一般读者接受的叙述风格，有的甚至和商业文化结合，这标志着先锋文学思潮的终结。

在本课程中，首先从理论上探讨了先锋的性质和特点，从先锋自身所具有的"反叛性"、"先导性"、"流动性"和"悲剧性"四个方面，断定了先锋文学发展到一定阶段就会发生变化的必然性。然后，结合20世纪90年代中国文学的实际情况，分析了先锋小说变化的原因。

先锋的变化是由它自身的性质和特点所决定的

因此，在学习中，应在复习原有知识的基础上，将先锋文学的性质和特点结合起来理解先锋小说变化的必然趋势。

3. 余华小说的特点和变化

余华小说的特点和变化是本讲学习的核心内容，了解和掌握"先锋"与"先锋小说"，就是为了更好地理解余华的小说。

形式上的实验性，内容上的冷酷和残忍

余华的小说创作以1991年底第一部长篇小说《呼喊与细雨》发表为界，大致可以分为前后两个时期。

前期以中短篇小说为主，在小说的结构、语言和叙述方式等方面都带有很强的实验性；以人的罪恶、暴力和死亡作为主要描写对象，用极其冷酷的笔调揭示人性丑陋阴暗的角落，处处透着怪异奇特的气息；又有非凡的想像力，用客观的叙述语言和跌宕恐怖的情节形成鲜明的对比，对人的生存异化状况有着特殊的敏感，给人以强烈的震撼，被看做是"先锋小说"的代表作家之一。在这个时期，也可以1988年为界，再分为两个阶段。他自己说："从《十八岁出门远行》到《现实一种》时期的作品，其结构大体上是对事实框架的模仿，情节段落之间的关系基本上是递进、连接的关系……那时期作品体现我有关世界结构的一个重要标志，便是对常理的破坏。""当我写作《世事如烟》时，其结构已经放弃了对事实框架的模仿。表面上看为了表现更多的事实，使其世界能够尽可能呈现纷繁的状态，我采用了并置、错位的结构方式。但实质上，我有关世界结构的思考已经确立。"

形式和内容上的"变"与"不变"

后期主要以长篇为主，虽然"死亡"仍然是一大主题，人的生存状态仍然是主要的表现内容，极端化的处理方式仍然不时出现，但在形式和内容上都有了很大变化。叙述风格从暴躁变为平静，描写的内容从虚拟的现实逼近生活的真实，以随和的民间姿态呈现出一种淡泊而坚毅的内在力量。但是，就是在这个时期，他的创作变化（特别是三部长篇的变化）也十分明显。《呼喊与细雨》是他从狂暴状态松弛下来的第一部长篇，主要依靠回忆的"细雨"来滋润"呼喊"的紧张；"回忆"在这里扮演着一个全能的角色，它不但要担负着化解作者紧张情绪的重任，同时还承担着自己的温情温暖作品中那些像"看客"一样的冷漠的心。《活着》和《许三观卖血记》都带有一些"寓言"的色彩，可以看做是作者用"世俗"的方法表达的"哲学"思想。"活着"正是余华的"存在哲学"的核心。余华与当代其他许多作家的重要区别，就在于他是有思想而且是大体上成体系的哲学思想的。但这两部小说的风格和特点也不相同。相比之下，《活着》虽然比《呼喊与细雨》更加放松，即使是一次次地面对死亡，也不再采取“以暴还暴”的方式，但也还只是“逆来顺受”而已。最后，作者采用让主人公福贵以自己的名字给陪伴自己一生的牛“命名”的方式，宣告了自己对世界的看法。而《许三观卖血记》则在《活着》“温和”的基调上，增加了更多的亮色，把一出人生的悲剧变成了喜剧，甚至走向了“幽默”，这与早期余华形成了鲜明的对比，达到了“笑看人生”的崇高境界。

对照着先锋的性质和特点来认识

因此，有人说，他在长时期充当先锋作家的角色后，成功地实现了几次转型。有人甚至说，“他的每部重要作品出现，几乎都是一次腾跳，一次逾越，一次精神和艺术的攀援。《一九八六年》、《现实一种》、《世事如烟》是这样，《在细雨中呼喊》、《活着》、《许三观卖血记》也是这样。”

4. 余华小说变化的原因

我们在教材中讲到，余华的变化在当代中国的先锋小说中并不是一种个别现象，而是一种普遍的甚至可以说是必然的趋势。这其中，既有先锋文学自身的发展规律，也有作家的个人原因。

从先锋小说自身的发展规律来看，一方面，任何一个“先锋”，无论是作为一个派别（团体），还是作为一个作家（个人），其创新能力都是有限的，总有被新的创新力量取代和被大众接受的那一天。另一方面，时代是前进的，社会是变化的，大众对新生事物的接受能力越来越大，接受速度也越来越快。朦胧诗在几年之间成为“昨日黄花”就是一个佐证。总的趋势是随着创作的发展必然发生分化，最终被大众所接受。

从作家的个人原因来看，作家是随社会的发展而变化的，既有世俗的诱惑，也有作家自己生活经历的诱惑，还有作家要求自己不断创新的冲动，因此，变化也是必然的。《呼喊与细雨》、《活着》、《我没有自己的名字》和《许三观卖血记》等作品中的故事和人物，早就活在作者的心中，一直等待着作者的创作冲动和时机。

因此，学习和掌握余华小说变化的原因，必须要与先锋小说的整体变化结合起来，不能孤立地看问题。

5. 必读作品（5篇）

在专门为本课配备的《中国现当代文学专题作品讲评》中，对这五篇小说进行了分析和讲评，可以参考

《十八岁出门远行》
《现实一种》
《呼喊与细雨》
《许三观卖血记》
《我没有自己的名字》

以《十八岁出门远行》为代表，了解余华小说初期的创作面貌；以《现实一种》为代表，了解余华小说的先锋性特点；以《呼喊与细雨》为代表，了解余华小说变化的出现；以《我没有自己的名字》和《许三观卖血记》为代表，了解余华小说发生变化后，一方面仍然保持着自己在思想内容上的探索力度，一方面则在表现手法上有了新的成功的尝试。

二、学习难点与分析

1. 余华生平对创作的影响

第一,余华的祖籍虽然是山东高唐,但余华生于浙江杭州,他本人与山东一点关系都没有,是一个典型的浙江人,具有典型的"江南才子"的特点。

第二,余华在浙江海盐的医院环境中长大,父亲是海盐县的一名外科医生,母亲也在医院工作。他自己1977年高中毕业后也曾在一家镇上的卫生院当牙科医生,还在卫校学习过一年。这些经历对他的创作产生着重要的影响。

第三,余华虽然曾就读于由北京鲁迅文学院和北京师范大学联合举办的研究生班,但并没有真正上过大学。也许,这在他的心中是一个永远也不能解开的结,对他的创作心态是有影响的,在他的创作中也有潜在的表现。

由于与先锋小说作家相关的刊物、批评家大多在南方,有人特别强调其地域性,其实,马原、洪峰、莫言、扎西达娃等都不是南方人

2. 学习余华小说的三个难点

余华是同时代作家中写作字数最少、废品也最少的作家之一,也是被研究得最为充分的作家之一,同时还是给中国当代文学带来真正变化的少数几个作家之一。

学习余华的内容,主要难在三个方面:第一,他的作品虽然不多,但早期作品属于先锋小说,要真正读懂并不是可以靠时间堆出来的;第二,他的创作是与先锋小说的发展变化连在一起的,要了解先锋小说的变化,不但应读一定数量的作品,而且还应对先锋的概念和理论有一定了解;第三,余华的小说前后变化很大,要真正弄明白他为什么会出现这些变化,既要认真地阅读作品,又不是靠了解作品内容可以解决的,还必须对先锋小说有足够的了解和认识。

3. "先锋小说"与中国当代文学

我们知道,广义的"先锋小说"是指具有先锋精神的小说创作,即"先锋文学"中的小说创作。所谓"先锋精神",意味着以前卫的姿态探索存在的可能性以及与之相关的艺术的可能性,以不避极端的态度对文学的旧有状态形成强烈的冲击。在中国当代文学中,先锋精神的源头一直可以追溯到"文革"中青年一代在诗歌与小说领域里的探索,即"白洋淀诗派"的诗歌和赵振开(北岛)的小说《波动》等。在这之后,具有先锋精神的创作还有以北岛、舒婷为代表的朦胧诗,以王蒙为代表的意识流小说,以宗璞、刘索拉为代表的荒诞小说以及以高行健为代表的现代主义戏剧等。这一部分内容,在专科阶段的教学中,我们是以"喧嚣与骚动"为题,作为现代主义思潮的一个部分来说的。在专科教材中我们讲到:"70年代末80年代初,出现了一个借鉴、模仿、学习西方现代主义的文学思潮。就其规模和影响而言,远远超出了文学、艺术的范畴,可以说是一次席卷整个中国社会的文化思潮。"因此,广义的"先锋文学"与"现代主义文学"常常是同义词。残雪的创作在专科阶段的教学中,就是作为80年代中期出现的"荒诞小说"的一个重要内容介绍的。

注意"先锋"、"先锋文学"与"先锋小说"等几个概念的内在联系和区别

在80年代中期出现的以“形式探索”为主要特征的小说创作潮流，也称“新潮小说”和“实验小说”。其主要作家有最初的马原、莫言、残雪、苏童、洪峰，和稍后出现的格非、孙甘露、余华、叶兆言、扎西达娃、北村、吕新，也可以包括再晚一些出现的更年轻的邱华栋、朱文、韩东、东西、刁斗、何顿等被称作“晚生代”的作家。但“晚生代”与“先锋小说”的关系，有些类似于“新生代”与“朦胧诗”的关系，其反叛的先锋精神又促使他们的许多创作特征偏离于“先锋小说”，是否应归于“先锋小说”还有待于对具体创作发展情况的观察。

也有人把林白、陈染等女性文学看做是先锋的变异

4. 关于“先锋小说”的创作

“先锋小说”重视“文体的自觉”（即小说的虚构性）和小说叙述方法的意义和变化，带有很强的实验性，因此，又称“实验小说”。

“先锋小说”的创作大致可分为两个阶段。

第一阶段以马原、莫言、残雪的创作为代表，同时在叙事革命、语言实验、生存探索三个层面上进行。马原是叙事革命的代表，著名的“元叙事”手法和“马原的叙事圈套”是其标志。莫言是语言实验的先锋，以个人化的感觉方式有意对现代汉语进行了“扭曲”，“我爷爷”、“我奶奶”成了打有莫言印记的专利产品；残雪则是率先在生存探索方面有所突破的前驱，“人间地狱”般的生活场景和内心世界是她个性化的独特创造。

使叙述行为直接成为叙述内容，把作家自身也当成描写对象，并有意暴露叙述者和叙述行为的存在，造成“故事自己在进行”的幻觉

第二阶段以格非、孙甘露、余华的创作为代表，他们也是在叙事革命、语言实验、生存探索三个层面上同时展开，并都有新的突破，甚至把这种艺术探索的力度推到了极致。格非在马原的基础上创造出了属于自己的“叙事迷宫”；孙甘露则在莫言的基础上把小说语言变成了“梦与诗”的结晶体；余华则在残雪的基础上大开杀戒，充分展示了人性中原有的暴力和血腥。

5. 现代主义在“五四”时期和20世纪80年代出现时的异同及意义

将“现代文学”与“当代文学”作为一个整体

在“五四”时期，西方就是先进的。刚刚结束“闭关锁国”状态的国人对西方的认识还处于初浅阶段，因此，在他们眼中，现代主义与批判现实主义和浪漫主义并没有实质性的区别，他们甚至把现代主义看做是浪漫主义的后起之秀。他们学习和借鉴这些文学样式的目的，主要在于摆脱传统文学形式的束缚。鲁迅在小说上取得的许多成就，都与他学习和借鉴外国小说的形式有直接关系。因此，现代主义在“五四”时期的出现，对于现代文学的诞生具有重要意义。

20世纪80年代，人们又一次经历了“闭关锁国”的状态后，重新向世界敞开了大门，在以“学习和借鉴”为主的方法和手段上，与“五四”时期是相同的。但不同的是，第一，不是为了反对旧文学，而是为了缩短与世界文学的距离；第二，引进的内容不再盲目，而是有意识地集中于更具时代特征的现代主义和后现代主义；第三，少了些社会功利性，多了些文学建设性。此外，一个重要的区别还在于，在“五四”时期，文学还只是少数知识分子的事，而在80年代，文学则已经发展成为全民关注的中心之一。以余华和先锋小说为代表的现代主义文学，已经影响了整个当代文学的发展趋势，其影响和意义正逐步显示出它的重要性。

6. 如何理解先锋小说与现代主义、后现代主义文学的关系

通过对“先锋”和“先锋小说”等概念的了解，我们应该知道，在文学史上最早被称作“先锋”的是现代主义文学，然后是比现代主义更超前的后现代主义。

中国的先锋小说是在西方现代主义文学影响下产生的，但是，对中国先锋小说家产生直接影响却是一些新出现的具有世界影响的后现代主义小说家。

因此，要真正理解“先锋小说与现代主义、后现代主义文学的关系”，必须对中国现当代文学和西方现代主义和后现代主义文学有一个比较清楚的认识。最起码应该了解，先锋小说是在什么样的历史背景和文学环境中产生的，现代主义在先锋小说产生过程中主要起到了什么样的作用，对先锋小说产生直接影响的后现代主义作家主要都有哪些等等。

现代主义对中国文学的影响是从“五四”新文学时期开始的，“文革”前和“文革”中曾一度中断，“文革”结束后，随着“五四”新文学精神的恢复而重新开始，但力度更大，来势更猛。从朦胧诗的出现，到意识流小说的尝试，再到现代派的讨论以及现代主义在中国形成涉及各个领域的文化潮流，实际上可以理解为都在为先锋小说的出现做准备。

在先锋小说出现的20世纪80年代中期，人们对于现代主义和后现代主义并没有完全划清界线，一律统称为“现代主义”。但是，随着人们对后现代主义认识的增加，已经越来越清楚地认识到“从现代主义到后现代主义”的发展和变化。

虽然，卡夫卡、普鲁斯特、加缪、福克纳等许多现代主义作家，都对先锋小说家产生过重大的影响，但是，相比之下，博尔赫斯、马尔克斯、罗伯－格里耶，以及马格丽特·杜拉斯等后现代主义作家对先锋小说家的影响更为直接，也更为深远。博尔赫斯几乎是每一位先锋小说家心目中的偶像，余华对他如痴如醉，格非则被称为“中国的博尔赫斯”；马尔克斯因一部《百年孤独》便一夜之间红遍中国的大江南北，在文坛刮起了一股拉美魔幻现实主义旋风；而先锋小说在创新的观念和方法上，更多地得益于法国的“新小说”和当时陆续介绍的叙事学理论。法国“新小说”的代表作家就是罗伯－格里耶、娜塔丽·萨洛特和在1985年获得诺贝尔文学的西蒙，还有被称为第二代新小说派作家的马格丽特·杜拉斯。

只有正确理解了先锋小说与现代主义、后现代主义文学的关系，才能真正理解先锋小说家为什么会成为“先锋”，为什么会被人们称为“先锋”。

7. 马原在先锋小说从发生、发展到变化的作用与意义

在马原出现之前，中国当代文坛上的现代主义文学已蔚然成风。但是，教材中说到，王蒙等中年作家创作的意识流小说由于只是“方法上的借鉴”而被看做是“伪现代派”，宗璞、刘索拉等作家创作的“荒诞小说”也被称作“观念上的现代主义”。只有马原的创作由于从小说的观念到小说的形式都进行了全面的实验，才带动了先锋小说的出现。我们在专科教材中讲到：“在中国当代文学史上，马原第一个把小说的叙事因素置于比情节更重要的地位。他广泛采用‘元叙事’的手法，这使他不仅致力于瓦解经典现实主义的‘似真幻觉’，更创造了一种对现

关于现代主义和后现代主义的划分，可以参考刘象愚等主编、高等教育出版社出版的《从现代主义到后现代主义》

这些作家的情况可以参考吴晓东《20世纪外国文学专题》

这是学习中的难点，但不是教学要求的重点

成也马原，败也马原。

实的新的理解。”北大的洪子诚教授也在他编写的《中国当代文学史》中讲到：“马原发表于1984年的《拉萨河的女神》，是大陆当代第一部将叙述置于重要地位的小说。他的小说所显示的‘叙述圈套’在那个时期成为文学创新者的热门话题。”后来的先锋小说家的创作基本上都是按照这一路线发展的。

重视“叙述”，关心故事的“形式”，是先锋小说在开始阶段的重要特征。马原的“元叙事”手法，实际上就是一种让作家本人直接在作品中出现并以此来揭露小说虚构性循听手法，“我就是那个叫马原的汉人”是他这一手法的具体体现。这一手法的出现，对小说界产生了很大的冲击力，但是，马原的中途转向和先锋小说创作中出现的越来越严重的形式主义倾向，已经暗含着先锋小说的发展危机。

8. 先锋小说解体后，余华、北村、吕新等其他先锋小说家的情况

潮流不在，精神不死

先锋小说的解体，主要是指先锋小说家的分化，是指先锋小说在文学史上不再被作为一个“具有突出流派特征的文学潮流”来描述。这个时间大致在20世纪80年代末90年代初，也就是余华的第一部长篇完成前后。

先锋小说解体后，余华的小说创作发生了重大变化。在他的《呼喊与细雨》、《活着》和《许三观卖血记》三个长篇中可以看到，虽然他仍然将关心人的生存状态作为创作的主要内容，但态度却从愤怒转为平和，表现的重点也由小说的结构、语言和叙事方法转为人生的经历和经验。而北村、吕新等后起之秀则仍然在坚持着形式的探索。

我个人认为，余华可以被看做是鲁迅之后中国最深刻也最有创新能力的作家。余华从先锋到世俗的变化，其文学成就有多大可以暂且不论，仅就他的变化的必然看，对于先锋小说是具有象征意义的，那就是任何文学潮流都是要随时代的发展（或时间的流逝）而变化的。

9. 余华与先锋小说的悲剧性命运

真正的文学都应该是具有先锋精神的

根据“先锋”的概念，先锋就得创新，就得超前，就得打头阵，这也就是我们在其性质和特点中说的“先导性”。但是，怎么才能算得上是创新和超前呢？那就是“与众不同”，就得具有尖锐的文化批判精神，“不破不立”，必须“破”字当头，把现存的一切规矩都看做是陈规陋习，向现在流行的、特别是占主流地位的文学思想和文学形式都提出挑战，这也就意味着要与全社会为敌。实际上，这就已经注定了自己不可避免的悲剧性命运。

余华与先锋小说的创作一开始实际上就是与传统的小说观念为敌的，像马原的“元叙事”手法和“叙述圈套”，残雪的“人间地狱”，格非的“叙述迷宫”以及余华的暴力和血腥，直到现在，也不是一般大众读者所能理解和喜欢的。有人阅读是希望能得到愉悦和精神享受，有人则希望能获得人生经验，你写的东西既读不懂，又自己首先承认是不真实的完完全全的假想，那么，阅读还有什么情趣？

当然，先锋作家从他们开始探索和实验的第一天起，就已经做好了与大众为敌的准备，几乎有点“怎么看不懂就怎么写”的意思。但是，问题的关键还不在于先锋与大众的距离，而在于先锋必须一直走在时代的最前列。而走在最前列的危险必然也是最大的，首先，“枪打出头鸟”，“树大招风”，中弹落马（不管中什么弹，是政治方面的，还是艺术方面的），是先锋最常见的命运。其次，“逆水行舟，不进则退”，“长江后浪推前浪”，被后起之秀超越，被社会大众所接受，这大概都可以看做是先锋“最好的下场”。

著名的第五代导演张艺谋之所以被人们称作“先锋的笑面杀手”，就在于他将《红高粱》、《妻妾成群》搬上银幕后，莫言、苏童也就成了大众拥戴的明星，也就失去了先锋的性质。北村、吕新没有遭到“老谋子”的谋杀，但除了专业的文学人士以外，谁知道他们呢？

当然，余华转向后，在理论上他仍然还可以回到先锋的队伍之中，还有成为先锋的可能性，但实际上要真正做到这一点，并不是以作家自己的主观愿望为转移的。余华在他的第三部长篇《许三观卖血记》出版后，人们一直盼望着他的第四部长篇，然而，快八年了，一个抗日战争都快打完了，他仍然不能生产。而且，即使生产出来了，是一个先锋还是一个“怪胎”，谁也不敢打保票。

10. 研究者对余华的不同态度

研究者对余华的不同态度，是一个既有代表性又有趣味的现象。在余华前期的先锋小说创作中，先锋的支持者大唱赞歌，而先锋的反对者则横加指责；在余华的创作发生变化后，支持者不无担心，而反对者则幸灾乐祸。余华的创作发生变化后，特别是他的《活着》和《许三观卖血记》发表后，人们的看法是很不一致的。由于余华对自己的变化是清醒的，因此，可以说他对自己的变化是满意的。

余华的创作发生变化后，洪子诚的评价是最为客观和中性的，但基本上不是趋于肯定的：“日常经验（‘实在的经验’）不再被置于与他所追求的‘本质的真实’相对立的地位上。他的叙述依旧是冷静，朴素，极有控制力的，但更加入了含而不露的幽默和温情。透过现实的混乱、险恶、丑陋，从普通人的类乎灾难的经历和内心中，发现生活的简单而完整的理由，是这些作品的重心。”马原在《关于新时期文学的记忆》中则认为，《许三观卖血记》“把好故事写成了寓言”，客气中不无遗憾的意味。

也有人的批判十分中肯而尖锐：“作为个体，福贵和许三观的存在可以被注销，但在他们所生活的世界里滋生出来的恶、暴力、耻辱和苦难却是无法被注销的。它们存在一天，我们就一天也不能乐观起来，所以，需要有人站出来承担。遗憾的是，福贵和许三观都不是承担的人，他们在苦难面前是顺从而屈服的；或者说，他们只承担了现世的事实苦难，没有承担存在的价值苦难。余华忘记了，当福贵和许三观在受苦的时候，不仅他们的肉身在受苦，更重要的是，生活的意义、尊严、梦想、希望也在和他们一起受苦——倾听后者在苦难的磨难下发出呻吟，远比描绘肉身的苦难要重要得多。但余华没有这样做，他几乎把自己所有的热情都耗费在人物遭遇（福贵的丧亲和许三观的卖血）的安排上了。我记得80年代的余华不是这样的。”

福贵，《活着》的主人公

而王安忆则坦然表示自己的喜欢：“余华的小说是塑造英雄的，他的英雄不是神，而是世人。但却不是通常的世人，而是违反那么一点人之常情的世人。就是那么一点不循常情，成了英雄。比如许三观，倒不是说他卖血怎么样，卖血养儿育女是常情，可他卖血喂养的，是一个别人的儿子，还不是普通别人的儿子，而是他老婆和别人的儿子，这就有些出格了。像他这样一个俗世中人，纲常伦理是他安身立命之本，他却最终背离了这个常理。他又不是为利己，而是向善。这才算是英雄，否则也不算。许三观的英雄事迹且是一些碎事，吃面啦，喊魂什么的，上不了神圣殿堂，这就是当代英雄了。他不是悲剧人物，而喜剧式的。这就是我喜欢《许三观卖血记》的理由。"

在我看来，担心和指责都没有必然。把一个好故事写成寓言，有什么不可以呢？卡夫卡写的大多是寓言。余华没有将福贵和许三观写成苦难的承担者，也没有什么不对的。我不明白，为什么非要福贵和许三观这样的世俗凡人来承担呢？而余华为什么又非得要写"承担者"呢？他们已经承担了够多的现世的事实苦难，也让我们看到了够多的现世的事实苦难，这还不够吗？

三、"余华与先锋小说"大事年表

1960 年

4 月 3 日，余华出生于杭州一个外科医生家庭。

1961 年

随父母来到浙江海盐县。

1973 年

小学毕业，开始大量阅读文学作品。

1977 年

中学毕业，进入镇卫生院当牙医，后在卫生学校学习一年。

1979 年

20 世纪 70 年代末，现代主义文学尝试之作开始陆续出现

茹志鹃《剪辑错了的故事》发表于《人民文学》第 2 期，被看做是最初的意识流作品。宗璞《我是谁》发表于《长春》第 12 期，被看做是当代第一篇"荒诞小说"。

1980 年

王蒙《春之声》、《蝴蝶》分别发表于《人民文学》第 5 期和《十月》第 4 期。

谢冕《在新的崛起面前》发表于 5 月 7 日《光明日报》，关于"朦胧诗"的论争逐渐进入高潮。

20 世纪 80 年代，卡夫卡、马尔克斯、福克纳、博尔赫斯、昆德拉等外国作家对中国的中青年作家产生了大范围的影响

袁可嘉主编的《外国现代派作品选》（四卷）由上海文艺出版社出版，成为西方现代主义文学在"文革"后的第一次普及。

1981 年

第一次读到川端康成的作品。

同年，高行健《现代小说技巧初探》由花城出版社出版。随后出现关于"西方现代派文学"的论争，持续两三年。

1982 年

高行健《绝对信号》发表于《十月》第 5 期,11 月在北京首演。

1983 年

进入海盐县文化馆,开始文学创作。

1984 年

《星星》发表于《北京文学》第 1 期,并获年度“北京文学奖”。

同年,就读于由北京鲁迅文学院和北京师范大学联合举办的研究生班。

马原《拉萨河的女神》发表,是当代第一篇展示“叙述圈套”的先锋小说。

但先锋小说引起人们的注意是在 1985 年

1985 年

第一次读到卡夫卡的作品。

同年,马原《冈底斯的诱惑》发表于《上海文学》第 2 期。莫言《透明的红萝卜》发表于《中国作家》第 2 期。残雪《山上的小屋》发表于《人民文学》第 8 期。刘索拉《你别无选择》、《蓝天绿海》分别发表于《人民文学》第 3 期和《上海文学》第 6 期。徐星《无主题变奏》发表于《人民文学》第 7 期。扎西达娃《西藏,隐秘的岁月》发表于《西藏文学》第 6 期。

同年,韩少功《爸爸爸》发表于《人民文学》第 6 期,寻根文学开始引人瞩目。

同年,“青年作曲家新作交流会”在武汉举行,被看做是中国新潮音乐的一次代表性聚会,谭盾等青年音乐家脱颖而出。

20 世纪 80 年代中期,现代主义在中国文艺界全面泛滥

同年,“新小说派”作家西蒙获“诺贝尔文学奖”。

这年前后,先锋小说创作开始了第一个高潮期。

中国的先锋小说在创作观念和方法主要得益于法国“新小说”介绍的叙事学。

1986 年

同年,莫言《红高粱》发表于《人民文学》第 3 期。孙甘露《访问梦境》发表于《上海文学》第 9 期。洪峰《奔丧》发表。

同年,刘恒《狗日的粮食》发表于《中国》第 9 期,随后新写实小说陆续出现。

新写实小说引起人们注意晚于先锋小说

同年,《深圳青年报》与安徽《诗歌报》发起“现代诗群体大展”,标志着“朦胧诗”时代的结束,“新生代”诗歌的开始。

1987 年

《十八岁出门远行》发表于《北京文学》第 1 期,引起关注。

《西北风呼啸的中午》发表于《北京文学》第 5 期。

《四月三日事件》发表于《收获》第 5 期。

《一九六八年》发表于《收获》第 6 期。

同年,马原《亮出你的舌苔或空空荡荡》、孙甘露《我是少年酒坛子》同时发表于《人民文学》第 1—2 期合刊(2 月,《人民文学》编辑部因为发表马原“丑化侮辱藏族同胞小说造成恶劣影响”而公开检查,主编刘心武停职,9 月复职)。孙甘露的《信使之函》和苏童的《一九三四年的逃亡》同时发表于《收获》第 5 期。洪峰《瀚海》、《极地之侧》发表。格非《迷舟》发表于《收获》第 6 期。同年,吴亮《马原的叙事圈套》发表于《当代作家评论》第 3 期。

同年,先锋小说创作进入第二个高潮期。

1987 年后,寻根文学作为一股文学潮流开始消退

1988 年

《现实一种》发表于《北京文学》第 1 期。

《河边的错误》发表于《钟山》第 1 期。

《世事如烟》发表于《收获》第 5 期。

《死亡叙述》发表于《上海文学》第 11 期。

《难逃劫数》发表于《收获》第 6 期。

《古典爱情》发表于《北京文学》第 12 期。

同年,叶兆言《枣树的故事》发表于《收获》第 2 期。格非《褐色鸟群》发表。

同年,余华与苏童、叶兆言、格非、孙甘露、北村等一起被誉为中国“先锋小说”的代表作家。

1989 年

《往事与刑罚》发表于《北京文学》第 2 期。

《鲜血梅花》发表于《人民文学》第 3 期。

《爱情故事》发表于《作家》第 7 期。

《此文献给少女杨柳》发表于《钟山》第 4 期。

《两个人的历史》发表于《河北文学》第 10 期。

同年,《虚伪的作品》发表于《上海文论》第 5 期。

同年,调入浙江嘉兴市文联工作。

到 1989 年,先锋小说的势头已经衰退

同年,“现实主义与先锋派文学研讨会”在北京举行。

1990 年

《偶然事件》发表于《长城》第 1 期。

同年,《川端康成与卡夫卡》发表于《外国文学评论》第 2 期。作家出版社出版余华的第一部小说集《十八岁出门远行》。台湾远流出版公司出版小说集《十八岁出门远行》。

1991 年

《夏季台风》发表于《钟山》第 4 期。

《呼喊与细雨》发表于《收获》第 6 期,花城出版社出版单行本《在细雨中呼喊》。

同年,花城出版社出版余华的第二部小说集《偶然事件》。台湾远流出版公司出版小说集《世事如烟》。

1992 年

《一个地主的死》发表于《钟山》第 6 期。

《活着》发表于《收获》第 6 期,长江文艺出版社出版单行本。

同年,长江文艺出版社出版余华的第三部小说集《河边的错误》。台湾远流出版公司出版长篇小说《在细雨中呼喊》。

1993 年

《祖先》发表于《江南》第 1 期。

《命中注定》发表于《人民文学》第 7 期。

同年,辞去嘉兴市文联的工作,夫妻二人在北京以写作为生。

同年,“先锋长篇小说六种”:格非《敌人》、苏童《我的帝王生涯》、余华《在细

雨中呼喊》、孙甘露《呼吸》、吕新《抚摸》、北村《施洗的河》由花城出版社出版。台湾远流出版公司出版小说集《夏季台风》。

六部长篇小说的出版，似乎是为先锋小说作最后的总结

1994 年

《战栗》发表于《花城》第 5 期。

同年，《我，小说，现实》发表于《今日先锋》第 1 期。

同年，台湾麦田出版公司和香港博益出版公司出版《活着》。法国出版法文版《世事如烟》。美国夏威夷大学出版社出版英文版小说集《往事与刑罚》。法文版、荷兰文版《活着》出版。

1995 年

《许三观卖血记》发表于《收获》第 6 期，由江苏文艺出版社出版。

《我没有自己的名字》发表于《收获》第 1 期。

同年，中国社会科学出版社出版《余华作品集》（三卷）。香港博益出版公司出版小说集《战栗》。

1996 年

台湾麦田出版公司和香港博益出版公司出版《许三观卖血记》。

同年，法文版《许三观卖血记》出版。意大利文版、韩文版《活着》出版。意大利文版小说集《折磨》出版。

1997 年

《黄昏里的男孩》发表于《作家》。

1998 年

随笔集《我能否相信自己》由人民日报出版社出版。

同年，《在细雨中呼喊》、《活着》、《许三观卖血记》由海南出版公司重新出版。德文版《活着》出版。《活着》获意大利第 17 届“格林纳扎·卡佛文学奖”。

《活着》还荣获台湾《中国时报》“十本好书奖”和香港《博益》“十五本好书奖”

1999 年

在《收获》杂志上开辟音乐随想专栏“边走边看”。

余华的音乐才能引起人们注意

在《读书》杂志上开辟文学随想专栏“边看边走”。

随笔集《高潮》和《内心之死》由华艺出版社出版。

《温暖的旅程——影响我的十部短篇小说》由新世界出版社出版。

同年，《99’余华小说新展示》（六种）：《鲜血梅花》、《世事如烟》、《现实一种》、《我胆小如鼠》、《战栗》、《黄昏里的孩子》由新世界出版社出版。《余华卷》（小说集）由香港明报出版公司出版。《余华经典文集》由内蒙古人民出版社出版。意大利文版、德文版、韩文版《许三观卖血记》出版。意大利文版《在细雨中呼喊》出版。法文版小说集《古典爱情》出版。

2000 年

韩国出版韩文版小说集《我没有自己的名字》和《往事如烟》。

四、练习与讨论

（一）填空题

注意了解先锋小说出现前的有关情况

1. 几乎与朦胧诗的出现同时，小说创作中就出现了茹志鹃的《剪辑错了的故事》、______的《我是谁》等现代主义的尝试之作。

2. 如果说格非和孙甘露在叙事和语言方面，将______和莫言的实验推到了极端，那么，则可以说余华在对人的生存方面发展了残雪的探索。

作家与作品是练习的重点

3. 1981年，高行健的《______》发表后，终于使现代主义这一创作现象成为引人注目的文学潮流。

4. 余华是1987年1月在《______》上发表了他的短篇小说《十八岁出门远行》后开始引起人们注意的。

5. 在20世纪80年代中期，出现了刘索拉的《你别无选择》、______的《无主题变奏》等带有"黑色幽默"特点的现代主义小说。

注意朦胧诗与先锋小说的关系

6. 中国当代文学史上的______主义倾向可以追溯到"文革"末期，朦胧诗的出现可以看做是现代主义文学从地下浮出水面的一个标志。

7. 以马原为代表的小说实验运动，在某种意义上，可以看做是中国当代小说的真正开端。这一开端在叙事革命、语言实验、生存探索三个层面上同时进行。

8. 余华的第一部长篇小说最初在《______》杂志上发表时，名为《呼喊与细雨》。

9. 如果说格非和孙甘露在叙事和语言方面，将马原和莫言的实验推到了极端，那么，则可以说余华在对人的生存方面发展了________的探索。

专科阶段的学习内容也在练习范围

10. 1981年，______的《现代小说技巧初探》发表后，终于使现代主义这一创作现象成为引人注目的文学潮流。

11. 莫言说，______是一位"感到自己已经洞察到艺术永恒之所在"的"狂生"。

12. 凡是新的艺术形式都具有先锋性，从这个意义说，宋词相对于唐诗是先锋，元曲相对于________也是先锋。

13. 长篇小说《________》(1991)和在此前的一篇创作谈的发表，被人们看做是余华前期创作的一个总结。

14. 在20世纪90年代以后，先锋作家纷纷降低了探索的力度，甚至与商业文化相结合，苏童的小说《________》就被张艺谋改编成了电影《大红灯笼高高挂》。

15. 山岗的儿子皮皮杀死了山峰的儿子，山峰杀死了皮皮，山岗杀死了山峰，山峰的妻子借助公安机关杀死了山岗……这个"连环报"式的仇杀故事出自小说《________》。

16. ________在创作的顶峰期，写了许多在当时让人耳目一新的小说，如《冈底斯的诱惑》、《西海的无帆船》、《虚构》等。

17. 大家知道莫言和苏童,不是因为他们的小说《红高粱》和《妻妾成群》,而是张艺谋根据这两部小说改编的影片《红高粱》和《________》。

18. "文革"后现代意识的产生,最早可追溯到20世纪70年代中期以食指、芒克、多多和根子等为主要成员的"________"。

19. 余华在小说《现实一种》中描写了一个"连环报"式的仇杀故事:山岗的儿子皮皮杀死了山峰的儿子,山峰杀死了皮皮,山岗杀死了山峰,山峰的妻子最后又借助公安机关杀死了________。

细读作品

(二)单项选择题

1. 余华1989年发表在《上海文论》上的一篇具有宣言倾向的创作谈是(　　)。

A.《河边的错误》　B.《往事与刑罚》

C.《我胆小如鼠》　D.《虚伪的作品》

练习题中常有一些题目会在变化后再出现

2. 先锋小说家都很重视小说的语言,而在语言实验上走得最为极端的是(　　)。

A. 马原　B. 余华

C. 格非　D. 孙甘露

审题要仔细

3. 余华的第一篇小说是1987年1月发表在《北京文学》上的(　　)。

A.《河边的错误》　B.《四月三日事件》

C.《细雨与呼喊》　D.《十八岁出门远行》

4. 在先锋作家中,被看做是"叙事革命"的代表人物,并因之被某些批评家称为"形式主义者"的作家是(　　)。

A. 残雪　B. 马原

C. 莫言　D. 余华

5. 几乎在朦胧诗出现的同时,小说创作中就出现了现代主义的尝试之作。1981年,《现代小说技巧初探》发表后,才使"现代主义创作"这一现象成为引人注目的文学潮流。这篇文章的作者是(　　)。

A. 王蒙　B. 高行健

C. 王干　D. 魏明伦

(三)多项选择题

1. 以马原为代表的小说实验运动,在某种意义上,可以看做是中国当代先锋小说的真正开端,这一开端在三个层面上同时进行。这三个层面是(　　)。

A. 叙事革命　B. 语言实验

C. 文体创新　D. 生存探索

2. 先锋的性质和特点主要表现为(　　)等。

A. 必须始终坚持为大众服务

B. 必须始终保持着与社会和大众的距离

C. 必须始终保持与主流文化的一致性

D. 必须始终与传统和世俗为敌

3. 先锋小说的重要作家,主要有(　　)等。

A. 马原、莫言　B. 张炜、张承志

在做练习时重温教材是一种好的学习方法

C. 格非、苏童　　D. 北村、孙甘露

4. 在20世纪70年代末和80年代初，几乎在朦胧诗出现的同时，小说创作中就出现了现代主义的尝试之作，主要有(　　)等。

A. 刘索拉的《你别无选择》　　B. 王蒙的《夜的眼》

C. 茹志鹃的《剪辑错了的故事》　　D. 宗璞的《我是谁》

5. “文革”后现代意识的产生，最早可追溯到20世纪70年代中期的“白洋淀诗派”。这个诗派的主要成员有(　　)等。

A. 多多　　B. 芒克

C. 根子　　D. 食指

(四) 简答题

1. 说先锋小说的变化是“胜利大逃亡”的主要用意是什么？

2. 余华的创作大致经历了一个从先锋到世俗的变化，他本人对这个变化是十分清醒和理智的。你认为，应该如何评价他的这种选择？

3. 简要说明“先锋”(Avant - garde)和“先锋文学”的基本概念。

4. 什么是“先锋小说”？根据“先锋”的特点，你认为《我没有自己的名字》是否也具有某些先锋的性质？

5. 试以《现实一种》为例，简要说明余华先锋小说的主要特点。

(五) 分析题

1. 你认为，余华从“先锋”到“世俗”的变化过程中，世俗的诱惑起到了一种什么样的作用？世俗的诱惑主要表现在什么方面？马原、莫言、苏童等先锋作家的变化是否也有类似的情况？

注意前后期的不同特点

2. 余华的小说创作有一个从“先锋”到“世俗”的变化，这种说法对不对？请通过《现实一种》与《许三观卖血记》的对比，说明其具体理由。

可以不拘泥于教材的内容和观点

3. 先锋文学由于它的性质和特点所决定，其变化是必然的，在80年代中期崛起的中国先锋小说的发展和衰落已经证明了这一点。那么，你认为，余华小说从先锋到世俗的变化为什么会出现在90年代初？可结合余华自己的创作经历和90年代的文化背景加以说明。

(李　平)

附录一

"中国现当代文学专题"考核说明

一、课程考核的有关说明和实施要求

1. 本课程的考核对象是本科阶段汉语言文学科类汉语言文学专业的学生。

2. 本考核考核说明是根据中央电大的"中国现当代文学专题"课程教学大纲及主教材《中国现当代文学专题研究》(温儒敏、赵祖谟主编)等多种媒体教材编制的,是该课考试命题的依据。学生可同时使用中央广播电视大学制作的《中国现当代文学专题网络课件》和其他媒体进行复习。

3. 本课程主要考核学生对中国现代文学、中国当代文学史上与本课程有关的作家作品、文学现象的了解与掌握。

考核要求分为了解、掌握、分析三个层次,每一层次都有具体的考核要求:

A)"了解"要求学生对教材中的所有知识点有一般的、全面的认识;

B)"掌握"要求学生在了解的基础上,对所给定的问题作进一步的认识,并具有归纳总结的能力;

C)"分析"要求学生在掌握的基础上,对所给定的问题有深入的认识,并具有结合自己的独到见解和课外阅读感受进行综合分析的能力。

4. 本课程的考核采取平时作业和期末考核相结合的方式。平时作业每学期4次,由中央电大统一安排,占考核总成绩的20%(根据各地的实际情况,由教学班或工作站计入考核总成绩中)。

5. 本课程的期末考核采取"开卷"考试方式。考试时可带本课教材《中国现当代文学专题研究》和《〈中国现当代文学专题研究〉作品讲评》、《〈中国现当代文学专题研究〉自学指导》,以及专科阶段的教材《中国现代文学发展史》(黄修己著)、《中国当代文学》(陈思和、李平主编)、本专业选修课教材《中国现当代文学名著导读》或其他参考书籍。

6. 试题难度分为较易、适中、较难三个等级,分别占卷面总成绩的30%、30%、40%。

试题类型包括"填空题"、"单项选择题"、"多项选择题"、"简答题"、"论述题"五种,分别占卷面总成绩的20%、10%、10%、20%、40%。

填空题、单项选择题和多项选择题,主要考查学生对文学史知识和教材的熟悉程度;简答题和论述题,主要考核学生对所学内容的理解程度和创造性发挥的程度,如果仅仅是简单地照抄教材,不能给高分,甚至完全不给分。

期末考核试卷卷面分数为100分,占总考核成绩的80%。考试时间为150分钟(两个半小时)。

7. 试题类型与三个层次的考核要求不是简单的对应关系。每一种试题类型,都可能涉及"了解"、"掌握"和"分析"所要求的全部内容。

二、考核内容和考检目标

第一讲 鲁迅研究四题

（一）了解：

1. 鲁迅生平和创作简况。

2. 鲁迅、胡适、周作人等文化先驱对传统文化的不同态度以及《狂人日记》的具体表现。

3.《阿 Q 正传》在批判国民性方面的代表性。

4. 鲁迅的《呐喊》、《彷徨》的主要内容（三个方面的主题）及其思想价值。

5. 鲁迅批判国民性的历史理由和现实根据。

（二）分析：

1. 指责鲁迅"全盘否定传统"的原因与误解。

2. 鲁迅对传统文化的传承拓展所作的工作。

3. 鲁迅批判国民性的苦心和特色。

4. 鲁迅批判国民性思想的形成。

5. 鲁迅为中国文化转型和中国现代化所作的思考和一些重要观点，包括"拿来主义"、物质文明与精神文明关系、科学主义等。

6. 鲁迅《呐喊》、《彷徨》的创作基调和文学史地位。

7. 鲁迅反传统的语境、目标、态度和策略。

8. 鲁迅小说对传统小说的革命性突破，在形式上从传统向现代的转型，以及在艺术格局和语言上的创新。

第二讲 关于郭沫若的两极阅读现象

（一）了解：

1.《女神》的文学史地位与人们现在对郭沫若诗歌的评价。

2. 对经典文学作品的不同读法。

3. 郭沫若的创作道路。

4. 郭沫若的文学成就和文化建设上的地位。

5. 郭沫若研究在 20 世纪 20—40 年代、50—60 年代和新时期以后三个时期的概况。

（二）掌握：

1.《女神》在"五四"时期成为经典的原因。

2. 以《天狗》、《晨安》或《女神》中的其他作品为例，将直观感受、设身处地与名理分析三步阅读方法结合起来，说明克服"两极阅读"的办法。

3.《女神》的主导风格和多方面的艺术探求。

4. 从时代的隔膜和诗歌审美潮流的变迁等方面，探讨郭沫若诗歌出现"两极阅读"现象的原因。

5. 从郭沫若文艺型的人格心理特征，对其天才与凡庸的两面都给以客观的评价。

第三讲 茅盾研究中的“矛盾”

(一)了解:

1. 茅盾的生平和创作简况。

2. 关于当前学术界茅盾研究的概况,特别是当前一些有争议的观点。

3. 茅盾的文学主张和形成这些主张的主要原因。

(二)掌握:

1.“矛盾”在茅盾的文学主张、文学创作以及茅盾研究中的意义和表现。

2. 茅盾在20世纪30年代社会分析派形成过程中的决定性影响以及这一流派的文学史地位。

3.《子夜》对现实社会的敏锐观察与深刻把握,对生活描写的现实主义笔法等,对于现代长篇小说新潮流与新局面的开创以及它存在的概念化弊病。

4.《子夜》在题材选择、人物塑造、艺术结构等方面的特色。

5. 茅盾创作心理特征及其在作品中的影响和得失。

第四讲 老舍创作的视点与“京味”

(一)了解:

1. 老舍生平和创作道路。

2. 老舍与京味小说的关系。

3. 老舍笔下的市民世界和人文景观。

4. 樊骏、赵园等老舍研究的有代表性的观点。

(二)掌握:

1. 老舍的艺术视点:人性与人伦的关系。

2. 老舍在批判传统文明时所表现出来的失落感与对“新潮”愤激之情交织的复杂感情。

3. 从风俗描写、社会文化心理结构的揭示、幽默的手法以及语言的运用等几个方面,把握“京味”的风格,掌握“京味”小说的源头,并掌握风格评析的一般方法。

4. 老舍笔下老派、新派、正派和“贫民”等市民人物形象及内涵。

5.《骆驼祥子》通过祥子这样一个纯朴的农民与现代城市文明相对立所产生的道德堕落与心灵腐蚀的故事,对于病态城市文明与人性关系的探讨。

第五讲 曹禺与现代话剧艺术的成熟

(一)了解:

1. 曹禺的生平和创作简况。

2. 在基督教文化的影响、精神分析派的观点运用、比较文学的视角、传统文化的影响、接受美学的层面等方面,有关曹禺研究的现状。

(二)掌握:

1.《雷雨》、《日出》、《原野》和《北京人》等曹禺话剧中的诗意特征。

2. 曹禺话剧在创作中所受到的外来文化的影响。

3.《雷雨》等经典剧作的内涵,包括浓郁的情感色彩和主观因素、象征性意象、超越客观真实的表现性和多义性。

4. 周朴园、繁漪的形象与性格。

5. 曹禺创作的成功及后来创造力衰退与他的人格心理的关系。

第六讲　沈从文与“京派”文学

(一) 了解:

1. 沈从文的生平和创作简况。

2. 京派形成的文化背景。

3. 沈从文研究在历史上的不同情况。

(二) 分析:

1. 京派的共性特征及废名、萧乾、芦焚等主要作家及其创作。

2. 京派与现实保持距离及偏于古典审美的牧歌田园诗风格。

3. 构成“湘西世界”的题材、人性描写、人生形式想像等基本的元素,“湘西世界”与现代都市病态文明的对照。

4.《边城》与沈从文的文学理想。

第七讲　张爱玲的《传奇》与“张爱玲热”

(一) 了解:

1. 张爱玲的生平和创作简况。

2. 中西两种文化对张爱玲的影响和她作品中的文化背景。

(二) 分析:

1. 张爱玲《传奇》中的“香港的传奇”和“上海系列”等作品的主要内容、独特风格和具有现代主义意味的“荒原”意识。

2. 张爱玲作品既大雅又大俗, 既传统又现代的特点, 以及极为鲜明的艺术独创性和本身具有的缺陷。

3. 两次“张爱玲热”出现的不同情况。包括傅雷对张爱玲的批评、20 世纪 80 年代张爱玲被重新发现并逐渐形成热点的过程和原因,90 年代成为研究热点的过程、社会消费心理,及其身世被传媒热炒和商业包装并在社会上流行的现象。

4. 张爱玲作品中女性人物的特点。

5. 从意象营造和语言风格两个方面, 分析张爱玲小说艺术的创新和袭旧以及在现代文学史上特异的地位。

第八讲　穆旦与九叶诗派

(一) 了解:

1. 新诗发展的历史轮廓。

2. 九叶诗人的创作简况和九叶诗派的形成情况, 包括他们在 20 世纪 40 年代的两次聚集、他们同 30 年代现代派诗人的关系等。

(二) 掌握:

1. 20 世纪 40 年代现代主义诗潮出现的“历史意识的浮现”、“诗歌散文美的追求”和“新诗现代性的拓展”等创作趋向。

2. 九叶诗派的诗学主张及其共同追求。

3. 穆旦在现代诗歌史上的地位。

4. 以具体诗作为例，说明穆旦诗歌中三个常见的主题和艺术创新的基本要素。

第九讲　现代散文五家

（一）了解：

1."五四"时期散文创作格外发达的主要情况和原因，以及几位代表性散文家的创作特色。

2. 文学史研究的主要方法与近年来现代散文进行分类研究的简况。

3."言志派"的其他散文作家。

4. 散文发展的概况、特点和主要成就。

（二）掌握：

1. 现代散文的"闲话体（风）"和"独语体"两个主要语体的不同特征。

2. 周作人"言志"散文的两种不同风格和基本体式，以及作品中表现出来的"趣味"和节奏。

3. 周作人散文的"涩味"与"简单味"。

4. 从散文语言运用和文体创造两个方面，比较冰心与朱自清散文创作的不同风格。

5. 郁达夫行旅散文的特点。

6. 何其芳独语散文的特点和"独语体"的特征。

7. 通过现代散文的几种主要风格类型，掌握散文鉴赏和批评的基本方法和角度。

第十讲　赵树理评价问题与农村写作

（一）了解：

1. 赵树理小说的创作在解放区文艺界受重视的情况，以及赵树理获得"赵树理方向"的背景和原因。

2. 赵树理在建国前后创作的不同情况。

（二）掌握：

1. 赵树理在20世纪40年代后期获得的广泛赞誉和当时人们认识上的局限。

2. 赵树理在五六十年代所作出的努力和他受到的褒贬毁誉，以及人们对赵树理的评价与当时文学思潮的关系。

3."文革"后赵树理研究的特点和研究者们的主要观点。

4. 赵树理创作的主要特点和他的作品在文学史上的独特价值以及作家自身的局限。

5.《三里湾》在50年代受到批评的原因。

第十一讲　"样板戏"及对它的评价

（一）了解：

1."样板戏"在中国的戏剧性遭遇。

2. 戏剧艺术家和观众在京剧现代戏和"样板戏"创作过程中的影响，以及斗争哲学和道德理想在其中的作用。

（二）分析：

1. 京剧现代戏产生的时代背景和文化语境。

2."样板戏"的产生与京剧现代戏的关系。

3. 江青对于"样板戏"的作用。

4."样板戏"为了适应表现中国民主革命的历史和社会主义时期的生活，而在艺术上对传统京剧进行的主要改革。

5.“样板戏”的艺术成就和辩证评价。

6. 结合作品内容,分析李玉和、杨子荣、阿庆嫂的形象。

第十二讲　朦胧诗及其叙述

(一) 了解:

1. 由朦胧诗的“朦胧”所引起的论争情况以及发展结果。

2. 朦胧诗进入文学史的情况。

3. 江河、杨炼的创作对于朦胧诗的发展和变异的作用。

(二) 掌握:

1. 朦胧诗以及论争在中国当代文学史上的地位和意义。

2. 朦胧诗对新生代的影响和新生代对它的反叛,特别是海子等“后朦胧”诗人和韩东、于坚等“第三代”诗人的情况。

3. 舒婷、北岛、顾城创作的风格与特点,并比较他们的异同。

4. 朦胧诗发展和变异的特点和必然性。

第十三讲　汪曾祺与当代小说文体

(一) 了解:

1. 汪曾祺的短篇小说观和他在小说文体创造上的自觉意识。

2. 汪曾祺在废名、沈从文与阿城、贾平凹之间承前启后的作用。

(二) 掌握:

1. 汪曾祺小说的回忆性特点、散文化的结构和由独特的语气、语调和语感形成的语言风格。

2. 通过《受戒》在新时期文学史上的影响和它在中国20世纪小说散文化传统中的地位,说明汪曾祺小说对当代小说文体的意义。

3. 汪曾祺小说在中国文学的整体格局中的个性特征。

4. 以《受戒》或《大淖记事》为例,分析汪曾祺小说的散文化特征。

第十四讲　王安忆与女性写作

(一) 了解:

1. 王安忆小说创作的三个阶段和创作主题、题材的发展变化以及其中的重要作品。

2. 女性写作的三次高潮以及其中出现的主要作家作品及主要特点。

(二) 分析:

1.“女性文学”、“女性主义文学”与“女性写作”的概念。

2. 张爱玲对王安忆的影响和王安忆对张爱玲的发展。

3. 王安忆小说描写城市变迁与都市女性命运时叙事空间开放性的特点。

4.“三恋”和《岗上的世纪》的主要内容特点和王安忆在作品中表现出来的女性意识。

5. 作为最重要的女性写作者,王安忆的作品为我们提供了哪些独特的文学经验。

6. 以《长恨歌》为例,分析王安忆作品中都市与女性的关系。

7.《叔叔的故事》在叙述手法上的变化和王安忆小说观念发生的变化。

第十五讲 王朔现象与大众文化

(一) 了解:

1. 王朔小说的主要内容和人物形象。

2. 20 世纪八九十年代中国当代文化的主要特点,特别是大众传媒和大众文化的重要性。

(二) 掌握:

1. 王朔在 20 世纪八九十年代文学中的特殊地位和矛盾现象以及人们对王朔截然不同的看法。

2. 王朔作品的大众文化特征,包括消费与娱乐、批量与复制、利用大众媒体等。

3. 王朔作品的反叛精神。

4. 以具体作品为例,分析王朔作品的调侃语言,并以此说明王朔作品的主要特征。

5. 以具体作品为例,分析王朔作品中的“玩主”形象。

第十六讲 余华与先锋小说的变化

(一) 了解:

1. 了解现代主义在“五四”时期和 20 世纪 80 年代出现时的异同及意义。

2. 余华小说的主要内容以及发展变化。

3. 马原在先锋小说从发生、发展到变化的作用与意义。

4. 先锋小说解体后,余华、北村、吕新等其他先锋小说家的情况。

(二) 分析:

1. “先锋”的概念、性质和特点。

2. 以“先锋”概念和特点为理论依据,说明余华与先锋小说的悲剧性命运。

3. 余华小说的主要特点、研究者对余华的不同态度以及余华创作发生变化后的情况。

4. 先锋小说发生变化的原因和趋势。

5. 余华小说从先锋到世俗的变化对于先锋小说的象征性意义。

附录二：

综合练习和模拟试题

一、综合练习题(上)

一、填空题(要求：书写规范，不得有错别字。)

1. 鲁迅原名______，1881年生于绍兴，是新文化运动的主将“周氏兄弟”之一。

2.《肥皂》用精神分析的方法写道学家______对一个乞丐女孩的非分之想，既是对封建道学家虚伪面目的揭露，也是对人性弱点的深入探讨。

3. 鲁迅曾受严复译述的赫胥黎的《______》的影响，接受了进化论的思想。

4. 鲁迅在小说《铸剑》的开头，这样写道：“______刚和他的母亲睡下，老鼠便出来咬锅盖，使他听得发烦。”

5. 爱姑是小说《______》中的主人公。

6. 鲁迅在小说集《彷徨》的扉页上引用了《______》中的两句诗：“路漫漫其修远兮，吾将上下而求索”。

7. 小说《风波》以______复辟为背景，通过鲁镇七斤家里的一场小小风波，写出了乡村社会的死水微澜。

8.《呐喊》的最后一篇小说《______》是作者一段少年时代与农民朋友交往的美好回忆。

9. 在小说《祝福》中，祥林嫂原是决心守寡的，她逃到______家为仆，就是为了逃避婆婆令她再嫁的逼迫。

10. 鲁迅笔下的______是未庄的雇农，上无片瓦，下无插针之地，全靠打短工维持生计。

11. 在鲁迅笔下的知识分子形象中，有一类属于在封建科举制度下一心求功名的旧文人，除了《孔乙己》中的孔乙己外，还有《______》中的陈士成等。

12. 鲁迅自己曾经用“______”这四个字来概括《呐喊》等作品的基调。

13. 鲁迅在《______》一文中说：“中国人的性情是总喜欢调和、折衷的，譬如你说，这屋子太暗，须在这里开一个窗，大家一定不允许的。但如果你主张拆掉屋顶，他们就会来调和，愿意开窗了。”

14. 鲁迅多次在他的小说中写到群众蜂拥观看杀人场面的情景，早在他创作小说《示众》以前，就在他的第三部小说《______》有精彩的描写。

15. 鲁迅小说《在酒楼上》的主人公是______。

16. 鲁迅历史小说集《故事新编》中的作品几乎全以两个字命名，如《铸剑》、《奔月》、《出关》等，《不周山》是三个字，后来，这篇小说改名为《______》。

17. 郭沫若与郁达夫等人创办的创造社，______年成立于日本东京。

18. 所谓三步的阅读法，即：第一步直观感受，第二步设身处地，第三步名理分析。而“文学史读法”往往偏重于______。

19. 郭沫若的名诗《______》以恋歌的形式表达对祖国的爱，愿意为她掏出“火一样的心肠”。

20. ______的《〈女神〉之地方色彩》最有名的论断,就是指出《女神》缺少“地方色彩”的“欧化”现象。

21. 在五四运动的高潮之后,新文学的作家大多经历了一个从“呐喊”到“彷徨”的过程,如果说郭沫若的《女神》是他的“呐喊”,那么在《女神》之后出版的诗歌、散文、戏曲集《______》则可以看做是他的“彷徨”。

22. 郭沫若在新文学的第一个十年里,就写出了著名的《三个叛逆的女性》,包括《卓文君》、《______》和《聂嫈》。

23. 在40年代初,郭沫若一口气创作了以“战国”时期和“南明”时期为题材的六部历史剧,其中,最有代表性是《______》。

24. 在“五四”之后,许多作家都产生过彷徨的情绪,郭沫若也写过题为《彷徨》的十首诗,这些诗后来收入他于《女神》后出版的诗文集《______》中。

25. 1959年上海文艺出版社出版的______的《论郭沫若的诗》,是一部力图用马列主义观点做作家作品分析的专著,其中,最为关注的是郭沫若的“创作道路”和《女神》的“时代精神”等问题。

26. 郭沫若在新文学的第一个十年里,就写出了话剧《______》、《王昭君》和《聂嫈》,即著名的《三个叛逆的女性》。

27. 曾以一部《女神》开中国现代诗歌浪漫主义先河的郭沫若,50年代以后诗风大变,从一位旧时代的诅咒者变成了新时代的热情歌手,尽管他这时的诗歌多为应制之作,艺术上已不足观,但也以惊世骇俗的新观点创作了两部历史剧《蔡文姬》和《______》。

28. 郭沫若50年代以后以惊世骇俗的新观点创作的历史剧《______》,实际上是一篇为历史上的“白脸”形象曹操所作的“翻案文章”。

29. ______的《关于浪漫的沉思——郭沫若前期文艺思想论》一书认为,前期郭沫若文艺思想虽然变化多,又偏激,不科学,但其价值就在于“深刻的片面”,即使不科学,也是合理的,满足了时代需求的。

30. 茅盾原名沈德鸿,字______,早在他1928年发表小说之前,就是五四新文化运动的主将。

31. 1929年茅盾《读〈倪焕之〉》一文关于“时代性”的阐述已经开始接受“新写实主义”的概念。这部小说《倪焕之》的作者是______。

32. ______是使命感很强的作家,处身其中他无法不受“红色30年代”文艺思潮的浸染,其明显标志是对“五四”的重新思考和“检讨”。在无产阶级革命文学论争时期,他曾发出“没有‘五四’,未必会有‘五卅’罢”的质疑。

33. 蓝棣之在《现代文学经典:症候式分析》一书中批评著名小说《______》是一部抽象观念加材料堆砌而成的社会文献。

34. 茅盾的《蚀》三部曲包括《幻灭》、《动摇》和《______》三篇小说。

35. 小说《虹》的主人公是______。

36. 文学批评家胡风在《回忆录》中谈到,当年在东京读茅盾新赠小说《______》的感觉时说:“接到书后,读了几天硬读了几十页,还是无法读下去。”

37. 在《子夜》中,吴荪甫与赵伯韬矛盾的激化,是由于他与汪派政客______联合组织“益中信托公司”引起的。

38. 在《子夜》的构思和素材搜集过程中,茅盾甚至连吴荪甫坐什么样的牌号的汽车这种小细节也反复研究过,原先想让吴荪甫乘“福特牌”小汽车,因为当时上海“流行福特”,后来经研究又改坐“______”,因为“像吴荪甫正月那样的大资本家应当坐更高级的轿车”。

39. 在 1940 年“皖南事变”发生后三个月左右，茅盾就创作了反映这一事变的长篇小说《______》。

40. 在茅盾的一生中，有许多未完成计划的小说，其中，第一部是 1929 年创作的长篇小说《______》。

41. 早期革命小说的标志性作品是______的《短裤党》。

42. ______的作品在中国现代小说艺术发展中有十分突出的地位，与茅盾、巴金的长篇创作一起，构成现代长篇小说艺术的三大高峰。

43. 小说《______》的男女主人公是祥子和虎妞。

44. 在老舍的“市民世界”中，活跃着三种类型的市民，即：老派市民、新派市民和正派市民，其中，给人印象最深、写得最成功的是______。

45. 在老舍的“市民世界”中，活跃着老派、新派和正派（理想）市民这几种形象系列，除此之外，还有一种属于城市底层的______形象系列，在老舍的“市民世界”中也占有显著的位置。

46. 虎妞的变态情欲，______逼女卖淫的病态行为以及小福子自杀的悲剧，对祥子来说，都是锁住他的“心狱”。

47. ______的《北京：城与人》虽不是老舍的专论，但对于作为“京派”所依托的北京文化及其在创作中的表现，有非常独到的发现。

48. 在老舍塑造的老派市民形象系列中，除了《二马》中的老马，《牛天赐传》中的牛老四，《四世同堂》中的祁老人和祁天佑之外，最引人注目的还是《______》中的张大哥。

49. 在《骆驼祥子》中，车厂老板刘四爷的又老又丑的女儿，名叫______。

50.《四世同堂》描写了“北京文化”的深刻影响，就连大字不识一二的车夫小崔也不例外：他敢于打一个不给车钱的日本兵，可是当女流氓______打他一记耳光时，却不敢还手，因为他不能违反“好男不与女斗”的“礼”。

51. 五六十年代以后，老舍是最具活力的现代作家，这时期他最成功的作品是话剧《茶馆》和未完成的长篇小说《______》。

52. 牛天赐是老舍以中国民族商业为题材的长篇小说《______》中的主人公。

53. 老舍原名舒庆春，字______，故以“老舍”作为他的笔名。

54. 周朴园对侍萍的怀念是通过一系列生活细节“外化”出来的，比如，爱穿侍萍绣过后的衬衣，每年______月十八都要为侍萍过生日等等。

55. 曹禺的三大杰作是《雷雨》、《日出》和《______》。

56.《日出》的主要人物有交际花陈白露、潘月亭、李石清、顾八奶奶、面首______以及洋奴张乔治。

57. 沈从文的第一部小说集是他于 1926 年出版的《______》。

58. 30 年代正当沈从文创作的高峰时期，就出现了许多不同的评论，其中，影响最大也最值得参考的是著名女评论家______的《沈从文论》。

59. 沈从文把《边城》看成是一座供奉人性的“希腊小庙”，而______便是这种自然人性的化身，是沈从文的理想人物。

60.《边城》的故事非常简单，也就是写茶峒小镇上船总的两个儿子天保和______同时爱上了翠翠。

61. 在沈从文的作品中，神性是最高的人性，因此，“______”、“爱”与“美”是三位一体的。

62. ______生长在湘西沅水流域，地处湖南、四川、贵州三省的交界处，他所在的凤凰县是土家族、苗族等少数民族的聚居地,而在他的身上就有着苗族的血统。

63.《边城》在结尾处写道:“这个人也许永远不回来了,也许‘明天’回来!”在这里,“这个人”是指______。

64. 与“京派”相对应“海派”是一个复杂的概念,其中,包括有新感觉派之类的先锋前卫的文学,其主要作家有施蛰存、刘呐鸥、穆时英等,其代表性小说《梅雨之夕》的作者是新感觉派的著名作家______。

65. 被看做是京派小说“鼻祖”的小说家不是沈从文,而是曾参加过语丝社的______。

66. 前些年出现的“张爱玲热”,在______年张爱玲在美国孤独地去世后形成高潮。

67. 葛薇龙是小说《______》中的主人公,她是一个普通的上海女孩子,为了能继续在香港求学,不得不向与葛家多年不相往来的姑妈梁太太求告。

68. 九叶诗派基本上是由两群诗人合流而成,他们与两个诗刊有直接关系,一是《诗创造》,一是《中国新诗》,故九叶诗派又称“______”派。

69. ______在《又关于本刊的诗》中说:“《现代》的诗是诗,而且是纯然的现代的诗。它们是现代人在现代生活中所感受的现代情绪,用现代的词藻排列成的现代的诗形。”

70. 1946年,上海诗人杭约赫与臧克家等人创立星群出版社,出版了《______》杂志。

71. 九叶诗派得名于______年江苏人民出版社出版的九人诗合集《九叶集》。

72. ______在《新诗的格调及其他》一文中说:“新诗运动最早的几年,大家注重的是‘白话’,不是‘诗’。”

73. 穆旦在清华时的同学______说,穆旦写的是“雪莱式的浪漫派的诗,有着强烈的抒情气质,但也发泄着对现实的不满”。

74. 穆旦本名______,是现代诗坛最为重要的诗人,也是一位著名的翻译家。

75. 鲁迅在30年代曾这样评说“五四”散文的发达状况:“到‘五四’运动的时候,才又来了一个展开,散文小品的成功,几乎在小说戏曲和______之上。”

76. 有的学者将现代散文分出两条不同的语体线索,一是“闲话体”,一是“独语体”。其中,鲁迅的散文诗《野草》应归属于______。

77. ______的小品文字,多以“言志”散文为主,又可分为“浮躁凌厉”与“冲淡平和”两种。

78.《黄昏之献》是风格与何其芳相近的散文家______的散文集。

79. ______是“自叙传”小说的代表作家,但他认为,比起小说,“现代的散文,却更带有自叙传的色彩了”。

80. 有学者分析认为,何其芳《画梦录》里的意象可分为两类,一类是“时间意象”,如黄昏、黑夜等,一类是“______”,如坟墓、古宅等。

二、单项选择题(要求:将正确答案的序号填在括号内。每题只有一个正确答案,错选或多选均不得分。)

1. 在鲁迅小说中,有关于一个知识分子的著名比喻:“蜂子或蝇子停在一个地方,给什么来一吓,即刻飞去了,但是飞了一个小圈子,便又回来停在原地点。”这个比喻出自(　　)。

A.《孤独者》　　B.《在酒楼上》

C.《孔乙己》　　D.《伤逝》

2. 和“五四”前后的许多“前驱者”不同,鲁迅对现实对未来并不乐观,甚至有些消沉,他躲在S会馆里抄古碑,也以写小说来排遣“苦的寂寞”。这些小说后结集为(　　)。

A.《呐喊》　　B.《彷徨》

C.《热风》 D.《故事新编》

3. 鲁迅的第一部杂文集是（ ）。

A.《野草》 B.《随感录》

C.《热风》 D.《坟》

4. 鲁迅的小说在艺术形式上有许多突破和创新，其中，具有"类散文体"特点的作品是（ ）。

A.《伤逝》 B.《风波》

C.《故乡》 D.《明天》

5. 鲁迅的作品具有现实主义的特色，同时也注入了鲁迅的主观精神，他作品中有的人物的名字，就是根据他自己的笔名衍生而成的。比如（ ）。

A. 吕纬甫 B. 魏连殳

C. 宴之敖 D. 眉间尺

6. 除《狂人日记》外，鲁迅在另一篇小说中也写了一个带象征意味的"狂人"，尖锐地抨击了封建制度文化的"吃人"本质，痛快地抒发了叛逆反抗之声。这篇小说是（ ）。

A.《故乡》 B.《孤独者》

C.《祝福》 D.《长明灯》

7. 鲁迅小说《故事新编》中的人物，大多是历史上有脸有面的大人物。其中，墨子出自小说（ ）。

A.《理水》 B.《出关》

C.《非攻》 D.《铸剑》

8. 郭沫若与鲁迅一样，他东渡日本的最初目的是为了（ ）。

A. 学习考古学 B. 学习医学

C. 学习文献学 D. 学习文学

9. 郭沫若《匪徒颂》的主题是（ ）。

A. 批判古往今来的革命者 B. 讽刺一切偶像的破坏者

C. 歌颂古往今来的革命者 D. 批判一切偶像的破坏者

10. 在新文学史上，第一部个人新诗集是（ ）。

A. 郭沫若的《女神》 B. 胡适的《尝试集》

C. 俞平伯的《冬夜》 D. 康白情的《草儿》

11. 创造社的第一份刊物是（ ）。

A.《创造日》 B.《创造周报》

C.《创造月刊》 D.《创造季刊》

12. 郭沫若在40年代创作的第一部历史剧，是他根据早年的诗剧改编、扩写的（ ）。

A.《女神之再生》 B.《卓文君》

C.《棠棣之花》 D.《王昭君》

13. 在"革命文学"论争中，将郭沫若称为"流氓＋才子"的批评家是（ ）。

A. 茅盾 B. 田汉 C. 鲁迅 D. 夏衍

14. 郭沫若《女神》中的作品大多发表于"五四"时期的"四大副刊"之一的（ ）。

A.《晨报副刊》 B.《时事新报·学灯》

C.《京报副刊》 D.《民国日报·觉悟》

15. 创造社的小说创作主要有两种形式，即"自叙小说"和"寄托小说"。郭沫若"寄托小说"的代表性作品是(　　)。

A.《喀尔美萝姑娘》　B.《残春》

C.《牧羊哀话》　D.《漂流三部曲》

16. 被誉为“二十世纪的巴尔扎克”和“二十世纪的别林斯基”的小说大师和理论批评家是(　　)。

A. 鲁迅　B. 茅盾　C. 老舍　D. 胡风

17. 茅盾在文坛上献出的第一部长篇小说是(　　)。

A.《春蚕》　B.《虹》　C.《子夜》　D.《蚀》

18.“茅盾”是沈雁冰在发表哪部小说时开始使用的笔名(　　)。

A.《春蚕》　B.《虹》　C.《子夜》　D.《蚀》

19. 在30年代,有一位评论家在对茅盾与巴金进行比较时说,读茅盾像上山,沿途有的是瑰丽的奇景,然而脚下也有的是绊脚的石头;读巴金像泛舟,顺流而下,有时连你收帆停驶的工夫也不给。这位评论家是(　　)。

A. 朱佩弦　B. 瞿秋白　C. 冯乃超　D. 李健吾

20. 在《子夜》中,茅盾围绕着吴荪甫这个中心人物引出了各种经济斗争和阶级斗争,即表现吴荪甫的“三大火线”,一是与赵伯韬的斗法,二是与工人的斗争,三是与农民的矛盾。在这三条线索中,作家采用的是虚实结合的方法,其中,先虚后实的一条线索是(　　)。

A. 吴荪甫与工人的斗争　B. 吴荪甫与赵伯韬的斗法

C. 吴荪甫与农民的矛盾　D. 吴荪甫与唐云山的冲突

21. 老舍写于1939年的一部长篇小说在“文革”中曾受到严厉批判,直接导致了老舍的噩运。这部小说是(　　)。

A.《二马》　B.《猫城记》

C.《离婚》　D.《牛天赐传》

22. 在老舍早期作品中的理想市民形象中,李景纯出自作品(　　)。

A.《二马》　B.《赵子曰》

C.《离婚》　D.《老张的哲学》

23. 老舍曾为自己的幽默流入“油滑”而苦恼,以致一度“故意的停止幽默”,经过反复思索、总结,终于为他得之于北京市民趣味的幽默找到了健康的发展方向,这种变化开始于小说(　　)。

A.《二马》　B.《骆驼祥子》

C.《离婚》　D.《四世同堂》

24. 在三四十年代,老舍并没有赢得好评,《骆驼祥子》发表后,反响也不大。五六十年代名声大振,是因为他紧跟时代的戏剧创作,对老舍小说及其文学史地位的系统研究仍不多。直到“文革”后《论〈骆驼祥子〉的现实主义》一文发表,如何界定老舍创作的文学史地位才成为学术界重视的课题。这篇文章的作者是(　　)。

A. 宋永毅　B. 赵园　C. 孙钧政　D. 樊骏

25. 曹禺在创作中明显受古希腊命运悲剧影响的作品是(　　)。

A.《雷雨》　B.《日出》　C.《原野》　D.《蜕变》

26. 作品的主人公曾在哈尔滨修江堤时,为了发财而故意让江堤出险,淹死了两千多工人。这一内容出自曹禺的话剧(　　)。

A.《雷雨》　B.《日出》　C.《原野》　D.《北京人》

27.《莫须有先生传》是著名作家(　　)的作品。

A. 沈从文　　B. 废名　　C. 周作人　　D. 鲁迅

28. 所谓"京派",是指30年代活跃在北京和天津等北方城市的自由主义群。其中,蒙古族出身的作家是(　　)。

A. 废名　　B. 萧乾　　C. 林庚　　D. 芦焚

29. 小说《纺纸记》的作者是(　　)。

A. 废名　　B. 萧乾　　C. 林庚　　D. 芦焚

30. 沈从文最初在文坛上崭露头角与一个文学刊物直接有关。这个刊物是(　　)。

A.《文学月刊》　　B.《现代》　　C.《文学杂志》　　D.《现代评论》

31."由四川过湖南去,靠东有一条官路。这官路将近湘西边境,到了一个地方名为'茶峒'的小山城,有一条小溪,西边有座白色小塔,塔下住了一忘掉单纯的人家。"这段文字出自(　　)。

A. 郁达夫的《感伤的旅行》　　B. 沈从文的《湘西》

C. 郁达夫的《屯溪夜泊记》　　D. 沈从文的《边城》

32. 苏童在"影响我的十部短篇小说"评选中,选中了一篇张爱玲的小说,称"这样的作品是标准的中国造的东西,比诗歌随意,比白话严谨,在靠近小说的过程中成为了小说"。被苏童选取中的这篇张爱玲小说是(　　)。

A.《沉香屑　第一炉香》　　B.《金锁记》

C.《茉莉香片》　　D.《鸿鸾禧》

33. 20年代象征主义诗歌的代表人物是(　　)。

A. 戴望舒　　B. 卞之琳

C. 何其芳　　D. 李金发

34. 朱自清曾将《谈新诗》一文称为"诗的创造和批评的金科玉律"。《谈新诗》一文的作者是(　　)。

A. 胡适　　B. 郭沫若　　C. 穆旦　　D. 闻一多

35."走不尽的山峦的起伏,河流和草原/数不尽的密密的村庄,鸡鸣和狗吠/接连在原是荒凉的亚洲的土地上/在野草的茫茫中呼啸着干燥的风/在低压的暗云下唱着单调的东流的水/在忧郁的森林里有无数埋藏的年代。"此诗句出自穆旦的(　　)。

A.《赞美》　　B.《出发》　　C.《野兽》　　D.《合唱》

36. 穆旦在50年代回国后不久,就因他曾在抗战中参加过"中国远征军"而被列为审查对象,在艰难的日子里,他翻译了许多外国诗人的诗集。其中,有俄国诗人普希金的(　　)。

A.《茨冈》　　B.《高加索的俘虏》

C.《唐璜》　　D.《欧根·奥涅金》

37."列车轧在中国的肋骨上 / 一节接着一节社会问题"将风景的描绘机智地加以变形,引入社会问题的关注,形成特殊的反讽效果。这句诗出自(　　)。

A. 杭约赫的《复活的土地》　　B. 唐祈的《时间与旗》

C. 辛笛的《风景》　　D. 唐湜的《骚动的城》

38."我现在已是五个儿女的父亲了。想起圣陶喜欢用的'蜗牛背了壳'的比喻,便觉得不自在。新近一位亲戚嘲笑我说,'要剥层皮呢'!更有些悚然了。"根据文章的风格判断,这段文字出自朱自清的(　　)。

A.《父亲》　　B.《给亡妇》　　C.《儿女》　　D.《背影》

39. 散文集《燕知草》的作者是(　　)。

A. 林语堂　　B. 周作人　　C. 梁实秋　　D. 俞平伯

40. 被称为“闲话”散文第一家的散文家是(　　)。

A. 林语堂　　B. 周作人　　C. 梁实秋　　D. 俞平伯

三、多项选择题(要求:将正确答案的序号填在括号内。每题有 1—4 个正确答案,多选、少选和错选均不得分。)

1. 对于如何为传统的民族文化寻求新的出路,鲁迅有三点十分明确的主张,这三点主张是(　　)。

A. 分析　　B. 批判　　C. 继承　　D. 转化

2. 鲁迅的前三篇白话小说是在五四运动前完成的(　　)。

A.《狂人日记》　　B.《孔乙己》　　C.《阿 Q 正传》　　D.《药》

3. 鲁迅农民题材的主要作品有(　　)。

A.《狂人日记》　　B.《故乡》　　C.《阿 Q 正传》　　D.《明天》

4. 在鲁迅小说《铸剑》中有两个高潮,前一个高潮是对于“三头相搏”的描写,这三个头的拥有者是(　　)。

A. 眉间尺　　B. 大王　　C. 黑色人　　D. 宴之敖

5.《女神》的主导风格是“暴躁凌厉”,但其艺术探索是多方面的,其中也有一些比较优美别致的诗,如(　　)等。

A.《凤凰涅槃》　　B.《地球,我的母亲》

C.《密桑索罗普之歌》　　D.《夜步十里松原》

6. 茅盾紧密地、经常地、直接地以当代重要的政治经济事件作为自己的描写对象,在这些事件尚未从当代人的印象中消退时,便将它们纳入和熔铸在自己的艺术作品中。其中,有三部作品十分典型。它们是(　　)。

A.《幻灭》　　B.《走上岗位》　　C.《腐蚀》　　D.《清明时节》

7. 寿生和老通宝分别是茅盾两部作品中的主人公,这两部作品是(　　)。

A.《春蚕》　　B.《林家铺子》　　C.《秋收》　　D.《走上岗位》

8. 在茅盾的《子夜》中,吴荪甫手下有两员大将,他们是(　　)。

A. 杜竹斋　　B. 屠维岳　　C. 唐云山　　D. 莫干丞

9. 茅盾笔下的许多人物,如静女士、方罗兰、梅女士、赵惠明、赵伯韬、林老板、老通宝等,都是不朽的艺术典型,而不是时代精神、某种阶级属性和某种思想倾向的图解品。其中,静女士、梅女士、林老板分别是以下哪些小说中的主要人物(　　)。

A.《林家铺子》　　B.《幻灭》　　C.《虹》　　D.《春蚕》

10.《子夜》原来的计划是通过农村与城市革命发展的对比,反映出这个时期中国革命的整个面貌,即写一部“白色的都市与赤色的农村的交响曲”,后来因为生活积累的不足,茅盾断然地对这个宏伟构思作了重大的修改,对作品的规模作了几次大幅度的缩小。其中,做的主要修改有(　　)。

A. 把红军的活动基本上隐入幕后

B. 弱化了关于农村革命斗争的线索

C. 放弃了对工商证券交易所的表现

D. 压缩了关于工厂生活的描写

11. 茅盾中长篇小说的网状结构类型是中外小说发展到的较高艺术形式,但又是导致茅盾多部作品难以完篇的原因之一。其中,茅盾尚未终篇的作品主要有(　　)。

A.《锻炼》　　B.《第一阶段的故事》

C.《春蚕》　　D.《霜叶红于二月花》

12. 老舍的小说在现代作家中独具一格,主要是因为他的作品(　　)。

A. 具有二三十年代典型的“新文艺腔”

B. 表现出受英国文化影响的幽默风

C. 具有浓郁的“北京味儿”

D. 大量使用以北京话为基础的俗白,凝练、纯净的语言

13. 在老舍塑造的“老派市民”形象系列中,主要有(　　)。

A.《二马》中的李子荣　　B.《四世同堂》中的祁瑞宣

C.《离婚》中的张大哥　　D.《牛天赐传》中的牛老四

14. 老舍的作品追求幽默,一方面来自英国文学的影响,同时也深深地打上了“北京市民文化”的烙印。因此,老舍的幽默具有“打哈哈”性质,(　　)。

A. 是对现实不满的一种以“笑”带“愤”的发泄

B. 是对自身不满的一种自我解嘲

C. 是为了迎合市民的趣味

D. 是借笑声来使艰辛的人生变得好过一点

15. 曹禺的前三部话剧作品是《雷雨》、《日出》和《原野》,这些作品中的主要人物有(　　)等。

A. 曾文清　　B. 仇虎　　C. 陈白露　　D. 侍萍

16. “京派”活跃的主要园地有(　　)。

A.《文学杂志》　　B.《时事新报·学灯》

C.《文学月报》　　D.《大公报·文艺副刊》

17. 沈从文描写都市题材的主要有(　　)。

A.《八骏图》　　B.《月下小景》　　C.《大小阮》　　D.《绅士的太太》

18. 萧乾的主要小说作品有(　　)。

A.《篱下集》　　B.《栗子》　　C.《梦之谷》　　D.《谷》

19. 对张爱玲有较大影响的旧小说主要有(　　)。

A.《红楼梦》　　B.《半生缘》　　C.《金瓶梅》　　D.《海上花》

20. 穆旦在时代精神的感召下,写下了充满强烈民族意识、歌颂人民力量的诗作,其中主要有(　　)等。

A.《合唱》　　B.《旗》　　C.《赞美》　　D.《我》

四、简答题(要求:内容切题,文字通顺,语气流畅,逻辑清晰。)

1. 近十年来,海内外都有人对鲁迅提出批评,甚至否定。这是为什么?

2. 鲁迅小说的创作基调是什么?《呐喊》和《彷徨》主要反映了哪些方面的内容?

3. 为什么说鲁迅“全盘否定传统”也是事实?

4. 作为当代的读者,读《女神》这样带有强烈的时代色彩的作品,应该怎么读?

5. 郭沫若的创作生活道路是多变的,大致可以分为几个阶段?这对他的创作有什么影响?每个阶段的创作特点是什么?

6. 以郭沫若的《女神》为例,简要说明在阅读一些具有时代特点的经典作品时,怎样才能防止陷入“两极阅读”的偏颇?

7. 茅盾的《子夜》等"社会剖析小说"与概念化的"革命文学"主要有什么不同?

8. 理解老舍"市民世界"的切入口是什么?在相当长的时间里,老舍的创作拥有大量的读者,但为什么评论界一直没有给这位有影响的作家以应有的评价?

9.《四世同堂》中的祁瑞宣受过现代教育,为什么还说他也属于"老派市民"系列?

10. 老舍小说中的"市民世界"主要包括哪几类人物?他们各有什么特点?

11. 1951年,曹禺创作的《明朗的天》失败的主要原因是什么?

12. 鲁迅是如何评价"京派"和"海派"的?

13. 为什么可以说在沦陷区的上海,张爱玲几乎一夜间成了市民文化的"明星"?

14. 请简要说明九叶诗派与20年代的象征派和30年代现代派诗歌的关系。

15. 为什么"冰心体"散文在当时会风靡一时?

16. 以何其芳的散文《独语》为例,简要说明"独语体"散文的主要特点。

五、分析题(要求:立意新颖独特,论述正确深入,举例具体恰当,文字流畅,逻辑清楚。该题不得少于1000字。)

1. 鲁迅小说反映了"五四"思想革命的要求。请以《阿Q正传》为例,说明鲁迅小说对辛亥革命经验教训的总结。

2. 鲁迅对传统文化的批判往往表现得非常决绝,甚至偏激,应该如何看待鲁迅的这种态度?请结合《狂人日记》或鲁迅的其他作品加以分析。

3. 从新诗发展的角度,分析《天狗》在新诗史上的意义。

4. 20世纪80年代以来,茅盾研究呈现出一种什么样的状况?关于"《子夜》模式",主要有一些什么样的分歧?你自己是怎么看待这些分歧的?

5. 曹禺在《雷雨》、《原野》和《北京人》中,是如何礼赞"蛮性"的原始力量的?他为什么要这样做?

6. 什么是"牧歌"和"田园诗"?你对《边城》的牧歌田园诗风格有何看法?

7. 张爱玲作品在艺术的特征可以归纳为四个字:新旧雅俗。能否举例说明她作品中表现出来的"雅"和"俗"?

8. 你怎样看穆旦在中国新诗史上的地位?

二、模拟试题(上)

得 分	评卷人

一、填空题(每空1分,共20分)

要求:书写规范,不得有错别字。

1. 在______的小说中,用漫画式的方式描写了许多"新派市民"形象,既有兰小山、丁约翰之类的西崽,也有张天真、祁瑞丰、冠招娣等一类胡同纨绔子弟。

2. 文学批评家______在《回忆录》中说,他在读小说《虹》时,读了几天,硬读了几十页,还是无法读下去。

3. 契诃夫现实主义的创作精神震撼了______的心灵,于是,他用"片断的方法"、"人生的零碎"来"阐明一个观念",创作了他的第二部作品《日出》。

4."川嫦的卧房,姚先生的家,封锁时间的电车车厢,扩大起来便是整个的社会。一切之上还有一只瞧不及的巨手张开着,不知从哪儿重重压下来,要压瘪每个人的心房。"此话出自傅雷的《

______》一文。

5. 在20世纪20—40年代出现的许多有关郭沫若的评论和研究中，最值得我们参考的是诗人闻一多发表于1923年6月的两篇文章。其中，偏重于对郭沫若的批评的是《______》。

6. 在曹禺的《雷雨》中，出场的八个人物是周朴园、蘩漪、侍萍、鲁大海、鲁四凤、周萍、周冲和______。

7. ______在介绍美国传教士史密斯的《支那人气质》一书时，曾指出其“错误亦多”。

8. 沈从文的小说《边城》，描写的是湘西边上一个叫______的小山城。

9. 如果说，曹禺的“三大杰作”是《雷雨》、《日出》和《北京人》，那么，要说曹禺的“四大杰作”则应该是这三部作品再加上《______》。

10. 施蛰存在《______》一文中说：“《现代》中的诗是诗，而且是纯然的现代的诗。”

11. 1931年，______所作的《中国苏维埃革命与普罗文学之建设》一文，可以看出“唯物辩证法创作方法”对他的影响。

12. 在老舍的小说《骆驼祥子》中，虎妞的变态情欲，______逼女卖淫的病态行为以及小福子自杀的悲剧等等，对于祥子来说，都是锁住他的“心狱”。

13. 废名，原名______，1929年在北大英文系任教时出版第一部小说集《竹林的故事》。

14. 鲁迅多次在他的小说中写到群众蜂拥观看杀人场面的情景，除了小说《示众》以外，还有他的第三部小说《______》。

15.《四世同堂》描写了“北京文化”的深刻影响，就连大字不识一二的车夫小崔也不例外：他敢于打一个不给车钱的日本兵，可是当女流氓______打他一记耳光时，却不敢还手，因为他不能违反“好男不与女斗”的“礼”。

16.“九叶诗派”虽然形成于40年代，但这个诗派的名称却得名于1981年江苏人民出版社出版的《______》。

17. 在现代文学史上有两篇著名的以《桨声灯影里的秦淮河》为题的散文，一篇是朱自清的，另一篇是______的。

18. 茅盾的《蚀》三部曲包括《幻灭》、《动摇》和《______》三篇小说。

19. 曾以一部《女神》开中国现代诗歌浪漫主义先河的郭沫若，50年代以后诗风大变，从一位旧时代的诅咒者变成了新时代的热情歌手。虽然他这时的诗歌多为应制之作，艺术上已不足观，但也以惊世骇俗的新观点创作了两部历史剧《______》和《武则天》。

20. ______曾在《〈莫须有先生传〉序》中说废名的散文好像一道水，其实这也是他本人的夫子自道。

得 分	评卷人

二、单项选择题（每题1分，共10分）

要求：将正确答案的序号填在括号内。每题只有一个正确答案，错选或多选均不得分。

1. 被誉为“二十世纪的巴尔扎克”和“二十世纪的别林斯基”的小说大师和理论批评家是(　　)。

A. 鲁迅　　B. 茅盾　　C. 老舍　　D. 胡风

2. 唐弢曾在《晦庵书话》中说，佩弦先生后期的语言比前期更接近口语……这里的“佩弦先生”是指(　　)。

A. 周作人　　B. 废名　　C. 朱自清　　D. 冰心

3. 在20世纪二三十年代的“革命文学”论争中，将郭沫若称为“流氓 + 才子”的批评家是(　　)。

A. 茅盾　　B. 田汉　　C. 鲁迅　　D. 夏衍

4. 在现代文学史上,主要以田园牧歌风格著称的小说家是(　　)。

A. 废名　　B. 张爱玲　　C. 芦焚　　D. 沈从文

5. 在老舍早期作品中的理想市民形象中,李景纯出自作品(　　)。

A.《二马》　　B.《赵子曰》　　C.《离婚》　　D.《老张的哲学》

得 分	评卷人

三、多项选择题(每题 2 分,共 10 分)

要求:将正确答案的序号填在括号内。每题有 1—4 个正确答案,多选、少选和错选均不得分。

1.“京派”作家群的主要作家主要有(　　)。

A. 凌叔华　　B. 何其芳　　C. 张爱玲　　D. 林徽因

2. 以周作人为领袖,“言志派”的主要作家有(　　)。

A. 俞平伯　　B. 朱自清　　C. 何其芳　　D. 钟敬文

3.《传奇》中的女性基本上处于两种生存状态,一种是想当“太太”,一种是成为“太太”之后,其中,处于后一种生存状态的人物主要有(　　)。

A.《倾城之恋》中的白流苏　　B.《红玫瑰与白玫瑰》中的王娇蕊

C.《鸿鸾禧》中的玉清　　D.《红玫瑰与白玫瑰》中的烟鹂

4. 20 世纪 30 年代“现代派诗人群”的代表诗人主要有(　　)。

A. 戴望舒　　B. 卞之琳　　C. 何其芳　　D. 李金发

5. 茅盾《子夜》中的主要人物有(　　)。

A. 方罗兰　　B. 杜竹斋　　C. 曾沧海　　D. 杜新箨

得 分	评卷人

四、简答题(共 20 分)

要求:内容切题,文字通顺,语气流畅,逻辑清晰。

1. 以郭沫若的《女神》为例,简要说明在阅读一些具有时代特点的经典作品时,怎样才能防止陷入“两极阅读”的偏颇?(8 分)

2. 什么叫“京派”?“京派”的重要作家主要有哪些?试举出三位,并简要说明其创作特点。(6 分)

3. 简要说明“五四”时期散文格外发达的原因。(6 分)

得 分	评卷人

五、分析题(40 分)

要求:在以下两题中任选一题,立意新颖独特,论述正确深入,举例具体恰当,文字流畅,逻辑清楚。该题不得少于 1000 字。

1. 鲁迅对传统文化的批判往往表现得非常决绝,甚至偏激,应该如何看待鲁迅的这种态度?请结合《狂人日记》或鲁迅的其他作品加以分析。

2. 张爱玲小说中的意象常常充满了象征的意味,有时一个意象就象征着一个人物的一生或一篇小说的全部主题意义。请就《茉莉香片》中“绣在屏风上的鸟”这一意象为例,说明张爱玲小说中女性形象的命运。

答案及评分标准

一、填空题(每空1分,共20分)

说明:答案中凡出现错别字均不给分。

(1)老舍 (2)胡风
(3)曹禺 (4)论张爱玲的小说
(5)《女神》之地方色彩 (6)鲁贵
(7)鲁迅 (8)茶峒
(9)原野 (10)又关于本刊的诗
(11)茅盾 (12)二强子
(13)冯文炳 (14)药
(15)大赤包 (16)九叶集
(17)俞平伯 (18)追求
(19)蔡文姬 (20)周作人

二、单项选择题(每题1分,共10分)

说明:将正确答案的序号填在括号内。每题只有一个正确答案,错选或多选均不得分。

1. B 2. C 3. C 4. A 5. B

三、多项选择题(每题2分,共10分)

说明:将正确答案的序号填在括号内。选对一个得1分,全对得2分,多选不得分。

1. ABD 2. AD 3. CD 4. ABC 5. BCD

四、简答题(每题5分,共20分)

说明:内容切题,文字通顺,语气流畅,逻辑清晰。

1. 以郭沫若的《女神》为例,简要说明在阅读一些具有时代特点的经典作品时,怎样才能防止陷入"两极阅读"的偏颇?(8分)

[标准]

A. 消除隔膜。最好是将直观感受、对历史现场的设身处地和名理分析结合起来,真正进入经典的艺术世界。(3分)

B. 拉开距离。立足文学的评论,既知人论世,又不陷于非文说的争议,对作家的心理性格及创作特征做全面的了解,对其贡献和成就做客观的评价。(4分)

C. 文字通顺,语气流畅,逻辑清晰。(1分)。

2. 什么叫"京派"?"京派"的重要作家主要有哪些?试举出三位,并简要说明其创作特点。(6分)

[标准]

A."京派"解释。20世纪30年代活跃在京津地区的自由主义作家群。(1分)

B. 例举作家并说明特点。a. 沈从文, 城市边缘人的身份,充满诗意的抒情文体,以美丽而悠远的"湘西世界"对照病态的现代都市;b. 废名,田园牧歌的情调加古典式的意境; c. 萧乾,自传色彩,儿童或城里乡下人的视角,苍凉而清新;d. 芦焚,乡村的文化背景,充满诗意。也可以例举凌叔华、林徽因、卞之琳、何其芳、李广田等其他作家。(4分)

C. 文字通顺,语气流畅,逻辑清晰。(1分)

3. 简要说明"五四"时期散文格外发达的原因。(6分)

[标准]

A. 文体简短自由,作者众多。(1分)

B. 个人化极强,而“五四”时期正强调个性、张扬自我。(2分)

C. 传统影响,比话剧、诗歌、小说等文体更加传统化。(1分)

D. 传媒发达。(1分)

E. 文字通顺,语气流畅,逻辑清晰。(1分)

五、分析题(40分)

说明:在以下两题中任选一题,立意新颖独特,论述正确深入,举例具体恰当,文字优美流畅,逻辑清楚明了。但如果仅仅照抄教材中的观点和内容,没有自己的体会和见解,不能给高分。该题答案不得少于1000字。

1. 鲁迅对传统文化的批判往往表现得非常决绝,甚至偏激,应该如何看待鲁迅的这种态度?请结合《狂人日记》或鲁迅的其他作品加以分析。

2. 张爱玲小说中的意象常常充满了象征的意味,有时一个意象就象征着一个人物的一生,或一篇小说的全部主题意义。请就《茉莉香片》中“绣在屏风上的鸟”这一意象为例,说明张爱玲小说中女性形象的命运。

[标准]

A. 没有新颖独特的立意。(扣15—20分)

B. 论述不正确或不深入。(扣5—10分)

C. 举例不具体或不恰当。(扣5分)

D. 文字欠优美或不流畅。(扣5分)

E. 有错别字或病句。(扣1分,最多扣分不超过2分)

三、综合练习题(下)

一、填空题(要求:书写规范,不得有错别字。)

1. 同样是描写土改运动,赵树理的《李有才板话》等小说,明显不同于______的《太阳照在桑干河上》等作品。

2. 所谓“二革”创作方法,又称“两结合”的创作方法,是指“革命的现实主义”和“革命的______”的结合。

3. 一般认为,出现在“文革”前的“样板戏”的主要构成是“京剧现代戏”,而“京剧现代戏”的创作开始于______年。

4. 京剧《沙家浜》是从沪剧《______》移植的。

5. 在20世纪80年代的赵树理研究中,______在《传统要发扬 特征不可失》一文中指出,“反封建”是赵树理作品中“最突出的内容”。

6. 1980年,《______》编辑部以“关于新诗创作问题”为题开设专栏,主要围绕着舒婷的诗歌进行了长达一年的讨论。

7. 芭蕾舞《红色娘子军》在改编过程中,删去了原电影剧本中______与琼花的爱情描写。

8. ______原名赵振开,在“文革”中他曾以“艾珊”的笔名创作过小说《波动》。

9. 赵树理因1943年9月创作的《______》而一举成名。

10. 京剧“样板戏”的配器，吸收了多种中国其他乐器和西洋乐器，形成了中西乐器混合编队，但仍以传统京剧的“三大件”为主，这三大件是指高胡、二胡和______。

11. 当年在《红灯记》中扮演李铁梅的演员是______。

12. 京剧《红灯记》的编剧和导演分别是______和阿甲。

13. “朦胧诗”虽然是人们的一种误解，但这一诗派的得名，最初却来自于______那篇有名的《令人气闷的“朦胧”》。

14. 较早对朦胧诗人的创作进行整体检阅的文章是______的《失去平静之后》。

15. 在赵树理研究中，对赵树理作品的再认识有着重要意义的“农村题材短篇小说创作座谈会”______年召开于大连。

16. 舒婷的诗歌《致橡树》在全国最具权威性的诗歌刊物《诗刊》上发表之前，曾在非正式刊物《______》上发表过。

17. 公刘的《新的课题——从顾城同志的几首诗谈起》发表于1979年刚刚于成都复刊的诗刊《______》。

18. 于坚的《______》用调侃的语调对普通人的平庸生活的逼真描写，因表现出“超语义的美”而被看做是“生命意识的觉醒”的代表作。

19. 20世纪40年代后期，______作为实践毛泽东文艺思想的“方向”获得了很高的赞誉。

20. 公刘发表于1979年刚刚于成都复刊的诗刊《星星》上的“读后感”《新的课题》，谈论的是______的诗。

21. “女性主义文学”这一概念是建立在西方当代女性主义批评的理论资源之上的。其中，法国女性主义理论家______的《女人是什么》对中国的女性文学创作产生过较大影响。

22. 最先在文学史中为朦胧诗开设“专章”的文学史著作是1985年中国社会科学出版社出版的《______》。

23. “样板戏”《海港》的前身是淮剧《______》。

24. 小说《“锻炼锻炼”》中的所谓“锻炼锻炼”，只是作品中争先社老主任______的一句口头禅。

25. 1981年甘肃的《______》杂志率先开办了“大学生诗苑”栏目。

26. 汪曾祺被看做是最后一位“京派”作家，他在20世纪40年代的西南联大时期就曾师从______。

27. 在20世纪90年代的赵树理研究中，陈思和有意发掘赵树理的“民间立场”的意义，认为赵树理的小说，尤其是《______》作为“民间文化形态”表达了与国家意志的“时代共名”不一致的“农民立场”、“民间立场”。

28. 从1958年到“文革”结束这期间盛行的“三结合”写作方式，是指领导出思想、作家出技巧、______。

29. “样板戏”中的人物都没有爱情生活，李玉和无妻，方海珍无夫，柯湘出场时丈夫被敌人杀害了，江水英是“光荣军属”，丈夫当然不在身边，而______的丈夫则被赶到上海路跑单帮去了。

30. 1986年10月由《______》和《深圳青年报》共同举办的“1986年中国现代诗群体大展”，被看做是“朦胧诗”过渡到“新生代”的标志。

31. 小说《创业史》和《山乡巨变》的作者分别是______和周立波。

32. 海子信奉存在主义的先驱、当代德国哲学家海德格尔关于诗歌是“澄明之境”的观点，他也欣赏海德格尔对德国浪漫主义诗人______关于“人，诗意地居栖……”的钟情。

33. 大约在1986年前后，______在《旧人新时期》里引用同行间的话说，“汪曾祺行情见涨”，说明汪曾祺虽然像一个“出土文物”，但喜爱者越来越多。

34. 传统京剧的高度程式化表现在声乐方面是“曲牌”和“______”两大声腔系统的严格规定。

35. 王安忆引起文坛注意的第一篇小说是《______》，写了一个叫雯雯的女孩子的信念与梦想，痛苦与欢乐。

36. 从汪曾祺目前的小说来看，他的小说背景大多是故乡江苏______的风土人情和市井生活。

37.《______》是一篇极美的小说，讲的是一个小和尚和一个叫英子的小姑娘清清爽爽、朦朦胧胧的爱情。

38.《______》借中国淮北一个僻远、贫困，几近乎静止状态的小村庄，来审视传统文化的自救力问题，被认为是王安忆20世纪80年代中期风格转变的标志性作品。

39.《今天》是由“______”创办的一份民间文学双月刊，主要成员有北岛、芒克等。

40. 郭沫若在《读了〈李家庄的变迁〉》一文中说，这部小说的规模比作者的前两部小说《小二黑结婚》和《______》“更加宏大了”，“最成功的是语言”，“创出了新的通俗文体”。

41.“文革”前夕，赵树理虽然构思了反映人民公社化之后农村变化情况的长篇小说《______》，却始终没有能够付诸实践。

42. 在第三次女性写作高潮中，______的《一个人的战争》书写了女性自我成长的经历，有非常明显的性别意识，大胆地展露自我世界和内心经验，性、欲望、身体、自我等诸多话语交织在一起，完成了一部微妙而复杂的女性个人成长史。

43. 王朔较早获得社会认可的作品是1984年的一个类似“言情模式”的爱情小说《______》。

44. 在______的《山上的小屋》等作品中，人与人的关系始终处于一种非常紧张的状态，窥视与恐惧，仇恨与冷漠无休止地折磨着所有的人。

45. 王干认为，20世纪90年代最不能忽视的文学现象便是______现象。

46. 王安忆对性的叙述，对女性命运的书写，都达到了一种后来者所无法逾越和企及的高度。其中，她的《______》被看做是描写“女同性恋”的作品。

47. 根据小说《动物凶猛》改编的电影是姜文导演的《______》。

48. 20世纪90年代的一个重要的文化现象便是书本和电视的联合，作家和评论家一同走上屏幕，在书本死亡的地方开始新的书写。余华的《许三观卖血记》和______的《情爱画廊》都曾经作为视象被观看。

49. 20世纪八九十年代中国当代文化的一个显著特点就是______文化的兴起。

50. 王朔的作品里包含了通俗文学的诸多因素，成功地将消费和娱乐统一在他的写作行为中，因而被称为“中国当代______写作第一人”。

51. 汪曾祺曾说，他写______的形象受到过老师沈从文笔下那些农村少女三三、夭夭、翠翠等的潜在影响。

52. ______“以梦为马”，一往情深地追寻精神的家园，梦想着能够创造一种“民族和人类的结合，诗和真理合一的大诗”。

53. 丁玲早期创作的《______》中的莎菲形象曾被看做是“五四”以后“解放的青年女子在性爱上的矛盾心理的代表者”。

54. 王安忆《______》中的王琦瑶与张爱玲《金锁记》中的长安、《倾城之恋》中的流苏、《沉香屑　第一炉香》中的微龙等女性是同一类人。

55. 在赵树理创作的影响下，马烽、西戎、束为、孙谦、胡正等山西作家，有意识地培养他们相近的创作风格，逐步形成了一个创作流派，文学史上称为“山药蛋派”或“______”。

56.《______》以西南联大的生活为背景，写了一个校警的故事。小说开头先写饿，把当时的社会状况和学校状况呈现出来，再写挖野菜，写了近两页才引出主人公。

57.“样板戏”《龙江颂》的前身是话剧《______》。

58. 余华是1987年1月在《北京文学》上发表了他的短篇小说《______》后开始引起人们注意的。

59.“女性写作”的概念是法国女性主义评论家埃莱娜·西苏1975年在《______》中提出来的，强调的是女性身体与写作之间的关系。

60. 第一次文代会前后，赵树理和郭沫若、茅盾等一起作为“1942年以前就已有重要作品出世的作家”在《新文艺选集》中设有专辑，而赵树理的成名作《小二黑结婚》发表于______年。

61. 不管朦胧诗派是否与现实主义诗歌艺术相背离，它的确是与20世纪20年代的象征派诗歌、30年代的现代派诗歌和40年代的______诗歌在诗艺上是相贯通的。

62. 第二批“样板戏”主要有4部京剧，它们是《______》、《红色娘子军》、《平原作战》和《杜鹃山》。

63. 1981年，______的《现代小说技巧初探》发表后，终于使现代主义这一创作现象成为引人注目的文学潮流。

64. 中国当代文学史上的现代主义倾向可以追溯到“文革”末期，______的出现可以看做是现代主义文学从地下浮出水面的一个标志。

65. 海外学者______在《海派文学又见传人》的长篇论文中，详细探讨了《长恨歌》与张爱玲创作的关系，认为《长恨歌》填补了张爱玲《传奇》、《半生缘》之后数十年“海派小说”的空白。

66. 江青介入京剧现代戏的移植和改编，是从20世纪______年代初开始的。

67. 几乎在朦胧诗出现的同时，小说创作中就出现了______的《剪辑错了的故事》、宗璞的《我是谁》等现代主义的尝试之作。

68. 在《动物凶猛》的女主人公______身上，兼具天真明朗与放荡妩媚这两方面的特点。

69. 如果说格非和孙甘露在叙事和语言方面，将马原和莫言的实验推到了极端，那么，则可以说余华在对人的生存方面发展了______的探索。

70.“文革”中江青亲自培养的“八个样板戏”中，有5部京剧现代戏，它们是《沙家浜》、《红灯记》、《智取威虎山》、《______》和《奇袭白虎团》。

71. 海子是一位充满激情和幻想的具有典型诗人气质的“行为艺术家”，他把印象派大画家______看做自己的人生榜样，像他的这位“瘦哥哥”一样，用燃烧生命的热情来投入诗歌创作。

72. 长篇小说《______》(1991)和在此前的一篇创作谈的发表，被人们看做是余华前期创作的一个总结。

73. 莫言说，______是一位“感到自己已经洞察到艺术永恒之所在”的“狂生”。

74. 汪曾祺开启了“寻根文学”风气之先，更新了小说观念，启动了当代作家的文体意识和语言感觉，受他影响的作家主要有阿城、______、阿成等。

75. 在20世纪80年代中期，出现了______的《你别无选择》、徐星的《无主题变奏》等带有“黑色幽默”特点的现代主义小说。

76. 围绕着朦胧诗的论争，从1980年开始掀起高潮，一直到______年之后逐渐平息。

77.《受戒》的佛门中没有苦行，没有戒律，甚至连“菩提庵”的庵名也已经讹化为了“______”。

78. ______的《李双双小传》与赵树理的《"锻炼锻炼"》表现的时代大体相同，但是，在作品中却丝毫读不到作家的沉痛心情，也看不到农民生活的痛苦场面。

79. "样板戏"《______》为了改变原演出本中李玉和一家三代所谓"平分秋色"的状况，大力给李玉和扩戏。

80. 凡是新的艺术形式都具有先锋性，从这个意义说，宋词相对于唐诗是先锋，______相对于宋词也是先锋。

二、单项选择题(要求：将正确答案的序号填在括号内。每题只有一个正确答案，错选或多选均不得分。)

1. 1950 年以后，赵树理最具"问题小说"特征的作品是(　　)。

A.《老定额》　B.《"锻炼锻炼"》　C.《三里湾》　D.《套不住的手》

2. 江河 1985 年创作的"史诗"代表作是(　　)。

A.《诺日朗》　B.《太阳和他的反光》

C.《纪念碑》　D.《自白——给圆明园废墟》

3. "太阳是我的纤夫/ 它拉着我/ 用强光的绳索……"这句诗的作者是(　　)。

A. 北岛　B. 舒婷　C. 顾城　D. 江河

4. 新中国成立前夕，赵树理引起争论的作品是(　　)。

A.《李有才板话》　B.《邪不压正》

C.《孟祥英翻身》　D.《"锻炼锻炼"》

5. 京剧"样板戏"除了两部作品外，均取材于革命历史斗争。这两部作品是《海港》和(　　)。

A.《龙江颂》　B.《智取威虎山》

C.《红灯记》　D.《奇袭白虎团》

6. 二诸葛和三仙姑的形象出自作品(　　)。

A.《小二黑结婚》　B.《福贵》

C.《李有才板话》　D.《登记》

7. 朦胧诗从"地下"走向"公开"，最初是一家报刊 1980 年 10 月以"青春诗会"的名义发表的舒婷、顾城、江河、徐敬亚等人的作品。这家报刊是(　　)。

A.《诗歌报》　B.《诗刊》　C.《诗探索》　D.《星星》

8. "舌战栾平"的精彩场面出自(　　)。

A.《智取威虎山》　B.《沙家浜》　C.《红色娘子军》　D.《红灯记》

9. 在朦胧诗人中，最早得到大家认同的诗人是(　　)。

A. 顾城　B. 江河　C. 北岛　D. 舒婷

10. "对于世界 / 我永远是个陌生人 / 我不懂它的语言 / 它不懂我的沉默" 这句诗出自北岛的作品(　　)。

A.《无题》　B.《回答》　C.《一切》　D.《履历》

11. 短篇小说创作曾是"十七年"文学一个引人注目的区域，也出现了一批现在看来仍有艺术趣味的作品，如《登记》、《山地回忆》、《红豆》、《百合花》等。其中，《红豆》的作者是(　　)。

A. 赵树理　B. 宗璞　C. 茹志鹃　D. 孙犁

12. 朦胧诗在人们评价不一的情况下，舒婷率先得到了出版诗集的机遇，这也是她出版的第一部诗集。这部诗集是(　　)。

A.《致橡树》　B.《神女峰》　C.《双桅船》　D.《呵，母亲》

13. 1947 年七八月间，正式提出“赵树理方向”是在(　　)召开的文艺座谈会上。

A. 晋鲁豫边区文联　　B. 晋察冀边区文联

C. 晋冀鲁豫边区文联　　D. 陕甘宁边区文联

14. 一个团长在一枪打死了为他女人接生的产科医生后，委屈地说：“我的女人，怎么能摸来摸去！她身上，除了我，任何男人都不许碰！这小子，太欺负人了！日他奶奶！”这个细节出自小说(　　)。

A.《虐猫》　B.《陈小手》　C.《老鲁》　D.《八千岁》

15. 1986 年后，王安忆发表了一批引起颇多争议的作品，被归入当时的“性题材”中。其中，除了著名的“三恋”外，还有(　　)。

A.《香港的情与爱》　B.《小鲍庄》　C.《岗上的世纪》　D.《大刘庄》

16. 在一段时间内，小说题材的选择直接影响到作品的高低优劣。“十七年”时期重大社会题材小说《红旗谱》的作者是(　　)。

A. 曲波　B. 梁斌　C. 柳青　D. 吴强

17. “赴宴斗鸠山”的精彩场面出自(　　)。

A.《智取威虎山》　B.《沙家浜》　C.《红色娘子军》　D.《红灯记》

18. 汪曾祺前期的小说还有许多情节的因素，后来越来越简约、随意，篇幅更短小，文字更朴素，大多只有三四千字，颇似随笔，被称为“笔记体小说”。其中的代表作是(　　)。

A.《大淖记事》　B.《晚饭花》　C.《受戒》　D.《陈小手》

19. 在“五四”新文化运动后出现的第一次女性文学高潮中，创作实绩带动了理论和批评的展开，出现了一批女性文学的研究专著。其中，谭正璧的《中国女性的文学生活》改名为(　　)。

A.《中国现代女作家》　　B.《中国妇女文学史》

C.《中国女作家史话》　　D.《中国女性文学史话》

20. “告诉你吧，世界 / 我——不——相——信！”这句诗出自作品(　　)。

A.《无题》　B.《回答》　C.《一切》　D.《履历》

21. 和王朔年龄相仿、写作又差不多同时起步的余华、苏童、格非、马原等，他们大多写作的是(　　)。

A. 新写实小说　B. 寻根小说　C. 新历史小说　D. 先锋小说

22. 王朔是创造热点和现象的高手，电视、电影、报纸等大众媒体都被他玩过用过。他更会为自己和作品作广告，1999 年出版的一部小说还没出版就被炒得不可一世，但读后大家都发现上当受骗。这部小说是(　　)。

A.《玩的就是心跳》　　B.《我是你爸爸》

C.《一点正经也没有》　　D.《看上去很美》

23. “我钉在 / 我的诗歌的十字架上 / 为了完成一篇寓言 / 为了服从一个理想。”这句诗的作者是(　　)。

A. 顾城　B. 海子　C. 北岛　D. 舒婷

24. 老秦在阎家山的问题解决后，竟跪在地上向老杨等人磕头，这个情节出自赵树理的小说(　　)。

A.《小二黑结婚》　　B.《田寡妇看瓜》

C.《李家庄的变迁》　　D.《李有才板话》

25. “一切都是命运 / 一切都是云烟 / 一切都是没有结局的开始 / 一切都是稍纵即逝的追寻

/ 一切欢乐都没有微笑 / 一切苦难都没有泪痕……”这句诗出自北岛的作品(　　)。

A.《无题》　　B.《回答》　　C.《一切》　　D.《履历》

26. 1988 年,王朔有 4 部小说被搬上银幕,因此有人把这一年称为“王朔年”。这 4 部小说是《轮回》、《顽主》、《大喘气》和(　　)。

A.《空中小姐》　　B.《一半是火焰,一半是海水》

C.《动物凶猛》　　D.《玩的就是心跳》

27. 在当代文学史上有名的“三个崛起”的作者中,有一位是朦胧诗潮中的诗人,他是(　　)。

A. 徐敬亚　　B. 北岛　　C. 孙绍振　　D. 谢冕

28.《生死场》的作者是 20 世纪三四十年代最优秀的女性写作者之一。1941 年,年仅 31 岁的她在香港去世,女性经验的书写在现代文学史上也趋于终结。这位作家是(　　)。

A. 萧红　　B. 张爱玲　　C. 苏青　　D. 石评梅

29.“你相信了你编写的童话 / 自己就成了童话中幽蓝的花 / 你的眼睛省略过 / 病树、颓墙 / 锈崩的铁栅 / 只凭一个简单的信号 / 集合起星星、紫云英和蝈蝈的队伍 / 向没有被污染的远方 / 出发。”这诗句出自(　　)。

A.《惠安女子》　　B.《生命幻想曲》

C.《童话诗人》　　D.《我是一个任性的孩子》

30. 作为小说家和文学现象的王朔浮出海面,以极端挑战的方式、逼近生活的调侃、玩世不恭的姿态,引起大众的批评界的关注的标志性小说是(　　)。

A.《浮出海面》　　B.《顽主》

C.《动物凶猛》　　D.《玩的就是心跳》

31. 当一位权威的文艺理论家以马克思主义为武器,将孙绍振的《新的美学原则在崛起》批得体无完肤之后,立即有人挺身而出,公然为孙绍振辩护,而且胆敢指名点姓地要与之“商榷”。这人是(　　)。

A. 李黎　　B. 公刘　　C. 江枫　　D. 谢冕

32. 在第一批的“八个样板戏”中,惟一的一个“交响音乐”是(　　)。

A.《红灯记》　　B.《白毛女》　　C.《沙家浜》　　D.《龙江颂》

33. 王朔的作品大多呈现出明显的自我重复和批量生产的痕迹,只有少数具有独特审美价值和个人经验的作品除外。这类作品的代表是(　　)。

A.《空中小姐》　　B.《动物凶猛》　　C.《看上去很美》　　D.《浮出海面》

34.“不是一切火焰/都只燃烧自己/而不把别人照亮;不是一切星星/都仅指示黑夜/而不报告曙光……”这句诗出自作品(　　)。

A.《回答》　　B.《生命幻想曲》　　C.《一切》　　D.《这也是一切》

35.“小腿疼”和“吃不饱”这两个落后农民的形象出自小说(　　)。

A.《三里湾》　　B.《“锻炼锻炼”》　　C.《邪不压正》　　D.《小二黑结婚》

36. 余华 1989 年发表在《上海文论》上的一篇具有宣言倾向的创作谈是(　　)。

A.《河边的错误》　　B.《往事与刑罚》　　C.《我胆小如鼠》　　D.《虚伪的作品》

37. 先锋小说家都很重视小说的语言,而在语言实验上走得最为极端的是(　　)。

A. 马原　　B. 余华　　C. 格非　　D. 孙甘露

38. 1950 年赵树理担任《说说唱唱》的执行主编后,引起了三次大的风波。第一次是因为发表了一个描写落后农民的故事,这个故事是(　　)。

A.《登记》 B.《武训问题介绍》 C.《金锁》 D.《种棉记》

39.“样板戏”大多是移植和改编的,但也有少数原创作品,如(　　)。

A.《沙家浜》 B.《奇袭白虎团》

C.《龙江颂》 D.《智取威虎山》

40. 王安忆20世纪90年代的承载着较多“女性意识”的作品是(　　)。

A.《小城之恋》 B.《悲恸之地》 C.《鸠雀一战》 D.《我爱比尔》

三、多项选择题(要求:将正确答案的序号填在括号内。每题有1—4个正确答案,多选、少选和错选均不得分。)

1. 20世纪50年代后期,赵树理在文学界的地位大大下降,农村题材小说中作为“方向性”加以提倡的是更具“理想”色彩的、致力于新人塑造的作家,主要有(　　)等。

A. 王汶石 B. 李准 C. 周立波 D. 柳青

2. 作家出版社出版的《五人诗选》中收录了北岛、舒婷和(　　)等人的作品。

A. 顾城 B. 海子 C. 江河 D. 杨炼

3. 当代文学史上有名的“三个崛起”是指(　　)。

A.《在新的崛起面前》 B.《崛起的诗潮》

C.《新的美学原则在崛起》 D.《崛起的诗群》

4. 在新中国成立之前,赵树理发表的作品主要有(　　)。

A.《李有才板话》 B.《登记》 C.《田寡妇看瓜》 D.《福贵》

5.“样板戏”在古为今用、洋为中用上进行了多方面的艺术探索,京剧属古,芭蕾舞既古且洋。它的两部芭蕾舞剧是(　　)。

A.《白毛女》 B.《红色娘子军》 C.《沙家浜》 D.《智取威虎山》

6. 汪曾祺写得最好的小说都是属于童年回忆的作品。这些作品主要有(　　)等。

A.《受戒》 B.《大淖记事》 C.《异秉》 D.《岁寒三友》

7.“山药蛋派”的主要作家除赵树理之外,还有(　　)等。

A. 马烽 B. 束为 C. 西戎 D. 柳青

8.“后朦胧”主要指在朦胧诗直接影响下成长起来的“校园诗人”,其代表人物主要有(　　)等。

A. 海子 B. 王家新 C. 西川 D. 李亚伟

9. 在20世纪40年代,赵树理的小说得到了左翼文学界的一致赞扬,他们的赞扬都集中在(　　)三部作品上。

A.《小二黑结婚》 B.《邪不压正》

C.《李有才板话》 D.《李家庄的变迁》

10.《沙家浜》“智斗”一场戏中的三个主要人物是(　　)。

A. 阿庆嫂 B. 胡传奎 C. 刁德一 D. 郭建光

11. 对汪曾祺散文化小说创作产生过较大影响的作家主要有(　　)。

A. 废名 B. 沈从文 C. 萧红 D. 张爱玲

12. 王安忆的“三恋”是指(　　)。

A.《小城之恋》 B.《世纪之恋》 C.《荒山之恋》 D.《锦绣谷之恋》

13. 王朔参与创作的电视剧都获得了商业上的成功。这些电视剧主要有(　　)。

A.《过把瘾就死》 B.《渴望》 C.《编辑部的故事》 D.《过把瘾》

14. 在“五四”新文化运动后出现的第一次女性文学高潮中,创作实绩带动了理论和批评的展

开,出现了一批女性文学的研究专著,其中,主要研究者有( )等

A. 谢无量 B. 草明 C. 谭正璧 D. 黄英

15. 赵树理描写农业合作化的长篇小说《三里湾》受到批评的主要原因有( )等。

A. 没有对农村社会主义的带头人进行真实描写

B. 没有按照合作化运动的过程作全景式描写

C. 达不到党关于农村的理论和政策的高度

D. 达不到当时文学“规范”要求的高度

16.“文革”期间江青所说的“三突出”原则是( )。

A. 在所有人物中突出正面人物 B. 在正面人物中突出英雄人物

C. 在英雄人物中突出中心人物 D. 在英雄人物中突出主要人物

17. 20世纪50年代前期,能较好地体现新中国成立后的文学“规范”的农村题材小说主要有( )。

A. 赵树理的《登记》 B. 谷峪的《新事新办》

C. 马烽的《结婚》 D. 李准的《不能走那条路》

18. 以马原为代表的小说实验运动,在某种意义上,可以看做是中国当代先锋小说的真正开端,这一开端在三个层面上同时进行。这三个层面是( )。

A. 叙事革命 B. 语言实验 C. 文体创新 D. 生存探索

19. 20世纪90年代的许多文学现象都与媒体的炒作和介入有关。其中,主要有( )等。

A. 顾城事件 B. 朦胧诗现象 C. 马桥事件 D.《废都》现象

20. 先锋的性质和特点主要表现为( )等。

A. 必须始终坚持为大众服务

B. 必须始终保持着与社会和大众的距离

C. 必须始终保持与主流文化的一致性

D. 必须始终与传统和世俗为敌

四、简答题(要求:内容切题,文字通顺,语气流畅,逻辑清晰。)

1. 有人认为,新中国成立“十五年来,基本上(不是一切人)不执行党的政策,做官当老爷,不去接近工农兵,不去反映社会主义革命和建设。”这种说法对不对?为什么?

2.《三里湾》虽然也是歌颂合作化运动的,但却因没有表现出“无比复杂和尖锐”的两条道路的斗争而受到严厉批评。请问,所谓“两条道路”指哪两条道路?这部小说对两条道路斗争的“消解”主要表现在哪些方面?作者采取这种表现方式的主要原因什么?

3.《沙家浜》在“样板化”的过程中,将主要人物由阿庆嫂改为了郭建光,这是为什么?改后的效果怎样?

4. 为什么说“关于朦胧诗的论争是当代文学史上的一个奇特现象”?

5. 王安忆在20世纪八九十年代的创作大致可以分为三个阶段,每个阶段的主要作品和特点是什么?

6. 京剧现代戏产生的“文化语境”主要指的是什么内容?请给予简要说明。

7. 北岛与舒婷诗歌在表达方式上的主要区别是什么?请试举一例简要说明。

8. 汪曾祺小说的散文化特征主要体现在小说结构上。请简要说明这一特征,并试举一例。

9. 王朔作品的大众文化特征主要表现在哪三个方面?

10. 出现在20世纪90年代的第三次女性写作高潮表现了什么样的不同情况?请举例说明。

11. 应该如何从文学史的角度来看待汪曾祺小说的意义?

12. 对于以韩东、于坚为代表的“第三代”诗歌的大规模出现而在诗坛上引起的一次“美丽的混乱”,你是怎样看的?(不能只借用教材中的观点和材料,应说出自己的看法。)

13. 说先锋小说的变化是“胜利大逃亡”的主要用意是什么?

14. 王朔和老舍的小说都以北京的市民生活为题材,也都具有很浓重的幽默色彩,但又有很大的区别,这是为什么?

15. 王安忆小说在张爱玲小说的基础上既有继承也有发展,以《长恨歌》为例简要说明。

16. 后朦胧诗人与朦胧诗人的主要区别是什么?

五、分析题(40分)(要求:在以下两题中任选一题,立意新颖独特,论述正确深入,举例具体恰当,文字流畅,逻辑清楚。该题不得少于1000字。)

1. 从小说《林海雪原》到京剧《智取威虎山》,“样板戏”是怎样将杨子荣塑造成“高大全”式的英雄人物的?

2. 为什么说“王安忆在八九十年代的女性写作中是最出色的一位”?请通过王安忆与其他作家的创作的简单比较加以说明。

3.《三里湾》和《创业史》、《山乡巨变》都是歌颂农业合作化运动的作品,为什么《三里湾》受到了较多的批判?

4.“样板戏”在“文革”后随着江青一伙的垮台受到批判和否定,20世纪80年代后期以后重新与观众见面时,仍然受到许多人的喜爱,这是为什么?

5. 有人认为,“样板戏”的主要构成是京剧现代戏,而京剧现代戏的创作早在1958年就开始了,因此,应该把江青的介入与京剧现代戏区别开来。为什么说这种看法既有道理,又带有因人论事之嫌?

6. 试比较王安忆的《荒山之恋》与张爱玲的《倾城之恋》在表现爱情“对命运的认同”这一点有什么异同。

7. 试以朦胧诗和先锋小说的发展变化,说明先锋文学自身局限的不可超越性。

8. 王安忆的小说在20世纪90年代发生了很大的变化,你怎样看待这种变化?

四、模拟试题(下)

得 分	评卷人

一、填空题(每空1分,共20分)

要求:书写规范,不得有错别字。

1. 中国当代文学史上的______倾向可以追溯到“文革”末期,朦胧诗的出现可以看做是这一倾向从地下浮出水面的标志。

2. 赵树理的成名作《小二黑结婚》发表于______年。

3. 1979年在成都复刊的诗刊《星星》在1957年曾因发表流沙河的散文组诗《______》和白日的短诗《吻》而被封杀。

4.“样板戏”的创作大多采用移植的手段,《海港》的前身是淮剧《海港的早晨》,《沙家浜》的前身则是沪剧《______》。

5. 舒婷出版的第一部诗集是《______》。

6.《小鲍庄》以淮北一个偏远山村为背景来审视传统文化,成为了______创作风格变化的一个标志性作品。

7. 在“十七年”文学中,以知识分子为题材的优秀短篇小说的代表是______的《红豆》。

8. 在20世纪80年代中期,出现了刘索拉的《你别无选择》、______的《无主题变奏》等带有“黑色幽默”特点的现代主义小说。

9. 被批评家们称为“中国现代第一个田园小说家”的现代作家是______。

10. 王安忆《长恨歌》中的王琦瑶与张爱玲笔下的许多女性都有类似之处,比如《倾城之恋》中的流苏、《______》中的长安。

11. 小说《“锻炼锻炼”》的主人公不是老主任王聚海,而应该是年轻的副主任______。

12. 当代文学在20世纪90年代以后,出现了一大批庞杂驳乱的“读物型”作品。其中包括王朔的“顽主”系列小说,叶永烈的政治人物传记、______的《文化苦旅》等“大文化散文”等。

13. 朦胧诗最有代表性的五位诗人是北岛、舒婷、顾城、______和杨炼。

14. 小和尚明海和小姑娘英子是小说《______》中的男女主人公。

15. 赵树理为歌颂新《婚姻法》而创作的《登记》,被看做是《______》的姊妹篇。

16. 新中国成立后,赵树理发表的第一篇小说是《______》。

17. 张弦是一位始终坚持对妇女爱情婚姻进行探索的作家,他的《______》描写的是菱花和她的两个女儿存妮、荒妹,生活在被爱情遗忘的山村的悲剧故事。

18. 在20世纪90年代以后,先锋作家纷纷降低了探索的力度,甚至与商业文化相结合,苏童的小说《______》就被张艺谋改编成了电影《大红灯笼高高挂》。

19. ______的小说表现出一种极具个性的“细节的现实主义”的特点。

20. “样板戏”几乎全都取材于革命历史斗争,表现现实生活题材的作品只有两部,一是《海港》,一是《______》。

得 分	评卷人

二、单项选择题(每题1分,共10分)

要求:将正确答案的序号填在括号内。每题只有一个正确答案,错选或多选均不得分。

1. 曾被看做“十七年”文学的重要收获,并被称为“纪念碑”式的作品,是表现农业合作化运动的长篇小说(　　)。

A.《三里湾》　B.《山乡巨变》　C.《创业史》　D.《山地回忆》

2. 对海子的文艺思想产生过较大影响的当代德国哲学大师是(　　)。

A. 荷尔德林　B. 西蒙·波伏娃　C. 海德格尔　D. 埃莱·西苏娜

3. 京剧现代戏《红灯记》的编剧是(　　)。

A. 翁偶虹　B. 阿甲　C. 汪曾祺　D. 江青

4. 最先为朦胧诗开设专章的文学史著作是中国社会科学出版社出版的(　　)。

A.《中国现代文学三十年》　B.《新时期文学十年》

C.《中国现代文学五十年》　D.《新时期文学六年》

5. 余华的第一篇小说是1987年1月发表在《北京文学》上的(　　)。

A.《河边的错误》　B.《四月三日事件》

C.《细雨与呼喊》　D.《十八岁出门远行》

6. “样板戏”的创作大多采用移植的手段,在第一次的八个作品中,属于原创的只有(　　)。

A.《龙江颂》　B.《奇袭白虎团》　C.《杜鹃山》　D.《智取威虎山》

7. 北岛在“文革”中用“艾珊”的笔名发表的小说是(　　)。

A.《野兽》　B.《第二次握手》　C.《波动》　D.《相信未来》

8. 在先锋作家中,被看做是“叙事革命”的代表人物,并因之被某些批评家称为“形式主义者”的作家是(　　)。

A. 残雪　B. 马原　C. 莫言　D. 余华

9. 诗句“黑夜给了我黑的眼睛/我却用它来寻找光明”出自作品(　　)。

A.《一代人》　B.《我是一个任性的孩子》

C.《远和近》　D.《生命幻想曲》

10. 电影《阳光灿烂的日子》是根据小说改编的,这部小说是(　　)。

A.《我是你爸爸》　B.《空中小姐》　C.《看上去很美》　D.《动物凶猛》

得 分	评卷人

三、多项选择题(每题 2 分,共 10 分)

要求:将正确答案的序号填在括号内。每题有 1—4 个正确答案,多选、少选或错选均不得分。

1. 第一批“八个样板戏”中多为京剧,除《沙家浜》、《红灯记》外,还有(　　)。

A.《智取威虎山》　B.《海港》　C.《奇袭白虎团》　D.《龙江颂》

2. 描写土改运动的长篇小说主要有(　　)。

A.《李有才板话》　B.《山乡巨变》

C.《暴风骤雨》　D.《太阳照在桑干河上》

3. 王安忆表现性爱题材的著名作品“三恋”是指(　　)。

A.《小城之恋》　B.《锦绣谷之恋》　C.《荒山之恋》　D.《世纪之恋》

4. 受到过汪曾祺创作风格较大影响的当代作家主要有(　　)。

A. 何立伟　B. 阿城　C. 贾平凹　D. 阿成

5. 在第一次女性写作高潮中为女性文学研究做出过重要贡献的研究者主要有(　　)。

A. 黄英　B. 谢无量　C. 草明　D. 谭正璧

得 分	评卷人

四、简答题(共 20 分)

要求:内容切题,文字通顺,语气流畅,逻辑清晰。

1. 为什么说汪曾祺在文学史上是一位具有“承前启后”意义的小说家?(8 分)

2. 京剧现代戏与“样板戏”之间是一种什么样的关系?(6 分)

3. 是否可以说,北岛最能体现朦胧诗所代表的现代主义倾向?请举一例加以说明。(6 分)

得 分	评卷人

五、分析题(40 分)

要求:在以下两题中任选一题,立意新颖独特,论述正确深入,举例具体恰当,文字优美流畅,逻辑清楚明了。但如果仅仅照抄教材中的观点和内容,没有自己的体会和见解,不能给高分。该题不得少于1000字。

1. 先锋文学由于它的性质和特点所决定,其变化是必然的,在 20 世纪 80 年代中期崛起的中国先锋小说的发展和衰落已经证明了这一点。那么,你认为,余华小说从先锋到世俗的变化为什么会出现在 20 世纪 90 年代初?可结合余华自己的创作经历和 20 世纪 90 年代的文化背景加以说明。

2. 王安忆小说与张爱玲小说最重要的区别之一,在于空间的开放性与封闭性。试以王琦瑶和白流苏为例,说明作家对现代都市的态度在她们身上的表现。

答案及评分标准

一、填空题(每空1分,共20分)

说明:答案中凡出现错别字均不给分。

(1)现代主义 (2)1943
(3)草木篇 (4)芦荡火种
(5)双桅船 (6)王安忆
(7)宗璞 (8)徐星
(9)废名 (10)金锁记
(11)杨小四 (12)余秋雨
(13)江河 (14)小二黑结婚
(15)受戒 (16)登记
(17)被爱情遗忘的角落 (18)妻妾成群
(19)赵树理 (20)龙江颂

二、单项选择题(每题1分,共10分)

说明:将正确答案的序号填在括号内。每题只有一个正确答案,错选或多选均不得分。

1. C 2. C 3. A 4. D 5. D 6. B 7. C 8. B 9. A 10. D

三、多项选择题(每题2分,共10分)

说明:将正确答案的序号填在括号内。每题有1—4个正确答案,多选、少选或错选均不得分。

1. ABC 2. ACD 3. ABC 4. ABCD 5. ABD

四、简答题(每题5分,共20分)

说明:内容切题,文字通顺,语气流畅,逻辑清晰。

1. 为什么说汪曾祺在文学史上是一位具有"承前启后"意义的小说家?(8分)

[评分标准]

A. 散文化小说在现代文学史上曾有过较大的成就,但在废名、沈从文、萧红之后的20世纪四五十年代一度中断,汪曾祺的出现使这一传统得到了发扬光大。(3分)

B. 汪曾祺以自己的创作忠实和创作实绩,不但开启了"寻根文学"和风气之先,影响了一大批年轻作家,如阿城等,还更新了小说观念,启动了当代作家的文体意识和语言感觉,使小说自身的审美功能得以回归。(4分)

C. 文字通顺,语气流畅,逻辑清晰。(1分)

2. 京剧现代戏与"样板戏"之间是一种什么样的关系?(6分)

[评分标准]

A. 京剧现代戏是"样板戏"的主要构成。也就是说,"样板戏"大多是对京剧现代戏的移植和改编。(2分)

B. 后来成为江青"样板"的京剧现代戏剧目,与"样板戏"有着某些共同的特点,如强调阶级斗争等。(3分)

C. 文字通顺,语气流畅,逻辑清晰。(1 分)

3. 是否可以说,北岛最能体现朦胧诗所代表的现代主义倾向?请举一例加以说明。(6 分)

[评分标准]

A. 他是朦胧诗人中最具哲学家气质的诗人,最具反叛意识和先驱者的觉醒意识。如《回答》等。(3 分)

B. 他受西方现代主义和后现代主义作品的影响最大,是一个彻底的悲观主义者。如《一切》等。(2 分)

C. 文字通顺,语气流畅,逻辑清晰。(1 分)

五、分析题(40 分)

说明:在以下两题中任选一题,立意新颖独特,论述正确深入,举例具体恰当,文字优美流畅,逻辑清楚明了。但如果仅仅照抄教材中的观点和内容,没有自己的体会和见解,不能给高分。该题答案不得少于 1000 字。

1. 先锋文学由于它的性质和特点所决定,其变化是必然的,在 20 世纪 80 年代中期崛起的中国先锋小说的发展和衰落已经证明了这一点。那么,你认为,余华小说从先锋到世俗的变化为什么会出现在 20 世纪 90 年代初?可结合余华自己的创作经历和 20 世纪 90 年代的文化背景加以说明。

2. 王安忆小说与张爱玲小说最重要的区别之一,在于空间的开放性与封闭性。试以王琦瑶和白流苏为例,说明作家对现代都市的态度在她们身上的表现。

[评分标准]

A. 没有新颖独特的立意。(扣 15—20 分)

B. 论述不正确或不深入。(扣 5—10 分)

C. 举例不具体或不恰当。(扣 5 分)

D. 文字欠优美或不流畅。(扣 5 分)

E. 有错别字或病句。(扣 1 分,扣分最多不超过 2 分)